Dieter Kühn

Den Musil spreng ich in die Luft

Gefälschte Geschichten?

S. Fischer

FSC
www.fsc.org
MIX
Papier aus verantwortungsvollen Quellen
FSC® C014496

Satz: Fotosatz Amann, Aichstetten
Druck und Bindung: GGP Media GmbH, Pößneck
Printed in Germany
ISBN 978-3-10-041516-5

Inhalt

Erste Folge

Zweite Folge

Erste Folge

Da gab mir Beethoven einen Kuss

Hiermit darf ich mich an die Deutsche Schillerstiftung wenden mit der ergebensten Bitte um Unterstützung durch eine Ihrer Ehrengaben.

Da meine Publikationen weit verstreut, meine Lebensdaten wenig bekannt sind, darf ich einige Punkte hervorheben, die für Ihren Entscheidungsprozess relevant sein könnten.

Ich, Johann Peter Lyser, 67, wohnhaft in Altona, Norderreihe Nr. 15, lebe, nein: vegetiere in einem Zustand unverdienter Armut, ja des Elends. Ich sehe mich gezwungen, dies gleich eingangs mit rückhaltloser Offenheit festzuhalten.

Meine gegenwärtige Bleibe befindet sich im Dachgeschoss eines desolaten Mietshauses. Was durchaus meiner Gesamtlage entspricht – meine Einkünfte nähern sich dem Nullpunkt. Dies frank und frei einzugestehen fällt schwer. Ich habe mich an dieses Eingeständnis gleichsam herangearbeitet mit mehreren Entwürfen meines voraussichtlich umfangreichen Schreibens. Was in den Entwürfen noch am Schluss steht, muss hier an den Anfang gesetzt werden, um Ihnen die Notwendigkeit meiner Eingabe ad oculos zu demonstrieren.

Ich bin Maler. Doch damit lässt sich nichts mehr verdienen. Porträtmaler sind seit Erfindung der Fotografie obsolet geworden. Gerne würde ich, wie seinerzeit in Wien, Wirtshaus- und Ladenschilder malen, jedoch: in Altona herrscht immer noch Zunftzwang. Mit dem Erteilen von Nachhilfeunterricht ist es hier ebenfalls schlecht bestellt – die wirtschaftliche Lage verschlimmert sich von Woche zu Woche.

Was ebenso für mich als Musiker zutrifft. Weder durch meine Kompositionen noch durch Besprechungen von Konzerten, noch mit Konzertauftritten (Bassetthorn, speziell geeignet für Mozarts Klarinettenkonzert) kann ich das lebensnotwendige Minimum erwirtschaften, wobei sich allerdings spezielle Gegebenheiten abträglich auswirken – doch davon später. Denn hier muss erst einmal konstatiert und akzentuiert werden, worauf Sie gewiss schon warten: In der Hauptsache bin ich Schriftsteller, Autor, Dichter. Dies allein berechtigt dazu, mich an Sie, werte Herren der Schillerstiftung, zu wenden.

Ich schreibe, unter anderem, Gedichte und plattdeutsche Erzählungen. Gelegentlich kann ich ein Gedicht oder eine Erzählung an eine hiesige Zeitung verkaufen, dazu muss ich mir aber, mit Verlaub, die Hacken ablaufen. Das verschwindend geringe Honorar reicht zuweilen nicht mal aus, um Tinte zu kaufen, von Brot ganz zu schweigen. Die unzureichende Ernährung hat mich zum Fliegengewicht gemacht – mein Körperfleisch hat sich gleichsam verflüchtigt. Die erzwungene Beschränkung auf (das notorisch feuchte) Roggenbrot zwingt mich in erniedrigender Wiederholung, vom Dachjuchhe hinunterzulaufen, nein: hinunterzustolpern zum unbeschreiblichen Klosett im Anbau des Erdgeschosses. Nach der sogenannten Erleichterung bin ich, im Zustand ohnehin anhaltender Entkräftung, oft derart geschwächt, dass ich die Treppe streckenweise auf allen vieren überwinden muss.

So elend auch meine körperliche Verfassung sein mag, mein Kopf ist klar; er ragt über das alltäglich gewordene Elend empor. Ein Elend, das mich nicht nur dazu motiviert, sondern zwingt, mit angemessenem Nachdruck auf meine Situation hinzuweisen. Verzeihen Sie also die inhaltliche, wenn auch nicht wörtliche Wiederholung: Ich schreibe diesen Brief in äußerster Not. Was aber nicht sedierend, vielmehr stimulierend auf mich einwirkt, so dass ich, ungeachtet aller Malaisen und Molesten, diesen Schriftsatz con fuoco aufsetze. Das in der eher verzweifelten als verwegenen Hoffnung, meine Schreibperspektive möge zu Ihrer Sichtweise werden. Die Gewährung einer Ehrengabe der Schillerstiftung wäre nicht nur Rettung in höchster (oder aus tiefster) Not, sie wäre auch eine, mit Verlaub, längst überfällige Anerkennung meines literarischen, musikalischen sowie malerischen Schaffens.

Im Hintergrund (nun kurz in den Vordergrund gerückt) ein Nebengedanke: Dass ich hier nicht nur auf meine Hilfsbedürftigkeit hinweise, sondern zugleich Vorarbeit leiste für einen Biographen, der sich in Anbetracht meiner fraglosen Verdienste mit Sicherheit einstellen wird, spätestens nach meinem Ableben, das noch früher eintreten dürfte als zu befürchten steht – schon sehe ich zwei Gemeindearbeiter meinen kleinen, hageren Leib in einem alten Segeltuch aus der Wohnung tragen und im Spital auf eine Pritsche abkippen.

Es ist nicht die fortschreitende Entkräftung allein: Ich leide an einer Krankheit, die man mir nicht ansieht – ich humple nicht, trage keinen Verband, unter dem es suppt, ich bewege mich frei … Das Unheil spielt sich ab im malträtierten Kopf, auf kleinstem Raum mit größter Wirkung: Geräusche erstickt, Wörter erstickt, Klänge erstickt, leider auch Musikklänge. Ja, als würden mir von fremden Händen Finger in die Ohren gesteckt! Zugleich stellen sich, höhnisch trügerisch, Phantomgeräusche ein, wie von einer Bootsmannspfeife. Die habe ich als Schiffsjunge gehört, wenn ein Besucher das Fallreep heraufstieg, ein Südseegouverneur, dadididaa, ein Eskimohäuptling, dadididaa. Aber nun kommt, im Kopf, *unablässig* jemand an Bord, *unaufhörlich* bläst der Bootsmann die Bronzepfeife. Der Pfeifklang dringt durch Mark und Bein, dringt durch Stirnbein, Schläfenbein, Jochbein, Brustbein, Schambein – dringt durch, schlägt durch! Ein wahrhaft infernalischer Bootsmann, der sich bei mir eingenistet hat: über Wochen, Monate, Jahre hinweg muss der kein einziges Mal Luft holen, ich werde ausgepfiffen, dass es in den Ohren gellt, aber von innen, von tief innen her. Dauerton, geblasen und gehalten, pausenlos gehalten, gnadenlos gehalten, gnadenlos pausenlos, ich glaube zuweilen, der Kopf zerspringt – wahrscheinlich haben sich bereits dünne Risse in der Schädelschale gebildet, der Pfeifton will irgendwo raus, doch er kommt und kommt nicht raus. Andererseits wirft sich jemand über jeden Klang, der sich am Dauerton vorbei in den Kopf stehlen will, wirft sich mit doppelter, dreifacher, vierfacher Decke über jeden Ton, jedes Tönchen, erdrückt, erstickt, erstickt, erdrückt, schließlich ist da nur noch eine Klangsteppe, Klangwüste, über die der Dauerton hinwegschwebt. Doch ich ließ mich nicht unterkriegen, schrieb weiter, komponierte weiter, zeichnete weiter.

[Anmerkung des Herausgebers: Offensichtlich setzt Lyser voraus, dass die Adressaten wissen, wer sich hier hilfesuchend an sie wendet. Um dem Verdacht entgegenzuwirken, er sei eine fiktive Figur, kurz einige Angaben zur Biographie des Antragstellers.

Geboren wurde er im Jahre 1803 in Flensburg, als Sohn des Schleswiger Hofschauspielers Friedrich Burmeister und der Louise Catharina Marie, geb. Jansen. Zwei Jahre nach seiner Geburt ließen sich die Eltern scheiden, seine Mutter heiratete erneut einen Mann aus der Theaterbranche, den

Schauspieler und Intendanten Friedrich von Mertens. Nach einem Duell, das für den Gegner tödlich ausging, musste Mertens seine Stelle aufgeben, eine neue Existenz aufbauen; dies geschah unter dem Namen seines Stiefvaters Lyser. Unser Lyser nun kombinierte lange Zeit die Namen beider Väter: Burmeister-Lyser, beließ es zuletzt aber bei: Johann Peter Lyser. Wobei er in frühen Jahren zuweilen der wohlklingenden Namensform den Vorzug gab: Jean Pierre Lysèr.]

Es liegt mir ganz und gar nicht, schön brav der chronologischen Ordnung folgend mein Leben zu vergegenwärtigen, dazu besteht wahrhaftig kein Anlass, also belasse ich es an dieser Stelle bei einem dankbaren Hinweis auf meinen Doppelvater Friedrich.

Vater Friedrich hat nachhaltige Spuren hinterlassen in meinem Gedächtnis; er las dem Kind Berichte vor über Expeditionen in ferne, meist tropische Länder. Ich lernte auf diese Weise Wörter kennen, die anderen Kindern meines Alters vielleicht erst sehr viel später begegnen, falls überhaupt. Ich nenne das Wort »Lippenschmuck«. Ein gleichsam wegweisendes Wort für mich als Mann der Sprache! Es folgten weitere wohlklingende Wörter, schön wie das Federkleid tropischer Vögel: Purpurbindertäubchen ... Rotschnabel-Hokko ... Graurücken-Trompetervogel ... Ja, und es wurde mir von Schlangen vorgelesen, die mit gespaltenen Zungen am liebsten nach Lebewesen schnappen, die durch Schönheit auffallen: Schmetterlinge, Kolibris, Singvögel ... Diese Schlangen lassen, getarnt und reglos, ihre Opfer nah herankommen, schnellen dann zum tödlichen Biss auf sie los ... Schlangen dieser Art als Gefahr auch für Menschen: sie umschlingen Körper, töten durch Strangulation. Die kann so stark sein, dass sich das Knacken von Rippen weithin vernehmen lässt, auch bei Personen mit einer gewissen Fettschicht auf dem Leibe.

Vorgelesen wurde mir zudem von chamäleonartigen Amphibien, die, gleichfalls gut getarnt, auf der Lauer liegen, meist auf Ästen in Kopfhöhe von Menschen, und mit einem kurzen, giftigen Anhauch machen sie jede Orientierung zunichte. Als Folge auch ungewöhnliche optische Eindrücke: Grüne Blätter schillern kurzzeitig in allen Farben des Regenbogens, während farbige Blüten aschfahl werden. Dies in kaleidoskopischer Verwirbelung.

Als weitere Gefahr im Urwald: meterlange Fäden, die von Bäumen hängen, hochgiftig wie Nesseln der Portugiesischen Galeere, der Staatsqualle. Das Nesselsekret brennt sich tief in die Haut ein; versucht man die Wirkung durch Wasser zu lindern, so wird der Schmerz nur gesteigert. Das Gift dieser Nesseln kann sogar lähmend wirken – dies so rasch, dass Gegenmaßnahmen sich als vergeblich erweisen.

Was meinen zweiten Vater Friedrich betrifft, so verbindet uns ein zuletzt leider gemeinsam erfahrenes Leid. Ihm schien zuweilen, er hätte eine Zikade im Kopf, ja eine Doppelzikade: eine im rechten, eine im linken Ohr, hinter den Trommelfellen vor jedem Zugriff gesichert; dort sägen, sägen sie alles in Stücke, die Gehörgänge füllen sich mit akustischen Sägespänen … Sodann berichtete er mir vom Gong im Kopf, einem riesigen, sprich: chinesischen Gong, doch der Ton, der tiefe, satte Ton verschwingt nicht, schwingt nicht aus, hört einfach nicht auf zu schwingen … Und wiederum, wie er mir zuflüsterte, als ich ein Flüstern noch wahrnehmen konnte: unablässig knatternde Furzmaschinchen … Und wieder Zischen, Zischeln, das sich anderen Lauten verschließt, ein permanenter Zischverschlusslaut … Gelegentlich auch noch das Dröhnen eines Hammerwerks, Stampfwerks, das pocht, pocht, pocht besonders laut, wenn es draußen laut wird, bei einem Feuerwerk etwa.

Ein offenbar chamäleonartiges Hörphantom, bei Vater Friedrich zwo leider auch noch verbunden mit stetigem Nachlassen des Hörvermögens. Ich vermute, hier hat sich etwas emphatisch übertragen: bereits in frühen Jahren begann auch meine akustische Wahrnehmung nachzulassen.

Als Bub bin ich umhergeschippert auf diversen Weltmeeren, als jüngster Schiffsjunge an Bord. Damals schon war ich ein Fliegengewicht, bin über einssechzig nie hinausgekommen. Wer derart klein und leicht ist, den hätten widrige Winde ohne weiteres von einer der Wanten und Rahen wegblasen können, weit hinaus aufs offene Meer.

Indes: zwar nahm ich nicht an Gewicht zu, doch gewann ich an Geschick. Als wetterfester Jungseemann umrundete ich das gefeierte Kap der Guten Hoffnung ebenso wie das gefürchtete Kap Hoorn. Mal setzte sich ein Eisvogel auf eine der Rahen, mal ein Kolibri; mal paddelten Eskimos auf das Schiff zu, mal Südsee-Insulaner; mal sprach ich mit einem dänischen Missionar über die Sprache der Eskimos, mal ließ ich mich von einem nackten, reich tätowierten Insulaner einweihen in die Sprache seines Stammes; mal liebte ich in einem Iglu ein Eskimomädchen auf erst hartgefrorenem, doch recht bald schon dampfendem Fell, mal brachte ich mit einem Südseemädchen eine Basthängematte zu heftigem Schaukeln zwischen kokosnussschleudernden Palmen.

Ich darf allerdings nicht verschweigen, dass ich für meine Abenteuer, für die Erweiterung meines Horizonts einen zuweilen hohen Preis zahlen musste. Eine Zwischenlandung bei Dakar, Ladung wurde gelöscht, neue Ladung an Bord genommen, doch nach ein, zwei Tagen erkrankten mehrere Mann an der Ruhr, davon blieb ich nicht verschont. Der Kapitän wollte uns erst wieder an Bord lassen, wenn wir »ausgeschissen« hätten, und so kampierten wir in einem improvisierten Zelt (aus Segelplanen der Rüstkammer an Bord). Und ich lag, trotz der Hitze, zugedeckt mit Säcken, war schlapp, total schlapp. Und keiner, der sich um uns kümmerte, uns gelegentlich einen Schluck Wasser einflößte bei all dem Flüssigkeitsentzug.

So stellten sich bald Halluzinationen ein, entwickelten sich urplötzlich mit einem einzigen Wort, zugleich einem Bild, das ich nicht vertreiben konnte, vertreiben wollte, half es mir doch, die Zeit zu verkürzen bis zur Genesung. Ich darf Ihnen, werte Herren, das Wort nennen, ohne mich zu dekuvrieren: es war »Glasaal«. Sie müssen sich das auf der Zunge zergehn, durch die Köpfe schweben lassen, nur so können Sie sich, ansatzweise, in meine Situation bei Dakar versetzen: Glas-Aal ... mit diesem Wort das Bild eines schwebeleichten Körpers ... Glas-Aal ... nur noch angedeutet: Skelett und Kontur ... Glas-Aal ... bloß geahnter Körperumriss ... Glas-Aal ... schwebeleicht im Leerraum ... Glas-Aal ... Glas-Aal ...

Am dritten Tag sah ich draußen einen Seemann vorbeigehn mit einem Spießchen aufgereihter saurer Gurken. Ich stieß einen Schrei aus, so laut ich noch konnte. Der Seemann trat tatsächlich an den Zelteingang, wollte zu uns Dünnscheißern aber nicht reinkommen. »Stinkt ja wie die Hölle!«

Es war ein Seemann von einem der anderen Schiffe, die auf Reede lagen; er hatte sich an Bord mit Gurken versorgt, Gurken im Fass. Ich bat ihn, mir die Gurken zu verkaufen, ich würde sonst eingehn vor Durst. Davon riet er ab: Gurken bei

Ruhr, da ist man schnell über den Jordan. Ich antwortete mit hölzerner Zunge, das könne ihm doch egal sein. (Um wahrhaftig zu bleiben, muss ich hier korrigieren: Der Situation entsprechend sagte ich, das könne ihm doch scheißegal sein.) Zudem: auf seinem Schiff könne er sich ganz gewiss weitere Gurken besorgen, frisch vom Fass. Und ich kroch auf allen vieren zum Zelt hinaus, legte eine Silbermünze in den heißen Sand, er legte mir die sauren Gurken in die Mütze; ich schleifte sie aus der brüllheißen Sonne in das stickig heiße Zelt. Die anderen Ruhrkranken, vielleicht neidisch, redeten mir zu: Der hat ganz recht, bei Ruhr noch saure Gurken fressen, da gehst du hops. Aber das waren schon zu viele Wörter, für mich gab es nur noch zwei Wörter: Saure Gurken, *saure Gurken*! Einer der Mitleidenden, nachskatend, nachhakend: Lass die Finger davon; wenn du die frisst, hast du für immer ausgeschissen. Das war kein Satz, der die Wörter »saure Gurken« enthielt, also hörte ich nicht darauf, setzte mich vielmehr hin, fraß knirschend, schmatzend die saftigen, essigsauren Gurken, Stück um Stück. Durst gelöscht, Bauch gefüllt.

Nun war der Kopf wieder frei für Fragen: Machen die Gurken dich jetzt kaputt? Angstschweiß, vermischt mit Afrikaschweiß. Mein Bauch kühl, gurkenkühl, grabeskühl ausgehöhlt. (Von der Bühne abtreten …? Leben vollenden …? Geist aufgeben …? Entschlafen …?) Einer der Kranken schlug für mich ein Kreuz, mit vorletzter Kraft. (Von hinnen scheiden …? In die Grube fahren …? Abgerufen werden …? Erlöst werden …? In die ewigen Jagdgründe eingehen …?) Ein anderer fragte mit toten Lippen nach der Zahl der verputzten Gurken. Als ich die nannte, schrieb er mich vollends ab. (Abkratzen …? Abnibbeln …? Verrecken …? Krepieren …?)

Ich streckte mich aus, schon war ich weg. Schlief neun Stunden, wachte auf: lebte also noch! Kein Glas-Aal mehr –

verschwunden im Lichtflirren draußen. Da wusste ich: du bist auf dem Wege der Besserung.

Das wollten die andren nicht glauben. Doch, ich lebte noch, es ging mir sogar besser. Das wollte man erst recht nicht glauben. Ja, eigentlich ging es mir viel besser, ich fühlte mich fast schon gesund. Das, so meinte einer, sei das bekannte Aufflackern kurz vor dem Abkratzen. Aber ich kratzte, nibbelte nicht ab, verreckte nicht, krepierte nicht, wurde gesund, durfte als Erster aus dem Quarantänezelt wieder an Bord.

Diese Gurken-Episode, werte Herren, halte ich hier zum ersten Mal schriftlich fest. Ausführungen gleichen Inhalts werden Sie in keiner der gedruckt vorliegenden Publikationen finden, nicht einmal in meinem Roman.

Bereits mit vierzehn wurde ich Stellvertretender Kapellmeister in Paderborn – vorwiegend für Operetten, für Begleitmusiken von Possen. Anschließend ein Engagement in Lübeck. Und dort die große Tragödie meines Lebens: Ohne Vor- oder Warnzeichen wurde ich, im Alter von siebzehn, Opfer einer schweren Erkältungskrankheit, die mir auf die Ohren schlug. Ich wurde taub. Doch ich gab nicht auf, das schon gar nicht!

Nun erst recht auf der Suche nach Einnahmequellen, verdingte ich mich, Mitte zwanzig, als Zeichner in der Anatomie des St.-Jakob-Hospitals zu Leipzig. Als Gehilfe des Prosektors zeichnete ich Anomalitäten, krankhafte Missbildungen von Patienten vor, während und nach Operationen. Auch dies führe ich an, um zu signalisieren, dass ich lebenslang knapp bei Kasse war, infolgedessen vor keiner Tätigkeit zurückscheute. Will sagen, dass ich nicht durch Versäumnisse in die bedrängte Lage geraten war, vielmehr, dass äußere Faktoren auf mein Leben negativ eingewirkt haben.

Nachdem ich hinreichend Verfall und Verformung menschlichen Fleisches in präzisen Zeichnungen festgehalten hatte, ging ich über zum Schreiben. Ich verfasste vor allem Novellen über große Musiker, angefangen bei J. S. Bach.

Die Arbeiten schickte ich der Reihe nach an Robert Schumann, der sie gleichsam unbesehen in seiner *Zeitschrift für neue Musik* veröffentlichte. Doch blieb dann meist das Honorar aus; in diesem Punkt war der gute Schumann mehr als saumselig.

Und ich sackte wiederholt ab in einen Zustand der Verzweiflung. Zum Beleg ein Zitat aus einem Brief, den ich 1836 an Robert geschrieben hatte: »Mich hat eine niederträchtige Hypochondrie erfasst, so dass mir Gesellschaft, Weiber, Wein usw., kurz alles jetzt Pomade ist; mein einziges Vergnügen ist nur noch, mich auf ein Pferd zu setzen und herumzujagen, bis mir alle Knochen wie zerprügelt sind, damit ich nur schlafen kann, es ist ein fürchterlicher Zustand! Sende mir Geld, dann will ich einmal eine Champagnerkur versuchen, vielleicht hilft sie mir.«

Nach einigen Zwischenzeilen mit Grüßen an »Felix le Grand«, sprich: Mendelssohn Bartholdy, musste ich meine damals bereits chronisch desolate Finanzlage durch inständiges Bitten zu erkennen geben: »Eh bien, drucke den Bach und sende mir Gold, Gold, Gold, Gold, Gold, Gold! Dein höchst übellauniger, Dich dennoch herzlich liebender J. P. Burmeister-Lyser.«

Mit gerade mal 27 veröffentlichte ich bei Hoffmann und Campe meinen Roman *Benjamin*, »Aus den Blättern eines tauben Malers«. Ein Werk, in dem ich Erlebtes und Erlittenes frei umsetzte – ich bezeichnete es zutreffend als »Versuch eines Versuches«. Der Verleger bat mich, dies im Klappentext zu begründen, was denn wie folgt geschah: »Ich griff hinein ›ins bunte Menschenleben‹ und in mein eigenes … Mein Buch enthält nur Wahres, und dennoch ist alles erdichtet – aber nichts erfunden.«

Zur Fortsetzung meines Werkberichts rufe ich nun freilich nicht der Reihe nach die Titel der Kunstnovellen auf, die ich zumeist im Publikationsorgan von Freund Robert veröffentlichen konnte – ich weise lediglich hin auf meine Erzählung über Friedemann, den ältesten der Bachsöhne.

Der erhielt Vorschusslorbeeren vom Vater, fand gebührende Anerkennung unter Kollegen, doch zuletzt, in Dresden: verarmt und vergessen. *Der alte Musikant* vegetierte dahin in einer Dachmansarde, dem Verhungern und Erfrieren nah – ein erst kränkelnder, dann kranker, schließlich schwerkranker Greis. Ich suchte ihn zuweilen auf, obwohl mir das Treppensteigen, erst recht über vier Stockwerke hinweg, bereits schwerfiel, im Jahr vor seinem Tode. Ich vollzog so etwas wie eine Krönung der ramponierten Erscheinung in desolater Dachwohnung, versuchte, das ein wenig feierlich zu gestalten, setzte ihm einen Kopfreif auf, wie er unter Indianern Südamerikas hohen Rang in der Stammesgemeinschaft signalisiert.

Ich darf den Zeremonialhut rasch skizzieren: Langgestrecktes Baumwollnetz, in das Büschel von gelben, roten, schwarzen Federn dicht gesteckt sind; an zwei gezwirnten Faserschnüren ein langer Nackenschmuck mit Büscheln von überwiegend grüngelben Körperfedern des Ara; seitlich, an einer gezwirnten Baumwollschnur, das Präparat eines Honigsaugers.

Ich bin in der Beschreibung penibel, um verständlich zu machen, weshalb sich Friedemann, sonst niedergedrückt, mit dem Kopfreif wie erhoben, ja beflügelt fühlte. Fast, so könnte ich sagen, fast hätte er abgehoben – bei all den Vogelfedern wäre das kein Wunder gewesen.

Ich vermute, Sie möchten eine Zwischenfrage loswerden: Wie kam Antragsteller Lyser an ein derart rares Objekt? Recht einfach: Einer aus meinem Kreis (er zählt nicht zu den Freunden, eher zu den guten Bekannten) ist Präparator, vor allem von exotischen Vögeln. Immer wieder werden von Offizieren oder Reisenden auf einem der in Hamburg oder Cuxhaven einlaufenden Schiffe aus Südamerika oder dem Fernen Osten auch Vogelpräparate mitgebracht, die unter den klimatischen Unbilden der langen Schiffsreisen sichtlich gelitten haben, demnach dringend aufbereitet werden müssen. Ich habe dem Präparator gelegentlich zugeschaut bei der Tüftelarbeit und dabei so manch schöne, ja poetisch klingende Bezeichnung zu hören bekommen: Kahnschnabelreiher ... Schlangenhalsvogel ... Rosa Löffler ... Schillertangare ...! Dem Balg- und Federexperten habe ich eine originalgetreue Skizze des Zeremonialdekors vorgelegt, und er hat, dem einen oder anderen Vogelpräparat eine Feder entzupfend, das Wunderwerk ausgeführt.

Da ich schon mal dabei bin, Authentisches zu vermitteln in vertrauensbildender Maßnahme, gleich ein weiteres Zitat aus einem meiner zahlreichen Briefe an Schumann – dies auch als Beleg dafür, dass mir selbst bedrückendste Lebensverhältnisse nicht den Humor rauben konnten. »Nun leb wohl, Du fettes Stück aus Epikurs Stall. – Beiläufig noch die Nachricht, dass ich Bräutigam bin und im Oktober Hochzeit mache. Beileidsbezeugungen werden verbeten.«

Nein, Beileid, Mitleid brauchte ich zu jenem Zeitpunkt noch nicht, alles sah erst mal gut aus. Ich wurde Vater, und das sukzessiv dreifach: zwei Mädchen, ein Junge.

Damit sei ein Schlusspunkt gesetzt hinter die privaten Mitteilungen, auch wenn es zur einschneidenden Erfahrung wurde, dass sich Caroline einen englischen Komponisten als Hausfreund, als Geliebten erkor, der schließlich zweiter Ehemann der Kindsmutter wurde. Den Namen nenne ich nicht, setze nur Initialen ein: HHP. Und schicke, Distanz suchend, meine Gedanken wieder auf Reisen.

Als Jungseemann war ich angeheuert auf einem Ostindiensegler nach Ceylon. Ein großes Handelsschiff, und doch herrschte Enge – alles vollgestellt, vollgepackt! Auf dem Deck, zwischen Haupt- und Fockmast: Beiboote, Bug- und Notanker; in den Stauräumen viele hundert Fässer, von denen allein sechzig bis siebzig mit Trinkwasser gefüllt waren, ebenso viele mit Sauerkraut, gepökeltem Rind- und Schweinefleisch, mit Mehl, Erbsen und Zwieback, auch mit Wein und Branntwein. Hinzu kam Steinkohle, teils als Ballast im Kielraum, teils für den Herd in der Kombüse.

Trotz aller Vorkehrungen stellte sich auf der monatelangen Schiffsreise Skorbut ein: Zahnfleisch begann zu faulen, Zähne lockerten sich, auf der Haut bildeten sich blaue Flecken, Beine schwollen an ... Nicht so bei mir! Ich verschaffte mir heimlich Zugang zu einem Sauerkrautfass; dabei war es von Vorteil, dass ich mich klein und dünn machen konnte. Alles Weitere lässt sich denken.

Trotz aller Belastungen an Bord – Seemannsgarn wurde gesponnen. Ceylon als Insel der Affen, als Eiland der Elefanten ...! Von den Affen, die allenthalben in der Hauptstadt herumturnen, hieß es, sie würden mit Einwohnern Karten spielen, selbstverständlich um Geld. Wenn sie gewinnen, so laden die Affen die Verlierer ins nächste Gasthaus ein, geben dort das gewonnene Geld gleich wieder aus, zeigen sich spendabel; sie trinken nicht nur Tee oder Kaffee, sie lassen sich auch mal ein Starkbier schmecken, am liebsten von niederländischer Brauart, zeigen auch keine Abneigung gegen Tabakwaren.

Noch mehr wurde von den dort zahlreichen Elefanten erzählt, dressiert zur Schwerarbeit ... Gefangen werden Nachwuchs-Elefanten in Fallgruben, und dabei soll Folgendes geschehen sein: Ein Elefant entdeckte seinen Sohn in einer Grube, wollte ihn mit dem Rüssel herausziehen, ließ sich dabei von Eingeborenen nicht vertreiben, jagte sie vielmehr davon mit den Stoßzähnen, versuchte weiterhin, den Sohn aus der Fallgrube zu heben. Weil das nicht gelang, füllte er die Grube mit Erde, Steinen, Stämmen, wollte den Sohn lieber begraben als versklavt sehen ...

Während der langen Reise freundete ich mich mit einem Passagier an, einem Sanitätsoffizier, auf den in Colombo eine Stelle im Spital wartete. Er ernannte mich vorab zu seinem Famulus, versprach Kost und Logis, alles Weitre werde sich zeigen.

Colombo! Ein Mauerring, eine Festungsanlage. Zum Meer hin ist die Stadt durch Felsen und Riffs zusätzlich geschützt, landeinwärts ein weiter Wassergraben voller Krokodile. Innerhalb des Festungsrings: eine Kirche, eine Pulver-Windmühle, ein Waffenarsenal, ein weitläufiges Magazin, Umschlagplatz für Waren. Häuser wohlhabender Bürger mit Gärten, üppige Vegetation – Rhododendron, Lotus, Veilchen, Vergissmeinnicht, Orchideen, natürlich Orchideen. Ein Fischmarkt, auch für Dörrfisch, ein Markt für Leinen- und Seidenwaren, ein Markt vor allem für Obst: Avocados und Bananen, Granatäpfel und Mangos, Papayas und Passionsfrüchte, Orangen und Zitronen.

Mein »Diensther« war im Spital nicht übermäßig belastet, dennoch verfiel er nicht, wie andere Männer, der Tropenlethargie oder dem Tropensuff, er begann, Pflanzen zu sammeln, zu bestimmen, zu beschreiben, zu zeichnen, für Herbarien zu präparieren. Überwiegend Pflanzen aus Gärten und landwirtschaftlich genutzten Gebieten in Colombo und Umgebung, kaum hingegen Pflanzen aus dem Innern der Insel, aus dem tropischen Regenwald, dem Urwald. Um den Sanitätsoffizier anzuspornen, fragte ich mehr als einmal, ob Präparate von Regenwaldpflanzen nicht weitaus interessanter wären – und lukrativer: in Europa ließen die sich mit Gewissheit leichter verkaufen. Je weniger der Herr Sanitätsoffizier darauf einging, desto mehr machte ich mir diesen Vorschlag zu eigen. Mich lockte das Abenteuer. Doch allein, so schien mir erst einmal, ganz allein konnte ich das Wagnis nicht unternehmen, ich brauchte landeskundige Begleitung, und die konnte er als Offizier leichter rekrutieren als ich, sein Famulus.

Doch mein sogenannter Dienstherr redete sich auf Gefahren hinaus: Scharfzähnige Schakale, die man nachts sogar in der Stadt hörte mit ihrem durchdringenden Geheul ... Wildschweine, Wasserschweine, allesamt mit Hauern ausgestattet ... Krokodile im Wasser, Warane im Wald ... Heißhungrige Leoparden und Löwen ... Besonders gefürchtet die Kobra, die Kettenviper, der Tigerpython ... Der Gaur, groß wie ein Büffel, schwer wie ein Büffel, und wie rasch wird man von ihm attackiert ... Der Tiger, der Panther, der Panther, der Tiger ... Gereizte Elefanten ... !

Zu allem Überfluss auch noch dies: Das Innere der Insel beherrscht vom singhalesischen König. Der galt als besonders grausam – Gerüchte über Säcke voll geschrumpelter Ohren, ausgelaufner Augäpfel, luftgetrockneter Genitalien.

Er schien auf solchen Säcken zu thronen. Je weniger man über ihn und sein Königreich wusste, desto häufiger wurde Abschreckendes erzählt über Kanda-Uda-Pas-Rata, der Hauptstadt der fünf Hügel, die seit alters her Fremden verschlossen blieb.

Kanda-Uda-Pas-Rata: das prägte sich ein, wurde zum silbenreichen Lockruf! Ich wollte, musste das Geheimnis ergründen. Weil keiner mich begleiten wollte, musste ich spezielle Vorkehrungen treffen. Eine so kleine und leichtgewichtige Person wie ich wird rasch zum Opfer, also zimmerte ich einen Holzrahmen, der mich mehr als kopfhoch überragte und mir zugleich erhebliche Breite verlieh. Den stattete ich üppig aus mit Raubvogelfedern, vor allem der Harpyie, schnallte mir den Rahmen auf den Rücken, sah nun fast doppelt so hoch und doppelt so breit aus, marschierte dergestalt durch den Regenwald. Mehrfach zwischen Baumstämmen, Büschen, Lianen et cetera verkantet und verheddert, folgte ich dennoch konsequent der Richtung, die eine Karte vorzeichnete, ein Kompass vorgab.

Und ich blieb unbehelligt! Dahinziehende Jäger und Sammler wichen aus, Raubtiere überlegten sich mögliche Attacken dreimal und kamen zu klaren Ergebnissen. Ich erreichte die Position der Stadt Kanda-Uda-Pas-Rata und fand sie nicht vor! Keine Spur von einer Stadt auf weithin dominierender Kuppe. Demnach auch kein bösartiger Herrscher, keine Säcke mit getrockneten Augen und Genitalien. Leichtfüßig kehrte ich bergab zurück, leistete in Colombo meinen Beitrag zu dem (noch ungeschriebenen) Kapitel der Aufklärung auf Ceylon.

Es folgte eine Phase der Stagnation. Mentale Impulse zur Erkundung und Eroberung des Pflanzenraums wurden mehr als nur gedämpft. Dazu trug eine Person bei, die unerwartet in mein Leben trat: Mallika, vierzehnjähriges singhalesisches Mädchen, das seit zwei Jahren im Waisenhaus arbeitete, dort die Sprache der niederländischen Leitung erlernt hatte. Ich geriet in ihren Bann, wurde ihr Leibeigener der Lust. Damit gewann sie Einfluss auf mich, ja so etwas wie Macht. Sie legte sich wortwörtlich quer bei allen Versuchen, erneut den Weg in die tropischen Wälder zu wagen, spielte bei jedem Aufbruchsbegehren die Vormacht aus, die sie über meinen Körper erlangt hatte. Als sie schließlich erkennen musste, dass mich letztlich doch nichts vom Plan abbringen konnte, stellte sie sich um, machte sich zur Helferin, vermittelte einen Begleiter. Mit ihm zog ich los in den Regenwald.

Eine Enttäuschung! Der Urwald sah völlig anders aus, als ich mir das bei der Anreise vorgestellt, in vielen Farben ausgemalt hatte. Dreißig, ja vierzig Meter hoch die Bäume, und die Kronen so dicht geschlossen, dass unter ihnen nur wenig gedeihen konnte. Mittelhoher Bewuchs allein dort, wo sich das Kronendach öffnete, etwa nach dem Sturz eines Baumriesen. So war es mir relativ leicht gefallen, mit dem sperrigen Gestell auf dem Rücken voranzukommen.

Bei jener Exkursion zur fiktiven Stadt auf dem faktischen Bergrücken war mein Blick naturgemäß stets nach vorn gerichtet gewesen, sprich: mehr oder weniger horizontal. Nun aber die große Überraschung: Als ich das mitgeführte Teleskop zufällig in den Bereich der Baumkronen richtete, sah ich durch Blätterlücken hindurch Blüten neben Blüten, Blüten über Blüten – Orchideen, hoch droben auf Ästen gedeihend.

Aber wie dort hinaufkommen? Kaum Queräste an den hochragenden Stämmen … Mein Begleiter gehörte indes zu den Singhalesen, die in Palmenzonen des Küstengürtels Kokosnüsse ernten, dazu, mit einer Seilschlaufe gesichert, Palmstämme fast hinauflaufen. Ein so erfahrener Kletterer musste auch den Kronenbereich eines der Baumriesen erreichen!

Was denn auch gelang! Der Kokosnussernter warf erste Muster exotischer Vegetation herab. Ich wollte mehr, mehr, viel mehr von solchen Kreationen in Händen halten, doch der Singhalese kletterte eiligst wieder herunter – fast rutschte er den Stamm herab. Jäh war ihm der Gedanke gekommen, die Pflanzen hoch droben könnten für Götter bestimmt sein, die bei ihren Flügen auf die Kronen herabblicken, ja, auf unserem besonders großen Baum sei ein Zeichen für die Götter gesetzt, ein Pflanzenzeichen, wie es noch kein Menschenauge erblickt hätte, ein schmetterlingsbuntes Signal. Beschreiben wollte er das außergewöhnliche Phänomen aber nicht. Er wiederholte nur immer: Allein für Götter könnten die Gewächse, die Blüten dort oben bestimmt sein …!

Ich versprach hohe Belohnung für weitere Pflanzenwürfe, doch der Eingeborene ließ nicht mehr mit sich reden: Zur Strafe für fortgesetzten Frevel könnten ihn zum Jähzorn gereizte Elefanten, von Göttern mit überlangen Hakenstangen gelenkt, zwischen Wald und Stadt angreifen, die Ohren ausgeschwenkt, die Rüssel vorgestreckt, grell die Trompetenschreie.

Vor der großen Baumkronen-Expedition kleinere Exkursionen in den Regenwald. Die habe ich genutzt zu Beobachtungen, wobei ich mich eines Marine-Teleskops bediente, das ich leihweise mitführte zur rechtzeitigen Wahrnehmung feindlicher Annäherungen. Dieses Instrument nun verhalf mir zu einer Entdeckung, die mich in jener Zeit nachlassenden Gehörs zu hoher und höchster Aufmerksamkeit motivierte: Mir gerieten zwei Käfer in den Teleskop-Sichtkreis, dic ausgiebig über ihre Fühler kommunizierten.

Keine beiläufige, womöglich bloß zufällige Beobachtung! Ich nutzte den Umstand, dass die meisten Tiere ihrem Revier treu bleiben. So kehrte ich wiederholt zum vorsorglich markierten Waldstück zurück, um meine Beobachtungen fortzusetzen, Beobachtungen, zu deren Publikation ich leider noch nicht gekommen bin: Das Malen von Bildern und Schildern, das Komponieren von Liedern, das Verfassen von Gedichten und plattdeutschen Märchen hat sich notgedrungen in den Vordergrund geschoben.

Die Fühler waren fast so lang wie die Käfer selber, die – dem Dschungelgewucher adäquat – etwa handtellergroß waren. Die Fühler gliederten sich in drei Abschnitte, dies mit fließenden Übergängen. Die Spitzen der Fühler waren dunkler als ihre Ansätze, stuften sich fortlaufend ab vom dunklen zum hellen Rotbraun. Die geringen Farbdifferenzen dürften ausgeglichen werden durch unterschiedliche Oberflächenbeschaffenheit; deren Charakteristika sind äußerlich allerdings kaum erkennbar.

Die beiden Panzerkäfer beklopften sich jeweils in den gleichen Fühlersegmenten: hart auf hart, mittelhart auf mittelhart, weich auf weich. Woraus sich schließen lässt, dass jeweils ein Segment für ein bestimmtes Spektrum von Mitteilungen bestimmt ist. Wie auch immer: Erstaunlich hoch war die Geschwindigkeit, mit der sich die Fühler wechselseitig beklopften, erstaunlich lang waren die Phasen von Mitteilungen in der von mir entdeckten Berührungssprache.

In mir arbeitete es weiter: Ich wollte – koste es, was es wolle – in das Reich der hohen Baumkronen eindringen, nur wie …?! In einer Tropennacht der Einfall, der mir als rettende Idee erschien: Eine der Harpunen besorgen, mit denen Wale und Haie gejagt werden … Mit solch einer Harpune das Fangseil hinaufschleudern in den Kronenbereich; die Harpune soll über einen belastbaren Ast hinweg wieder herunterfallen; am Seil wird sodann eine Strickleiter hinaufgezogen, zumindest ein Seil mit dicken Knoten, das Hochklettern erleichternd.

Ich besorgte mir eine Harpune: sie gehörte zur Ausstattung eines der Schiffe, die vor Colombo auf Reede lagen. Die ersten Würfe misslangen: die Harpune fiel schon vor dem angezielten Ast zurück, verfing sich beim nächsten Wurf in kleinerem Geäst, musste heruntergerissen werden. Doch ich gab nicht auf; mit der mir eigenen Geschicklichkeit gelang der dritte Harpunenwurf, das Seil hing herab von einem kräftigen Ast, die Strickleiter konnte hinaufgezogen werden, ich war kurz, ganz kurz vor dem Ziel – und jäh der Vipernbiss. Eine Kettenviper! Ich schlug sie blitzschnell tot, bepisste mein Bein, wie das für solch einen Fall geraten wurde, doch rasch dehnte sich Rötung aus. Hastig die Rückkehr. Mallika wusste, welche Pflanzen Schwellung und Schmerz dämpfen, doch mehr als Linderung verschafft Osterluzei auch nicht, Schwärzung setzte ein. Pflanzensud, Pflanzenkompressen, damit das Gift sich nicht noch weiter ausdehnte im Körper. Mallika munkelte, einer der Götter hätte die Schlange losgeschickt, zur Strafe.

Und ich machte eine neue Erfahrung mit mir selbst: ich ließ mich in die Krankheit fallen. Hatte es früher schon Ansätze dazu gegeben? Das fiebernde Kind hatte sich gern umsorgen lassen. Die Mutter hatte das gefördert, damals: Schon dich ein bisschen ... Und hatte mir, oft über Stunden hinweg, vorgelesen aus Berichten von Expeditionen in ferne Länder, vom oft gefährlichen Erkunden exotischer Pflanzen- und Vogelwelten. Und Namen prägten sich ein! Schlangenhalsvogel ... Goldstirnsittich ... Grünschnabel-Tukan ...

Eisvogel Motmot und Maskenpitpit … Was Wunder, dass ich Mallika bat, mir am Krankenbett weiter vorzulesen.

Ich musste mich länger schonen als erwartet: Das Bein weiterhin geschwärzt, nur langsam ging die Schwellung zurück, die Muskulatur blieb angegriffen, obwohl Mallika Pflanzentinkturen mischte für Getränke und Kompressen, unter mehr oder weniger fachkundiger Beratung von Verwandten, auch von Bekannten. Ins Spital aber wollte ich auf keinen Fall: der Sanitätsoffizier sollte nicht rechthaberisch triumphieren …

In der Selbstverpflichtung zur Wahrheit muss ich eingestehen, dass ich in meinem Schmerz, in meiner Verzweiflung nicht allein auf Mallika vertraut, sie vielmehr gebeten hatte, einen Schamanen heranzuziehen. Und der wirkte wahre Wunder! Das sogar über den Heilungsprozess hinaus!

Unter diesem Aspekt sollte ich kurz die Zeremonialkleidung des Schamanen beschreiben, zumindest skizzieren.

Am auffälligsten war der Tanzhut – ja, mit Tänzen wurde mein Heilungsprozess fast synchron begleitet. Der Hut zeigte, und zwar in ganz bestimmter Reihenfolge, Bänder von Federn verschiedener Vögel, wobei jedes Federband einen Naturdämon verkörperte oder eher markierte. Es waren Schwanz- und Kragenfedern in Weiß von einem Hahn, in Schwarz von einem Hokko-Huhn, in Türkis von einem Tukan, in Rot und Grün von einem Ara, wiederum in Weiß von der Harpyie, einem besonders hässlichen, dennoch verehrten Großvogel. Vom Zeremonialhut herab ein langer Nackenbehang aus drei Federreihen, vor allem vom weißen Riesenstorch und dem Gelbbrust-Ara. Beim Tanz gerieten die Federn ins Schwingen wie Flügel eines abhebenden Vogels. Begleitet wurde der Tanz vom Rasseln einer Kalebasse, die verziert war mit kleinen Federbüscheln aus grünen Arafedern und braunhell gestreiften Harpyienfedern. Wichtig auch: jeweils am Oberarm des Schamanen ein Reif; der Baumwollstrang behängt mit Quasten, mit Anhängern aus bunten Glasperlen, mit halbierten Palmnuss-Schalen, besteckt mit buntem Papageiengefieder.

Das Wort »Tanzhut« deutete wohl schon an: mein Heilungsprozess wurde von Tänzen begleitet. Elaborierte Bewegungsfolgen: Da besagte ein Schleifschritt auf einem Viertel des Halbkreises sicherlich etwas anderes als ein Schleifschritt in der Hälfte eines Halbkreises. Mit Schleifschritt und Pendelschritt, Sprungschritt und Schlenkerschritt, Spindelschritt und Zwieselschritt ist das Spektrum der Bewegungen freilich nur angedeutet.

Sie können von diesen Ausführungen unschwer ablesen, dass ich sehr genau hingeschaut und mir alles eingeprägt habe. Was indirekte, aber weiterreichende Folgen hatte, nahm der Medizinmann doch trotz seiner Trance wahr, wie aufmerksam ich seinen Ritualen folgte; es entstand ein Vertrauensverhältnis, nicht wortreich, aber wirkungsstark – wobei Mallika dolmetschend vermittelte. Kurzum, ich durfte schließlich partizipieren an einigen der schamanentypischen Stimulationen: Kauen von speziellen Pflanzen, Trinken vom Sud jener Pflanzen (die ich weder benennen kann noch darf), und man hebt ab in einen Zustand, der laut Mallikas Übersetzung so bezeichnet wurde: Als Vogel ins Jenseits fliegen … Und wieder zurück. Es fand so etwas wie magische Übertragung statt: Als ich geheilt war, besaß ich – wenigstens für kurze, jedoch entscheidende Zeitphasen – die Fähigkeit abzuheben. Dies im direkten Sinne des Wortes.

Damit Sie nicht annehmen, es handle sich dabei um ein rein exotisches Phänomen, darf ich hinweisen auf einen Vorgang, der im europäischen wie im nordamerikanischen Bereich als *Levitation* bezeichnet wird: die Fähigkeit, sich mit spiritualisierter Körperlichkeit in die Schwebe zu bringen. Ich erinnere an die hinreichend gefeierte Sensation von New Jersey, als ein Mann im Zustand der Levitation aus dem Fenster seiner Wohnung im vierten Stock hinausschwebte und, nach einer ruhigen Luftkurve, durch ein anderes, ebenfalls geöffnetes Fenster desselben Stockwerks wieder hineinschwebte und wohlbehalten auf dem Teppich landete. (Nebenbei bemerkt: Dieser Vorgang dürfte bei der dünneren Luft des Hochplateaus von Tibet noch leichter gelingen.)

Ich kehrte als gleichsam neuer Mensch zurück zu »meinem« Baum im Regenwald – jenem Baum, den der Singhalese fluchtartig verlassen, jenem Baum, an dem mich der Vipernbiss ereilt hatte. Ich bereitete mich systematisch auf die Levitation vor mit dem Kauen des mitgeführten, hochspezifischen Gemischs von Pflanzensubstanzen, mit einem Schluck Pflanzensud der besonderen Art – und schon hob ich ab. Was allerdings gefördert wurde durch den Gewichtsverlust nach dem Vipernbiss. Mit geschlossenen Augen schwebte ich hinauf zum ersten der mächtigen Queräste der weit ausladenden Baumkrone. Und nun zahlte es sich aus, dass ich als Schiffsjunge gelernt hatte, ebenso rasch wie gelenkig hoch droben am Hauptmast herumzuklettern, auf einer der Rahen ein Segel setzend oder bergend.

Ich wurde wundersam belohnt! In der Tat wuchsen dort oben Orchideen in größter Vielfalt der Formen und Farben! Zartes, doppelt gefiedertes Blattwerk ... traubiger Blütenstand mit langgestielten Einzelblüten ... tiefgelappte Blätter ... leuchtend rote, mehrfach verzweigte Blütenstände ... Fleckenzeichnung entlang der Hauptadern ... karminrote Trichterblüten ... blaue Schmetterlingsblüten mit hellem Zentrum ... grünlichgelbe, braunviolett punktierte und gestreifte Kronzipfel ... breite, lilarosa gefärbte, stark vanilleartig duftende Blüten ... Statt vieler Namen, die ich aus dem Ärmel schütteln könnte, eine einzige Bezeichnung, Ihnen gleichsam als Hommage vorgelegt: Phalaenopsis Schilleriana.

Das wahre Wunder aber war der Schmetterlingsblütler, in dem der Singhalese ein Zeichen, ein Signal für anfliegende Götter gesehen hatte. Kein Wunder, denn: Die weithin überragende Baumkrone wurde wiederum überragt – dies um etwa anderthalb Meter – von einem schlanken Stängel, gekrönt von einer Blüte in Form und Farbe eines tropenbunten Schmetterlings.

Ich hätte diese Wunderpflanze bergen und für den Transport nach Europa konservieren müssen, wie aber hätte sich das technisch realisieren lassen? Ich hätte einen Behälter gebraucht, noch länger als das Futteral für mein Bassetthorn, ja, noch besser wäre ein etwa zwei Meter langes, oben für die Blüte ausgebauchtes Glasgefäß gewesen, aber wie hätte ich das von der Baumkrone herab und durch den Regenwald zum Küstenbereich schaffen können, um es schließlich auf dem Schiff vor den Einwirkungen der mit Sicherheit bevorstehenden Stürme zu schützen? Ich musste mich damit begnügen und die Fachwelt damit zufriedenstellen, dass ich dort oben eine präzise Zeichnung anfertigte mit exakten Angaben der Farbwerte – Hinweise, die ich erst später umsetzen konnte, mit Deckfarben.

Meine früh schon dokumentierten Fähigkeiten und Fertigkeiten als Maler kamen hier voll zur Geltung, nur leider nicht voll zur Wirkung: Unter Botanikern wurde, in einem Akt der Verschwörung, mein Fund stillschweigend ignoriert. Dabei hätte die von mir entdeckte und dokumentierte Pflanze durchaus meinen Namen verdient: Orchidea magnifica lepidopteriosa lys. Offenbar war man eifersüchtig auf meinen Fund – als stünde so was nur Botanikern zu. In der Tat wäre diese Entdeckung und ihre wissenschaftlich relevante Publikation die Krönung eines Botanikerlebens gewesen – und nun machte dies ein Maler, Musiker, Schriftsteller geltend! Dagegen half nur ein Massenaufgebot an Vorurteilen! Kurzum, die Schmetterlingsblüte blieb auf dem Papier, das ich, auf Verlangen, gern nachreiche, damit Sie einen unmittelbaren Eindruck gewinnen können von der Bildkraft dieser wundersamen Erfindung der Natur.

Und die Belegstücke in den Herbarien, in den Bastkörben? Ich habe wahrlich nicht mit leeren Händen die Heimreise angetreten, doch die Umstände waren widrig. Will sagen: der Stauraum war äußerst knapp, auch in diesem Riesenschiff von 24 Metern Länge.

Sie müssen sich einen Ostindienfahrer etwa so vorstellen: auf dem Deck reihen sich steuerbord wie backbord Kanonen – Handelssegler sind besonders bedroht durch Piraten. Auch das Deck darunter: beherrscht von Kanonen. Über ihnen, zwischen ihnen Hängematten, in denen die Kanoniere schlafen – die Matten hängen so dicht, dass bei den Schaukelbewegungen des Schiffes Körper an Körper stößt.

Mir wurde ein Plätzlein zugewiesen im zweiten Unterdeck, dort, wo sich die Seemänner aufhalten und schlafen. Fragen Sie nicht, wie Luft, womöglich Frischluft in die Holzkammer dringt, die lediglich durch eine sehr steile Stiege zu erreichen ist. Ich kann nur sagen: Stickluft, zum Schneiden dick! Übrigens war unter dem Mannschaftsraum ein drittes Tiefgeschoss, mit der Segelkammer, der Pulverkammer und so weiter. Im Kielraum darunter vor allem Wasserfässer. Das Reich absoluter Finsternis!

Ich skizziere die drangvolle Enge auf vier Ebenen, um plausibel zu machen, weshalb ich schließlich mit leeren Händen zurückgekehrt bin. Einen Winkel, womöglich Spind, in dem ich meine botanischen Präparate, meine Fundstücke hätte verstauen können, gab es von vornherein nicht. Ich hatte nur eine Kiste zur Verfügung, und in der geschah Schlimmes, bevor das Schlimmste mit ihr geschah. Im feucht-heißen Klima zwischen Ceylon und dem Kap der Guten Hoffnung setzten die getrockneten und gepressten Pflanzen Schimmel an, und die Schmetterlinge, von gleicher Farbenpracht wie die Blüten, wurden von Schädlingen angefressen – winzige Käfer, die sich einfanden wie von einem bösen Geist gerufen.

Blieben die Vogelpräparate: in einer luftdichten Kiste hätte ich sie retten können, aber die Kiste ließ Luft herein und Gestank heraus, die Seemänner in der Kammer murrten erst, dann maulten sie und schließlich – mir zittert die Hand, während ich das schreibe –, schließlich warfen sie, während ich sinnend am Bug stand, am Heck die Kiste über Bord.

»Auf Nimmerwiedersehn!«, rufe ich ihnen nach: der Sonnenralle wie dem Schwarzen Geier, der Glanz- wie der Moschusente, dem Truthahngeier, Pfefferfresser, der Lanzettschwanzpipra und Pompadourkotinga, der Rotbug-Amazone und dem Langschwänzigen Tyrannen (Colonia colonus).

Gleich nach der Rückkehr aus Ceylon unternahm ich, von Cuxhaven aus, einen kräftezehrenden Fußmarsch nach Bamberg. Dort suchte ich den großen E. T. A. Hoffmann auf, half ihm beim Malen von Bühnenprospekten. Als »Famulus« habe ich Hoffmann einiges abgeguckt: Die rote Kappe … den chinesischen Schlafrock … die Pfeife mit einem Stiel, der fast drei viertel seiner und meiner Gesamterscheinung maß – ich transportierte das zerbrechliche Utensil im Behältnis, in dem auch mein Bassetthorn steckte. (Anmerkung für die Nichtmusiker unter Ihnen: Es handelt sich um eine Alt-Klarinette mit aufgebogenem Schalltrichter.)

Damit gleich das Stichwort Musik: Ich habe dem Meister auch beim Komponieren assistiert, die eine oder andere Partie ausführend, zu der Hoffmann nicht die rechte Lust verspürte. Schrieb zudem Orchesterstimmen aus. Sang zuweilen auch eine Strophe eines von mir komponierten Liedes, ließ mich auf dem Bassetthorn vernehmen, improvisierend, fantasierend, geisterleicht umherschreitend.

Die Verständigung mit Hoffmann war allerdings schwierig. Denn: nach (oder eher: aufgrund) der Ceylon-Reise habe ich das Gehör verloren – Nachwirkung, Spätfolge des Viperngiftes.

Dennoch: wir haben nicht nur gemeinsam an Bühnenbildern, Theaterprospekten gearbeitet, wir haben auch ein veritables Gemälde vollendet: Gemeinschaftsarbeit von Gleichgesinnten.

Ich wollte allerdings nicht nur malen, musizieren, dichten, und so hatte ich mich vor etwa 45 Jahren erneut anheuern lassen auf einem Frachtsegler mit Kurs auf Kapstadt. Dabei, wie üblich auf dieser Route: Zwischenlandung St. Helena, zum Auffüllen von Trinkwasser, zur Versorgung mit Proviant, zur Reparatur von Takelage (nach einem der unvermeidlichen Stürme).

Ich habe die Ruhetage genutzt zu einem Besuch bei Napoleon. Wobei gleich angemerkt werden muss: Es war nicht leicht, zum streng bewachten Mann vorzudringen. Mein Vorwand und meine Begründung: Überreichen eines Geschenks. Es handelte sich um ein Fässchen Kölnisch Wasser, hergestellt hier in Altona, somit preiswerter als echtes Kölnisch Wasser: findigen Mitbürgern war es gelungen, das Rezept der Kölner zu analysieren, zu reproduzieren.

Auf einem Maultier ritt ich hinauf zum windüberstrichnen Bergsattel mit Haus Longwood. Dort wurde ich von Napoleon bereits erwartet – in seiner Statistik, nicht persönlich. Er pflegte die Böllerschüsse zu registrieren, mit denen jedes am Horizont auftauchende Schiff angekündigt wurde, hatte zudem, aus alter Gewohnheit, ein Nachrichtensystem ausgebaut, durch das er über Heimathafen (hier Cuxhaven), Namen (*Godewind*) und Ladung (Waffen für afrikanische Kriegsherren) informiert war – eine der ablenkenden Beschäftigungen auf der für ihn fast tödlich langweiligen Insel.

Selbstverständlich wurde ich von einer englischen Wache angehalten, sobald ich mich Haus Longwood näherte. Ich konnte den diensttuenden Sergeanten jedoch leicht davon überzeugen, dass mein Fässchen keinen Sprengstoff enthielt – ich ließ gluckern.

Warum ausgerechnet dieses Geschenk, werden Sie fragen. Nun, einer Pressenotiz hatte ich entnommen, dass die Engländer, allen voran Insel-Kommandant Sir Hudson Lowe, nicht bereit waren, Napoleon den Wunsch nach Kölnisch Wasser zu erfüllen, nachdem seine an Bord der *Bellerophon* mitgeführten Bestände zur Neige gegangen waren; man blieb britisch hochnäsig, versagte ihm den Import von Kölnisch Wasser, so dass der Exkaiser auf Lavendelwasser angewiesen war, was ihn aber nicht ganz so erfrischte wie Eau de Cologne, das zwar ebenfalls Lavendel enthält, dies jedoch zusätzlich mit dem ätherischen Öl der Zitrone, der Bergamotte, von Rosmarin und weiteren Pflanzen, die mir leider nicht bekannt sind. Dies aber weiß ich: Mein Geschenk war, streng genommen, gepanschtes Kölnisch Wasser, aber das hat Napoleon nicht anders verdient, nachdem er so vielen

Menschen das Leben verdorben oder gar gekostet hatte. Der Inhalt des Fässchens sollte ausreichen für die folgenden Jahre, in denen Napoleon erwartungsgemäß noch beleibter wurde, infolgedessen noch mehr transpirierte, womit sich wiederum der Konsum von Duftwasser erhöhen musste.

Voilà, es schien, als würde ihm Manna überreicht oder eher: Nektar! Auf der Stelle musste das Fässchen geöffnet werden von einem der Mitarbeiter, die als Zeitzeugen nach St. Helena zitiert worden waren, und schnuppernd überzeugte sich der Exkaiser von der Frische des Eau de Cologne aus Altona, das er für Kölnisch Wasser aus Köln hielt, bestrich mit feuchtem Zeigefinger den Achselbereich seiner Jacke, woran er gut tat, bestrich die Stirn, was sich günstig auswirkte – nach der erst mürrischen Phase wurde er leutselig, erkundigte sich, woher ich käme und was meine Profession sei. Bei den Stichworten Ceylon, Colombo, Regenwald horchte er auf, nahm Platz, forderte mich mit einem Wink auf zu berichten.

Und ich erzählte von meiner Tigerjagd auf Ceylon. Berichtete dem waffenkundigen Zuhörer, dass ich mir dazu eine Muskete beschaffte. Denn: zum Tiger passt eine Muskete, nicht eine Flinte, nicht ein Gewehr – kein Schießprügel also üblicher Art. Das Schießen musste ich nicht erst erlernen, ich schoss mich ein. Mit der Muskete zog ich denn los, geführt von einem Shikari.

Erst einmal: langer Anmarsch. Tümpel, Mücken, Mücken … Schilfdickichte, die wir umrunden mussten … Wasservögel, auffliegend, Reiher … Mangrovengehölze … Gestürzte Bäume … Faulendes, zuweilen phosphoreszierendes Holz … Gestrüpp, durch das wir den Pfad freihacken mussten … Mücken, Mücken, Mücken … Wildtauben und Dschungelhühner … Stachelschweine, die aus Verstecken flüchteten …

Pirschgang über Stunden hinweg. Ich wie besessen vom Wunsch, vom Verlangen, einen Tiger zu schießen. Endlich die ersten Spuren: Tatzenabdrücke im weichen Grund. Dann ein sichtlich von einem Tiger gerissener Zebuochse, aufgefetzt an der Halsschlagader und zum Waldrand gezerrt, wie die Schleifspur verriet. Also war damit zu rechnen, dass der Tiger zurückkehrte zu seinem Opfer, in der Dämmerung, in der Nacht.

Es waren bereits Schakale beim Tigerköder; sie konnten nicht durch einen Schuss vertrieben werden, das Geräusch hätte den Tiger warnen können. Also kletterten ich und der Shikari auf zwei nebeneinander stehende Bäume, hielten still, obwohl wir, ständig von Mücken umsirrt und gestochen, eigentlich nicht stillhalten konnten, das Warten wurde zur Qual. Doch das Jagdfieber war stärker als der Wunsch nach Schlaf. Wir warteten, warteten. Zwischendurch ein Schauer, wir wurden durchnässt, blieben weiterhin auf den Ästen sitzen. Leuchtinsekten ... Nachtfalter ... Ein Dschungelhahn ... Das Heulen von Schakalen fern, das Schmatzen von Schakalen nah ... Und, wie aus dem Boden gestampft, war er da, der Tiger! Ein Fauchen, ein rauer Atemstoß, die Schakale wurden vom Aas weggetrieben, und es begann das Reißen von Fleisch: flatschende, klatschende Geräusche, hörbares Zermalmen, Zermahlen.

Endlich mal wurde der Tiger deutlich sichtbar auf dem zerfleischten Zebuochsen, die Muskete wurde gezündet, ich traf! Doch der Tiger, angeschossen, entkam. Wir konnten ihm nicht folgen vor der Morgendämmerung, das wäre zu gefährlich gewesen, das waidwunde Tier hätte einen von uns anfallen können oder beide, also machte der Shikari ein Feuer. Kleine Stärkung. Sobald es heller wurde, folgten wir der Spur des angeschossnen Tigers – sein »Schweiß« blasig an

Blättern und Gräsern. Stundenlang die Pirsch, wir arbeiteten uns vor durch Dorngestrüpp, die Hände blutig geschrammt, die Gesichter geschwollen von zahllosen Mückenstichen; Hunger, Durst und Erschöpfung, beherrschend aber der Gedanke: den waidwunden Tiger aufspüren!

Und wir fanden ihn, abgerutscht an einer Hügelflanke, in die er seine Krallenpranken geschlagen hatte; so lag er dahingestreckt, verendet, ein Königstiger von acht Fuß Länge. Triumphgefühl trotz aller Erschöpfung. Und das Gelöbnis: Dies soll nicht der letzte Tiger sein. Ja, ich hatte Tigerblut geleckt!

Napoleon, der sich bestens unterhalten fühlte, spendete Beifall und befahl eine Fortsetzung. Also ließ ich einen zweiten Tiger los. Und in den Kronen größerer Bäume der Hochfläche gaben englische Soldaten durch gelegentliches Aufblinken der Teleskopgläser im Sonnenlicht ihre Anwesenheit unfreiwillig zu erkennen. Der optische Telegraph, an geeigneter Stelle postiert, gab zum Dienstsitz des Sir Hudson Lowe durch: Der Fremde lässt eine Fortsetzung folgen. Zweimal strich, quasi zufällig, ein sicherlich sprachkundiger Offizier durchs Gelände, um sich davon zu überzeugen, dass von Konspiration nicht die Rede war. Auch er verharrte, sichtlich gebannt. Und Napoleon betupfte, in der Hör-Erregung stärker schwitzend, Achseln und Stirn mit Altonaer Eau de Cologne.

Zurück nach Altona! Da ich nicht davon ausgehen kann, werte Herren der Schillerstiftung, dass Ihnen mein bisheriges Gesamtwerk in vollem Umfang gegenwärtig ist, darf ich Ihnen (komprimierte) Wiedergaben aus einem meiner Opernlibretti vorlegen.

Da ich mich wohl hinreichend als Musiker ausgewiesen

habe, ebenso als Komponist, werden Sie fragen, warum ich nicht einfach die Partitur vorlege. Nun, ich habe mein Libretto nicht selbst vertont. Ich bin eher Komponist von Liedern. Sie werden kaum eine Vorstellung davon haben, welch eine astronomische Zahl von Noten der Komponist einer Oper niederschreiben muss. So habe ich es Friedemann Bach angeboten – er hat abgewinkt. Habe es meinem Freund Franz Xaver Mozart vorgelegt – er erklärte daraufhin, sein Vater hätte sicherlich genügend Opern geschrieben, dem müsse er als Sohn nicht nacheifern.

Und Robert Schumann, mit dem ich in Freundschaft verbunden war? Für ihn war ich einer der Beiträger seiner Zeitschrift, darauf war sein Blick verengt. Und es trübte unsere Beziehung schon mal ein, dass er mir, wie bereits erwähnt, Honorare für Künstlernovellen schuldig blieb, und dies reichlich lang. Sich direkt an ihn zu wenden war aber auch nicht immer leicht. Zuweilen saß er in einem Gasthaus, den schaumlosen Bierkrug vor sich, den Blick über Stunden hinweg starr auf die Wand gerichtet.

So wandte ich mich wieder einmal an Clara, die ich bewundere, die mich schätzt, sonst hätte sie nicht eins meiner Gedichte vertont. Vielleicht ging ich etwas zu direkt vor in diesem Gespräch; in vertraulichem Tonfall gab ich zu erkennen, dass ich Roberts Projekt *Das Paradies und die Peri* für allzu abgehoben hielte, dass es sehr viel erfolgversprechender sein dürfte, mein fulminantes Libretto zu vertonen. Daraufhin Clara: Mein Lieber, ich werde schaun, was sich machen lässt, aber ich fürchte, ich werde hier bei Robert auf taube Ohren stoßen.

Wenn nicht Bach junior, wenn nicht Mozart junior (beide wohl allzu sehr belastet von den Namen ihrer Väter), wenn nicht der bockige Schumann, so wenigstens Joseph (Giuseppe) Rastrelli, Hofkirchen-Komponist zu Dresden; er hat sich fest vorgenommen, mein Libretto zu vertonen.

Ich darf es in gebotener Kürze skizzieren. Das Vorspiel bloß erwähnend, lenke ich Ihren Blick in einen repräsentativen Raum eines Palazzos in Florenz, in der glanzvollen Ära der Renaissance. Gäste haben sich eingefunden, illustre Gäste, entsprechend opulent kostümiert. Auftritt des Hausherrn Francesco Giocondo: schwerreicher Perlen- und Diamantenhändler, Ehemann der Mona Lisa, der Gioconda. Von einigen Gästen wird der Wunsch geäußert (kleine Chornummer), besonders wertvolle Diamanten und Perlen zu sehen, es folgt eine erste Arie: Perla, perla … bello splendore delle perle … splendore opaco delle perle … segreto della perla … miracolo della perla … il mare nella perla … la morte nella perla …

La morte – hier stellt sich gleich ein assoziativ passendes, jedoch in eine ganz andere Himmelsrichtung weisendes Stichwort ein!

Wenn auch nicht chronologisch, so doch thematisch folgerichtig: Ich habe später auf St. Helena auch den toten Napoleon gesehen. Dies bei einer Zwischenlandung, und zwar auf der Rückkehr von Deshima. Da Ihnen, werte Herren der Schillerstiftung, Deshima möglicherweise kein Begriff ist, rasch eine Anmerkung: Eine vor Nagasaki aufgeschüttete Insel, weil die Stadt von Fremden nicht betreten werden darf; kahle Insel mit kleinen Holzhäusern; die Angestellten der Handelscompagnien werden von Japanern ständig kontrolliert, ja eigentlich bewacht; nur Japaner dürfen Waren vom Umschlagplatz aufs Festland transportieren; Dienst auf Deshima lässt sich kaum von Inhaftierung unterscheiden. Und der Heimweg acht bis neun Monate lang; dabei verlieren viele, von Scharbock, von Skorbut befallen, nicht nur ihre Zähne, auch ihr Leben. Auch dies als Stichwort für eine bewegende Erfahrung.

Der Leichnam Napoleons auf dem eisernen Feldbett, das ihn auf fast all seinen Feldzügen begleitet hatte. Auf dem Gestell ausgebreitet sein Militärmantel; darauf der Tote in voller Uniform – grün mit roten Aufschlägen, Orden auf der Brust, Degen an der Seite, Sporen an den Reitstiefeln; der Dreispitz mit schwarzer Schleife und einer Kokarde in den Farben der Trikolore am Kopfende abgelegt.

Ich war, als einer der früheren Besucher, still geduldet, mit Graf Bertrand, einem Priester und einem Diener längere Zeit allein im Raum der Aufbahrung. Bertrand, ganz in Schwarz, verharrte reglos zu Häupten des Toten; der Priester murmelte Gebete; der Diener, am Feldbett kniend, scheuchte Fliegen von der Leiche. Die Stille im Raum betont vom Huschen der Ratten unter dem Holzboden, vom Summen der Fliegen, vom Blattgeraschel des Passatwinds, der fast ständig über Bergsattel und Landhaus hinwegstrich. Der Graf verließ zwischendurch den Raum. Der Priester wurde in seinem Gemurmel immer leiser. Der Diener bat mich, ihn kurz mal abzulösen – das habe ich dankbar übernommen. Ich rückte vor in unmittelbare Nähe des Verstorbenen, betrachtete die sehr weißen, ausgekühlten Hände, vor allem die rechte: Wie viele Fürsten und Könige hatten den Handrücken geküsst, wie oft hatte diese Hand Truppen in Marsch gesetzt, richtungsweisend, wie oft hatte sie Zeichen gegeben für taktische Manöver in Schlachten, die zum Siege führten … Ich berührte die Hand erst zögerlich mit den Fingerspitzen, legte zuletzt die Handfläche auf seinen Handrücken. Verharrte so.

Die Stille nun erst recht als Totenstille. Weil sich so etwas auf Dauer kaum ertragen lässt, begann ich dem Leichnam zu berichten, was mir unter diesen Umständen passend schien: Ein anderer Mächtiger, der König von Candi, genoss auf Ceylon hohe, ja höchste Verehrung, dies auch im westlichen Küstenbereich, weil er eine besonders kostbare Reliquie hütete: einen Zahn von Gautama Buddha. Vier Zähne, so berichtete ich erst halblaut, dann wispernd, vier Zähne wurden aus der Asche des feuerbestatteten Buddha geborgen; zwei von ihnen gingen im weiteren Verlauf der Weltgeschichte verloren, einer wurde von Raja Singha übernommen. Portugiesen allerdings raubten diesen Zahn, als er noch in der Küstenstadt Kotte verehrt wurde; sie überbrachten den Raub dem Erzbischof von Goa, der ließ die heidnische Reliquie zertrampeln und anschließend verbrennen. Doch was da vernichtet worden war, soll nur eine Fälschung gewesen sein; die wahre Reliquie fand sichere Bleibe im Tempel des heiligen Zahns, den ein Vorgänger des Herrschers hatte errichten lassen. Einmal im Jahr wird, unter dem Patronat des gegenwärtig regierenden Raja Singha, von einem über und über mit Gold geschmückten Elefanten die kostbare Reliquie durch die Bergstadt getragen.

Und ich verstummte in der Überlegung, ob ich dem Leichnam nicht rasch einen vielleicht schon gelockerten Zahn ziehen und den als Reliquie mitnehmen sollte. Da hätte man mich endlich beneidet und bewundert.

Zeitweilig sah man in mir Hoffmanns Doppelgänger. Ich gestehe, ich habe in der Hinsicht zuweilen nachgeholfen: Setzte mir eine rote Kappe à la Hoffmann auf, stopfte mir eine überlange Pfeife à la Hoffmann, zündete sie an, schmauchte, paffte, hustete originalgetreu.

In ähnlicher Aufmachung und Ausstattung hatte ich meinen Auftritt im Berliner Weinlokal Schultheiß, in dem Hoffmann zuweilen einen Kreis um sich bildete – dies mit raschem Zulauf, sobald sich im Viertel herumsprach: Hoffmann ist da!

Den Zeitpunkt des Auftritts hatte ich genau bedacht, sprich: kalkuliert. Es war die Zeit, in der sich Hoffmann, nach schwerer Erkrankung, zur Kur in Warmbrunn aufhielt – was allein seiner Frau bekannt war, die aber sprach nur polnisch. In diesem abgesicherten Zeitraum betrat ich das Lokal. Freilich wollte ich – infolge meiner Taubheit – nur als Hoffmann *gesehen*, nicht jedoch als Hoffmann angesprochen werden, und so griff ich auf ein bewährtes Mittel zurück, um Aufmerksamkeit zu wecken, Teilnehmer anzulocken: Ich begann zu zeichnen, und zwar karikierend, wie es Hoffmanns Art war. Währenddes trank ich zuweilen vom Champagner, der mir spendiert wurde, setzte sodann zu einem Monolog an in Hoffmanns Manier. Wenn er erst mal zu sprechen begonnen hatte, gab es kein Halten mehr, das Monologisieren konnte sich über Stunden hinziehn, vor allem, wenn er alkoholisch »montiert« war. Ich erzählte der wachsenden Runde im Weinlokal von mir als Hoffmann in Bamberg, von seinen Erfahrungen im dortigen Theater, nicht zu trennen von meinen Erfahrungen aus der Zeit, da ich Hoffmann beim Malen von Bühnenbildern aushalf, et cetera.

Dieses Theater war offiziell eine Aktiengesellschaft, faktisch jedoch eine Klitsche, was allein schon dokumentiert wurde durch die Besetzung des leitenden Gremiums, allen voran ein Zuckerbäcker und ein Seifensieder – mit solchen Figuren also sollte man auskommen, zurechtkommen, denen sollte man Verständnis beibringen etwa für die Inszenierung der Montezuma-Oper von Graun, sprich: für die notwendigen Ergänzungen des gewohnten Instrumentariums durch indianische Perkussionsinstrumente – schließlich geht es nicht nur um die sichtbare, auch um die hörbare Konfrontation zweier Welten, rief ich aus. Und fuhr in gleitendem Übergang fort: Wenn der Darsteller des Montezuma, den Zeremonial- oder Tanzhut aufgestülpt, zu rituellen Bewegungen ansetzt, so darf er nicht von gewohnten Holz- und Streichinstrumenten begleitet, sprich: stimuliert, sprich: angefeuert werden, es müssen importierte Trommeln geschlagen, muss eine originale Spaltflöte angesetzt werden – und das in Bamberg! Wenn Graun nicht in der Lage war, das so umzusetzen, müssen wir das eben nachholen! Man stelle sich vor, rief ich in die atemlos lauschende Runde, aufstehend, einige Tanzbewegungen andeutend, man stelle sich vor: Montezuma setzt an zum Tanz vor den Conquistadores, auf dem Haupt besagter Zeremonialhut mit den Federbändern verschiedener Vögel, wobei jedes Federband einen bestimmten Naturdämon verkörpere, oder eher: markiere, sprich: Schwanz- und Kragenfedern in Weiß von einem Hahn, in Schwarz von einem Hokko-Huhn, in Türkis von einem Tukan, in Rot und Grün von einem Ara, wiederum in Weiß von der Harpyie, einem besonders hässlichen, dennoch verehrten Großvogel, und von diesem Tanzhut herab ein langer Nackenbehang aus drei Federreihen, vor allem vom weißen Riesenstorch und dem Gelbbrust-Ara, und beim Tanz geraten die Federn in Schwingung wie Flügel eines abhebenden Vogels – so ein Tanz, rief ich, mich wieder setzend, so ein Tanz *kann* doch nur begleitet werden vom Rasseln einer Kalebasse, verziert mit kleinen Federbüscheln aus grünen Arafedern und braunhell gestreiften Harpyienfedern!

Ja, so ließ ich mich mitreißen von meiner Darstellung, sprach immer rascher, so wie Hoffmann immer rascher gesprochen hat, zuweilen derart rasch, dass Mithören kaum möglich war, vor allem, wenn Hoffmann – frontal zahnlos –

vor sich hin nuschelte, was bei mir, obwohl Doppelgänger, nicht der Fall war, schließlich war ich jünger als Hoffmann zu jener Zeit, ein Hoffmann, mit dem ich mich, obwohl er sich nach der Rückkehr aus Warmbrunn in guter Verfassung befunden haben dürfte, nicht konfrontieren wollte, denn: eine Begegnung mit mir als Doppelgänger-Erscheinung hätte Hoffmann einen tiefen, einen womöglich tödlichen Schreck einjagen können, noch bevor die beruhigende Erklärung hätte erfolgen können: Ich bins! Ja, Schonung war angebracht, eine unvermutete Begegnung mit einem Doppelgänger kann letztlich nur heißen, dass einer von beiden überzählig ist hier auf Erden. Wem ein Doppelgänger entgegentritt, der sieht sich gleichsam abgelöst durch eine verteufelt ähnliche Erscheinung.

Da ich mich hiermit an die Schillerstiftung wende, muss ich mich vorrangig als Schriftsteller ausweisen. Meine Publikationen sind allerdings weit verstreut, und der Roman ist vergriffen, fast verschollen, also darf ich, zum gerechten Ausgleich, kurze Einblicke gewähren in mein Werk. Ich mache es mir nicht so leicht, dass ich einfach nur aus dem Roman zitiere, ich biete Ihnen als Textproben an: klangvolle Sequenzen aus meinem jüngsten Libretto. Hier greife ich den Faden wieder auf.

Es erscheint, angemessen verspätet, ein besonderer Besucher: Giovanni de Salviatis, einige Jahre zuvor Mona Lisas Liebhaber … Kaum sind sie allein, la Gioconda und Giovanni, kriegt ihre schwelende Liebe wieder den rechten Zug, flackert, züngelt, flammt auf … Duett, das sich steigert, sie schrauben sich singend in die Höhe: Amore … il nostro amore … amore appassionato … che domina la testa, il cuore, il corpo … Der Hausherr, der soeben die letzten Gäste hinausbegleitet hat, kehrt zurück, dem Nebenbuhler bleibt nur Flucht in den Schrank: luftdicht verschließbar zur Erhaltung des Perlenschimmers – splendore opaca delle perle … Der Hausherr schreitet zum Schrank, lächelnd, seinerseits geheimnisvoll lächelnd, dabei singend, und er verschließt den Schrank, zieht den Schlüssel ab, wirft ihn, trotz vehementer Proteste der in Panik geratenen Gattin, zum Fenster hinaus in den Kanal. Und Giocondo zwingt seine Frau zur Hingabe, direkt am Schrank, zu Füßen des Schranks. Fammi sentire: chi è il padrone … fammi sentire: chi ha il potere … Der Nebenbuhler erstickt peu à peu, die von Mona Lisas Zwischenschreien stoßweise akzentuierte Arie wird zum Duett mit der gleichzeitig erstickenden Stimme im Schrank. L'oscuro … il respiro … l'oscuro … il respiro nell'oscuro … buio e sinistro … respiro diminuendo … silencio nell'oscuro … Und Francesco Giocondo singt seinen Triumph hinaus, im Lust- und Siegesrausch.

Ende des ersten Akts. Fortsetzung des Operngeschehens wenige Briefseiten später. Vielleicht kann Sie auch dies zur weiteren Lektüre des notwendigerweise umfangreichen Schreibens bewegen.

Um das von Ihnen sicherlich erwünschte, ja erwartete Bild meiner Persönlichkeit mit einem zusätzlichen Akzent zu versehen, beziehungsweise: um das Selbstporträt durch einen weiteren Pinselstrich zu ergänzen, muss ich eingestehn, dass auch bei mir (ähnlich wie bei Hoffmann) das Eheleben nicht ohne Turbulenzen verlief. Falls nach Schuld gefragt wird, wo Natur die Spielregeln diktiert, muss ich sagen: Ja, die Ursachen lagen bei mir, doch vollzog ich einen gewissen Lernprozess. Der freilich indirekt von Caroline eingeleitet wurde.

Ich mache es kurz. Als ich von einer ersten, nun sagen wir:

außerhäuslichen Aktivität zurückkehrte, hatte meine Frau im Flur eine Kerze auf die Kommode gestellt, daneben einen Topf Waschwasser, hatte ein Handtuch dazugelegt, hatte eine kleine Papptafel an den Krug gelehnt mit der Aufschrift: »Bitte wasch dir die Hände.« Ich wusch mir die Hände, trocknete sie ab mit dem sauberen Handtuch, ging ins Schlafzimmer. Caroline stellte sich nicht schlafend, sie schwieg, schwieg vernehmlich vor sich hin. Und ich lag da mit meinen frisch gewaschenen Händen, schlief skrupellos ein. Verließ am Morgen die Wohnung, versuchte, eine Arbeit an den Mann zu bringen bei einer Zeitung, muss die Prozedur nicht weiter beschreiben, kann hier ohnehin einige Tage des Scheinfriedens überspringen – bis die Natur wieder rief. Ich konnte nicht widerstehn, auch nicht unter Aufbietung aller inneren Kräfte, es musste ganz einfach sein. Mit jener Frau hätte ich eine Basthängematte zwischen Palmen so wild zum Schwingen gebracht, dass Kokosnüsse herabprasselten, mit jener Frau hätte ich in einem Schneeiglu unter hartgefrorener Felldecke, auf ebenso hartgefrorener Fellunterlage so viel Wärme entwickelt, dass die Felle weich wurden, zu dampfen begannen. Entsprechend spät kam ich nach Hause, hoffte, dass Caroline nun doch mal schlief. Öffnete leis die Türe, sah im Kerzenlicht den Topf, das gefaltete Handtuch, die beschriftete Papptafel. Ich wollte an Kerze, Waschwasser, Handtuch, Schild vorbeischleichen, doch da schien mir, als hörte ich die Stimme aus dem Schlafzimmer: »Bitte wasch dir die Hände.«

Wie zum Trotz blieb ich einige Tage später wieder aus. Zurückkehrend öffnete ich heftiger als sonst die Tür: der Luftdruck sollte die Kerze ausblasen, doch flackernd beleuchtete sie die Wasserschüssel, das akkurat gefaltete Handtuch, das Pappschild. Ich ging mit ruckhafter Entschlossenheit am Arrangement vorbei, kehrte dann aber doch um, wusch mir die

Hände, trocknete sie ab, legte mich ins Ehebett. Noch ziemlich lange spürte ich, dass die Hände frisch gewaschen waren.

Bei nächster Gelegenheit blieb ich wieder weg, konnte nicht anders, die entschieden jüngere Frau hatte mich völlig in Bann geschlagen, fast war ich ihr hörig geworden, dieser zweiten Mallika (versehentlich sprach ich sie auch so an), sie hielt das für einen originellen, nur für sie gültigen Kosenamen. Und wieder war, bald nach der Begrüßungsumarmung, der Siedepunkt erreicht. Erst in den Morgenstunden ging ich heim. Kerze, Waschtopf, Handtuch, Pappschild. Ich schloss die Augen, sah trotzdem Kerze, Waschtopf, Handtuch, Pappschild. Öffnete die Augen, sah nun erst recht die Kerze, den Waschtopf, das Handtuch, das Pappschild: »Bitte wasch dir die Hände.«

Und die Folgen? Wenn ich die andere, die jüngere Frau begrüßte, mit verzweifelt heftiger Umarmung, während ich sie sogleich auszog, sah ich deutlich, fast überdeutlich die Kerze, den Waschtopf, das Handtuch, das Pappschild. Fast war ich versucht, die Hände von der schönen Haut abzuheben, um mir das Händewaschen zu ersparen, es wenigstens zu verkürzen, aber die Geliebte wollte, dass ich ihre Haut berührte. Da sah ich Kerze, Kerze, Waschtopf, Waschtopf, Handtuch, Handtuch, Pappschild, Pappschild. Die Kerze wurde weich, das Wasser verdampfte, das Handtuch versengte, auf dem Pappschild verblasste die Schrift, während wir *ein* Fleisch wurden, schaukelnd, dampfend. Die Kerze wurde wieder hart, das Waschwasser kondensierte im Topf, das Handtuch faltete sich erneut, die Papptafel beschriftete sich wie von selbst, wenn ich nach kurzem Schlummer neben der Geliebten aufwachte und mich nach Hause verzog. Da stand denn die Kerze, und die sagte genug. Das Wasser sagte sein Sprüchlein. Das Handtuch sprach Bände. Die Papptafel war letztlich überflüssig. Ich wusch mir die Hände, trocknete sie ab, blies die Kerze aus, ging ins Bett. Immer länger fühlten sich die Hände frisch gewaschen an.

Und ich sah Kerze, Waschtopf, Handtuch, Papptafel vor mir, wenn ich doch wieder das Haus verließ, sah Kerze, Waschwasser, Handtuch, Papptafel vor mir, während ich die zweite Mallika begrüßte, sah Kerze, Waschwasser, Handtuch, Papptafel vor mir, während ich die Geliebte berührte, Kerze krümmte sich, Waschwasser verdunstete, Handtuch verkrumpelte, Papptafel wurde weich, während ich mit ihr eins wurde. Sah Kerze, Waschwasser, Handtuch, Papptafel vor mir, wenn ich die Wohnungstür öffnete. Das machte mich fertig, die Geschichte näherte sich ihrem Ende. Was ihr folgte, wurde Geschichte.

Denn auch ich war bei Beethoven, in Wien! Ich überspringe Phasen der Vermittlung durch Bekannte, Phasen des obligatorischen Wartens, komme gleich zum Bericht, dies in gebotener Kürze, schließlich wende ich mich an ein Gremium, das vorrangig mit Literatur befasst ist. Es ist nicht meine Sache, Künste zu isolieren, doch mit Beethoven besuchte ich auch einen Literatur-Enthusiasten.

Bevor ich mich zum »Bär in der Höhle« begab, habe ich mich erneut mit dem Opiat »montiert«, wie Hoffmann gesagt hätte. Jedoch: schon der Antrittsbesuch dauerte weitaus länger als gedacht, geplant, die Wirkung des Mittels ließ nach, die Verständigung wurde erschwert, Beethoven musste zum Konversationsheft greifen. Ich stellte meine Fragen schriftlich, brachte hier auch, von einer der Schiffsreisen berichtend, eine Zeichnung ein vom Klangbaum, zu dem ich auf einer der Südsee-Inseln geführt wurde.

Ich zeichnete den Trägermast, schrieb daneben: 12 m,

zeichnete einige der insgesamt 64 Balken, die rundum aus dem Trägermast herausragten, schrieb dazu: 8 m, zeichnete auf die Balkenenden vertikale Klangwalzen in verschiedenen Längen: zylindrische Resonanzkörper mit Saiten. Schrieb neben die längste der Klangwalzen: 9 m, neben die kürzeste: 30 cm. Übermittelte dem fast atemlos lauschenden Meister, dass bei einem Klangbaumfest sämtliche Walzen von Mitgliedern der akkreditierten Gruppe in Drehung versetzt werden – mal wird die schlanke Spitze eines elfenbeinähnlichen Stabes an die Saiten der rotierenden Klangwalzen gehalten, mal das warzenähnlich ausgewulstete Stab-Ende. Anreißen, hartes und weiches Anschlagen: so entstand ein überaus reicher Panoramaklang im Innenhof, den ich als garantiert erster Europäer betreten durfte. Es entwickelte sich ein reger Austausch von Klängen und Klangfolgen in unterschiedlichster Tonhöhenverteilung, Anschlagsart, Tondauer.

Mit dieser Darstellung erreichte ich, was ich ersehnt hatte: Der oft verschlossene (oder als verschlossen geltende) Beethoven entwickelte Zutrauen, ließ mich sogar teilnehmen an seiner Arbeit, und so habe ich, in einer letzten Phase akustischer Erhellung, Beethoven mit meinen bescheidenen Mitteln beim Komponieren assistiert.

Er war wieder einmal unzufrieden mit der *Leonoren*-Ouvertüre; die erste Fassung hatte ihm überhaupt nicht mehr gefallen, die zweite akzeptierte er schon eher, sie erfüllte aber noch immer nicht seine hoch angesetzten Erwartungen. So gingen wir die wild hingeworfnen Noten durch. Rasch erkannte ich einen der Schwachpunkte, notierte einen Vorschlag. Beethoven schaute auf, sah einen Ansatz zur Lösung des Problems, begann mit fliegender Hast Noten zu schreiben, schob mir das Blatt zu, und siehe da: Aus einem brauchbaren Vorschlag war eine geniale Lösung geworden.

Bald schon begannen sich Zettel auf dem Tisch zu häufen, Zettel, die bei Ludwigs temperamentvoll unterstreichenden Armbewegungen schon mal vom Tisch gefegt respektive geweht wurden. Ja, es war noch viel zu tun an der Ouvertüre, die musste breiter angelegt, folgerichtiger aufgebaut werden. Ich wagte einen weiteren Vorschlag, Beethoven griff den fast begierig auf, setzte ihn sogleich um in eine Notenfolge, und auch hier wieder zeigte sich die Pranke des Löwen. Dies schrieb ich sinngemäß auf einen der Zettel, und Beethoven, mit Freudentränen in den Augenwinkeln, umarmte mich con brio, con fuoco, gab mir einen Kuss auf die Stirn, sprach aus, was ich nicht hören konnte, doch Wort für Wort verstand. Zuletzt verbrannte er alle Zettel mit Vorschlägen: Transformation gelungen, *Leonoren*-Ouvertüre (oder Zwischenspiel) vollendet.

Anschließend haben wir, wie befreit, gemeinsam musiziert, improvisiert, fantasiert, Beethoven am Flügel, ich mit dem Bassetthorn, zwei taube Musiker im Duett, wir verständigten uns über Blicke, ich dicht neben dem Broadwood-Flügel. Beethoven warf mir, von den Tasten aufblickend, rasche Seitenblicke zu, da kamen die Einsätze präzis, immer mächtiger die Akkorde, die Beethoven setzte, ohne sie zu hören, immer rascher die Notenfolgen auf der Altklarinette, die ebenso wenig gestimmt werden musste wie der Flügel, die Klänge, die Klangfolgen fanden ihre Vollendung in unser beider Köpfen.

Diesen Zwischenbericht abschließend, darf ich noch eine persönliche Bemerkung einfügen: Mit diesem meinem ersten Besuch bei Beethoven war es mir zum letzten Mal gelungen, das Gehör mit dem Opiat befristet zu aktivieren. Nach dieser Audienz wollte mir das nie wieder gelingen. Oder: ich wollte danach nicht mehr erleben, dass mir so etwas noch einmal gelänge. Ich glaube, dafür eine Erklärung vorlegen zu können: Ich hatte mich so vorbehaltlos, so vollständig mit dem ertaubten Meister identifiziert, dass ich den letzten Rest an Hörfähigkeit für immer verabschiedet habe.

Und gleich eine weitere Sequenz aus meinem so erfolgversprechenden, dennoch vom Schumann nicht vertonten Libretto!

Damit die Handlung nach der Pause wieder anlaufen kann, muss Mona Lisa der Schlüssel ausgehändigt werden zum Schrank, in dem Giovanni de Salviatis eingesperrt ist: schicksalhafter Zufallsfund! Mona Lisa zieht die Leiche des Erstickten aus dem Schrank, schafft den toten Liebhaber diskret auf Seite ... Prompt erscheint der Hausherr, der Ehemann ... Doch Mona Lisa, nun Herrin der Lage, überreicht ihm den Schlüssel mit der scheinheiligen Bitte, eine namentlich benannte Perle herauszuholen, sie wolle sich erneut an deren Anblick erfreuen ... Vom Schlüsselfund alarmiert, schließt Francesco Giocondo hastig auf, steckt, vergeblich suchend, den Kopf in den Schrank: mächtig der Stoß in den Rücken des Gemahls, Mona Lisa knallt die Schranktür zu, dreht den Schlüssel, einmal, zweimal, zieht, geheimnisvoll lächelnd, den Schlüssel ab, steckt ihn in den Brustausschnitt ihres Renaissance-Kostüms, triumphiert lauthals, während man Francesco Giocondo im Schrank singen hört. L'oscuro ... quell'oscuro ... lo spiro ... l'oscuro ... lo spiro nell'oscuro ... Und weiter singt er im Schrank mit decresciereend gedämpfter Stimme, während sie sotto voce Triumph erschallen lässt ... Francesco Giocondo im Schrank verstummt, Schlussmusik übertönt sein letztes Röcheln. Doch nun bricht la Gioconda zusammen, Mona Lisa lächelt nicht mehr.

Und mich trifft Goethes gar nicht gestrenger Blick. Ja, ich war auch bei Goethe! Damit dieses Schreiben nicht allzu umfangreich wird, spare ich die Anreise, die »Pilgerfahrt« nach Weimar aus, ebenso, wie ich vom Hausdiener erst mal abgewiesen wurde, wie ich mich ablenkte durch einen Besuch im Theater, den Blick eher auf Goethes leere Loge gerichtet als auf die statuarischen Präsentationen. Ich spare aus, wie ich ersten (schriftlichen) Kontakt knüpfte mit Riemer, seinem damaligen Sekretär, berichte endlich, dass ich schließlich doch zugelassen wurde zu einer Audienz beim Dichterfürsten, wie ich ihm denn Zeichnungen, selbstverständlich eigene, vorlegte zum *Faust*. Und Goethe knurrte Zustimmung – was ich leider nicht hörte, ihm jedoch ansah.

Es schloss sich seine Einladung an zu einem der Diners, wie üblich mit weiteren Gästen, denen ich auch im Status quo kein Gehör geschenkt hätte, konzentriert auf die Gänseleberpastete, den Hasenrücken. Und ich wurde von Goethe zum Trinken animiert – der hausübliche Rotspon, dem er tüchtig zusprach, und er wies mit aufmunternder Handbewegung auf die Flasche hin, sicherlich begleitet von jenem kleinen Brumm- oder Knurrlaut, von dem ich mal gelesen hatte.

Im späteren Verlauf: Fortsetzung des Umtrunks, nun zu zweit. Dass ich Goethe nicht hörte, störte mich kaum, es gab ja genug von ihm zu lesen. Es entwickelte sich, was mein Freund Felix (Mendelssohn) als »Lied ohne Worte« bezeichnet hätte – hier war es ein Lied mit vielen Strophen (oder Refrains).

Und so wurde es intoniert: Auf der Fensterbank mit Blick auf den Frauenplan eine Flasche Rotwein, auf einer Kommode gegenüber ebenfalls eine Flasche Rotwein. Wobei sich nach der Lehre der Südsee gleich die Frage stellte: Welch ein

Rot? Es konnte nicht ein Rot an sich, an und für sich sein, das Rot wurde beeinflusst vom Einfall des Lichts, von der Stärke des Lichts, von der Art des Lichts: Tageslicht …? Kerzenlicht … ? Licht von Unschlitt oder Öl …? Auf das Thema Licht und Farbe war Goethe durchaus ansprechbar, ich spielte das aus, hob mein Glas vor eins der Kerzenlichter, fächerte auf, was wir pauschal als Rot bezeichnen, was für den Kundigen jedoch ein weites Spektrum bildet zwischen Kirschrot und Ziegelrot, zwischen Karminrot und Rubinrot, Purpurrot. So schmeckten wir, die Gläser vor die Lichter hebend, auch Farbnuancen ab.

Und gingen auf die beiden Flaschen los, jeder mit dem Glas in der Hand, Goethe goss sich am Fenster ein, ich an der Kommode, wir tranken langsamen Schrittes die Gläser leer beim Durchqueren des Salons, ich füllte das Glas nach an der Fensterbank, und Goethe füllte sein Glas nach an der Kommode. Wir setzten uns langsam wieder in Bewegung, schritten mit stummem Gruß aneinander vorbei, die halbleeren Gläser hebend, ich füllte mein Glas wieder an der Fensterbank, Goethe an der Kommode, er goss ein, ich goss ein – und er, und ich, und er, und ich? Es war bald ein Zustand erreicht, wo nicht mehr gesagt, geschrieben werden kann: Er trank, ich trank, vielmehr: Es wurde ganz einfach getrunken, und falls man das verteilen will auf Ich und Er, so geht das nicht mehr, es kann nur gesagt, geschrieben werden: Goss ein, goss ein, trank aus, trank aus. Oder, noch treffender in der Wechselwirkung: Goss, goss, ging, ging, trank, trank.

Es blieb nicht beim jeweils stummen Gruß in der Mitte des Salons. Ich sprach ihn auf seine naturwissenschaftlichen Interessen an, brachte meine Ceylon-Expedition zur Sprache, erwähnte Orchideen, die sich in Baumkronen ansiedeln, fand damit höchstes Interesse, fütterte ihn gleichsam an mit dreizähligen Blüten, mit Blütenständen in Traubenform, mit rispenförmigen Blütentrieben, leuchtend gelben Blumenglocken, schuhförmigen Lippen, mit weißen Kelch- und Kronblättern mit geröteter Spitze, mit leuchtend rosaroten bis weißen Blütenständen, mit breiten, lilarosa gefärbten, stark vanilleartig duftenden Blüten, nannte die Phalaenopsis Schilleriana, fand damit entschiedene Resonanz, reichte verbal die hodenförmigen Wurzelknollen der Knabenkräuter nach, ließ den quasi orchideenduftgeschwängerten Salon von schmetterlingsbunten Tropenvögeln durchfliegen, warf Goethe als Stichwort zu: Honigsauger …

Und er griff auf, formte nach – ich sah das, nach erneutem Richtungswechsel, an den Lippenbewegungen, abschmeckend, feinschmeckend: Ho-nig-sau-ger … Ich wartete auf mit dem nächsten Stichwort: Schwarzer Hokko … Wieder formte er nach, silbengenau, silbengetreu, ich las es von seinen Lippen ab bei erneuter Begegnung in der Mitte des Salons: Schwar-zer-hok-ko … Und ließ einen bunten Wirbel, eine farbige Verwirbelung von Federwerk entstehen: Goldstirnsittich … Maskenpitpit … Immer höher der Schwierigkeitsgrad, immer größer die Herausforderung: Breitschwanzbussard … Purpurbindertäubchen … Fast hätten wir abgehoben: Levitation, Levitation, wir beide im Lotussitz schwebend, dicht aneinander vorbeigleitend, Bewegung nun ohne knarrenden Holzboden, Levitation, Levitation in der Thermik der Namen all der Tropenvögel, ich sage, ich schreibe nur noch: Purpurbrustkotinga, Pompadourkotinga …

Rotwein in verschiedenen Valeurs gab uns Körperschwere, Erdenschwere zurück, der Holzboden wurde wieder hörbar, Schritt um Schritt. Und an Goethes weiterhin präzis nachformenden Lippenbewegungen, an seinem weiterhin sicheren Schritt konnte ich verifizieren, was man mir schriftlich mit auf den Weg gegeben hatte: Wie außerordentlich trinkfest der Olympier war. Erhobenen Hauptes, makellos artikulierend, marschierte er festen Schrittes an mir vorbei, während ich meine Trittspur erweitern musste.

Das Trinkduell endete damit, dass ich bei einem Torkelschritt gegen Goethe stieß, die Stirn unterhalb seines Doppelkinns, und Goethe legte, absichernd und beschwichtigend, einen Arm um mich, gab mir einen Kuss auf die Stirn. So standen wir einige Minuten reglos.

Ich, Lyser, der Maler; ich, Lyser, der Musiker; ich, Lyser, der Schriftsteller! Letzterer dürfte für Sie, werte Herren der Schillerstiftung, primär von Interesse sein. So beende ich mein Schreiben mit dem Bericht über eine meiner Kunstnovellen. Möglicherweise habe ich, impulsiv, ein wenig zu viel aus meinem bewegten Leben erzählt, und so sehe ich mich zur Ergänzung zwar nicht verpflichtet, aber doch motiviert.

Johannes Schenk, so lautet der Titel des Werks. Der Name wird Ihnen als Literaturkundigen, als Literaturfreunden nicht allzu viel sagen, so darf ich den Wiener Komponisten kurz vorstellen.

Schenk war nur drei Jahre älter als Mozart, doch damit alt genug, um vom jungen Beethoven als Lehrer gewählt zu werden. Schenk ist längst verstorben, also konnte ich frei disponieren. Ich nutzte den Spielraum, machte Johannes zu *meinem* Schenk, wusste das auch zu begründen, zu verteidigen in einem der Briefe an Herzensbruder Schumann, dem ich auch diese Novelle zum Erstdruck anbot. Schenk, so schrieb ich sinngemäß (der Brief lässt sich gewiss im Hausarchiv der Familie einsehen), besagter Schenk könne mir postum nur dafür dankbar sein, dass ich seine etwas karge, ja dürftige Biographie hier und dort ein wenig anreichere; so kann das Interesse an seinem (umfangreichen) Gesamtwerk nur gefördert werden.

Ja, Werk reihte sich an Werk! Schenk trat an die (keineswegs immer aufhorchende) Öffentlichkeit mit einem Singspiel, mit einem Harfenkonzert, mit einem Singspiel, mit einer Sinfonie, mit einem Singspiel, mit einer Kantate, mit einem Singspiel, mit einem Werk für die Kirche, mit einem Singspiel und noch einem Singspiel, einem weiteren Singspiel – schließlich waren es Stücker zwanzig. Als Komponist wollte er nicht immer nach den Sternen greifen, er hat vielfach geschaffen, was ihm und anderen ganz einfach Spaß machte. Ich darf, stellvertretend, auf den *Dorfbarbier* hinweisen, der zahlreiche Bühnen erobert hat.

Wenn ihm vom unablässigen Notenschreiben die Hand verkrampfte, wenn sich die übermäßig beanspruchte Unterarmsehne schmerzhaft bemerkbar machte, legte er ein sorgsam gefaltetes Handtuch griffbereit, zündete eine Kerze an, um Ruhe zu finden bei ihrem gleichmäßig blakenden Licht, senkte die Schreibhand, den Unterarm in eine Schüssel mit kaltem Wasser – und schenkte mir Gehör.

Ich musste aus meinem Leben erzählen: Wie ich Hoffmann beim Malen von Bühnenbildern half, als junger Spund; wie ich als Schiffsjunge die Wanten hochkletterte zum »Krähennest« und mich unersetzlich machte als scharfäugiger Auslug; wie ich auf Ceylon einen als überaus grausam geltenden Herrscher im Innern der Insel besuchte und, neben seinem Thron, Säcke mit ausgeweideten, luftgetrockneten Innereien besiegter Gegner registrierte; wie ich Pflanzen entdeckte, die folgerichtig nach mir benannt wurden; wie ich Beethoven zeichnete, der gnomhaft, Hände auf dem Rücken, dahinschritt; wie ich für das Weimarer Theater gemeinsam mit Goethe das Bühnenbild zum *Faust* entwarf; wie ich auf St. Helena vor Napoleon auftrat und er mir scherzhaft ernsthaft seinen Dreispitz aufsetzte, mich dergestalt auf und ab schreiten ließ, auf knarrendem, von Ratten unterwandertem Dielenboden; wie mir Hoffmann in vernuscheltem Monologisieren bemerkenswerte Betrachtungen über den Lauf der Weltgeschichte vermittelte, die ich leider vergessen habe.

Ja, und an solch einem Punkt, kaum hatte ich mich warmgeredet, riss Schenk die Hand aus der Schüssel, schlenkerte Wasser ab, das ohnehin nicht mehr kühlte, blies die Kerze aus, griff zum Handtuch, und schon begann er aus seinem wider Erwarten an Merkwürdigkeiten nun doch reichen Leben zu berichten, wobei ich ihm hellhörig Stichworte zuwarf in fortschreitender Identifizierung, ermöglicht und gefördert durch das damals noch wirksame Opiat, das mir auch half, von ihm Angedeutetes sinnvoll, ja sinngebend auszuführen in meiner Kunstnovelle. Dies vor allem bei der zentralen Lebensepisode mit Kronprinz Ludwig von Bayern.

Es war das Singspiel *Der Dorfbarbier*, das den jungen Thronfolger auf Schenk aufmerksam machte und schließlich zu einem Angebot führte, das Farbe in das Leben der Hauptfigur meiner Novelle brachte: Schenk wurde aufgenommen in die kleine Gruppe, die den Herzog auf der großen Tour nach Ägypten begleitete.

Dies via Rom. Rasch bildete sich dort ein Kreis junger Adliger und Künstler verschiedner Couleur, ein Kreis, der von Catel gemalt wurde: »Ludwig I., Kronprinz von Bayern, im Künstlerkreise zu Rom.« Eine tavola longa, an der man sitzt oder steht, Gläser in den Händen, und von links kommt der Wirt herein – helle Hose, dunkles Jackett, Zylinder aufgesetzt: Don Raffaele d'Anglada, in jeder Hand eine Weinflasche. Der lockenköpfige Kronprinz winkt ihn heran, gibt sich damit als Gastgeber zu erkennen, auch für Schenk zwischen dem Architekten Klenze, dem Bildhauer Thorwaldsen auf der einen Seite und Cornelius, dem Maler, Gumppenburg, dem späteren Kriegsminister, auf der anderen Seite. Schenk hat vor sich eine Zither liegen: das Instrument, das ihn auf der Reise begleiten wird – die Violine hat er zu Haus gelassen, ihr Corpus würde auf die bevorstehenden klimatischen Einwirkungen kaum ohne anhaltende Verstimmung reagieren.

Der gastgebende Kronprinz war zu jenem Zeitpunkt erst Anfang zwanzig, jedoch durch Erfahrungen gereift. Er wollte nicht zum »Leibeigenen seiner Gewohnheiten« werden, wollte »die ewige Einförmigkeit« des protokollgerechten Lebens am Hof zu München hinter sich lassen, jenes »bis zur Unbequemlichkeit bequeme Alltagsleben«. Was sich allerdings so alltäglich nicht abspielte mit einer bunten Folge von Ausritten, Parforcejagden, Bällen, von Maskenquadrillen, Theaterspielen et cetera. Dennoch empfand er Langeweile – Hoffmann hätte genuschelt: »Er ennuyierte sich schändlich.« Also wurde der große Aufbruch von der königlichen Familie gutgeheißen, ja gefördert, ein Aufbruch gemeinsam mit dem Hofmaler Catel, einem Leibarzt, einem Pferdeknecht, zwei gleichfalls jungen Männern des bayerischen Hochadels und, schließlich, mit Schenk, allerdings weniger als Komponist denn als Instrumentalist gefragt bei der monatelangen Expedition, die bis an die zweiten Nilkatarakte bei Wadi Halfa, sprich: in den Sudan führte. Immer wieder ließ sich der Herzog den bereits zu Beginn der Expedition entstandenen Nilfahrt-Walzer vorspielen, ja, er war, durch fleißiges Üben im Verlauf der sehr langsamen Fahrt nilaufwärts (streckenweise musste getreidelt werden) recht bald schon in der Lage, die liebenswerte Komposition auf seiner eigenen Zither mit Stützakkorden zu begleiten.

Für Schenk jagten sich auf dieser Tour die Höhepunkte! Ich darf aus einem Schreiben zitieren, das mir höherer Zufall vermittelte: »Verdutzt horchte der alte Vater Nil auf den zu seinen Ehren benannten Walzer. Schenks kunstreiche Weise zitterte durch die vom träumerischen Mondlicht versilberten Tempelruinen von Luxor und Karnak, er brachte den beiden Memnons eine Serenade, spielte auf der Insel Philae und über den Katarakten; selbst an der Grenze Nubiens äußerten die braunen Söhne der Wüste freudiges Erstaunen und Entzücken über das Spiel des deutschen Tonsetzers und des akkompagnierenden ›deutschen Paschas‹.«

Was hier erstaunlicherweise nicht vermerkt ist, für Schenk dennoch der absolute Höhepunkt gewesen sein muss: Auf der kleinen Plattform an der Spitze der Cheops-Pyramide mit Blick auf die Wüste westwärts und die Grünzone am Nil ostwärts spielte er, gemeinsam mit Kronprinz Ludwig, einige Choralvariationen zu »Ehre sei Gott in der Höhe«.

Um der Wahrheit die Ehre zu geben, sei ergänzend vermerkt, dass Schenk als Musiker nicht völlig ausgelastet war, und so übernahm er bereitwillig die Aufgabe, Fundstücke und käuflich erworbene Souvenirs (vom Kronprinzen jeweils mit eigenhändig beschriebenem Begleitzettel versehen) aufzulisten, zu verpacken, zu verwalten. Der Thronfolger gehörte glücklicherweise nicht zu den Ägyptenreisenden, die bei der Heimkehr zur Rechten eine lebensgroße Mumie, zur Linken ein ausgestopftes Krokodil hinter sich her schleifen, wichtiger waren ihm transportgerechte Mirabilia wie Falkenmumie und Affenmumie, wie das Haargeflecht einer Frauenmumie und der Schädel (rechte Gesichtshälfte weggebrochen) einer Männermumie. Hinzu kamen seltene, sorgsam präparierte Vögel wie Goldstirnsittich und Breitschwanzbussard, wie Lanzettschwanzpipra und Grünschnabel-Tukan, wie Sonnenralle und Schwarzer Geier, wie Glanzente, Moschusente, wie Rotbug-Amazone, Pfefferfresser, wie Tyrannenvogel, Pompadourkotinga.

Was Wunder, dass Schenk nach der Rückkehr weithin gefeiert und von den Großen unserer Zeit mit offenen Armen empfangen wurde. So hatte er das Vergnügen, mit E. T. A. Hoffmann Billard spielen zu dürfen, und der dichtende, komponierende, zeichnende Jurist wuselte – wie einstmals der noch kleinere Mozart – mit dem Queue um den Billardtisch herum, fast unablässig auf Schenk einredend, wenn auch infolge lückenhafter Frontzähne bis zur Unverständlichkeit vernuschelt – und doch, und doch, wie viel übertrug sich da!

Ja, und mit Beethoven konnte Schenk mehr als einmal ausprobieren, wie viel man schmalbrüstigen Hammerclavieren zumuten kann, wie viele Saiten sich bei vehementer Improvisation sprengen lassen – zuweilen spielten sie vierhändig, der alternde Schenk, der Heißsporn aus Bonn, und stets zerfetzte Beethoven mehr Saiten als Schenk, auch hörten beim Zugriff des Titanen mehr Tasten auf zu repetieren, die wurden denn übersprungen, so wirkte Zufall ein auf das freie Fantasieren.

Ja und Goethe, selbstverständlich lernte Schenk auch Goethe kennen, in der Karlskirche zu Karlsbad spielte Kurgast Schenk dem Kurgast Goethe eine Kirchensonate vor, der Orgelbalg getreten von einem Karlsbader Buben. Als die Schlussakkorde verklungen waren, gesellte sich Schenk zu Goethe, sie verharrten Schulter an Schulter auf einer der Kirchenbänke, Goethe begann zu sprechen, unter anderem von seiner Begegnung mit Napoleon: Der Feldherr, der Staatsmann war dem Dichter in Erfurt entgegengetreten, weiß die Hose, vorgewölbt das Bäuchlein, blau die Jacke, breitkrempig der Hut. So hatte ihn auch Johannes Schenk vor Augen;

umso aufmerksamer verfolgte er, wie, laut Goethes Bericht, der Kaiser entmachtet und mit dem Kriegsschiff *Bellerophon* auf die ferne, allzu ferne Insel St. Helena verschubt, dort eingewiesen wurde in das stets von feuchten Winden überstrichene Haus Longwood am Hangsattel. Und wie ein englischer Sergeant das heiß begehrte Eau de Cologne hinaufbrachte, auf das sich Napoleon, bei zunehmender Korpulenz, angewiesen fühlte. Dies ganz besonders, wenn er zu diktieren begann, was seinen Ruhm durch Nachruhm ergänzen sollte.

Dagegen verebbte bei Johannes rasch der Komponistenruhm; es fiel gleichsam von ihm ab, was sein Leben bunt angereichert hatte. Trotz beinah unermüdlichen Schöpfertums hat Schenk nicht das verdiente Echo, ergo auch nicht das verdiente Auskommen gefunden, er stürzte ab von der Höhe seiner Aspirationen in die Tiefe der Desperation, sprich: der äußersten Armut – ein Schicksal, das uns aufs Innigste verbindet.

Ach, ich kann nur konstatieren: Schenk war einsam und verlassen, war als Lehrer nicht mehr gefragt, seine Singspiele wurden immer weniger aufgeführt, Noten für seine Instrumentalmusik befanden sich kaum noch im Handel. Er wohnte, nein: hauste im vierten Stock eines Wiener Mietsgebäudes – eher Dachkammer als Wohnung. Kein Ausblick auf barocke Kirchturmkuppeln, nur Nahblick auf sinistre Dachwohnungen.

Er konnte die Behausung schließlich bloß noch bei guten Witterungsverhältnissen verlassen: keine Kleidungsstücke zum Wechseln, alles verbraucht, verschlissen. Bei Regen, erst recht bei Schneeregen, Schneetreiben, sodann bei Schneeschmelze war sein Schuhwerk kaum noch zu gebrauchen; die zänkische Witwe, bei der er unter dem Dach wohnte, räumte ihm keinen Platz ein am Ofen, das hätte er extra bezahlen müssen, doch ihm fehlte Geld, fehlte Geld; nur zuweilen konnte er einen Kanon versilbern, etwa vor einem Familienfest, doch man war in puncto Zahlung oft saumselig, ließ sich mehrfach bitten, manchmal vergeblich.

Seine Mittel waren schließlich derart knapp, dass er sich jeweils nur ein Stück Käse und ein Brot leisten konnte, nasses, entsprechend schweres Roggenbrot, das einem auf den Darm schlägt. So musste er in immer kürzeren Abständen die vier Stockwerke hinabeilen zum Klosett im Anbau hofwärts – eine Höhle, der gestampfte Lehmboden glitschig. Die Rückkehr zur Wohnung gestaltete sich äußerst mühselig, die Glieder schwerer von Stockwerk zu Stockwerk, er musste innehalten, sich am Geländer abstützen, sich an die Wand lehnen, sich schon mal auf eine Stufe setzen, und er raffte sich wieder auf, doch Alter, Schwäche, Krankheit zwangen ihn in die Knie, er musste Stufe um Stufe hochkriechen. Am liebsten hätte ich ihn unter den mageren Schultern gepackt und rücklings die Treppe hochgeschleift, Stufe um Stufe. Doch ich bin selber oft derart geschwächt, dass ich nach der sogenannten Erleichterung die Treppe streckenweise auf allen vieren überwinden muss. So zeichnet sich ab, dass mein Ende in Altona seinem Ende in Wien doppelgängerhaft gleichen wird: ich sehe zwei Gemeindearbeiter seinen kleinen, hageren Leib in einem alten Segeltuch aus der Wohnung tragen und im Spital auf eine Pritsche abkippen.

Mit dieser formalen Abrundung, werte Herren der Schillerstiftung, darf ich meine wohl hinreichend begründete (hier auch literarisch begleitete) Bitte um eine Ehrengabe wiederholen.

Dieser Falter ist eine Fälschung!

Geehrte und gelehrte Herren der Royal Society! Sie haben mich, ganz im Stil Ihrer altehrwürdigen Institution, um »Annotationen« zu Charles Darwin gebeten. Sicherlich geschah dies in der Erwartung, ich könne das umstrittene, mittlerweile freilich auch vielfach gepriesene Werk aus meiner Erinnerung heraus begleiten mit ergänzenden Ausführungen zur Genese. Oder erwarten Sie eher eine (weitere) Begründung dafür, dass ich seine Hauptthese nicht akzeptieren kann aufgrund der Naturstudien, die ich nach dem halben Jahrzehnt auf HMS Beagle, nach den Amtsjahren in Neufundland konsequent fortgeführt habe? Ich werde hier indes nicht, wie ich das bereits im Druck dokumentierte, mit Argumenten aufwarten, ich beschränke mich vielmehr darauf, zu erzählen, und dies wahrheitsgemäß, was Darwin in späteren Jahren zu berichten und zu erörtern unterlassen hat, was wir in der gemeinsamen Kajüte jedoch ausführlich besprochen und diskutiert hatten, auf der Grundlage weithin gemeinsamer Beobachtungen.

Ich darf hiermit den Wahlspruch Ihrer Society übernehmen: Nullius in verba, Take nobody's word for it – nimm also auch nicht einfach nur Darwin beim Wort, geh aus von eigenen Beobachtungen, Erkenntnissen. Angesichts der nahenden Grenze meines Lebens kann ich freilich nur mit aller Knappheit, ja letztlich bloß fragmentarisch –

[Anmerkung des Herausgebers: Ob Robert Fitz-Roy, vormals Kapitän des Dreimasters Beagle, den Brief nur ansatzweise entworfen oder ob Nachkommen, konfrontiert mit fortschreitendem Konsens der Naturwissenschaft, das stellenweise als heikel oder unpassend empfundene Schreiben fragmentiert haben, lässt sich kaum noch eruieren.

Während der gesamten Weltumrundung hat Fitz-Roy (nur vier Jahre älter als Darwin) die Kapitänskajüte mit dem jungen Mediziner geteilt. Jeder andere Kapitän hätte den mitreisenden Naturforscher in dem Raum untergebracht, den sich gewöhnlich die beiden Schiffsoffiziere (jeweils im Rang eines Leutnants) teilten; in der dritten Koje zumeist der Schiffsarzt; die vierte Koje hätte denn ein mitreisender Naturforscher beziehen können – falls er nicht mit einer Hängematte über dem gemeinsamen Tisch vorlieb nehmen musste.

Soweit der seemännische Brauch, doch auf der Beagle war das anders: Kapitän und Forscher teilten sich die Kajüte achtern. So dürfte Robert Fitz-Roy Dutzende, wenn nicht Hunderte von Gesprächen mit Charles Darwin geführt haben, an langen Abenden, an Tagen der Windstille.

Darwin hatte Medizin in Edinburgh, Theologie in Cambridge studiert – dies mit dem Abschluss des Bakkalaureats, und so lässt sich davon ausgehen, dass er sich während der Weltumseglung entschieden anders äußerte als in den Schriften, die sich im Verlauf der späteren Jahrzehnte entwickelten.

Und nun wird der Anker gehievt: 27. Dezember 1831, Devonport, Plymouth. Mit an Bord der 22-jährige Charles Darwin.]

… geschrieben, nun schreibt der Kapitän! Der Darwins Freund war, sein Vertrauter – schließlich ist Charles nicht mit dem Fliegenden Holländer über die Weltmeere gefahren, geschwebt, also lassen sich Koordinaten auch in übertragenem Sinne exakt bestimmen.

Auf der Fahrt zu den Kapverdischen Inseln und weiter nach Rio de Janeiro: präludierende Gespräche, zuweilen auch über Affen. Trotz seiner vorherigen Naturstudien (vor allem und speziell über Schmetterlinge, Käfer, Meerestiere): Affen in freier Wildbahn hatte Charles noch nicht beobachten können, er gab nur wieder, was er, unter anderem, bei einem Forscher namens Rengger gelesen hatte.

Wenn man in Afrika oder auf Ceylon Affen fangen will, so stellt man eine Schale oder Schüssel Starkbier auf, das lockt die an, das saufen die weg und wissen dann nicht mehr, wie ihnen geschieht. Dies schon gar nicht, wenn sie auch noch ein paar Schluck Branntwein zu sich nehmen. Da lassen sie sich fast willenlos festsetzen. Haben am nächsten Morgen offenbar Kopfschmerzen, pressen die Handflächen an die Schläfen. Wenn man ihnen nun wieder Bier anbietet, wenden sie sich ab, trinken höchstens Zitronensaft. Zeigen ansonsten eine rege Vorliebe für Tee und Kaffee. Rauchen auch gern mal eine Zigarre, ein Pfeifchen. Können allerdings auch leiden wie Menschen, unter gleichen Krankheiten: Schnupfen, ja Katarrh … Bauchfellentzündung … ältere Affen mit grauem Star. Was lässt sich aus diesen Ähnlichkeiten schließen? fragte er, während HMS Beagle auf Südamerika zusteuerte, doch es blieb bei dieser Frage, er insistierte nicht.

»Wir hatten völlige Windstille, die See war mit roten, zwei Zoll langen Heuschrecken bedeckt, von welchen eine Menge aufgefischt wurde. Unser Naturforscher behauptete, sie kämen aus Afrika; wahrscheinlich durch Sturm von der Küste fortgetrieben, finden sie in der See ihr Grab; da wir uns an einem Punkte befanden, der 600 Seemeilen von Afrika entfernt ist, dürfte ein so weiter Flug nicht vorauszusetzen sein.«

[Anm. d. Hrsg.: Der kleine, von Fitz-Roy (oder FitzRoy) hinterlassene Faszikel ist offensichtlich durch mehrere Hände gegangen, es fanden Ergänzungen statt. So auch durch obiges Zitat. Dass es von Fitz-Roy stammt, konnte bislang nicht nachgewiesen werden. Mit Sicherheit liegt (auch) hier die Notiz eines Kapitäns vor. Phillip Parker King? Otto von Kotzebue? Hier müsste verifiziert werden.

Bezeugt ist hingegen, dass sich Fitz-Roy eingehend mit Schriften von Johann Kaspar Lavater beschäftigt und so den Blick für Physiognomik und überhaupt für Phänotypisches geschärft hat.]

Ein guter Bekannter, ausgewiesener Ornithologe, Verfasser gelegentlicher Beiträge für die *Biology Letters* der Royal Society, erzählte mir reichlich Irritierendes über den Glanzkuckuck.

In Kuckucksmanier legt der sein Ei in das Nest eines Singvogels, der es gefälligst ausbrüten und das Küken anschließend auch aufziehen soll. Das Ei, das der Glanzkuckuck in das Nest eines dienstverpflichteten Singvogels legt, es gleicht in Farbe und Musterung genau den Eiern, die der Singvogel selber legt. Und ich fragte mich, fragte an einem der ruhigen Kajütenabende meinen Gast und Begleiter: Wie gelangen Farbe und Musterung auf die Eierschale?

Ich spare noch das entscheidende Stichwort aus, das Darwin erst nach einigen Jahren der Weltumsegelung aussprach, halblaut, ich erwähne stattdessen gleich das nächste, höchst überraschende, mir vom Ornithologen vermittelte Faktum: Im Dunkel des Eies nimmt das Küken des Glanzkuckucks das Aussehen der jeweiligen Singvogelküken an, in Form, Flaum, Farbe. Und der Wirtsvogel, obwohl genau hinschauend und Verdächtiges sofort aussortierend, er lässt sich täuschen vom Fremdling, der eigener Brut zum Verwechseln ähnlich ist, hat sich nach einigen Tagen denn auch völlig an ihn gewöhnt – bis zum Zeitpunkt, an dem der kleine Glanzkuckuck –

[Anm. d. Hrsg.: Hier bricht der Text ab. Offenbar versuchte der Kapitän im Ruhestand, der vormalige Gouverneur von Neufundland, der weiterforschende Privatier, einzustimmen auf das Leitthema seines Briefes an die Royal Society, London, Somerset House. Der unter Depressionen leidende Fitz-Roy fühlte sich allerdings nicht (mehr) in der Lage, einen umfassenden Bericht zu erstatten, er ging lediglich einem Aspekt gemeinsamer Erkundungen nach, bevor er mit einem Rasiermesser seinem Leben ein Ende setzte.

Offenbar hat ein späterer Leser des Brief-Faszikels die ohnehin fragmentarische Darstellung weiter reduziert. Wie zum Ausgleich wurden Erweiterungen eingefügt aus einem Reisebericht – dieses oder eines anderen Kapitäns?]

»Während der Nacht waren 25 fliegende Fische aufs Verdeck gefallen; zum Mittag erschienen sie als äußerst wohlschmeckende und seltene Speise auf unserer Tafel. Diese Fische verirrten sich öfter auf Schiffe, die nicht höher aus dem Wasser herausragen als deren Flugbögen auf der Flucht vor Feinden; bisweilen prallen sie in vollem Schwung gegen den Schiffsrumpf und fallen betäubt ins Wasser zurück.«

... begleitete ihn ja auch bei diversen Landexkursionen, beginnend im Hinterland von Rio de Janeiro. Mein seemännisch scharfes Auge war dabei oft hilfreich für ihn; dieses und jenes Detail, das sich später als relevant herausstellte, wäre ihm sonst entgangen. Kurzum, ich kann mich rühmen, manches entdeckt zu haben, das er sonst übersehen hätte. Diese Entdeckungen haben, so sehe ich das über die Zeitdistanz hinweg, eine gewisse Gemeinsamkeit. Sind damit Vorspiele zum großen Kajütengespräch über zwei auf der Tischplatte liegende Schmetterlinge, die sich in jedem Detail glichen und die doch nicht aus der gleichen Familie stammten ...!

Alles fing an mit einem Stein wahrhaftig des Anstoßes – jedoch nicht zur Empörung, sondern zur Reflexion. Ein Stein, der in Größe, Form, Farbe aussah wie andere Steine der unmittelbaren Umgebung. Ich hätte ihn glatt übersehen, wäre ich nicht mit der Schuhspitze gegen ihn gestoßen und er hätte weich nachgegeben. Also organische, nicht mineralogische Substanz! Ein Lebewesen, das als Stein getarnt war und dies perfekt – sogar Steinmaserung war originalgetreu wiedergegeben. Wir standen, wortwörtlich, vor einem Rätsel. Darwin enthielt sich jeden Kommentars, löste stumm den Stein, der kein Stein war, vom Boden, wir nahmen das Fundstück mit an Bord. Und sprachen vorerst nicht weiter von diesem Schein-Stein.

[A.d.Hrsg.: Es handelte sich offenbar um ein Exemplar der Lithops, der Lebenden Steine, eines Mittagsblumengewächses.]

»Kurz vor Sonnenuntergang bestraften wir einen Pelikan für seine Dreistigkeit, uns so nah über die Köpfe zu fliegen, dass wir ihn mit Händen hätten greifen können; ein Flintenschuss warf ihn ins Meer, und ich schickte, trotz der hohen Wellen, ein Boot aus, um die seltene Beute für unser Naturalienkabinett einzuholen.«

Im Hinterland von Montevideo: das Ästchen, das kein Ästchen war. Auch hier meine letztlich zufällige Entdeckung, die Charles die Augen öffnete – und doch sah er damals nicht klar.

Zufällig streifte ich an einem Baum ein Ästchen, das weich nachgab. Ein von einem Ast hochragendes Ästchen. Verharren, genaues Betrachten des rätselhaften Phänomens »in situ«, wie der Mediziner und Theologe sagte. Wir sahen uns erneut konfrontiert mit einem Versteckspiel der Natur. Denn was sich hier zeigte, war eine Raupe, die einen kleinen Ast nachbildete, dabei exakt die Rindenfarbe des Baums angenommen hatte.

Nicht nur das: bis in allerkleinste Details war die Raupe den benachbarten Ästen und Ästchen nachgebildet – Imitation in einer Perfektion, die unsere intensive und extensive Betrachtung mit der Lupe reich belohnte. Alle für eine Rinde typischen Unregelmäßigkeiten (etwa Sprosspunkte) waren präzis nachgeformt. Und dieser ganze Aufwand für den raschen, ja flüchtigen Blick eines Fressfeindes? Dem genügt doch wohl der Eindruck: Farbe eines Astes, Form eines Astes, also weiter! Doch in spielerischem Überfluss sind Details nachgestaltend ausgeprägt, die längst nicht mehr zweckdienlich sind. Also: wieso und für wen diese minutiöse Nachahmung? Die Raupe kann sich nicht selbst mustern und bewundern in ihrer perfekten Imitation anderer Ästchen am gleichen Ast.

Weitergefragt: Wie konnte es der Raupe überhaupt gelingen, die Vorlage so genau zu studieren und sie sich – wie auch immer – zu eigen zu machen? Starr wie ein Ästchen, abgeschrägt wie ein Ästchen, mit lupengenauer Nachahmung der Rinde eines Ästchens? Woher wusste (wusste?) die Raupe, wie ein Ästchen von einem Ast wegragt, woher wusste (wusste?) sie, dass zur Rinde eines Ästchens auch die kleinen Auswulstungen gehören, jene Wachstums-Augen? Die

Raupe, deren Blick eigentlich nur auf fressbares Blattgrün gerichtet, ja fixiert ist, wieso schaut sie einem Ästchen, um das sich kein Vogel kümmert, porenscharf jedes Detail ab und setzt es um in die eigene Erscheinungsform? Ja, es werden nicht nur Kontur und Farbe übernommen, auch Verhaltensmuster: Starrheit schräg aufwärts vom tragenden Ast. Abgeschaut und umgesetzt?

Da frage ich, mit britischer Hartnäckigkeit: Ja wie denn bitte schön? Falls ich mal von mir ausgehen darf: Als Kapitän nahm ich eine recht gute Position ein in der Hierarchie unserer Seefahrt oder Marine, kommt hinzu mein zeitweiliges Amt als Gouverneur (wenn auch nur von Neufundland): Wenn ich nun als Person mit einiger Autorität dem hiesigen Pfarrer die üppigen Augenbrauen abgucken wollte, die seinem Blick scheinbar größere Intensität verleihen, die kritische Fragen mit kleinem Brauenheben und Brauensenken abzuwehren vermögen – wie lange müsste ich auf diese faszinierend borstigen Brauen starren, ehe sie sich, wie auch immer, auf mich übertragen? Ich wage das kaum auszudenken. Was mir als Person mit zeitweiliger Befehlsgewalt nicht gelingen will – wie soll da ein halb blindes oder fast völlig blindes Insekt einer Naturform im Revier hellsichtig abgucken, was die eigene Zukunft oder zumindest die Zukunft von Nachkommen schützt? Und dies mit einer Genauigkeit bis ins kleinste, bloß mit der Lupe erkennbare Detail? Alles nur Zufall? So viel Zufall kann doch gar nicht sein!

Falls mich die Erinnerung nicht täuscht, werte Herren, hatte ich diese Frage bereits am Arbeitstisch meiner Kajüte gestellt, nach genauer Inspektion der Raupe, die ein Ästchen darstellte. Sie werden erfahren wollen, wie Darwin auf meine Fragen reagierte. Er schwieg. Ihm blieb auch nichts anderes übrig.

Denn es kam bald darauf hinzu eine Hornisse, die keine Hornisse war! Ein Indio hatte sie zwischen eingehöhlten Händen mitgebracht. Er öffnete die Handmulde zu einem Sichtspalt, der Entweichen nicht erlaubte. Wir hörten das für eine Hornisse charakteristisch tiefe Summgeräusch. Doch sie stach nicht. Zwar schien sie mit dem Hinterleib Stechbewegung zu imitieren, doch jegliche –

[Anm. d. Hrsg.: Wieder eine Lücke in der Handschrift. In der Selbstverpflichtung zu textbegleitenden Ergänzungen habe ich mich über das Phänomen der Mimikry informiert, und so kann ich hier einflechten, dass es sich bei jener Imitation oder Kopie um einen Schmetterling handelt, einen Hornissen-Glasflügler. Er gleicht einer Hornisse in Größe, Form und Verhalten, verschafft sich damit Schutz. Vor allem die schwarzen und gelben Querstreifen des Hinterleibs scheinen »potentielle Beutegreifer« abzuschrecken. Ein Schmetterling, der als Hornisse registriert, akzeptiert, respektiert wird!]

Und wie ist das mit dem Seepferdchen und den Korallenästen? Ein Perlentaucher in der Südsee hatte beides mit einem Kescher gefasst, überbrachte den Doppelfund; seine Hoffnung auf ein Gegengeschenk wurde von Charles prompt erfüllt.

Der exzeptionelle Fund wurde auf der Kartentischplatte sogleich untersucht, und siehe da: Das Seepferdchen hatte genauestens die Farbe der Korallen angenommen, zwischen denen es offenbar gelebt hatte, es zeigte sogar die gleichen Farbwarzen – so notiere ich auf Widerruf, unter Wissenschaftlern heißen diese Pusteln wahrscheinlich anders, doch hier schreibt ein Kapitän. Wir haben alle Details mit der Lupe betrachtet, die Farbpusteln, die winzigen Warzen an den Korallen wie beim Seepferdchen. Das hatte solche roten Farbwarzen auch im Gesicht.

Hier stellte sich die Frage von selbst: Wie übernimmt das Seepferdchen das Korallenmuster? Umgekehrt wird es wohl kaum der Fall sein, Korallen können nichts abgucken, aber wie kann das Seepferdchen die gleiche Farbe, die gleichen Formen übernehmen? Bemalt es mit genauestens nachgemischter Farbe sich selbst? Schaut sich wiederholt so genau wie möglich die Vorlage an, adaptiert selbst feinste Nuancen? Drückt präzis imitierte Korallenwarzen aus sich heraus?

Warum das Seepferdchen das macht, ist klar. Aber *wie*, aber *wie*?! Seepferdchen dieser Familie probieren im Verlauf von Äonen doch nicht Tausende und Abertausende von Formen und Farben aus, bis sich schließlich, rein zufällig, dennoch entwicklungsgemäß, die Form und die Farbe eingestellt oder entwickelt hat, die das Überleben zwischen speziellem Korallengewächs möglich macht, trotz all der beutegierigen Fische ringsum. Wie, lieber Charles, wie, wie, wie gelingt die lupengenaue Übertragung in einem Tierreich, das ohne Lupen arbeitet? Hat sich da jemand mit einer ganz großen Lupe ein Vergnügen bereitet? Hat dabei solchen Spaß, dass solche Spielformen in Variationen wiederholt werden? Und eine Raupe (für Vögel seit jeher eine besonders beliebte und nahrhafte Speise) nimmt in langer Entwicklung die Form von Vogelkot an – um nicht selbst als Vogelkot ausgeschieden zu werden? Und ein Falter nimmt in langer Entwicklung das Aussehen eines Blattes an, sogar das eines bereits angenagten Blattes? Wie, wie, wie kommt das alles zustande? Springen Farbmuster einfach so über? Schneiden sich, in Scherenschnitt-Technik, Konturen prägnant nach? Sich selbst führende Scheren? Sich selbst konturierende Konturen? Und das alles, wie zufällig, deckungsgleich? Also doch nicht zufällig? Hilf mir aus der Klemme, Charles, gib ein Zeichen, und sei es verschlüsselt! Ja, ein verschlüsselter Text, der einem Klartext gleicht, Buchstabe für Buchstabe!

Doch Charles hat nichts dazu gesagt, in unserer Kajüte. Zumindest hätte er später darüber schreiben können. Doch er schwieg sich aus.

»In der Nacht brach ein Orkan aus; die ohnehin hochlaufenden Wellen türmten sich zu ungeheuren Massen auf, wie ich das noch nie gesehen hatte. Gleich nach Mitternacht nahm die Wut des Orkans in einem solchen Grade zu, dass er die Spitzen der Wellen vom Meere trennte und sie als Regenschwaden über die Wasserfläche fegte. Wer so ein Schauspiel nicht gesehen hat, kann sich kein Bild davon machen; es ist, als wolle eine ungeheure Revolution den gesamten Erdball vernichten.

Ich hatte den Leutnant abgelöst; außer mir waren noch vier Mann auf Deck, von denen zwei das Steuer hielten; die übrige Mannschaft hatte ich sicherheitshalber hinuntergeschickt. Um 4 Uhr morgens staunte ich noch die Höhe einer brausenden Welle an, als sie plötzlich Richtung auf uns nahm und mich im selben Augenblick besinnungslos niederwarf. Der heftige Schmerz, den ich beim Erwachen fühlte, ward übertäubt durch den traurigen Anblick des Schiffs. Zuerst fiel mir der zerbrochene Bugspriet auf; die Welle hatte mit einem einzigen Stoß den Balken von zwei Fuß Durchmesser zersplittert.«

Ich sehe mich genötigt zu einer fast schon überfälligen Anmerkung zum Status des Mitreisenden.

Die (zweite) Expeditionsfahrt der Beagle: kein Forschungsunternehmen, bei dem (etwa zur Sicherung der Finanzierung) auch Vermessungen von Küstenverläufen Südamerikas vorgenommen wurden, es war vielmehr umgekehrt: Das Kartographieren besaß Priorität bei diesem Unternehmen, der junge Naturforscher konnte gleichsam als Gast teilnehmen.

Dies auf meinen Wunsch. Ich wollte nicht das Schicksal des vormaligen Kapitäns der Beagle nachvollziehen, der sich nach jahrelanger, letztlich eintöniger Vermessungsarbeit an fremden Küsten das Leben nahm: er hatte sich an Bord im Lauf der Jahre mehr und mehr isoliert gefühlt – in der Mannschaft vorwiegend schlichte Gemüter, die eher auf Anweisungen warten als Gespräche suchen. So habe ich zur geistigen Anregung den etwas Jüngeren nicht nur an Bord, sondern in meine Kajüte aufgenommen, in der Hoffnung, ja Erwartung, es würden sich belebende und erweiternde Gespräche entwickeln. Was sich freilich als schwierig erwies, solange Darwin unter der Seekrankheit litt, und das geschah ebenso häufig wie heftig – zuweilen musste er sich rasch auf dem Kartentisch ausstrecken. Luft und Wasser führten da einen überaus heftigen Dialog, und das Kajütengespräch verstummte. Sobald wir freilich wieder unter kommoden Konditionen dahinsegelten oder solange wir vor Anker lagen, setzte sich der Diskurs fort.

[Anm. d. Hrsg.: Robert Fitz-Roy hatte ein etwas naives Verfahren entwickelt, Nachahmer im Reich der Fauna sprechen zu lassen. Eine Raupe, die als Einzelstück wie als Gattung überleben will, präsentiert sich mit folgender Sequenz in einer Ich-Form, die bei einem Schreiben an die »Royal Society of London for Improving Natural Knowledge« leicht verfehlt wirkt.

Darauf angesprochen, hätte sich Fitz-Roy etwa so rechtfertigen können: Seine eigentliche Sprache sei nun mal die eines Seemanns, nicht die eines Naturforschers.]

… ringsum werden wir von Vögeln geschnappt und verschluckt, sagt sich eine Schwebfliege, doch die Wespen dort drüben, die bleiben verschont, und das schon lange, wahrscheinlich schon immer. Haben eine ähnliche Größe, das ja, sehen aber anders aus – hier müsste angeglichen werden. Und wenn die Änderung mir selbst nichts mehr nützt, so wird sie für die Nachkommen hilfreich sein. Die Gattung muss erhalten bleiben.

Also, ich schau mir die Wespe mal genauer an, von oben, aus der Vogelperspektive: Hat leuchtend gelbe Streifen auf dem Hinterleib, abwechselnd mit ungefähr gleich breiten schwarzen Streifen, also muss ich ebenfalls so ein Gelb, so ein Schwarz hervorbringen, streifenweise abwechselnd. Dann die Fühler, die Beine – auch da heißt es, sich umstellen, umformen, sonst werde ich trotz Warnstreifen zum Vogelfraß. Und, obwohl ich keine Ohren habe, muss ich schwingungsgenau das Summen nachahmen, mit dem ich mir, als nachgeahmter Hornisse, Respekt verschaffen kann bei Insekten, sofern die es wahrnehmen. Und womöglich noch ein spezifischer, jeden Vogel abschreckender Geruch – sollte gleichfalls nachgeahmt werden.

Aber so ganz von alleine – wie soll ich es hinkriegen, dass ich so aussehe, mich so bewege? Am besten die Änderungen in Auftrag geben, mag das ausführen, wer will. Womöglich stammt der Entschluss zur Änderung der Erscheinungsform gar nicht von mir, wurde mir eingeblasen – auch gut! Jedenfalls brauche ich Hilfe. So eine Wespe lässt sich nicht neben mir auf einem Ast nieder und hält still, bis ich ihr alles abgeguckt habe. Aber selbst dann: Ich kann mir nicht auf den Rücken schauen, um zu prüfen, ob das Gelb und das Schwarz sich richtig, sich stimmig abgebildet, nachgebildet hat.

Wie auch immer – Hauptsache, ich bin zum Verwechseln ähnlich in Aussehen und Verhalten, und ich harmlose, eigentlich wohlschmeckende Schwebfliege erscheine ungenießbar, ja gefährlich.

[Anm. d. Hrsg.: Ich habe die Sequenz eingerückt, obwohl dieser Abschnitt nicht in der Handschrift des Captain vorliegt, vielmehr in einem Typoskript. Und hier wurde nicht nur transkribiert, hier wurde redigiert, wie sich an einigen Formulierungen ablesen lässt.

Auch die Einordnung der Textsequenz in das Konzept des Briefes an die Royal Society ist nicht erkennbar. Dennoch konnte, durfte ich diese Sequenz nicht unterschlagen, sie ist, trotz späterer Überarbeitung durch Unbekannt, charakteristisch für Robert Fitz-Roy. Denn in seiner wiederum handschriftlich überlieferten Fortsetzung des Schriftsatzes führt er, intermittierend, die Linie weiter, die im großen Gespräch über eine Original-Schmetterlingskopie endet.]

… Tage hinweg beobachtete Charles eine völlig überraschende Erscheinung: einen Schmetterling mit einem Kopf ›vorn‹ und einem Gesicht ›hinten‹.

Glücklicherweise bleiben auch Schmetterlinge in ihrem Revier, und so konnte Charles die Beobachtung über einige Tage hinweg fortsetzen, ohne jedes Mal erst wieder nach einem Exemplar des raren Falters suchen zu müssen.

Darwin traute seinen Augen nicht, und so bat er mich, ihn zu begleiten, mit dem Teleskop bewaffnet. Und es zeigte sich in voller Klarheit: Der Kopf in Flugrichtung war von hellem

Graubraun; das Auge punktförmig präzis; die Fühler fadendünn. War der Falter gelandet und er schlug die Flügel hoch, so sahen wir die Zeichnung breiter, schwarzer Linien auf hellem Braun; die Linien führten, sich verjüngend, zum Ende des Hinterflügels; wo sie zusammentrafen, gleichsam verschmolzen, zeigte sich ein großes, schwarzes, bannendes Auge, genauer: die Markierung eines großen, schwarzen Auges. Und weiter: am Ende der Hinterflügel schienen sich Fühler zu zeigen, gleichfalls schwarz und deutlich dicker als die Fühler vorn. Umgangssprachlich: All das war etwas dicker aufgetragen. So zog das wie aufgemalte Auge, zogen die schwarz betonten, tropfenförmig endenden Fühler die Aufmerksamkeit eher und stärker an als das punktförmige Auge und die dünnen Fühler. Um Betontes noch stärker zu betonen: Sobald der Falter gelandet war, hielt er die realen Fühler still, während er die Scheinfühler auf und ab bewegte.

Ich muss rasch nachholen, wie er landete: Kurz vor dem Aufsetzen drehte sich der Schmetterling blitzschnell um 180 Grad, setzte gleichsam rückwärts auf. Die schwarz betonten Scheinfühler wiesen nun weiter in die bisherige Flugrichtung, während die echten Fühler nach hinten zeigten – eindeutig so beobachtet durch das Teleskop, das ich Charles weiterreichte; er konnte dies bei der nächsten Landung des Falters nur bestätigen.

Auf die jähe Kehrtwende beim Landen konnten wir uns erst keinen Reim machen, nach längeren Überlegungen blieb indes nur diese Deutung: Ein Vogel, der den Schmetterlingshappen packen wollte, er musste annehmen, die Beute würde in Richtung des (auffälligen) Auges und der (betonten) Scheinfühler weiterfliegen, könnte denn leicht eingeholt werden. Doch der abhebende Falter fliegt in Gegenrichtung weg, kommt mit diesem Trick davon.

Dies hat sich eingeprägt: Die Gesichtsmarkierungen forderten mehr Aufmerksamkeit als der echte Kopf mit den kleineren Augen, den dünneren Fühlern. Und so scheinen, in Wahrnehmung und Reaktion eines hungrigen Vogels, die fiktiven Gesichtszüge wirklicher als der Kopf mit den sehenden Augen, den registrierenden Fühlern. Oder: das falsche Gesicht ermöglicht die Rettung, während der wahre Kopf in die falsche Richtung zeigt. Ein gleichsam janusköpfiger Schmetterling: er könnte sich eignen als Wappentier, für wen auch immer.

[Anm. d. Hrsg.: Es handelt sich um den Zipfelfalter aus der Familie der Bläulinge: Thecla togarna.]

… muss aber doch mal betonen, dass ich nicht nur Begleiter des etwas jüngeren Forschers auf Landgängen war, ich musste mich um mein Schiff kümmern – zwischen Bug und Heck gab es auf den siebenundzwanzig Metern viel zu tun: Segel mussten ausgebessert, morsch gewordene Taue ausgewechselt werden. Im weiteren Verlauf der Reise konnte uns nicht verborgen bleiben, dass der obere Teil der Maste verfault war, dass sich der Kupferbeschlag an einigen Stellen gelöst hatte, also musste das Schiff ausgeladen, abgetakelt, gekielt, kalfatert werden.

Und als ständige Arbeit: Am Kartentisch im Deckshaus (mit Oberlicht) zeichnete ich neue Messdaten auf, korrigierte, gemeinsam mit dem Ersten Offizier, auf vorliegenden Karten eingetragene Küstenverläufe – schließlich arbeiteten wir mit bisher kaum gekannter Genauigkeit. So hatte ich beim Umbau der Beagle vor der Vermessungsexpedition die eisernen Kanonen austauschen lassen gegen Kanonen in Bronzeguss, damit die Kompassnadel nicht abgelenkt wurde.

Manchmal wurde es mir auf den wenigen Metern zwischen Reling steuerbord und Reling backbord zu eng, ich ließ mich – wie Charles oder mit Charles – an Land oder zu einer der Insel rudern, etwa im Galápagos-Archipel.

Vulkangestein, Schildkröten, Echsen! Vulkangestein, Echsen, Schildkröten, Schildkröten! An der Küste waren sie schwarz, in den Bergen gelbbraun. Hässlich waren sie allemal, taub noch dazu. Überholte ich eine von ihnen, was leicht war, gab sie einen Zischlaut von sich, zog mit einem Ruck Kopf und Beine ein, plumpste mit dumpfem Geräusch auf die Bodenplatte des Panzers. Zuweilen habe ich mich auf den Panzerbuckel gesetzt, habe hintendrauf geklopft, prompt erhob sich die Schildkröte, watschelte los. Ich wurde geschaukelt, bis ich abrutschte.

An die zweihundert Pfund schwer konnten die Landschildkröten werden. Vorzugsweise fraßen sie saftige Kakteen, die zwischen blattlosen Büschen wuchsen. Kamen hinzu hässliche Zehnpfünder von Echsen, die gleichfalls Kakteen fraßen – eine sogar gemeinsam mit einem Vogel, der ungestört weiterpickte und anschließend dem Reptil auf den Rücken hüpfte.

Und ich traf eine Gruppe von Spaniern, die Fische trockneten und Schildkrötenfleisch salzten. Mir wurde die Stelle gezeigt, an der, Jahre zuvor, Seeleute ihren Kapitän erschlagen hatten – der Schädel lag noch im Gebüsch.

Noch trostloser, ja geradezu abstoßend: St. Helena. Bei der Anfahrt zeigte sich die Insel als schwarze, steile Felsmasse, bestückt mit kleinen Forts und Kanonen. Vom Ankerplatz ließ auch ich mich ans Ufer rudern.

Viel Wind, viele Wolken, andauernd Regengüsse. Ginsterbüsche, Brombeersträucher, Fichten und Trauerweiden. Selbstverständlich marschierte ich hinauf zum Haus Longwood, in dem Napoleon die Jahre des Exils verbracht hatte, in dem er gestorben war. Ich inspizierte die Umgebung, die sich in gleicher Form seinen Blicken dargeboten hatte: die Felder und Weiden, den wie geglätteten Flagstaff-Berg und den wie aufgerauten, düsteren Barn. Trostlos, alles trostlos.

Da war mir die Ostküste von Südamerika entschieden lieber mit aller sichtbar gewordenen *Schöpfungskraft*, wie Darwin in seinem Buch über unsere Reise schrieb, wobei er aber gleich einen Rückzieher machte: »Falls ein solcher Begriff Anwendung finden darf.« Er darf, er darf!

... schien in Charles zuweilen jäh das Entdeckerfieber zu steigen. Orchideen, die Orchideen, jene fabulösen Orchideen! Und sie wurden in der einen Form von Fliegen, in der anderen von Wespen, in der nächsten von Hummeln angeflogen – attackierend? Nein, es sah nicht aus wie Anflug zum Nektar-Saugen, es wirkte fast gewalttätig. Den Vorgang konnte ich mir, mal wieder hinzugezogen, ebenso wenig wie Charles erklären. Bis wir uns die »attackierten« Orchideenblüten genauer anschauten, speziell die auffällig geformten und gefärbten Auswüchse: überdeutlich aus der Blüte herausgeschobene Objekte von nicht mehr blütenhaft wirkender Konsistenz.

Am Kajütentisch mit der wechselseitig benutzten Lupe betrachtet, schienen uns diese Auswulstungen gleichsam anzuspringen! Ich war der Erste, der die Vermutung äußerte: Sieht aus wie der Hinterleib eines Insekts, gleichsam einladend.

Wozu da eingeladen wurde, das nahmen wir staunend, fast erschrocken wahr mit dem Teleskop: Eine Wespe flog einen präzis nachgeformten Hinterleib an, presste sich auf ihn, umfing ihn an den Flanken, schien Begattungsbewegungen zu vollführen.

Daraufhin schauten wir uns die ins Schiff mitgebrachten Orchideen noch genauer an, und es ließ sich nicht mehr drum herum reden: Die Hinterleiber einer Fliege, einer Wespe, einer Hummel waren derart genau nachgeahmt, dass die Pflanze im einen Fall von einer Fliege, bei der anderen Ausformung von einer Wespe, in dritter Ausprägung von einer Hummel angeflogen, ja, fast möchte ich schreiben: besprungen wurde. Eindeutig hier die Auswölbung eines Fliegen-, dort eines Wespen-, drüben eines Hummel-Hinterteils, breit genug jeweils für Fliege, Wespe oder Hummel. Und diese, ich wage das Wort: Attrappen nicht glatt, sondern mit feinen Härchen besetzt, genau wie die Härchen an den – zum Vergleich – vom Schiffsjungen weisungsgemäß eingefangenen Fliegen, Wespen, Hummeln.

Ich muss gestehen, werte Herren, dass mir bei der Inspektion mit der Lupe die präzis nachgeahmten, zur Begattung scheinbar einladenden Blütenauswüchse fast unflätig erschienen. Natürlich fragte ich mich, woher die jeweilige Orchideenblüte so genau »weiß«, wie das Hinterteil einer Fliegen- oder Wespen- oder Hummelart im Revier beschaffen sein muss, bis hin zum samtartigen Haarbesatz des vorgestülpten Hinterteils.

Was wir nicht wahrnehmen, jedoch annehmen konnten: Zusätzlich zum optischen Lockangebot werden auch Gerüche nachgeahmt, die jeweils Fliegen hier, Wespen dort, Hummeln drüben anlocken und erregen, vielleicht sogar noch intensiver als bei echten Fliegen, Wespen, Hummeln. Und warum das alles? Das jeweils zum unübersehbar herausgestreckten Hinterteil passende Insekt musste, muss wahrscheinlich –

[Anm. d. Hrsg.: Der abgebrochene Satz lässt sich leicht ergänzen, schon mit dem Titel einer späten Untersuchung

Darwins: »Die verschiedenen Einrichtungen, durch welche Orchideen von Insekten befruchtet werden.«

Die Gesamt-»Einrichtung« hier als Sexfalle, zur Paarung auch durch speziell abgestimmte Duftnoten stimulierend. Das angelockte Insekt als Bestäuber; es löst Pollen ab, die es nach der »Pseudokopulation« mitnimmt, somit zur Vermehrung, Verbreitung beitragend. Die bis in kleinste Details perfekt nachgeahmten Hinterleibs-Attrappen der *Ophrys*-Orchideen, in ihrer jeweiligen Ausformung als Fliegen-Ragwurz, Wespen-Ragwurz, Hummel-Ragwurz.]

... irritierende Beobachtungen am Stein, der kein Stein, am Ästchen, das kein Ästchen war, an der Hornisse, die nicht stechen konnte, an der Raupe Vogelkot, am Schmetterling als angebissnem Blatt, am Falter mit dem einen Kopf und dem anderen Gesicht, an Orchideenblüten mit Insekten-Hinterleibern: nach all diesen Beobachtungen die Stunde der großen Fragen.

Ich habe noch genau vor Augen, was Charles und ich auf dem Kartentisch mit besonderer Intensität betrachtet, ja inspiziert hatten: zwei fast völlig identische Schmetterlinge, die jedoch aus zwei verschiedenen Familien stammten, wie sich an eher verborgenen Details nachweisen ließ. Ich habe bisher nicht die von Darwin notierten fachspezifischen Bezeichnungen übernommen, will, als alter Seebär, der ehrwürdigen Society nicht Wissenschaftlichkeit vortäuschen (was Sie verstimmen könnte), viel lieber würde ich Ihnen farbechte Bilder von Vorbild und Nachahmer vorlegen, doch ich darf mich mit Andeutungen begnügen: Gelbbraune Vorderflügel mit schwarzer Zeichnung ... dünne Fühler ... blauschwarz die Hinterflügel, orangefarben umrandet ... transparente, von Geäder eingefasste Flügelzonen ... schwarze Ausleger mit tropfenförmigem Abschluss.

[Anm. d. Hrsg.: Offenbar eine *Atrophanura coon* als Vorbild, eine *Papilio memnon* als Nachahmer. Zahlreiche weitere Beispiele perfekter Mimikry! In Afrika etwa: *Acraea aleiope f. aurivillii* und *Pseudacraea kuenowi.* In Südamerika: *Melinaea ethra* und *Dismorphia astynome.*]

Ich fragte mich damals, frage mich heute noch, reiche die Frage weiter an Sie, geehrte und gelehrte Herren der Royal Society: Wie kann es nur möglich sein, dass ein Lebewesen ein anderes Lebewesen bis in allerkleinste Details nachahmt? Der imitierende Schmetterling kann sich doch nicht selbst auf den Flügelrücken schauen und ihn vergleichen mit dem Flügelrücken der Vorlage, präzis bis in jeden Farbschlenker. Und die Flügelmuster zeichnen sich nicht blindlings von selbst nach! Oder werden der Vorlage wortwörtlich: abgeguckt und sodann, wie mit einer Laterna magica, auf den eigenen Rücken projiziert, konturgenau und farbecht? Da muss doch irgendwo der vergleichende Blick sein, der sich an dieser Feinarbeit der Übereinstimmungen erfreut. Oder: solche Übereinstimmungen sind doch wohl geschaffen worden, mit geradezu künstlerischer Präzision, um Freude im Vergleich zu wecken. Oder?

Ich sehe mich gezwungen, ja genötigt, hier noch einmal anzusetzen. Da ist ein Schmetterling, der registrieren muss, wie Artgenossen von Vögeln weggeschnappt werden. Daraufhin sagt er sich: Wenn es mir nicht auch so ergehen soll, wenn nicht letztlich wir alle weggeschnappt, aufgefressen werden sollen, dann müssen wir so aussehen, müssen uns so verhalten wie dieser Falter im Revier, den Vögel sichtlich meiden. Das muss an der Farbe, an der Flügelzeichnung liegen, also schauen wir uns das alles mal genauer an, müsste sich eigentlich übernehmen lassen, als Schutztarnung. Da sehe ich denn folgende Farben in folgenden Formen, und die übertrage ich detailgetreu und farbecht auf meine Flügel; nur so kann ich, nur so kann meinesgleichen überleben – selbst, wenn die Übertragung ein paar Generationen dauert, was bedeutet das schon.

Und der genießbare Schmetterling, der den anderen, offensichtlich ungenießbaren Schmetterling eigentlich nicht genau beobachten, schon gar nicht rezipierend betrachten kann, der überträgt nun in perfekter Kopie die Vorlage auf den eigenen Rücken, den er nie zu sehen bekommt, nicht einmal ansatzweise, es sei denn, der Falter hätte ausfahrbare Stielaugen, die sich nach hinten drehen und so den Flügelrücken überblicken könnten, woraufhin Nachbesserung möglich wäre: Noch genauere Farbabstimmung, noch präzisere Kopie der Flügelzeichnung, ja, und hier der eher zufällig wirkende Farbpunkt, dieser kleine Glanzpunkt muss gleichfalls übernommen, gleichfalls nachgeformt werden, dann erst ist die Imitation perfekt.

[Anm. d. Hrsg.: Hier bricht der – unzulässig anthropomorphe – Text nicht ab, hier unterbreche ich die Ausführungen mit einem Statement des Lepidopterologen und Schriftstellers Vladimir Nabokov: »›Natürliche Auslese‹ im Darwin'schen Sinn konnte die wundersame Übereinstimmung von imitiertem Aussehen und imitiertem Verhalten nicht erklären, noch konnte man sich auf die Theorie des ›Kampfs ums Dasein‹ berufen, wenn eine Schutzmaßnahme bis zu einem Grad der Feinheit, der Extravaganz, der Aufwändigkeit getrieben wird, der das Unterscheidungsvermögen des Fressfeindes bei weitem überforderte. In der Natur entdeckte ich zweckfreie Wonnen, die ich in der Kunst suchte. Beide waren eine Form der Magie, beide waren ein Spiel intrikater Bezauberung und Täuschung.«]

… und Darwin, nach langen Minuten wortlosen, sprachlosen, zugleich reglosen Betrachtens, er deutete auf den zweiten Schmetterling, sagte dann, mit ungewohnt heiser klingender Stimme: Streng genommen, genau genommen, ist der hier eine Fälschung. Und gleich noch einmal, mit größerer Bestimmheit: Dieser Falter ist eine *Fälschung*!

Dann, nach mindestens eine Seemeile währendem Schweigen: Kann ein Lebewesen sich selber fälschen? Eine Fälschung setzt genaue Beobachtung voraus, ständigen Vergleich, penibelste Bestimmung von Formen, sorgfältigste Auswahl von Farben – schließlich wird eine parallele Wirklichkeit geschaffen. Eine Fälschung setzt somit einen Fälscher voraus, und das müsste im Reich der Natur ein Wesen von hohem, höchstem, allerhöchstem Rang sein. An welchem Punkt, vor welchem Wort stehn wir da, Robert?

Bei Gott, ich wag es kaum zu sagen!

Aber ich, ich will es dir verraten, unter uns auf hoher See: Es liegt die Schlussfolgerung nah, dass Gott die allgemeine Entwicklung von Spezies in Gang gesetzt hat, sie dann aber weithin sich selbst überließ über Zehntausende, Hunderttausende, womöglich Millionen von Jahren hinweg, die allmählichen Veränderungen gelassen beobachtend, zuweilen aber die Lust verspürend, einzugreifen, das scheinbar Selbstverständliche in die Schwebe zu bringen in überraschenden Spielformen …

Das flüsterte Darwin aber nur. Nein, es war eher ein Wispern – als fürchte er, die Mannschaft könne ihn hören. Und das Wispern sank ab zu einem fast verlöschenden Hauchen –

»Gleich nach Sonnenuntergang füllt sich hier die Luft mit einer unzähligen Menge leuchtender Käfer, die wie feurige Punkte in der Luft glänzen; auch fangen die großen Heuschrecken schon an zu zirpen, und Frösche in der Größe von Schweinigeln kommen aus ihren Schlupfwinkeln hervor, bellen wie Hunde von mittlerer Größe.«

... was ich aus dem Flüstern, Wispern, Hauchen des jungen Mediziners und Theologen heraushörte, ich kann, ich darf, ich muss es artikulieren: Ja, Gott lässt der Entwicklung der Lebewesen freien Lauf, beobachtet sie mit unendlicher, mit göttlicher Geduld, lässt die Natur gewähren. Ein Jahrtausend ist für die Natur bloß ein Wimpernschlag, mit hunderttausend Jahren rechnet sie schon eher, eine Million schüchtert sie nicht ein, eine Lebensform geht aus der anderen hervor, wächst, entwickelt sich weiter, mal sehn, wohin das führt. Nur zuweilen bringt Er sich durch Eingriffe in Erinnerung, mit Formen überraschend, die aus der Entwicklung heraus nicht zu erklären sind.

Und der Zufall? Auch nicht in Millionen von Jahren lassen sich Formen und Farben so zusammenwürfeln, dass schließlich exakte Kopien von Lebewesen entstehen. Also der »Fälscher«! Und der setzt Glanzlichter auf, setzt Zeichen, die Seine Existenz –

doch ich glaube zu spüren, wie Charles mir die Hand auf die Schreibhand legt, lautlos mahnend: Halt ein! Du gehst zu weit! Eine Hand, die mehr und mehr an Gewicht gewann, mit allem, was sie schrieb – keine lähmende Wirkung, das nun doch nicht, hier muss ich als Kapitän meine Souveränität betonen, aber ein –

»Auf der Rückfahrt ereignete sich eine weitere Merkwürdigkeit: Wir stießen beim Segeln auf einen schlafenden Walfisch; das Schiff wurde so heftig erschüttert, dass ich, in der Kajüte im Bett liegend, auf eine Untiefe geraten zu sein glaubte. Der unsanft geweckte Fisch hatte im ersten Schreck einen ungeheuren Satz gemacht und war dann zum Grund hinabgefahren.«

... Wunder der präzisen Schmetterlingsfälschung wurde noch übertroffen, noch überboten! Immerhin, ein Schmetterling, ein Falter hat Augen im Kopf, und wenn er scharf genug hinschaut, kann er vergleichen. Wie aber, wenn eine Blüte ohne Augen klarsichtig einen Schmetterling imitiert, kopiert?

Ja, wir haben das gesehen: Eine Blüte, die in einem der tropischen Wälder hoch droben auf Bäumen wächst, auf einem fast anderthalb Meter langen elastischen Stängel über die Baumkrone hinausragend, die Blüte von Wind bewegt, eine Blüte, die in Form und Farbe das Weibchen eines bestimmten Schmetterlings nachahmt, so genau, so farbecht, dass sie von einem männlichen Schmetterling gleichen Aussehens angeflogen wurde, mit Schwung. Wir vermuteten erst, der Schmetterling attackiere die sich wiegende Schmetterlingsblüte, doch es war ein Paarungsversuch mit falschem Partner. Und wir fragten uns damals, ich frage mich noch heute: Wo, sehr geehrte Herren, wo, bitte schön, hat eine Blüte ihre Augen, um alle Schmetterlingsdetails wahrzunehmen, die sodann adaptiert werden? Manchmal sogar mit Augenflecken auf Blütenblättern? Ich stelle die Frage, auf die Darwin keine Antwort fand: Wie kann eine blinde Blüte Augenpunkte präzis nachahmend entwickeln?

Vielleicht können Sie mir, geehrte Herren der Royal Society, zu einer (überzeugenden) Antwort verhelfen. Dafür wäre Ihnen zu Dank verpflichtet Robert Fitz-Roy, Darwins Kapitän.

Und der Rabe nahm den Fellsack

Verehrter Jubilar, lieber Alexander Hentrich! Dass ich mich nicht lediglich in die Tabula gratulatoria eintrage, sondern diesen Beitrag zur Festschrift leiste, dürfte Sie kaum überraschen. Wie ich seinerzeit am Rande unseres achten Kongresses erwähnte, ist mir der Nachlass des 1931 verstorbenen Ethnologen Niels Peter Olsen anvertraut worden mit der Langzeitperspektive einer kommentierten Edition.

Hier stellt sich gleich die Frage: Warum wurde mir diese Aufgabe erst so viele Jahre nach Olsens Tod anvertraut? Nun, sein Nachlass hat einen weiten, verschlungenen Weg hinter sich. Ich muss es hier bei Andeutungen belassen – Ihr Assistenten-Duo hat (auch) mir eingeschärft, dass Ablieferungstermin und Umfang der Beiträge verbindlich vorgegeben sind.

Nach dem tödlichen Unfall des sportiven Olsen hielt seine Witwe bis auf weiteres den Daumen auf dem Nachlass. Dies aus zwei Gründen. Der erste war offenbar emotional, es wurde Rache geübt – der Hintergrund (cherchez la femme) muss hier nicht weiter erhellt werden.

Der zweite Grund: Der Nachlass ist ebenso umfangreich wie disparat. Im Klartext: Olsen hat eindeutig zu viel aufbewahrt! Zu den etwa 130 Notizbüchern (zumeist mit tagebuchähnlichen Aufzeichnungen, mit Entwürfen, Skizzen, Plänen) kamen im Übermaß: Durchschriften und Kopien dienstlicher Schreiben, Mietverträge, ärztliche Atteste, Zeugnisse, Vereinsmitgliedsausweise, Lotterielose, Hotelrechnungen. Ein gleichsam in sich selbst erstickender Nachlass.

Die notorisch schwierige Witwe als erste Verwalterin des Nachlasses entwickelte keinerlei Initiative zu Auswertung und Bearbeitung des Konvoluts, die Kartons blieben geschlossen. Es kam das Dritte Reich, es kam der Krieg. Die Witwe überlebte, wenn auch unter reduzierten Konditionen. In der französischen Besatzungszone hausend, übergab sie den Nachlass einem Exécuteur testamentaire. Der nahm seine Aufgabe ernst und trennte erst einmal den wissenschaftlichen Fundus vom Privatbesitz – der wurde in einer Garage eingelagert. 1951 verschied der Exécuteur. Er hatte den wissenschaftlich und historisch relevanten Teil des Nachlasses gerade noch rechtzeitig einem Kollegen anvertraut, der am Marshall College in West Virginia lehrte; der deponierte die Unterlagen in der Special Collections Library der Universitätsbibliothek, begann mit Grobsortierung, dann Feinsortierung. Dies wurde jedoch zunehmend erschwert durch langwierige Erkrankung. Er machte sich keine Illusionen über die weitere Entwicklung und nutzte einen privaten »Draht«, um dem Deutschen Literaturarchiv den Nachlass anzubieten. In Marbach hatte man allerdings Bedenken gegen den Erwerb, die ethnolinguistische Untersuchung der Inuit-Sprache passte nicht zum Sammelschwerpunkt des Archivs. So gelangte, auf weiterem Umweg, der Nachlass an unser Institut. Ich sehe mich nun in der glücklichen Lage, erste Einblicke in das Kompendium vermitteln zu können. Und wem würde ich diese Proben lieber vorlegen als Ihnen, geschätzter Kollege?

Genug der Intrada! Nehmen wir Kurs auf Grönland, genauer: auf die sehr dünn, die fast gar nicht besiedelte Ostküste und hier auf die Insel, auf der hochspezifisch ostgrönländische Sprachmuster konserviert blieben.

Die Kuhn-Insel (etwa 10 Kilometer breit, 30 Kilometer lang) liegt in einem schwer zugänglichen Gebiet: in der Bucht zwischen der Halbinsel Hochstetter Forland (nördlich) und dem Wollaston Forland (südlich); die Nordspitze der Insel wird durchschnitten vom 75. Grad nördlicher Breite, die Ostküste vom 20. Grad westlicher Länge. Diese Insel liegt in einer Küstenregion, die auf mehr als 2000 Kilometern letztlich unbesiedelt ist. Zudem befindet sie sich heute in der Schutzzone des Nationalparks; das Gebiet darf nur mit einer besonderen Genehmigung der grönländischen Administration bereist werden; solche Ausnahmeregelungen gelten nur für Wissenschaftler (und für Prospektoren auf der Suche nach Erdöl).

Das Küstengebiet im Bereich des 75. Grades nördlicher Breite ist vor allem durch Eis isoliert. Im Westen das Inlandeis; im Osten die Eisbarriere des Packeisgürtels; östlich davon das »Landwasser«, im Sommer schiffbar in einer Breite von einigen Seemeilen; östlich davon wiederum der Treibeisgürtel des Nordpolarstroms: Eisschollen und Eisfelder, auch Eisberge driften ständig südwärts. Dieser bis zu vierzig Kilometer breite Strom von »Großeis« macht auch im Sommer eine Annäherung an die Insel äußerst schwierig; bereits ab August kann die Eisbarriere vor der Küste undurchdringlich werden.

Kurz noch zur Geschichte der Region. Im Jahre 1923 nahm der englische Expeditionsleiter Clavering auf einer (später nach ihm benannten) Insel (nur wenige Kilometer südlich der Kuhn-Insel) Kontakt auf mit einer kleinen Gruppe von »Eskimos«; sie zogen sich allerdings unauffindbar zurück, nachdem Clavering das Funktionieren eines Gewehrs demonstriert hatte.

Auf der benachbarten Insel (benannt nach seinem Mitreisenden, General Sabine) wurden verlassene Winterbauten entdeckt, aber auch die charakteristischen Kreise von Steinbrocken, mit denen die Fellbahnen von Sommerzelten rund um den Mittelpfahl auf dem Boden festgehalten waren. Reste von Winterbauten wurden ebenso auf der Pendulum-Insel nachgewiesen (benannt nach magnetischen Pendel-Experimenten von Sabine) sowie auf der vorwiegend flachen Insel Shannon und auf den Landzungen des Hochstetter und des Wollaston Forland.

Nach der Expedition von Clavering und Sabine blieb das Gebiet sich selbst überlassen. Erst im Herbst 1927 wurde (bei einer der Patrouillenfahrten der Sirius-Hundestaffel) auf Kuhn eine Siedlung aufgespürt: 38 Inuit, unter ihnen ein Schamane, ein Angaqkoq. Die Bevölkerungsgruppe lebte (damals noch) in Sommerhütten und Winterbauten traditioneller Bauweise. Die kleine Siedlung war wirtschaftlich autark: auf der geologisch polymorphen Insel wurden Edelsteine abgebaut und bearbeitet (Rohschliff).

Vom Sommer 1929 bis zum Frühjahr 1930 hatten sich vier Forscher in der Nähe dieser Siedlung einquartiert. Ihr Aufenthalt begann mit der Errichtung einer temporären Wetterstation.

Dies geschah rechtzeitig vor Einbruch des Polarwinters, der Polarnacht. Damit wurde die Arbeit der Meteorologen erheblich erschwert, die des Ethnolinguisten hingegen erleichtert: deutlich gesteigertes Mitteilungsbedürfnis der Inuit in der langen Phase der Polarwinter-Isolation. Sie blieben an ihre (damals noch eingetieften) Winterbauten gebunden, an ihre Arbeitsstätten; Jagen und Fischen war in diesem Zeitraum nicht möglich, die Inuit waren also leicht (und ständig) zu erreichen von der nahgelegenen Forschungs- und Wetterstation. Weil in drei der Winterbauten jeweils eine Kernfamilie lebte und in den anderen Bauten Verwandtschaft (itagiit), war die »residenzielle Einheit« gewahrt und damit das Terrain der Feldforschung klar umgrenzt.

Ich muss allerdings betonen: Olsen war nicht freigestellt für ethnolinguistische Feldforschung, er blieb einbezogen in den Aufbau der Wetterstation sowie in die Durchführung der regelmäßig erfolgenden Messungen. Erst nach Absolvieren dieser Tätigkeiten konnte er aufbrechen zu der etwa zwei Kilometer Luftlinie entfernten Siedlung (in der während der nominellen Tagesstunden gearbeitet wurde: Geräte für den Rohschliff von Edelsteinen nahmen nicht viel Raum ein).

In Olsens tagebuchähnlichen Aufzeichnungen wird ausführlich berichtet vom Aufbau und Ausbau der meteorologischen Station. Ich gebe verkürzend und verdichtend wieder.

Juni 1929: Wiederholt muss eine Fahrrinne durch das Packeis zur Insel freigesprengt werden, ehe das Transportschiff anlegen kann. Von der Landestelle wird tonnenweise Material hinaufgeschafft auf das Fels- und Eisplateau etwa hundert Meter über dem Wasserspiegel. Besonders sperrig und schwer: die Fertigteile für das Stationshaus.

Olsen: »Wir wurden zu Transportarbeitern und schufteten vom Abendrot bis zum Morgenrot. Wir arbeiteten nämlich des Nachts. Am Tage ist es zu heiß für Mensch und Tier in der gleißenden Sonne auf dem Eis. Dass wir in Grönland so schwitzen würden, hatte uns in Europa nicht geschwant. Das Ganze ähnelte sehr dem Betrieb einer Baustelle, von wissenschaftlichen Arbeiten war noch längst nicht die Rede. Nur Transport, Transport und noch mal Transport! Packpferde, Träger, Pferdeschlitten, alles war dauernd in Bewegung.«

Die Überwinterungshütte aufgestellt, die Vorräte gespeichert. Das Schiff legt ab. Temperaturen sinken, Phasen von Tageshelligkeit verkürzen sich. Und es beginnt die eigentliche Arbeit. Wetterdaten sammeln, Wetterdaten aufzeichnen: Temperaturen, Niederschläge, Windrichtungen, Windstärken. »Zu den routinemäßigen meteorologischen Beobachtungen kommt die Untersuchung von Luftspiegelungen, Dämmerungsbögen und Zodiakallicht.« Schließlich die Polarnacht. In regelmäßigen Abständen Messungen des Luftraums: an ruhigen Tagen mit der Sonde eines Fesselballons, an stürmischen Tagen mit einem Drachen. Aufstiegshöhe: zweieinhalb bis drei Kilometer. Was heißt: jeweils zweieinhalb Kilometer Leine freigeben, jeweils zweieinhalb Kilometer Leine einziehen, mit der Winde: kurbeln, kurbeln, kurbeln …

Zuvor die sehr umständlichen Vorbereitungen eines Ballonflugs: Gasflaschen, vereisende Ventile, wachsender Winddruck auf die sich ausdehnende Ballonhülle. Messgeräte ankoppeln, Aufziehen des Uhrwerks. Und nach dem Herabkurbeln: Abmontieren der Registriertrommeln, Auswerten im Winterbau. Messwerte, Messwerte, Messwerte: Temperaturen, Windrichtungen, Windstärken, Luftfeuchtigkeit. Auch bei Sturm (neue Werte!): Den Winterbau verlassen, den Drachen aufsteigen lassen, zwei Kilometer, zweieinhalb Kilometer, drei Kilometer Leine freigeben, drei Kilometer, zwei Kilometer, einen Kilometer herabkurbeln. Die Registriertrommeln abmontieren. Enttäuschungen bei den Auswertungen: Treibschnee hat Aufzeichnungen auf dem Papierstreifen teilweise gelöscht oder unleserlich gemacht. Und wieder: Ballonsonden, Drachensonden. Messwerte, Messdaten, Messwerte. Ablesen, notieren, auswerten.

Zeitweiliges Nachlassen der Motivation: zur Erschöpfung die Enttäuschungen. Die Meteorologen versuchen, sich zu motivieren: Es ist notwendig, absolut notwendig, dass Tabellen über Temperaturschichten, dass Windstärken aufgezeichnet werden, gleichfalls tabellarisch, die Hochseefischerei in nördlichen Bereichen wird solche Angaben künftig brauchen, die Lufthansa will auch Island in ihr Flugnetz einbeziehen, künftige Erforschung der Polargebiete aus der Luft soll vorbereitet werden. Olsen in seinen Notizen, durch Wiederholungen gegen nachlassende Motivation ankämpfend: »Das Messen ist notwendig, das Erfassen von Wetterdaten ist notwendig, ist absolut notwendig, viele Zeitgenossen warten auf die Zahlen.«

[Anmerkung des Herausgebers: Möglicherweise handelt es sich bei den obigen wie bei folgenden Zitaten aus dem Tagebuch des Ethnolinguisten um Textanleihen – solch ein Verfahren dürfte für Olsens expansives Schreibspektrum nicht untypisch sein. Es ist hier allerdings nicht der Raum, diesem Phänomen nachzugehen, die geforderte und geleistete Knappheit des Beitrags darf nicht relativiert werden.]

Nach den routinemäßigen Arbeiten mit den Kollegen der Wetterstation führte Niels Peter Olsen jeweils sein Projekt der Feldforschung weiter – dies wortwörtlich im Alleingang.

Olsen hatte als Titel notiert für seinen Forschungsbericht: *Wortsymmetrien des Inuit-Inupiaq*. Er dokumentierte und analysierte vor allem Erzählungen des Schamanen Outakalawaping. Dessen Erzählrituale hat Olsen elektroakustisch aufgezeichnet, später transkribiert; für seinen Bericht fertigte er eine Interlinearübersetzung an, der ich in diesem Beitrag folge.

Beim Versuch einer ersten Vermittlung gehe ich anders vor als Olsen. Er legte Erzähltexte in ihrer syntaktischen Komplexität vor und analysierte sie methodisch fortschreitend.

Ich hingegen baue, in vier Phasen, das komplexe Modell auf. Ich bin hier zur Vereinfachung gezwungen, allein schon durch den strikt vorgegebenen Umfang meines Beitrags. So kann ich nur hoffen, dass in der verknappten Wiedergabe des folgenden Textbeispiels nicht zu viel verlorengeht vom Sprachmodell der Kuhn-Insel.

Outakalawaping erzählte (unter anderem) seine Version der Geschichte vom Raben, der in grönländischer Mythologie zentrale Bedeutung hat. Ich gebe die Geschichte wieder in erster Variante, abgeleitet vom »mehrschichtigen« Text.

»Der große Rabe, der die Welt erschaffen hat, sah-sieht, dass die Menschen alles zerstören werden, wenn man sie nicht daran hindert. So nahm-nimmt er die Sonne, die die Welt und ihre Zerstörung durch Menschen beleuchtete-beleuchtet, und steckte-steckt sie in einen Fellsack, trug-trägt den weit weg, und es wurde-wird finster auf der Erde, mehr als sechzig Nächte lang. Es wurde-wird sehr kalt, in der langen Polarnacht hockten-hocken die Menschen untätig beisammen in ihren Winterbauten und bekamen-bekommen Angst, das Sonnenlicht würde ihnen für immer genommen. Sie aber wollten-wollen die Sonne wieder sehen, und so boten-bieten sie dem großen schwarzen Raben Opfer an, gelobten-geloben, die Welt, die er erschaffen hat, nicht zu zerstören. Da packte-packt der Rabe mit dem Schnabel den Fellsack, nahm-nimmt die Sonne heraus, ließ-lässt sie wieder leuchten.«

Leicht ablesbar, also nicht weiter kommentarbedürftig: In der Sprache der Grönländer des Nordostens (Inuit-Inupiaq) ist strikte Abgrenzung zwischen Vergangenem und Gegenwärtigem kaum möglich, das Gegenwärtige weithin als Wiederholung von Vergangenem, das gegenwärtig bleibt. Infolgedessen gibt es keine unterscheidenden Sprachformen für Präsens und Präteritum.

Dies zeigt schon das zweite Verb des Erzählmodells: er sah-sieht. In der Transkription heißt es: takuvâ.

Weitere Belege für dieses Verfahren? Es heißt: gefischt ... ausgeweidet ... verzehrt. Letztlich erscheint es gleichgültig, wer jeweils sah, fischte, ausweidete und verzehrte, derartige Abläufe wiederholen sich permanent in gleichen Formen auf der »kekertarssaax«, der »großen Insel« – stets gleiche Abläufe, dies »soraisangitsumik«, sprich: unaufhörlich.

Alles sprachlich höchst signifikant, und zugleich ein Beitrag zur grönländischen Philosophie. Wer etwas sagt, das ist in den meisten Fällen gleichgültig, wer etwas tut, das zählt in den wenigsten Fällen, vielmehr: Es wird getan, es wurde getan, es wird gesagt, es wurde gesagt.

Damit hat sich in diesem Bereich der Nordostküste ein Spezifikum erhalten, zumindest bis zum Zeitraum der Feldforschung: Doppelungsformen, die Gleichwertigkeit und Gleichrangigkeit von Vergangenem und Gegenwärtigem betonen. Also hier: takuvâ-takuvâ.

Die Schreibweise mit Trennstrich ist bereits ein Kompromiss, ist »Hilfskonstruktion«; im Inupiaq der Insel Kuhn sind lange, silbenreiche Wortkonglomerate üblich. Nur um sie lesbar zu machen, werden Trennstriche eingefügt; dem Inupiaq ist »verschmelzende« Schreibweise angemessen: takuvâtakuvâ. Oder, konsequent übertragen: er sahsieht, beleuchtetebeleuchtet, trugträgt.

[Anm. d. Hrsg. zu Sigmar Kleinschmidt, dem Verfasser des Festschrift-Beitrags:

Kleinschmidt hatte die Ethnolinguistik gleichsam als Quereinsteiger entdeckt: Schon als Gymnasiast war er fasziniert von Berichten über jahrelange Forschungsexpeditionen auf Segelschiffen, und hier war es vor allem die Weltumsegelung des Adelbert von Chamisso auf der russischen Brigg Rurik unter dem Kommando des Otto von Kotzebue, Sohn des seinerzeit überaus erfolgreichen Stückeschreibers.

Chamisso, Botaniker und Schriftsteller, sammelte nicht nur Pflanzenpräparate, er griff Anregungen auf zum Studium exotischer Sprachen – Anregungen, Vorarbeiten mit Spätwirkung, Langzeitwirkung. So begann etwa zwei Jahrzehnte nach der Zwischenlandung auf Hawaii sein »linguistisches Studium; ich lerne jetzt eifrigst die Sprache von Hawaü«; er arbeitete an einer »hawaiischen Grammatik«; auf dem Sterbebett redete er, offenbar im Fieberwahn, »in fremden Zungen, großenteils hawaiisch«.

Es blieb nicht beim Studium dieser Sprache, Chamisso arbeitete auch als Komparatist, notierte während der Forschungsreise Wörter in drei verschiedenen Sprachen: eine Liste, die mit dem Wort »Gott« eröffnet wurde, es folgten Mann, Weib, Vater, Mutter, und das setzte sich fort mit Wörtern für Körperteile wie Zahn und Zunge.

Auch dabei blieb es nicht. Im Anhang zu Chamissos *Reise um die Welt in den Jahren 1815–1818* fand K. einen kurzen Beitrag »Über malayische Volkslieder«. Hier ein Strophenzitat, dessen erste Zeile zum Lockruf wurde: »Kálau túan jálan daulu.«

Und K. ließ sich verlocken. Unterstützt durch ein Forschungsstipendium, betrieb er in den fünfziger Jahren ethnolinguistische Studien im Hinterland von Simanggang. Er katalogisierte nicht bloß (wobei sich herausstellte, dass Chamissos Umschriften erstaunlich präzis waren), seine Studien fokussierten sich auf Sprachstrukturen, in denen sich Denkmuster ausprägten. Oder: Sprachstrukturen, die Denkmuster (mit)prägten.]

Wie bereits angemerkt: Es sind mehr als zehn Dutzend Notizbücher (meist kleineren Formats) überliefert; weiten Raum nehmen Olsens Aufzeichnungen ein über die täglichen, vorwiegend routinemäßigen Abläufe, an denen er sich beteiligen musste: Voraussetzung für seine Teilnahme an der Überwinterung auf der Insel Kuhn. Auf diese Weise wurde die ethnolinguistische Feldforschung indirekt finanziert.

Auf dem Eisplateau in der Polarnacht: bis zu vierzig, fünfzig Grad Außentemperatur. Mit dem Spiritusbrenner kann die Temperatur im Winterbau meist nur auf etwa zehn Grad über null angehoben werden; bei Schneefegen Annäherung an den Nullpunkt. Folglich: Zusammenrücken ... Schachzüge wie in Zeitlupe ... Pfeiferauchen: der Winterbau wird zur »Räucherkammer« ... Flucht in den Schlafsack ... Absinken der inneren Antriebskräfte – der »Energieausfall«, beklagt von einem der Meteorologen.

Es kostete Selbstüberwindung für die Männer, aus dem Winterbau in die grausam kalte Polarnacht hinauszustapfen, die Schinderei, Plackerei fortzusetzen. »Mit der Arbeit, soweit sie an Ballons und Drachen geknüpft ist, geht es auf und ab. Diese merkwürdigen Erscheinungen schweben früh und spät über dem Stationshaus, und wir haben uns allmählich an sie gewöhnt, wie an etwas, das beinah die Fels-, Schnee- und Eislandschaft um uns herum charakterisiert. Welche Geduld dazu gehört, die Arbeit bei so ungünstigen Witterungsverhältnissen fortzusetzen, davon kann man sich eine Vorstellung machen, wenn man die Observationsjournale durchblättert, in denen auch alle Unfälle aufgeführt sind. Aber Finsternis, Frost und Sturm dürfen nicht entmutigen.«

Beinah rituelle Selbstmotivation des Grüppchens: Die Messwerte werden gebraucht, auf die Zahlen wird gewartet. Also Messwerte, Messdaten, Messwerte ablesen von der Registriertrommel nach dem Einholen von Ballon oder Drachen, Eintragen in Tabellen, Kurven zeichnen, vorläufiges Auswerten. Interne Devise: Wissenschaft kontra eisiges Schneefegen …

Was modifiziert für den Ethnolinguisten gilt, der sich wiederholt hinüberkämpft zur kleinen Siedlung der Inuit: Linguistik kontra Vereisung, kontra Erstarrung.

Ich lege eine zweite Variante der Raben-Geschichte vor, abgeleitet von der transkribierten Version des Sprachforschers.

»Der große Rabe, der die Welt erschaffen hat, sahsieht, dass die Menschen alles zerstören werden, wenn man sie nicht daran hindert. So nahmnimmt-gabgibt der große Rabe die Sonne, die die Welt und ihre Zerstörung durch Menschen beleuchtetebeleuchtet, und stecktesteckt sie in einen Fellsack, holteholt sie aus dem Fellsack, und er kamkommtginggeht mit der Sonne im Fellsack …«

Ich breche ab. Die Verdoppelung von Verdoppelungsformen arbeite ich am Beispiel einer Erzählvariante heraus: Der Rabe ginggeht, der Rabe kamkommt. Im Inuit-Inupiaq: autdlarpoq (er geht weg) wird gekoppelt mit aggerpoq (er kommt). Hier steht jeweils das Gemeinte am Schluss der Wortkopplung: er kommt-geht weg oder: er geht wegkommt, aggerpoq-autdlarpoq oder: autdlarpoq-aggerpoq, beziehungsweise: autdlarpoqaggerpoq.

Solche »verdoppelte Doppelung« (ginggeht-kamkommt) lässt sich assoziativ leicht deuten: Das Weggehen ist nicht definitiv, hier ist, im Rahmen der mythologischen Geschichte, die Rückkehr mitbedacht, also mitformuliert. Die Verdoppelungsform als »strukturbildend« für mythologisches Erzählen: Die Wiederkehr des immer Gleichen. In diesem Fall: Das Wegnehmen der Sonne zu Beginn des Winters, so wie in jedem Jahr zuvor die Sonne zu Beginn des Winters weggenommen worden war; das Zurückbringen der Sonne zu Beginn des nordischen Sommers, so wie jeden Sommer zuvor die Sonne zurückgebracht worden war: Der große Rabe ginggehtkamkommt mit der Sonne im Fellsack …

[Anm. d. Hrsg.: Im Olsen-Konvolut fand ich einen Zettel mit Kleinschmidts eigenhändiger Abschrift einer Strophe von Chamisso: Zusatzmotivation zur Editionsarbeit?

Der Rabe fliegt zum Raben dort,
der Rabe krächzt zum Raben das Wort:
Rabe, mein Rabe, wo finden wir
heut unser Mahl? wer sorgte dafür?]

Erneut ein Seitenblick auf Olsens begleitenden Bericht; das größere Zeitdeputat war schließlich der Arbeit in der Wetterstation gewidmet – vertraglich festgelegte Verpflichtung. Weiterhin also und immer wieder: Den Fesselballon mit Gas füllen, ihn aufsteigen lassen, einen Kilometer, zwei Kilometer, drei Kilometer, wieder herunterziehen, mit der Winde: kurbeln, kurbeln, kurbeln. Die Registriertrommeln ins Stationshaus tragen. Messwerte, Messdaten, Tabellen, wachsende Tabellen. Von den Kollegen als stumpfsinnig bezeichnete Arbeit, doch von diesem Stumpfsinn fühlt sich Olsen nicht tangiert, wenn er seiner Spur folgt hinüber zur kleinen Siedlung, bepackt mit dem Aufnahmegerät, an das sich die Inuit bereits gewöhnt haben.

»Heute habe ich vor dem Aufbruch zu meinen Inuit lange Zeit vor dem Stationshaus gestanden und die Stille der Polarnacht genossen. Wie kalt und schweigend sie liegen, diese harten, von gewaltigen Naturkräften einst polierten Felsenhügel! Nichts regt sich, selbst das Meer ist in Eis erstarrt, überglitzert vom Mondschein, der mit Mühe durch einen Schleier von Eiskristallen dringt. Nur *eine* Naturkraft ist hier wirksam, sie arbeitet still, arbeitet unaufhörlich: die Kälte. Ihr Ziel ist die Vereisung der gesamten Natur. Langsam, aber unaufhaltsam wachsen die Eiskristalle.«

Auf dem durch Trittspuren vorgebahnten Weg hinüber zu den Winterbauten der Inuit bleibt Olsen zuweilen stehen: Nordlicht, gesteigert zu »gewaltiger Lichtsymphonie«.

Folgt die dritte Variante der Raben-Geschichte; diesmal in einem noch kürzeren, dennoch das Charakteristische demonstrierenden Ausschnitt.

»Der große Rabe stecktesteckt die Sonne in einen Fellsack, holteholt die Sonne aus dem Fellsack, und er ginggeht-kamkommt mit der Sonne im Fellsack bergauf-bergab, nordwärts-südwärts, versteckteversteckt die Sonne« ...

Ich hebe, nach Olsen, hervor: Dem »Gesamtmodell der Schwebe« zwischen Vergangenheitsform und Gegenwartsform der Verben und ihrer »verdoppelten Verdoppelung« entsprechen Doppelformen der Adverbien, die bei jeder Situation, bei jedem Ablauf die konträre Situation, den gegenläufigen Ablauf einbeziehen.

Geht also der große Rabe mit der Sonne im Fellsack auf weiter Schneefläche erst einmal abwärts, ámut, so wird er auch wieder bergauf gehen, kúmut – und sei es auf dem Rückweg. Also werden, rückblickend und vorwegnehmend, Adverbien gekoppelt: die Bewegung ámutkúmut, und umgekehrt, je nach »dominierender Phase«: kúmutámut.

Auch Richtungswechsel werden mitbenannt: Die Bewegung des Raben erst einmal südwärts, kujámut; diese Bewegungsrichtung wird sich spätestens zu Beginn des Frühjahrs wieder ändern, dann führt der Weg nordwärts, avangnamut. [Anm. d. Hrsg.: Die Frühjahrssonne geht im Bereich des 75. Breitengrades im Süden auf, die Aufhellung verläuft kontinuierlich nordwärts.]

Die Interpretation kann auch bei diesem Textbeispiel Assoziationen folgen: Einer Bewegung südwärts ging Bewegung nordwärts voraus oder wird einer Bewegung nordwärts folgen; eine Strecke, die man gegenwärtig nordwärts geht, sie ist man wiederholt schon südwärts gegangen. So beziehen die Inuit an der Nordostküste in ihre Artikulation ein, was jeweils (noch) nicht (oder nicht mehr) aktuell ist im Erzählen oder Erleben.

[Anm. d. Hrsg.: Wenigstens an dieser Stelle ein Seitenblick auf die ethnolinguistischen Feldstudien des Sigmar Kleinschmidt, in seiner Fokussierung auf Sprachstrukturen, in denen sich Denkmuster, Wahrnehmungsweisen ausprägten. Oder: die (mit)prägend einwirken auf Wahrnehmungsweisen, Denkstrukturen.

Kleinschmidt wurde von einem Malayen (»einer meiner Sprachvermittler«) auf ein rotes Haus (einer Handelsniederlassung) verwiesen. Als Quintessenz umständlicher Ausführungen: Aussagen sind im Gebiet östlich von Simanggang nicht einengend fixiert. So sagt man nicht bloß »Haus«, sondern weiterführend: Behausung … Kasten … Hütte … Bude … Bruchbude … Hier wird mitbedacht: Jedes Haus verändert sich, zumeist im Verfall. Damit variiert der Außenanstrich, die Behausung/Bude/etc. kann erst hellrot sein, dann wird sie ziegelrot, darauf zinnoberrot, sodann indischrot, weinrot, kirschrot, feuerrot, karminrot, scharlachrot, rubinrot, purpurrot, zuletzt schwarzrot. Also sagt man nicht bloß »rot«, sondern in *einem* Atemzug: hellrotziegelrotindischrotweinrotfeuerrotkarminrot – und so fort. Die gesamte Skala von Veränderungen wird auf diese Weise mitformuliert.

Hier öffnete sich für den Ethnolinguisten »eine Welt des weiten Atems«.]

Wieder einige Begleitnotizen, frei nach Olsens tagebuchähnlichen Aufzeichnungen (die mit einem Exemplar dieser Festschrift auch mal dem AWI, dem Alfred-Wegener-Institut in Kiel, vorgelegt werden sollten – da gehören sie eigentlich auch hin): Finsternis, Finsternis, das Sparlicht kommt nicht dagegen an. Olsen: Den Kollegen fehlen neue Eindrücke; es wird schon als Bereicherung, als Belebung empfunden, wenn im Sternenlicht, Mondlicht die Konturen eines Hügelzugs zu ahnen sind. Doch die Kälte treibt rasch wieder in den Überwinterungsbau zurück. In Büchern eher blättern als lesen … Dem Fauchen der kleinen Spirituslampe lauschen, die zugleich Öfchen ist … Die langstielige Pfeife stopfen und anzünden … Fotos ausbreiten und anstarren … Sich aus minimalen Anlässen streiten … Schuldgefühle, Selbstvorwürfe danach: offenbar hat man sich noch immer nicht ausreichend unter Kontrolle.

Olsen führt zuweilen seine Phantasie spazieren nach Europa, nach Deutschland, nach Apolda. Die Ehe wie auf Eis gelegt … Gelegentliche Wunschträume: frugal kochen, exquisit speisen …

Doch unausweichlich strukturierend für das Quartett der Wetterstation: Der exakte Zeitpunkt für den Außendienst. Messwerte, Messdaten, Messwerte, Tabellen, wachsende Tabellen. Die Hochseefischer, die Lufthansa, die künftigen Erkunder des ewigen Eises aus der Luft, sie alle warten auf Zahlen, Zahlen, Zahlen – oder? Eine der Fragen, die Olsen notiert, die ihn aber nicht weiter beschäftigen, schließlich liegt sein Forschungsfeld außerhalb der Station. Die ethnolinguistische Feldforschung fordert zusätzliche Kraft, bestärkt und stärkt ihn aber zugleich – die weitreichende Perspektive als Dauermotivation.

Nun die vierte (und hier letzte) Variante der Geschichte vom grönländischen Raben, ebenfalls in einem Ausschnitt.

»Der große Rabe-die großen Raben stecktesteckt-steckten-stecken die Sonne-Sonnen in einen Fellsack-in Fellsäcke, ginggeht-gingengehen-kamkommt-kamenkommen mit der Sonne-den Sonnen im Fellsack-in Fellsäcken bergaufbergab und nordwärtssüdwärts versteckteversteckt-versteckenverstecken die Sonne-Sonnen, sagtesagt, sagtensagen: Ich-wir« ...

Ich vermittle, »übersetzend«, den Kommentar des Ethnolinguisten: Der »Symmetriepaarung« von Präsens und Präteritum entspricht eine Symmetriepaarung von Einzahl und Mehrzahl; Olsen schreibt auch hier von der »Schwebe der Symmetrie«.

Demnach sind Einzahl und Mehrzahl gleichrangig; stets wird ein Substantiv im Singular gekoppelt mit demselben Substantiv im Plural; nie also bleibt Einzahl allein, bleibt Mehrzahl für sich. Dabei unterscheiden sich Einzahl und Mehrzahl vielfach nur im letzten Buchstaben: das »k« der Einzahl, das »t« für die Mehrzahl. Tuluvkap: der Rabe, tuluvkat: die Raben. Beides wird kombiniert: Tuluvkap-tuluvkat, tuluvkaptuluvkat – in diesem Fall sind mehrere Raben gemeint. Heißt es dagegen tuluvkat-tuluvkap, tuluvkattuluvkap, so wird der einzelne Rabe gemeint. Auch der große Rabe der grönländischen Schöpfungsgeschichte: nicht solitär, sondern eingebunden in eine Generationenfolge oder erweitert zu einmütig kooperierender Gruppe.

Auch für den großen Raben gilt: Ich, das europäische »Zentralwort« der ersten Person Singularis, es wird im Nordosten Grönlands, wird auf der Insel Kuhn ausbalanciert mit der Mehrzahl; uvanga, ich, wird stets verbunden mit uvagut, wir. Uvanga-uvagut: Hier sieht sich der Einzelne als Mitglied einer Gruppe. Uvagut-uvanga: Hier hebt sich der Einzelne hervor. Diese Verbindung muss auch in der Schreibweise sichtbar werden: uvagutuvanga, uvangauvagut.

Ich will es bei diesem festlichen Anlass nicht bewenden lassen mit dem kleinen Bericht aus dem Forschungsgebiet der Ethnolinguistik, ich riskiere ein Experiment: Die Beschreibung der routinemäßigen Arbeitsabläufe zur Erfassung von Wetterdaten amalgamiert mit Sprachmustern der grönländischen Nordostküste, der kleinen Siedlung auf der Insel Kuhn:

Vierzig Grad Kälte, aber Luftraumsondierung, fünfundvierzig Grad minus, doch die Meteorologen füllten, füllen den Fesselballon mit Gas, lassen, ließen ihn einen Kilometer, zwei Kilometer, drei Kilometer aufsteigen, werden ihn einen Kilometer, zwei Kilometer, drei Kilometer aufsteigen lassen, zogen, ziehen ihn wieder herunter mit der Winde: kurbelten, kurbeln, werden kurbeln, trugen, tragen die Registriertrommeln in das Stationshaus, werden sie in das Stationshaus tragen. Und der Drachen stieg-steigt zwei, drei Kilometer hoch in den turbulenten Luftraum, südwärts-nordwärts, nordwärtssüdwärts. Und der Meteorologe tut-die Meteorologen tun, was der Meteorologe getan hat-die Meteorologen getan haben, der Meteorologe tat-die Meteorologen taten, was der Meteorologe tun wird-die Meteorologen tun werden.

Hier ein letzter Blick in die Notizbücher des Ethnolinguisten, der zum Wetterdienst abkommandiert war. Der Gleichförmigkeit der Abläufe entsprechen Repetitionen in den Notaten. Es wiederholen sich vor allem Stichworte wie Kälte, beißende Kälte, wie Schneefegen, »widerliches Schneefegen«. Und, da capo: Wissenschaft kontra eisiges Schneefegen …

Auch jenes schlangenartige Dahinwirbeln von Schnee dicht über dem Boden will Olsen anders sehen, anders werten: »Wenn ich so dieses Heer von Schlangen beobachte, die im Mondlicht unter leisem Zischen über den Schnee gleiten, dann fühle ich mich der Natur ganz nah.«

Die Frage nach der Relevanz der begleitenden Aufzeichnungen beantwortet sich von selbst mit Blick auf das folgende, nun abschließende Zitat: »Habe zwischen Stationshaus und Inuitsiedlung unter dem flimmernden Polarlicht gestanden mit dem niederschmetternden Gefühl der Ohnmacht gegenüber dieser nicht etwa neu entdeckten, nein, seit Menschengedenken bekannten Naturerscheinung. Hoch über mir entrollte sich die strahlende Draperie in geheimnisvollen Bewegungen, eine gewaltige Lichtsymphonie wurde über meinem Haupt gespielt in tiefster, feierlicher Stille. Was ich mitzuhören glaubte: Komm doch her und untersuch mich! Sag mir, was ich bin!«

Zweite Folge

Den Musil spreng ich in die Luft!

Sehr geehrter Herr Reichsfilmintendant, mein lieber, altverehrter Fritz Hippler!

Seit unserem Gespräch im Kameradschaftsclub der deutschen Künstler ist etliche Zeit verstrichen, und so werden sich bei Ihnen zwischenzeitlich gewiss 1001 neue Gesprächskontakte ergeben haben. Was Sie damals beim Glas Wein andeuteten, hat Eindruck hinterlassen: Wie gering die Zeitdeputate sind, über die Sie noch disponieren können – was eventuell auch zutreffen dürfte mit Blick auf die Lektüre des hier vorgelegten Textkonvoluts. Mein erster, mündlicher Vorschlag dürfte in Anbetracht der Dauerbelastung Ihrer Erinnerung vielleicht ein wenig in den Hintergrund gerückt sein, also rasch ein paar Stichworte.

Während Hans Albers mal wieder mächtig aus sich herausging auf Paloma-Kurs, während Peter Kreuder wieder einmal Remedur machte (»Und noch ein und noch ein und noch ein Erfolgsschlager mit hundertprozentig optimistischer Grundhaltung ...!«), konnten wir uns an einen stilleren Tisch zurückziehen, und ich durfte in gedrängter Form meinen neuen Plan filmischer Natur vorstellen.

Womit denn der erste Schritt erfolgt war, informell, und ich darf zum nachfolgenden Schritt ansetzen, zur Vorlage der Filmerzählung, begleitet von Ergänzungen, die es leichter machen dürften, das Projekt vor Dr. Goebbels zu begründen – was nach den Auseinandersetzungen anlässlich meines Drehbuchs zum *Katte*-Film einigermaßen angebracht sein dürfte.

Fast überflüssig, Ihnen zu versichern, dass ich die Filmerzählung jederzeit aus dem hier vorliegenden Konvolut herauslösen und auf das vorgeschriebene Format von drei Typoskriptseiten komprimieren werde, wie das bei derartigen Vorlagen für den Herrn Reichspropagandaminister längst Usus ist.

[Anmerkung des Herausgebers: Ministerialrat Dr. Hippler, Obersturmbannführer der SS, Referent im Reichspropagandaministerium als Leiter der Abteilung Film, nahm routinemäßig teil an den täglichen Besprechungen im großen Sitzungssaal. Jeden Samstag- und Sonntagabend fand er sich ein im Hause Goebbels in der Göringstraße oder am Bogensee, präsentierte dem mehr oder weniger erweiterten Kreis neue und neueste Werke »deutschen Filmschaffens«. Zudem erfolgte jeden Montag die Projektion des stummen Rohschnitts der Wochenschau, zu der Hippler den geplanten Text verlas; jeden Dienstagabend sodann die Vorführung des Feinschnitts, mit der bereits unterlegten Musik und den von Goebbels zumeist revidierten Texten. Hinzu kamen Besprechungen mit dem UFA-Produktionschef über neue Exposés, neue Drehbücher.

Hanns K. Erckmann, mit diversen Preisen gefeierter Autor des Versromans *Der Stoßtrupp*, hatte nach 1933 Drehbücher verfasst, die zumeist erfolgreich umgesetzt wurden. Waren die frühen Filme noch unpolitisch (»Der erste Walzer«, »Das Liebesorakel«), so entwarf er, auf Drängen von Goebbels, mit *Katte* einen der damals beliebten Historienfilme in Sichtverbindung zu aktuellem Geschehen. Brenn- und Streitpunkt zwischen Erckmann und Goebbels war die rigide Haltung des Soldatenkönigs, der den intimen Freund seines Sohnes, des Kronprinzen Friedrich, enthaupten ließ.

Während in Erckmanns Drehbuch der König als besorgter Vater dargestellt wurde, der sich zu seinem Leidwesen gezwungen sah, zum Äußersten zu greifen, um, nach damaligen Maßstäben, seinen Sohn zu retten, bestand Goebbels auf entschiedenster Konsequenz – der König indirekt als Vorbild für spätere Liquidierungskommandos.

Regisseur Gustav Ucicky milderte – auch durch glanzvolle schauspielerische Leistungen der engagierten »Hochprominenz« – die Härten ein wenig ab, dennoch sah sich Erckmann um seine Intentionen gebracht, hätte am liebsten gesehen, dass sein Name im Vorspann nicht mehr genannt wurde, doch darüber ließ Goebbels nicht mit sich reden. Mit dem Erfolg des Films (Prädikat: »staatspolitisch wertvoll«) schien der Zwist vergessen.]

Nach der kurzen, jedoch intensiven Besprechung am Rande des lautstarken Geschehens im Kameradschaftsclub schlossen wir uns wieder der Runde an. Sie nahmen Ihren Platz ein an der Stirnseite des Mitteltischs und stimmten sogleich das neue Chanson der Josephine Baker an, zur Überraschung und Erheiterung der Kollegen, vor allem des (so erfolgreich komponierenden) dicken Kreuder und des (sich so gern singend produzierenden) »blonden Hans«.

Mir wurde indes, verständlicherweise meinen Gedanken nachhängend, bewusst: Das neue Projekt ist ein Balanceakt, bei dem die politischen Begleitumstände mit Fingerspitzengefühl in Erwägung zu ziehen sind, schließlich will man nicht wieder Anstoß erregen beim Herrn Propagandaminster. Wobei er vielleicht schon Bedenken äußern könnte zum Arbeitstitel, über den wir uns im KddK so rasch (wenn auch auf jederzeitigen Widerruf) verständigt hatten: »Den Musil spreng ich in die Luft!«

Ein Zitat, das ich dem (immer noch) legendären Oberst T. E. Lawrence zuschreibe, der im Film zwar nicht die Hauptrolle spielen soll, immerhin aber die Rolle des Kontrahenten unseres großen Arabienreisenden, Arabienforschers Alois Musil. Ich präzisiere: Ordentlicher Professor der biblischen Hilfswissenschaften und der arabischen Sprache an der Universität Wien; während des Ersten Weltkrieges vom Kaiser zum Generalmajor ernannt, sodann zum »Generaloberkriegsrat mit dem Titel Exzellenz«. Womit bereits die innere Spannweite der herausragenden Erscheinung angedeutet wäre.

Hier muss indes gleich betont werden, was sich in Anbetracht der gegenwärtigen Weltlage letztlich von selbst versteht: Dass die Rolle des Engländers (»Lawrence of Arabia«) im Verlauf des Spielfilms sukzessive abgebaut, die des Österreichers (»Scheich Musa«) hingegen konsequent aufgebaut wird – bis hin zur Schlusscoda.

Dies alles in einem klar umgrenztem Aktionsraum: Beide versuchten, seit Menschengedenken miteinander verfeindete Beduinenstämme der Arabischen Halbinsel zu einen – Musil mit dem Osmanischen Reich kooperierend, Lawrence im (Geheim)Dienst Englands, dem unser Großdeutsches Reich nun erneut Paroli bietet, ebenfalls in der Wüste, wenn auch in der Libyschen.

Italienisch-Libyen (mittlerweile eigentlich eher Deutsch-Italienisch-Libyen) hat sich für Außenaufnahmen bereits bewährt, wie das Ucicky bei den Außenaufnahmen zu *Aufruhr in Damaskus* hinlänglich bewiesen hat. Die Verlagerung der Dreharbeiten von Vorderasien nach Nordafrika ist damit vorgebahnt. Rommel wird mit seinem Afrikakorps unseren Spielraum nicht nur freihalten, er wird ihn, hier bin ich sicher, noch ganz entschieden erweitern in Richtung Ägypten.

Wie auch immer, wir sollten die historische Chance nutzen, um hinter der Front die Außenaufnahmen des Films durchzuführen (wobei Innenaufnahmen selbstverständlich in Neubabelsberg erfolgen – ich denke hier etwa an den Arbeitsraum der Gertrude Bell im »Oriental Secretary«).

Gertrude Bell: Ich darf den Namen als Stichwort nehmen, um konkreter zu werden im Entwurf des Films, der zur Kategorie des Großfilms gehören dürfte.

Ich habe lange überlegt, wie sich auf eleganteste Weise die notwendigen Grundinformationen vermitteln lassen über die Gesamtlage im Jahre 1917. Üblich ist weithin, und das wurde im grandiosen Fredericus-Film unter Ihrer Ägide wahrhaft überzeugend vorgeführt, üblich ist die Demonstration anhand einer Landkarte bei einer, so würden wir heute sagen, Lagebesprechung des Generalstabs. Ich scheue davor zurück, dies schlichtweg zu übernehmen, und so habe ich mir eine Lösung einfallen lassen, die den projektierten Film in seiner Machart bereits charakterisieren dürfte.

Es beginnt mit einer ruhigen Einstellung: die Weite, die Leere, die grandiose Einsamkeit einer Wüste. Der Kamera nähert sich ein Grüppchen von Kamelreitern. Näherkommend zeigt sich: es sind Personen in Beduinenkleidung. Bei fortgesetzter Annäherung wird deutlich: vorneweg reitet eine Frau, begleitet, gefolgt von Beduinen. Eine so friedlich erscheinende Intrada dürfte überraschen in dieser Zeit, in der unsere Volksgenossen daran gewöhnt sind, in der Wochenschau Kampfhandlungen an diversesten Kriegsschauplätzen zu verfolgen. Auch dieser Film wird mit einer Kampfhandlung enden, jedoch wird ein (notwendig) langer Weg dorthin führen.

Was sich bereits andeutet im Erscheinen der Bell. Die voraussichtlich einzige Frauenrolle in diesem Film. Weder mit Lawrence noch mit Musil verbinden sich erotische Assoziationen, zumindest lassen sich ihnen im Handlungsverlauf des Spielfilms keine Frauen zur Seite stellen (oder legen), dafür aber kann Gertrude eine in mehrfacher Hinsicht wegweisende Rolle spielen, als »Oriental Secretary« mit Sitz in Bagdad.

Fürs Erste jedoch mag die Rolle dieser Frau für Kinobesucher unklar bleiben. Das Grüppchen oder Trüppchen von Kamelreitern hält an, ein einzelner, schattenspendender Baum lädt ein zu kurzer Rast, und hier könnte denn die Darstellerin der Bell den Umriss der Arabischen Halbinsel in den Sand ritzen, die Skizze nach »Nordosten« erweiternd zum Osmanischen Reich, das Arabien zumindest nominell beherrscht. Dies nun in der Entente der Türken (den Atrak) mit den Österreichern (den Namsa) und den Alman, den Kaiserdeutschen.

Auf der anderen Seite England im Bündnis mit Frankreich – diese Allianz verkörpert in der Frau, die nun hinweist auf den Aufstand einiger Beduinenstämme, die über das Rote Meer, über Akaba, mit Waffen und Munition versorgt werden, überwiegend in der Vermittlung durch T. E. Lawrence, dessen Name in dieser Phase bereits genannt werden könnte, auch wenn er noch nicht in Erscheinung tritt – dies so wenig wie Alois Musil. Erst Gertrude Bell wird die beiden Arabien-Archäologen, die beiden Arabien-Forscher, die beiden Vorkämpfer arabischer Autonomie gegeneinander führen im Rahmen ihrer nachrichtendienstlichen Tätigkeit. Sie wird Lawrence, den sie vor dem Krieg bei Ausgrabungen im syrischen Karkemish kennengelernt hatte, weiterhin mit Informationen über arabische Stämme versorgen, wird ihn dazu anstiften, endlich einmal den österreichischen Gegenspieler auszuschalten. Was sich Lawrence gern zu eigen macht: »Den Musil spreng ich in die Luft!«

Selbstverständlich werden diese Planungen, diese Berechnungen nicht aufgehen, vielmehr wird Alois Musil gemeinsam mit dem deutschen Leutnant (und Instruktor) Walter Reinartz sowie mit Hamid Fakhri Bey, Kommandeur der 48. osmanischen Division, dem Engländer und seinem Kamelreiterkorps eine empfindliche Niederlage bereiten: Lawrence, der da glaubt, er könne Musil in eine Falle locken, gerät selbst in eine Falle!

Damit greife ich dem projektierten Geschehen vor. Doch ich hoffe, Sie werden Verständnis aufbringen für meine vorwärtsdrängende Ungeduld.

Freilich, mein Vorschlag bedarf einiger Begründungen und Erklärungen, schließlich wird, unausweichlich, ein Repräsentant der britischen Feindnation eine zentrale Rolle spielen. Dies aber auf eine Weise, die ihn nicht der Verachtung preisgibt, ihn vielmehr als respektablen Gegner, damit als würdigen Feind ausweist. Wir wissen beide, dass Adolf Hitler der englischen Nation einen gewissen Respekt entgegenbringt, dass der Führer sich eher Kooperation als Konfrontation gewünscht hätte, dies auf der Grundlage rassischer Zugehörigkeit. Die fraglos dominierende Rolle im Film aber wird Alois Musil spielen, Repräsentant des Landes, aus dem unser Führer stammt, der es, als Ostmark, heimgeholt hat in das Großdeutsche Reich.

Die von Ihnen im KddK ironisch erwähnte Frage, die sich in Ihrer Abteilung des Ministeriums zuweilen wiederholte: Was bringen wir in der nächsten Wochenschau?, diese Frage erübrigt sich ja derzeit: Die Sonderberichter-Staffel des

OKW, die von Ihnen ausgeschickten Kameramänner liefern aus Nordafrika reichlich Material – die Cyrenaika ist ebenso wie Libyen fast ständig präsent in der Wochenschau unter Ihrer Ägide. Wobei jeweils Rommel als Generalstabschef gebührend ins Licht gestellt wird. Womit wiederum so etwas wie Streulicht auf Alois Musil fallen wird sowie, letztlich unvermeidlich, auf Lawrence.

Bevor ich Szenen skizziere, die meine Vermittlung dieser Figur ablesbar machen, einige Grundüberlegungen: Auf welche Weise soll T. E. Lawrence in unserem Spielfilm in Erscheinung treten?

Wie schon angedeutet, brauchen wir einen Gegner, dem operative Erfolge nicht abgesprochen werden, dessen Schlagkraft ohne Abschwächung dargestellt wird – nur so erscheint der Sieg über ihn rühmenswert. Andererseits haben wir, mit Blick auf den gegenwärtigen Krieg in der Wüste, nicht den allergeringsten Anlass, diesen Oberst Lawrence (in arabischer Aussprache: Orens) so herauszustellen, wie er selbst das gewünscht, ja vorausgesetzt hätte. Wiederum wäre karikierende Darstellung unangemessen, obwohl er hierzu etliche Vorleistungen erbracht hat, etwa mit seinem fatalen Hang zu Belehrungen: Wie Barken an einem Kai festzumachen sind oder wie Steinplatten für Lithos beschaffen sein müssen. Dennoch herrscht weiterhin und weithin Bewunderung für ihn vor; viele, allzu viele Volksgenossen, auch Parteigenossen besitzen das in Edelbast gebundene, voluminöse, mit Tiefdrucktafeln ausgestattete Buch über *Die sieben Säulen der Weisheit*. Ich darf gestehen, dass ich dieses Buch gleichfalls besitze, wobei ich allerdings davor zurückscheue, in der gegenwärtigen Phase der Projektentwicklung auch nur einen Blick hineinzuwerfen; ich will nicht der Suggestion seiner Darstellung erliegen wie schon so viele Zeitgenossen.

Ich denke, die beste Lösung ist in diesem Fall die Annäherung an Gegebenheiten. So ist hinreichend belegt, dass »Orens« ein kleinwüchsiger, schmaler, dennoch enorm zäher Mann war, aber auch, und dies wiederum überraschend: dass er eine helle, fast mädchenhafte Stimme hatte. Würde es gelingen, Orens hier adäquat zu besetzen, hätten wir schon einen Punktsieg zu verbuchen.

Ich will und kann den Entscheidungen des Herrn Reichsministers nicht vorgreifen, möchte aber nicht verhehlen, dass ich während der Arbeit am Text ein Leitbild vor Augen habe: Werner Krauß. Dass er auf der Gottbegnadetenliste der Filmschaffenden einen der führenden Ränge einnimmt, ist für mich nicht unbedingt das entscheidende Kriterium, vielmehr: das vollauf gelungene Wagnis des relativ kleinwüchsigen Schauspielers, im *Jud Süß* fünf Juden zu verkörpern in verschiedensten Graden und Mustern der Verwerflichkeit. Damit hat sich eine gewisse Einfärbung im Erscheinungsbild des Schauspielers ergeben, und das ließe sich sinnvoll umsetzen in der Gesamtperspektive des Films.

Hier stellt sich sogleich auch die Frage: Und wer könnte die Rolle des Alois Musil übernehmen? Es müsste ein Schauspieler sein, der für Klarheit und Geradheit steht, und hier kommt mir Mathias Wiemann in den Sinn, auch er auf der Gottbegnadetenliste. Unabhängig davon denke ich, dass Dr. Goebbels dieser Besetzung zustimmen würde – schließlich dürfte es kaum Zufall sein, dass Wiemann vom Reichsminister in privatem Kreise gern gesehen wird. Und doch, ich muss es gleich betonen: Dieser Vorschlag kann nicht mehr als ein Gedankenspiel sein, das Schreiben des Drehbuchentwurfs begleitend und (indirekt) stimulierend.

Da ich nun schon so weit (zu weit?) vorgeprescht bin, gleich auch noch mein (ebenfalls unverbindlicher) Vorschlag zur Besetzung der dritten wichtigen Rolle (oder der wichtigsten Nebenrolle): Elisabeth Flickenschildt, die in *Ohm Krüger* auf so suggestive Weise mitgewirkt hat, sie dürfte Gertrude Bell als »Oriental Secretary« angemessen verkörpern.

Wo ich nun doch schon Namen ins Spiel bringe, hier gleich noch mein Wunschkandidat für die Regiearbeit: Wolfgang Liebeneiner.

[Anm. d. Hrsg.: Staatsschauspieler und Regisseur Liebeneiner, von Goebbels zum Professor ernannt, war Leiter der künstlerischen Abteilung der deutschen Filmakademie, Leiter der Fachschaft Film, Mitglied des Präsidialrates der Reichstheaterkammer, wurde ab 1943 Produktionschef der Ufa-Filmkunst GmbH.]

Die entscheidende Konfrontation zwischen Lawrence und Musil, zwischen Musil und Lawrence wird an der Hedschasbahn erfolgen. Es dürfte unser Publikum nicht weiter überraschen, dass Lawrence, der »Eisenbahn-Attentäter«, den erfolgreichen Gegenspieler hier auf bereits übliche Weise ausschalten will.

Damit stellt sich allerdings die Frage, wie es sich ermöglichen lässt, im Drehbuch jene Szenerie einigermaßen zutreffend zu beschreiben; schließlich habe ich noch nie einen Fuß auf die Arabische Halbinsel gesetzt – was sich bei der gegenwärtigen Weltlage auch nicht nachholen lässt.

Durch einen sogenannten Zufall – so mancher scheinbare Zufall hat, wie sich hinterher erweist, einen höheren Sinn –, nicht rein zufällig also lernte ich kürzlich einen Ingenieur kennen, der in jungen Jahren (bis 1906) mitgearbeitet hat beim Bau der Hedschasbahn, die von Damaskus über Amman, Ma'an, Tabuk, Meda'in Saleh (oder Mada'in Salih) nach

Medina führte. Ursprünglich für Pilger geplant und gebaut (die von Damaskus bis Mekka nur noch drei Tage statt drei Monate gebraucht hätten), musste die Verlegung der Gleise bei Medina vorzeitig beendet werden; eine Anbindung von Mekka an die Trasse wird aus diversen Gründen auch künftig nicht mehr erfolgen. Unter osmanischer Herrschaft wurde die Bahn während des Ersten Weltkriegs vorrangig für Truppen- und Materialtransporte benutzt.

Besagter Ingenieur, mittlerweile um die sechzig, hat mich mit seinem Enthusiasmus angesteckt. Er kann die Lokomotivtypen nicht nur benennen, sondern exakt beschreiben, die auf dieser Strecke eingesetzt waren, kann die wichtigsten (der insgesamt 77) Stationen zwischen Damaskus und Medina aufzählen, hat mir Fotos typischer Stationsbauten vorgelegt: Aus Sandsteinquadern errichtete, kubusförmige Gebäude mit Schießscharten – die Stationen waren ständig bedroht durch Attacken räuberischer Beduinenbanden, die seit jeher auch Mekka-Pilger überfielen.

Ich darf hier kurz einflechten, dass Lawrence die Kamelreiter seiner »Leibwache« nicht weiter motivieren musste zur Mitwirkung bei Sprengungen der Hedschasbahn: Beduinen des westlichen Hedschasgebirges waren von Anfang an gegen das Bahnprojekt, denn nun konnten sie nicht mehr Reittiere an erschöpfte Pilger vermieten, konnten nicht mehr ohne weiteres Pilgergruppen, Pilgertrupps überfallen und ausrauben – die Entwicklung rauschte an ihnen vorbei.

Ende der Anmerkung und Fortführung der kurzen Beschreibung der Bahnszenerie mit Blick auf filmische Umsetzung. Charakteristisch für eine Bahnstation im Hedschas war ein Arkaden-Vorbau, in ruhigen Zeitphasen schattenspendend für Bahnpersonal und Schutztrupp. Typisch auch der Brunnen, das Pumpwerk meist angetrieben von einem

Windrad auf Gittermast: die Konturen von Mast und Windradblättern verwischt im Nebel von Wintertagen, scheinbar entmaterialisiert in der flirrenden Hitze der Hundstage. Bei einigen der weithin standardisierten Bahnstationen in der ariden Landschaft: ummauerte Wassertanks; im Erdgeschoss dieser Ziegelzylinder: dampfgetriebene Pumpanlagen, die den notwendigen Druck erzeugten für das Füllen der Lokomotivtender. Vielfach waren an Personen- und Güterwagen auch Wassertankwagen gekoppelt, zur Versorgung kleinerer Stationen – angelegt alle zwanzig bis dreißig Kilometer, meist zum Schutz, zur Kontrolle, zur Wartung der (etwa anderthalbtausend Kilometer langen) Strecke; allein bei größeren Stationen war Einstieg und Ausstieg für Reisende möglich. Im Krieg wurden die Stationen gesichert durch kleine Garnisonen; auf nahen Hügeln waren Trockenmauerringe angelegt zur Deckung von Streckenposten – die sich bei der Annäherung größerer Beduinentrupps freilich in die Stationsbauten zurückzogen.

Ich führe dies aus, um vorwegnehmend anzudeuten, dass sich solch eine Station ohne allzu großen Aufwand nachbauen ließe für Außenaufnahmen in Libyen, zumindest in der Cyrenaika. Ich könnte mir vorstellen, dass Pioniere des Nordafrikakorps mit Feuereifer bei der Sache wären.

Zur Generalperspektive des Filmprojekts: Es findet eine exemplarische Konfrontation statt zwischen der vom Engländer angeführten Beduinenhorde und der regulären Truppe in den hellbraunen Uniformen der osmanischen Armee. Diese Truppe wird (im Rahmen der damaligen Allianz) sachkundig begleitet von einem Leutnant des damaligen kaiserlichen Heeres und angeführt von einem türkischen Offizier, dem wiederum der Österreicher entscheidende Hinweise gibt, ja der auch Anweisungen erteilt, die vorbehaltlos befolgt werden, da »Scheich Musa« nicht nur das volle Vertrauen, sondern auch den Respekt der Osmanen verdient: Ausstrahlung von Souveränität und Autorität – die »Orens« im Verlauf des Geschehens abhandenkommen wird.

So muss es nach Lage der Dinge auch sein, will dieser Film seinen Zweck erreichen, der hier nicht weiter artikuliert werden muss, wissen wir uns doch beide in Übereinstimmung mit den Richtlinien, die Reichsminister Dr. Goebbels als Schirmherr des deutschen Filmschaffens erst kürzlich in seiner großangelegten Rede vor der RFK formuliert hat: Die Möglichkeiten umzusetzen, die im deutschen Film noch beschlossen liegen, die ungeheuren Aufgaben zu lösen, die unser damit harren. So bin ich durchdrungen von der sicheren Erwartung, dass gelingen wird, was gelingen muss: einen (weiteren) Baustein einzubringen zum Gesamtkunstwerk Tonfilm. Dies zugleich als Beitrag zur gegenwärtig proklamierten Kriegserziehung.

Ich darf nunmehr Bericht erstatten über meinen Besuch bei Patriarch Musil in der Ostmark.

Selbstverständlich bin ich nicht aufs Geratewohl nach Richtersdorf gefahren, ich habe mich zuvor bei lokalen Parteigenossen erkundigt, ob Musil derzeit ortsfest sei. Er lebt zurückgezogen in seiner »Villa Musa« – durchaus verständlich nach den weiträumigen Abenteuern seiner früheren Jahre. Zuweilen liest er die Messe (im Drehbuch wird ein Monsignore, ein Prälat Musil selbstverständlich mit keiner Silbe erwähnt!), er kümmert sich um seine (bäuerliche) Familie, züchtet Rosen.

Der alte Herr (auffallend der hagere, kantige Schädel) wollte mit dem Filmprojekt erst mal nichts zu tun haben, und von Lawrence, seit mittlerweile sechs Jahren in den ewigen Jagdgründen, wollte er schon gar nichts mehr hören. Er hatte 1935 eine Art Nachruf auf ihn geschrieben, damit war das Kapitel beendet, ein für alle Mal. Etwas von der Zähigkeit und Hartnäckigkeit des »Scheich Musa« hat sich bei Musil über die Jahre hinweg erhalten. Was mir einigermaßen imponierte, jedoch fürs Erste nicht weiterhalf.

Ich musste ihn gleichsam weichklopfen, musste ihn an seiner Ehre packen. Dies mit einem mehr als dezenten Hinweis auf seinen zwölf Jahre jüngeren Vetter, den Schriftsteller Robert Musil, der sich zur Zeit in Genf aufhalten soll, wo er gewiss versuchen wird, durch belletristische Auslandspublikationen Flagge zu zeigen. Ihm ist, wie allen Landesflüchtigen, in der Schweiz jedwede Form politischer oder auch nur öffentlicher Stellungnahme verboten, es soll indes aber Volksgenossen (wenn auch hoffentlich nicht Parteigenossen) geben, die den umfangreichen ersten Band des voluminösen Machwerks über ein eigenschaftsloses Phantom weiterreichen oder auch eine Internatserzählung, bei der ich mir die Mühe ersparen kann, nach dem Titel zu fahnden – irgendwas mit Zögling Soundso. Ich deutete dem alten Herrn an: Durch Mitarbeit, zumindest durch gelegentliche Beratung bei der Ausführung des Filmprojekts könne er den durch seinen Vetter befleckten Familiennamen wieder reinwaschen.

Das zeigte Wirkung. Der Sprachbann, den sich Alois Musil auferlegt hatte, löste sich allmählich. Dies vor allem, als ich ihm eine Karte (fast im Maßstab einer Generalstabskarte) der Arabischen Halbinsel (einschließlich Syrien) vorlegte, eine Karte, die allein schon wegen ihrer Abmessungen und der oft zeichenlosen Flächen einen Eindruck vermittelte von der erhabenen Leere, die in Libyen sicherlich angemessene Entsprechung finden wird. Nur wenige arabische Namen hier und dort, Wadis und kleine Höhenzüge – dominierend der Eindruck einer ungeheuren Weitflächigkeit.

Der Patriarch war von der Karte nicht mehr wegzureißen, schließlich ist es auch ihm zu verdanken, dass solch ein Kartenwerk überhaupt erstellt werden konnte; monatelang war er, in der Vorkriegszeit, vor allem in Syrien unterwegs gewesen, unter härtesten Bedingungen, und das vorrangig, um die Topographie zu erkunden und lokale Bezeichnungen auch allerkleinster Ansiedlungen gewissenhaft zu notieren: Araq el-Emir ... Mudjeleiea ... Deir Turmanin ... Al-Shugur ... Baqirha ... Qasr el-Hair as-Sharqi ...

Dies unter besonderer Betonung der Orte oder eher: Geländepunkte seiner Entdeckungen, Stichwort: Wüstenschlösser. Stolz zeigte er mir seinen Prachtband über das umayyadische Jagdschloss Qusair 'Amra, geriet erneut in Begeisterung über die relativ gut erhaltenen Fresken (des 8. Jahrhunderts). Vom Topographen wie vom Archäologen wie vom Priester soll und wird im Film die Rede aber nicht sein, nicht einmal in Andeutungen. Dies wird gewährleistet durch die dramaturgische Grundkonzeption: den Verzicht auf jede Form der Rückblende.

Was vor allem mit Blick auf »Orens« von Vorteil sein wird: Auch dessen Darsteller wird nicht als Archäologe in Erscheinung treten, Ausgrabungen bei Karkemish simulierend, obwohl es auch hier die eine oder andere Möglichkeit gäbe, sein Erscheinungsbild, nun sagen wir: zu relativieren. Ein Verzicht, der mir als Drehbuchautor nicht leichtfallen wird, bietet sich doch beispielsweise folgende Szene an: Der noch junge Lawrence während der Ausgrabungsarbeiten, und bei jedem Fundstück von Bedeutung zieht er die Pistole und schießt in die Luft – um daraufhin das Fundstück schön brav zu fotografieren, korrekt zu katalogisieren.

Erwähnen, aber nicht umsetzen lässt sich auch folgende Konstellation: Der Jungarchäologe kam in Karkemish zum ersten Mal mit Gertrude Bell zusammen, die das Ausgrabungsareal besuchte, fachkundig als Archäologin. Sie warf ihm steinzeitliche Methoden vor. Die gestrenge Belehrung des kleinwüchsigen Mannes würde dramaturgisch ins Gesamtkonzept passen, doch, wie gesagt: keine Rückblenden. Vielmehr soll unser Film eine strenge, ja unbeirrbare Perspektive aufweisen: Annäherungen zum Gefecht in der Bergregion zwischen den Stationen Al Ula und Meda'in Saleh, in der Nähe des kleinen Betriebsbahnhofs, an dem die türkische Truppe den Zug verlassen wird, außer Sichtweite des auf Lauer liegenden Sabotagetrupps »Orens«, der – ich breche ab, einen Vorgriff versage ich mir ebenso wie eine Rückblende.

Zentrale Bedeutung gewinnt im Entwurf eine Lagebesprechung im Büro der Oriental Secretary in Bagdad: Gertrude Bell und Oberst Lawrence bei der Vorplanung weiterer Militäraktionen. Hier wird die Rolle des »Orens« erst einmal relativiert, und zwar durch nachweisbare Fakten: In nördlichen Abschnitten der Hedschasbahn wird ebenfalls gesprengt, durch englische Offiziere, die namentlich bekannt sind, sich aber nicht wie Lawrence durch eine umfangreiche Publikation einen Namen gemacht haben. Sie sollen fairerweise genannt werden: Major Garland wie Hauptmann Raho, Oberst Newcomb wie Oberleutnant Zamori. Obwohl ihre Anschläge auf die Hedschasbahn weitaus wirkungsvoller waren, eroberte sich einzig Lawrence Ruf und Rang eines »Emir Dynamit«.

Weiter kommt in der Unterredung zur Sprache, dass die südliche Trasse Richtung Medina so wichtig nun auch nicht mehr ist: Die Versorgung der dort stationierten türkischen Garnison findet zum Teil durch Kamelkarawanen statt. Zudem wird die Kampfkraft dieser Truppe von der Bell in unüberhörbar propagandistischer Manier gering angesetzt: ein verlotterter Haufen, der in der Brüllhitze arabischer Hochsommertage nur an Flucht in scheinbar kühlere Berge denkt …

Gertrude Bell (langer Hosenrock, Leinenjacke) in ihrem Büro, in dem auch archäologische Fundstücke zu sehen sind, zu sehen sein werden. Die Lady war bestens informiert über Stämme und Stammesfürsten der Arabia deserta, sammelte Agentenmeldungen, koordinierte. Selbst vom Scherif (und späteren König) Feisal wurde sie akzeptiert; ich habe einen älteren Illustriertenbericht im Archiv, der sie in picknickähnlichem Arrangement mit hohen arabischen Herren zeigt, Faisal flankierend.

Irgendwann im Verlauf des Filmgeschehens wird zumindest anklingen müssen, welche Position Orens beduinenhaft »bekleidete«: Nachdem er in der Nahost-Abteilung des britischen Geheimdienstes in Kairo gearbeitet hatte, wurde der Syrien-Experte an die Westküste der Arabischen Halbinsel versetzt, als Verbindungsoffizier zu den irregulären Beduinentrupps. Er sollte den Aufstand der Araber gegen die seit Jahrhunderten regierenden, dominierenden Osmanen koordinieren – genauer: den Aufstand der Beduinen, denn die sesshaften Araber ließen sich von der Aufbruchbewegung nicht mitreißen, blieben auf Wahrung des Besitzes fixiert, arrangierten sich weiterhin mit den Osmanen.

Im Aktionsgebiet des Oberst Lawrence galt es, etwa dreißig Stämme auf das gemeinsame Ziel auszurichten: die Beendigung der Osmanen-Herrschaft. Bei den Aktionen und Kämpfen spielte das Thema Freiheit allerdings weniger eine

Rolle als Hoffnung auf Beute. Fiel die nicht reich genug aus bei Feldzügen (sprich: Raubzügen), so musste Lawrence, gleichsam als Zahlmeister, mit goldenen Sovereign-Münzen nacharbeiten. Ich werde dies im Verlauf des Drehbuchs hinreichend herausstellen.

Orens kann die Beduinenstämme freilich nicht geschlossen zum Einsatz bringen, es reicht lediglich zu überfallartigen Attacken auf Streckenposten, auf kleine Garnisonen, auf Züge der Hedschasbahn. Hier muss von vornherein relativiert werden! Es blieb, letztlich, bei Nadelstichen; die Aktionen des Orens waren in keinster Weise kriegsentscheidend.

Beim ersten Gespräch zwischen Oriental Secretary Bell und dem Verbindungsoffizier wird schon mal zur Sprache kommen (müssen): Mit den (gelegentlichen) Sprengungen von Gleisen, von Brücken werden Einheiten des türkischen Bahnarbeiter-Bataillons in Bewegung gehalten; routiniert und rasch beheben sie Schäden; sogar gesprengte Brücken werden binnen weniger Tage durch Notbrücken ersetzt. Was bleibt, ist jeweils die propagandistische Wirkung: entgleiste, ja umgekippte Lokomotiven, ineinander verkeilte Waggons bürgen für hohe Suggestion auf Pressefotos. In der osmanischen Heeresleitung zu Damaskus will man dies nicht länger hinnehmen, Lawrence soll »das Handwerk gelegt werden«. Vorläufig aber setzen sich dessen Siegesmeldungen fort: »Kraftprobe an der Hedschasbahn, wobei ich einen Zug mit zwei Lokomotiven abschoss (oh, die Götter meinten es gut) und wir eine stattliche Anzahl ums Leben brachten.«

Anhand einer Modelleisenbahn führt Orens Mitarbeitern der Oriental Secretary vor, welche Taktik er sich erarbeitet hat. Da die Strecke, eben wegen der zahlreichen Störungen, ziemlich systematisch bewacht wird – durch die kleinen, in Bahnstationen kasernierten Trupps, durch Streckenposten vor allem in der Nähe von Brücken, durch Kontrollfahrten einer Motordraisine –, muss Lawrence ein Ablenkungsmanöver durchführen, um an einer Brücke die Sprengladung anzubringen, die durch Kabel von einem Versteck aus gezündet wird, oder er muss sich durch einen Überfall den Zugriff auf eine Brücke verschaffen und sie sprengen, ehe türkische Verstärkung eintreffen kann. Aber, wie schon betont: Dies wird nicht (mit entsprechendem Aufwand) in der Wüste gefilmt, sondern anhand einer Modelleisenbahn angedeutet. Hier dürfte die Spielleitung mit uns einer Meinung sein: Es wäre beim gegenwärtigen Kriegsgeschehen fatal, Faszination für britische Kommandounternehmen zu wecken.

Stichwort Spielleitung: Ich darf eine Episode zwischenschalten, die vorausdeuten könnte auf eine optimale Form der Zusammenarbeit. Im Anschluss an die Tagung der Reichsfilmkammer im KddK (Sie hatten damals gleich anschließend einen Termin bei Dr. Goebbels, deshalb hole ich hier nach), beim anschließenden Kameradschaftsabend also habe ich sogleich die Gelegenheit genutzt und Liebeneiner von meinem Projekt erzählt. Einerseits eine geeignete, andrerseits nicht so sehr günstige Gelegenheit, denn wie fast immer ging es hoch her im Club, wobei Hans Albers wieder einmal stimmführend war. Als Mitglied des Präsidialbeirats konnte ich allerdings disponieren und Liebeneiner zu einem umgehend geräumten Tisch am Rande des lautstarken Geschehens lotsen – mit nachgefüllten Cognac-Schwenkern in den Händen. Ich erwähne das, um die Tonlage des Gesprächs plausibel zu machen.

Liebeneiner zeigte sich sogleich begeistert, fast beschwingt: »Effendi, du bist ein kühner Mann!« Es stellte sich heraus: Auch er zählt zu den begeisterten Lesern der Reiseerzählung

Von Bagdad nach Stambul. Einen Film in jener Region hätte er immer schon drehen wollen! Und er rief, das Glas erhebend: Mach mir auch so viele Dialoge wie der Karl May!

Ich darauf: Sidhi, das wird sich finden.

Er wiederum: Effendi, das musst du uns garantieren. Wir wollen nicht sprachlos in der Wüste herumstehn!

Meine Antwort, zitierend: Allah verlässt keinen braven Mann.

Ich setze neu an, Stichwort Sprengung eines Militärtransports der Hedschasbahn. Der übliche Ablauf, hier nur skizziert: Türkische Streckenposten werden überfallen, ihnen werden die Kehlen durchschnitten, die Ladung (Sprenggelatine statt Schießbaumwolle) wird am Brückensockel angebracht, die Sprengung erfolgt umgehend – ein alarmierter türkischer Trupp könnte per Draisine schneller als erwartet auftauchen. (Was ich hier und im Folgenden bloß andeute, wird im Drehbuch realitätsnah ausgeführt. Als Grundlage ein Artikel, den Lawrence 1919 in einem britischen Ingenieursfachblatt veröffentlicht hat: »Sprengung unter Feindeinwirkung«.)

Sprengung einer Brücke: hoch angesetzt. Am höchsten bewertet: Sprengung eines Zuges. Was etwa wie folgt verlief: Nach weiträumigem Ablenkungsmanöver wird eine Garland-Mine unter dem Gleiskörper versteckt, Zündkabel werden zum nächstgelegenen Hügel verlegt, dabei löscht Orens alle Spuren, indem er seinen Militärmantel über den Sand schwingt, damit scheinbare Windmuster, Windriffelungen hinterlassend; auf diese Weise arbeitet er sich vor zum Hügel, auf dem – von einem heranfahrenden Zug aus nicht gleich erkennbar – eine Gebirgshaubitze aufgestellt ist, MGs in Stellung gebracht sind.

Vielfach werden Truppentransporte von zwei Lokomotiven gezogen; in solch einem Fall zündet Lawrence die Sprengladung nicht gleich unter der ersten Lokomotive, sondern unter der zweiten. Denn: Wird die erste Lokomotive durch die Sprengung vom Gleiskörper gekippt, so könnte die zweite Lokomotive, zurücksetzend, den Zug aus der unmittelbaren Gefahrenzone hinausschieben; der Beschuss vom Hügel herab hätte in dem Fall nur begrenzte Wirkung.

In dieser Phase der Demonstration im Büroraum der Oriental Secretary könnte Orens zum ersten Mal ein etwas seltsames Gebaren an den Tag legen, indem er das geplante Kanonen- und MG-Feuer mit platzenden Lippenlauten imitiert, dies in einem Ausmaß, das Gertrude Bell und ihre Mitarbeiter sichtlich verwundert, fast verstört.

Es folgt zweifache Annäherung: an die beiden Protagonisten sowie an die Hedschasbahn bei Kilometer 973.

Beim langen Ritt westwärts durch die Wüste Nefud wird Alois Musil von einem kleinen Kamelreitertrupp begleitet, dem sich, ebenfalls in Beduinenkleidung, Leutnant Reinartz angeschlossen hat, die Waffenbrüderschaft Osmanisches Reich/Kaiserreich verkörpernd.

Dass er Leutnant ist, wird sich im Verlauf des filmischen Geschehens erst herausschälen – in dieser Phase des Ritts zum Hedschasgebirge wird Reinartz eher den Begleiter darstellen, dem Musil Vertrauen entgegenbringt. Dies zu Recht, wie sich erweisen wird. (Auch hier denke ich über eine optimale Besetzung nach, und es fällt mir sogleich Horst Caspar ein, der Friedrich Schiller im Film so genial verkörpert hat.)

Eine helle, eine strahlende Erscheinung, dieser Reinartz, und doch zuweilen heimgesucht von düsteren Vorahnungen – als könnte das Gefecht an der Hedschasbahn sein Ende bedeuten.

Eine Szene: Alois Musil und Walter Reinartz abends am Feuer, nach einem langen, harten Wüstenritt, die Beduinen des Trupps vielfach im Tiefschlaf, während Musil und Reinartz ein Gespräch führen, das wechselseitiges Vertrauen bestätigt und bekräftigt. Nachdenklich im Lagerfeuer stochernd, sagt Reinartz: »Vielleicht ist der Tod das einzig wirkliche Ereignis im Leben.«

Ich werde Musil nicht den Fehler begehen lassen, dies zu kommentieren, er nimmt zur Kenntnis, auch das Folgende: »Für etwas sterben – den Tod wünsch ich mir.« Musil könnte das rückübersetzen in das Latein, das er in frühen Jahren erlernt hat: Non scholae, non vitae sed morti discimus.

Wieder Lawrence. Er arbeitet an einer mehrere Quadratmeter großen, auf dem Boden ausgebreiteten Karte der Arabischen Halbinsel; kniend trägt er Orte und Namen ein, konsultiert dabei ein Notizbuch. Gertrude kommt in den Raum, begutachtet die Arbeit.

Lawrence, das Notizbuch auf Seite legend: »Ist so leer hier, ich mach da noch ein paar Berge rein.«

Kritische Gegenfrage der Bell.

Lawrence: »Gibt so viele Berge in Arabia deserta, warum nicht auch hier? Sähen hier jedenfalls gut aus.« Und er trägt, gleichsam freihändig, topographische Zeichen ein für Gebirge.

Gertrude Bell wirkt konsterniert.

Lawrence: »Kommt doch sowieso keiner durch diese gottverlassene Gegend, also –« Und er setzt seine Glaubwürdigkeit weiter aufs Spiel, stumm zeichnend.

Bell verlässt mit raschem Schritt den Raum. Und ich trage

nach: Das Einzeichnen fiktiver Bergzüge ist kein beiläufiges Detail, Lawrence neigte zur Fälschung und Täuschung – wie überhaupt die Engländer, und das nicht nur im damaligen Arabien.

Typische Szene, für die ich noch einen geeigneten Ansatzpunkt finden muss: Lawrence fälscht den Aufmarschplan einer arabisch-britischen Offensive gegen die Osmanen; die suggestiv detaillierte Karte wird mit Blut bekleckert, wird in eine Kamel-Satteltasche gesteckt; der Reiter wagt sich vor in den Bereich, in dem er von Türken unter Beschuss genommen werden kann; er lässt das Kamel zusammenbrechen, schießt es womöglich (wie es Orens versehentlich mal passiert ist) in den Schädel, ergreift die Flucht; die gelingt erwartungsgemäß recht leicht, die türkischen Soldaten konzentrieren sich sofort auf die Satteltaschen des Kamelreiters, der Aufmarschplan wird gefunden, wird umgehend weitergeleitet. Die Osmanen stellen sich daraufhin um, Einheiten werden verschoben, die Türken können dort überrumpelt werden, wo sie den Angriff nicht erwarten.

Und gleich ein erster der Szenenentwürfe, die Musil charakterisieren. Vorab ein authentisches Zitat des Lawrence. »Musil – der Österreicher – ist führender Ratgeber des Generalstabs in Damaskus: sonderbare Dinge passieren heutzutage.«

Musil und sein Trupp. Ritt durch steinige Wüste. Es wird Rast gemacht an einem der Brunnen, die den Verlauf der Routen, der Pisten bestimmen. Der Kamelreitertrupp ist sichtlich erschöpft, Musil aber lässt keine Müdigkeit aufkommen; nach einem kargen Mahl (etwas Fladenbrot, ein paar Datteln) erklärt er dem Leutnant, er werde kurz einen Besuch bei »Flora« machen. Leutnant Reinartz schultert sein Gewehr, hängt Musils Gewehr dazu, folgt »Scheich Musa« in einem Abstand, der Respekt signalisiert. Musil hat jetzt nur noch Augen für hitzeresistente Flora arider Gebiete.

Musil und die Pflanzen? Musil und die Noten! In früheren Jahren, vor dem Weltkrieg, hat er dutzendweise Beduinenlieder notiert und somit vor dem Vergessen bewahrt, Lieder aus einer Zeit, da Beduinen noch sangen, etwa beim Ritt, während sie heute lieber – sofern Scheich – ein Grammophon aufstellen im »Haus aus Ziegenhaar«, und es werden Platten aufgelegt.

Ich bleibe kurz beim Stichwort Musik. Wiederholt ist mir zu Ohren gekommen, dass Filmkomponisten meist viel zu spät das Drehbuch erhalten, ja vielfach werden sie erst mit dem fertiggeschnittenen Film konfrontiert und müssen ihn mit Musik versehen. Nicht nur erwünscht, sondern notwendig wäre hingegen eine rechtzeitige Verständigung zwischen Regisseur und Komponist.

Ich hätte auch schon einen Vorschlag: Wolfgang Zeller. Er hat für den Jud-Süß-Film auf raffinierte Weise orientalische Musik bearbeitet, und dies höchst überzeugend, klingen hier doch die eigentlichen Ursprünge des Judentums an. Wolfgang Zeller wäre auch für den »Wüstenfilm« der ideale Komponist. Er hätte hier die einmalige Chance, quasi authentisch zu arbeiten: Er könnte Musiknotate heranziehen, die Musil gesammelt hat, könnte sie bearbeiten. Diese Einspielungen freilich in homöopathischer Dosierung – so etwas wie Klangfarbentupfer würden vollauf genügen.

Und gleich wieder: Musil in der Wüste Nefud, auf dem Weg zur Bahnstation Al Ula im Hedschas.

»Scheich Musa« hält bei der Suche nach einer neuen Wüstenpflanze den Blick auf den Boden gerichtet, verliert die Umgebung aus den Augen. Die aber hält Reinartz offen, sieht in der Ferne eine Staubwolke, aufgewirbelt, sieht Reiter näherkommen, erkennt, dass es sich um einen der notorisch räuberischen Trupps handelt, die man sich in der Nefudwüste tunlichst vom Leibe hält, will man nicht – seines Hab und Guts beraubt, dazu noch geschlagen, getreten, womöglich verwundet – in Unterhosen den Weg durch die Wüste fortsetzen; für räuberische Beduinen ist es Zeichen des Sieges, ja des Triumphs, Kleidungsstücke des Besiegten anzulegen.

Ein kleines, halblautes »Achtung!« genügt indes, um Musil zu alarmieren. Sofort übernimmt er sein Gewehr, die Männer gehen an einer Hügelflanke in Deckung, schon werden sie von Beduinen beschossen. Nun zeigt vor allem Reinartz, was Lawrence an einem deutschen Trupp so sehr bewundert hat: die ruhige Souveränität, mit der rasch und zielgerichtet gehandelt wird, ohne das beduinenübliche Durcheinanderschreien. Kurze, gemurmelte Verständigung, und die beiden Männer eröffnen das Feuer – Schüsse, die ihre Ziele und damit ihre Wirkung nicht verfehlen. Der Reitertrupp stockt im Angriffsschwung, Kamele brechen in die Knie, Reiter sacken zusammen, beinah gelassen schiebt Reinartz ein weiteres Magazin in das Gewehr, reicht auch Musil ein Magazin, Schuss um Schuss wird der Räubertrupp dezimiert, ein paar Mann ergreifen die Flucht. Vor der Konfrontation an der Hedschasbahn die einzige Szene, in der Waffen sprechen. Wie nebenbei dokumentiert sich hier Waffenbrüderschaft zwischen dem Mann aus der heutigen Ostmark und dem Mann aus Westfalen – Feuertaufe des Vertrauens, das sich bewähren wird.

Die Waffenbrüderschaft wird gefeiert, auf überraschende (und bezeugte!) Weise: Wieder beim Reitertrupp, zieht Musil aus dem Reisebündel eine kleine Flasche Champagner hervor, mitgeführt für besondere Anlässe – und dies ist ein besonderer Anlass! Zwar reichlich warm, der Schampus, doch in der Wüste eine kostbare Rarität. Wechselseitige Prostrufe. Die lagernden Kamelreiter staunen. Musil und Reinartz gönnen sich was, ausnahmsweise. Im lockeren Gespräch wird erkennbar, dass Musil zwei weitere Fläschchen im Gepäck mitführt, wie stets bei seinen Expeditionen: Wenn es was zu feiern gibt, soll es auch gefeiert werden, prost.

Lawrence auf der Fahrt vom Roten Meer ostwärts, zum Hedschas. Er wird mitgenommen in einem Rolls-Royce Armored Car. Dieses gepanzerte Auto wird sich relativ leicht nachbauen lassen, auf der Basis eines der Kübelwagen des Nordafrikakorps: »Stahlplatten«, Panzerglasscheiben; am Heck des Wagens aufgehuckt ein MG. Auf einer kilometerweit ebenen Fläche, wie sie sich in der Libyschen Wüste sicherlich leicht finden lässt, will Orens möglichst schnell gefahren werden – rauschhafte Lust an Geschwindigkeit. »Schneller«, schreit er, »schneller, schneller!« Er wird nicht nur von kleinen Unebenheiten des Bodens im hart gefederten Wagen hochgewippt, er scheint auch, simultan mit den Begeisterungsschreien, emporzuhüpfen – nun sichtlich als »sensationeller Knirps«, wie es schon mal hieß, als »bösartiger kleiner Kobold«.

In einer Senke baut Musils Trupp Zelte auf für eine weitere Zwischennacht. »Scheich Musa« hält Wache auf sanfter Kuppe. Dabei ein Gespräch mit einem der Beduinen des Trupps; es wird selbstverständlich auf Arabisch geführt – keine Synchronisation der Sequenz, vielmehr Untertitelung. Künstlerisch zwingende Gründe!

Es wird nun (dies könnte zu einem durchlaufenden Motiv

werden) wieder einmal in Sand geritzt, gezeichnet. Hier: der Aufbau eines »Hauses aus Ziegenhaar«. Das »Gesicht«, der »Rücken« des Zeltes …

Der junge Araber berichtet: Auf jedem Rastplatz der Wanderung mit der Kamelherde zu neuen Weidegründen erteilte sein Vater die Anweisungen für den Bau des Zeltes. »Breitet das Haus aus!«, rief er der Familie zu. Sodann erfolgte für ihn und die kleineren Brüder die Anordnung: »Zieht die Stricke lang!« Da packte er als Kind, da packten die anderen Kinder jeweils eine der Zeltschnüre und streckten sie diagonal. Der nächste Ruf des Vaters: »Hau die Pflöcke in den Boden, ya Nasir!« Sodann sein Ruf zu den beiden Schwestern: »Zieht die Stricke richtig fest, ya Hussa, ya Wadha!« Zuletzt die Anweisung an alle: »Spannt die Zeltbahnen!«

Ja, die Schwestern …! Ach, die Wadha …! Eigentlich hätte Nasir bereits ein eigenes Haus gebaut, sprich: hätte geheiratet, doch der Vater hat entschieden: Erst heiratet Wadha. Solange muss Nasir warten, und das kann sich hinziehn. Erst mit dem Brautpreis, den der (noch nicht in Erscheinung getretene) Schwiegersohn für Wadha zahlen wird, ist genug Geld im Hause, um für ihn, Nasir, eine Hochzeit großen Stiles auszurichten. Dass Wadhas Brautgeld für die Hochzeit des Bruders ausgegeben werden soll, ist eigentlich nicht statthaft, schließlich soll der Brautpreis eine Rücklage bilden für die Braut; sollte dieses Geld hingegen für ihn, Nasir, ausgegeben werden, so bleibt nur zu hoffen, dass auf andere Weise Geld ins Haus kommt. Und Nasir, nach kurzem Schweigen, fügt hinzu: Der Vater will es so. Man soll der Familie nicht nachsagen, sie sei arm, könne Gäste nicht angemessen bewirten: »Die Tür des Hauses ist groß und hat einen Klopfer, aber die da drinnen sehnen sich nach Fleischbrühe.«

Er hält das für grundsätzlich richtig: Das Brautgeld für die

Schwester soll, als Rücklage, nicht angegriffen werden, er selbst aber will imstande sein, ohne solche Hilfe das Haus zu bauen für die Frau aus seinem Stamm. Die einfachste Voraussetzung wäre: er macht bei diesem Unternehmen Beute, reiche Beute. Und bitte nicht, was Scheich Musa von gelegentlichen »Raubzügen« an Beute mitbringt: bearbeitete Steinstücke oder halbvergilbte, fast verkrumpelte Wüstenpflanzen. Was Nasir vom Feldzug am liebsten mitbringen und seinem Scheich möglichst teuer verkaufen würde: ein Hotchkiss-Maschinengewehr mit mehreren Patronengurten. Dann wäre alle Mühe, alle Entbehrung des Wüstenritts abgegolten.

Dies also in arabischer Sprache, beim Außendreh aufgezeichnet im Wagen für Tonaufnahmen. Ich bin der Meinung, dass wenigstens in *einer* Szene, in *einer* Sequenz ein wenig von den Eigenschaften und Eigenarten der Beduinen vermittelt werden sollte. Was auch dadurch motiviert wird, dass Alois Musil, wie hinreichend bezeugt, die arabische Sprache fast perfekt beherrschte, sich damit aber nicht zufriedengab. Also könnte er charakteristische Formulierungen notieren wie: »Seine Mörtelmischung ist schlecht.« So etwas möchte sich Nasir nicht nachsagen lassen. Noch weniger möchte er zu hören kriegen: »Lege die Tür an und gürte die Schwelle.« Mit einem Wort: Raus!

Nasir weicht Musil kaum einmal von der Seite. Offenbar ein fortgesetztes Gefühl von Dankbarkeit gegenüber Scheich Musa. Ich werde mir noch etwas einfallen lassen, um das zu motivieren. Muss hier aber gleich festhalten: solche Einblicke in arabische Welt und Mentalität werden im Film nur sporadisch erfolgen, es soll kein ethnologischer Lehrfilm werden.

Ich darf hier auch gleich gestehen, dass ich wenig Neigung

verspüre, mich auf die letztlich total fremde Welt der Beduinen einzulassen, auch wenn Musil dies in selbstloser Einstellung konsequent fortführte. Immer wieder stoße ich auf Befremdliches. Zum Beispiel die Rituale mit Opferblut, das beim Bau eines Hauses über frisch errichtetes Mauerwerk gegossen wird … Oder die Vorstellung, es würden Geister umherstreifen, die nur böse Absichten hegen, und man soll ihren Tatendurst mit Blut löschen …

Ich will nicht zu viel von Ihrer kostbaren Arbeitszeit rauben, möchte aber rasch noch den Punkt andeuten, an dem ich bei der Erkundung arabischer Eigenheiten gestreikt habe: als ich von einer »patrilateralen Parallelkusine« las, von »Kreuzkusinenheirat«. Da sagte ich mir, so weit müsse ich mich als Drehbuchautor nun doch nicht in die grundfremde arabische Welt einarbeiten.

Und hier gleich eine weitere Szene, die beitragen soll zum kontinuierlichen Abbau des allzu schönen Bildes, das etliche Volksgenossen mitbringen werden beim Kauf der Kinokarten zum projektierten, wenn auch noch nicht projizierten Film.

Als Lawrence zu hören kriegt, Musil sei erfolgreich in der Vermittlung eines Waffenstillstands zwischen seit jeher verfeindeten Stämmen, ist er außer sich, setzt an zu einer Art Veitstanz, tritt in den Sand, schreit: »Den Musil spreng ich in die Luft, den spreng ich in die Luft«, schleudert Sand wie ein trotziges Kind, brüllt in die Wüste hinaus: »Den Musil, diesen Musil, den spreng, spreng, spreng ich in die Luft!« Und er schleudert Sand, Sand, mehr und mehr Sand hoch, hat schließlich Sand im Mund, was die Artikulation weiterer Wiederholungen erschwert, umso heftiger wiederum das Emporwirbeln von Sand, wahre Sandfontänen bilden sich, und es könnte, sollte assoziiert werden im Kinopublikum: Da findet so etwas statt wie eine Sprengung, mit der sich Lawrence letztlich selbst in die Luft jagt.

Und eine weitere Musil-Facette wird sichtbar gemacht. Der Kamelreitertrupp kommt an der Ruine eines Gebäudes vorbei, das ansatzweise noch eine Kuppel zeigt: Variante der »Wüstenschlösser«, die Musil in Syrien aufgespürt, erforscht, beschrieben hat?

Musil kann nicht schnell genug Zeichenblock und Stifte aus dem Gepäck nehmen, er scheint vor Ungeduld zu fiebern, hat kein Ohr für Reinartz, der zu bedenken gibt, dass sie noch einige hundert Kilometer bis Al Ula zu reiten haben. Musil lässt sich nicht beirren, er muss die Ruine zumindest provisorisch erfassen, schon beginnt er zu vermessen, Daten auf einem Block einzutragen, Skizzen anzulegen.

Reinartz kann nicht abschätzen, wie lang der Aufenthalt dauern wird, er ist der einzige Ungeduldige im Trupp, die Beduinen nehmen alles gelassen hin, legen sich in den Schatten des Gebäudes. Reinartz mag, kann, will seine Bedenken nicht aufgeben, doch nun zeigt sich die Souveränität des Alois Musil, er zitiert oder variiert den Satz, der heutzutage an vielen Wänden zu lesen ist: »Fasse dich kurz oder hilf mir arbeiten.«

Und der Leutnant leistet Folge, arbeitet mit geradezu fliegender Hast, damit indirekt zu raschem Aufbruch drängend. Zwischendurch, mit gleichsam befreiender Wirkung, lacht Musil seinen Leutnant an, der lacht zurück: Spiel durchschaut, Aktion weitergeführt! Und ich werde Musil berichten lassen von der Entdeckung seiner »Wüstenschlösser«. Reinartz, zunehmend fasziniert, hält schon mal ein bei der gemeinsamen Tätigkeit, hört sich an, was ich noch ausführen werde. Hier nur, vorab, einige Titel von Musils Publikationen zwischen 1902 und 1911: Kuseir 'Amra und andere Schlösser östlich von Moab … Sieben samaritanische Inschriften aus Damaskus … Arabia Petraea … Im nördlichen Hegaz …

[Anm. d. Hrsg.: »Musa« nicht als arabische Version des Familiennamens, vielmehr der Name einer Oase in der Nähe der Felsenstadt Petra, die Musil bereits vor der Jahrhundertwende aufgesucht hatte.]

Es kann und darf, wie bereits betont, nicht so weit kommen, dass unser Kinopublikum den Eindruck gewinnt, Lawrence werde karikiert. So könnte es den einen oder anderen Aspekt geben, in dem die Kontrahenten gleichrangig sind oder zumindest gleichrangig erscheinen. Auch Orens muss an Statur gewinnen – wenn auch auf Widerruf.

So entwerfe ich: Bei einem Wüstenritt erzählt Orens einem englischen Begleiter vom alten, ihn weiterhin begleitenden Wunsch, einmal genug Ruhe zu finden, um Homers Odyssee zu übersetzen. Ein wenig wie Odysseus fühle er sich mittlerweile bei seinen Irrfahrten im Meer des Sandes, das Kamel als Wüstenschiff, auch habe er, wie Odysseus, eine Anzahl Männer getötet. Und er beginnt, in sanft wiegender Reitbewegung, aus der Odyssee zu zitieren, zu rezitieren, griechisch, was allein schon durch den Sprachklang wirken dürfte. Was wiederum heißt: Auf Untertitelung würde verzichtet. So wirkt die Szene, die Lawrence dem Publikum scheinbar näherbringen soll, letztlich wiederum distanzierend.

Überfall durch Beduinen! Der wird von Musil, von Reinartz, von den Männern erfolgreich abgewehrt, doch im Schusswechsel wird Nasir tödlich getroffen. Große Szene des Abschieds: Scheich Musa kauernd neben dem Beduinen, der so etwas wie Diener und Leibwächter war. Mit bloßen Händen beginnt Musil, im Sand eine Mulde freizulegen, verharrt wiederholt, vertieft die Mulde; in Zwischenschnitten wird das Vergehen von Zeit sichtbar bis hin zur Abenddämmerung.

Das arabische Ritual einer Beerdigung bleibt somit ausgespart, es ließe sich auch schlecht in Filmbilder umsetzen, schließt es doch ein, dass der Tote (bis auf Haupt und Scham) am ganzen Körper enthaart, sodann gewaschen und parfümiert wird. Beides ist in der Wüste ohnehin nicht möglich, er kann nur mit Sand abgerieben werden und danach mit einer halbtrocknen Pflanze. So schwenkt die Kamera weg vom Leichnam in dem Moment, in dem die eigentliche, von Musil nur formell vorweggenommene Bestattung beginnt. An einer Hangflanke stehend, verharrt er reglos. Ein Bild von stiller Eindringlichkeit – so sehe ich das vor mir, so werde ich das im Drehbuch ausführen, so wird das hoffentlich auch im Film zu sehen sein – Szene, die ans Herz greift.

In einer weiteren Sequenz der Annäherung an und der gleichzeitigen Distanzierung von Lawrence wiederum das Motiv des Skizzierens in Sand.

Hier als gedankenverlorenes Zeichnen: Lawrence wischt mit der Handkante sogleich wieder weg, was Kontur oder Figur werden will. Beginnt erneut, mit dem Zeigefinger Konturen in den Sand zu ritzen, doch mit der Handkante löscht er sofort wieder aus. Setzt wieder an zu einer Skizze im Sand, wischt noch entschiedener weg. Spricht ins Leere: Der geheime Wunsch, noch kleiner zu werden in der Einschätzung von Mitmenschen … der Verantwortung ledig zu werden … als schlichter Rekrut unterzutauchen in einer anderen Waffengattung, vorzugsweise der Luftwaffe … leben wie unter einer Tarnkappe, womöglich unter einem anderen Namen … letztlich unsichtbar werden …

Diese Szene muss von einem Werner Krauß so suggestiv ausgespielt werden, dass ein Teil des Publikums denken muss: Nun, dem Manne kann geholfen werden …

Mit notwendiger Ausführlichkeit muss Scheich Musa präsent werden bei Gesprächen, bei Verhandlungen mit Stammesherren, Regionalfürsten, die in ständigem Kampf lagen mit anderen, ebenfalls mächtigen Scheichs. Bezeugt, belegt, von Musil selbst vermittelt: Ein exemplarisches Gespräch mit dem Fürsten Marfud an-Nuri, der sich einer generationenlangen Feindschaft rühmte mit den Stämmen der Schammar, der Drusen, der Fedan. Gegen Letztere vor allem wurde von Marfud ein neuer Feldzug geplant. Und »Musa«, als Gast im weißen Fürstenzelt, wird aufgefordert, am Raubzug (man nannte solch einen Feldzug ganz ungeniert Raubzug) gegen die Fedan teilzunehmen.

Darauf Musil, Kaffeetässchen in der Hand: »Weißt du nicht, dass der Kalif zum Dschihad gegen die Ungläubigen aufgerufen hat, weshalb alle Kriegszüge innerhalb der islamischen Gemeinschaft verboten sind?«

»Was weiß schon der Kalif … Für uns sind die Fedan Ungläubige, also müssen wir gegen sie Krieg führen.«

»Was soll das heißen, Marfud? Du weißt genau, die Fedan sind Stammesgenossen; sie bekennen sich zum gleichen Glauben wie ihr.«

»Ich weiß sehr wohl, dass wir miteinander verwandt sind! Und ich weiß sehr wohl, dass sie den gleichen Glauben haben wie wir. Aber sie haben uns verraten, betrogen, überfallen! Die sind schlimmer als alle Christen und Ungläubigen miteinander. Also müssen wir auch gegen sie einen heiligen Krieg führen.« Dann, nach kleiner Pause: »Was geht uns der Dschihad des Kalifen an? Für uns ist jeder Krieg heilig, wenn wir nur Beute machen.«

»Da werdet ihr bald ins Hintertreffen geraten. Die große Beute werden die Drusen machen, die Schammar, die Awazim, die Hataym, die Aneze, die Utaybah. Die werden die ganz, ganz große Beute machen!«

»Du lügst, Musa, du lügst!«

»So wahr ich hier sitze, in deinem Zelt, unter deinem Schutz, Marfud: Diese Stämme haben ihre alten Feindschaften begraben und sich zusammengeschlossen. Ich habe dafür gesorgt, habe zumindest dazu beigetragen. Sie ziehen nun alle an einem Strang!«

»Wollen die über uns herfallen? Uns zerstückeln?!«

»Sie werden Akaba zurückerobern, gemeinsam. Dort befinden sich unermessliche Warenlager und Depots der Ingliz. Dort sind ganze Kisten voller Goldmünzen, die England seinen Freunden noch nicht zu fressen gegeben hat. Dort sind Hotchkiss-Feuerwaffen gelagert mit unermesslichen Mengen Munition. Dort stehen reihenweise Rolls-Royce Armored Cars, fahrbereit. Das alles werden die vereinten Stämme nach der Eroberung von Akaba unter sich aufteilen. Es wird ein großer Tag sein, ein ganz großer Tag!«

»Wann wird das sein? Wann soll das sein?!«

»Der Tag wird noch bestimmt, doch er wird kommen. Alle Vorbereitungen sind getroffen, alle Absprachen erfolgt. Der erste Schritt ist getan! Waffenstillstand herrscht zwischen den Stämmen des inneren Arabien. Der zweite Schritt wird sein: Gemeinsamer Angriff auf die Ingliz, kombiniert mit dem Vormarsch osmanischer Truppenverbände.«

»Wir hassen die Osmanis! Die machen uns nichts als Vorschriften! Die halsen uns Steuern, Steuern, Steuern auf! Wer nicht zahlt, wird ruiniert; wer zahlt, *ist* ruiniert. Und jetzt plötzlich Schulter an Schulter mit denen? Niemals!«

»Keine Sorge, die vereinten Kamelreiterkorps der Stämme werden nicht gemeinsam mit türkischen Truppen gen Akaba ziehn. Die reguläre Armee wird sich in geordneten Marschkolonnen bewegen, geführt und gefolgt von Panzern und Gebirgshaubitzen. Unsere arabischen Freunde hingegen werden ausschwärmen und auf breiter Front angreifen. So ist das verabredet mit den einsichtigen Fürsten der Stämme, so wird das ausgeführt. Ich bin mit dem Ergebnis meiner langen Rundreise sehr zufrieden. Man wird auch mit mir zufrieden sein beim Generalstab in Damaskus. Man wäre allerdings noch weit zufriedener, wenn ich telegraphisch melden könnte, auch der große Marfud an-Nuri wird sich dem heiligen Krieg gegen die Ingliz anschließen mit all seinen Söldnern; ganz vornean will er mit dabei sein.«

»Dann gib das gefälligst auch so nach Damaskus durch, Musa! Melde telegraphisch, die Fedan werden ihr Banner entfalten, weit vor den anderen Stämmen. Melde das nach Damaskus.«

»Ich werde gern diese Meldung erstatten, Marfud. Zuvor wirst du einen Vertrag unterzeichnen müssen. Der Generalstab in Damaskus will so etwas schriftlich haben. Man weiß dort noch nicht, dass man dem Wort eines Scheichs unbedingt Glauben schenken darf.«

»Dann leg mir vor, was ich unterschreiben soll. Leg es mir heute noch vor, heute noch!«

Ich beeile mich, zu versichern: Musil selbst hat mir davon erzählt in Richtersdorf. Ich hatte beinah das Gefühl, er habe sich in das Zelt des Marfud zurückversetzt – derart eindringlich hat er die Unterredung vergegenwärtigt. Sie wird, sie muss ihren Platz finden im Drehbuch, im Film. Vor realistischer Schilderung darf nicht aus falscher Rücksichtnahme ausgewichen werden, die wahre Motivation des militärischen Engagements von Beduinenstämmen muss zur Sprache kommen: dies lässt erkennen, wie wenig Verlass auf sie ist. Zu groß die Eigenwilligkeiten der Scheichs, zu stark die Spannungen zwischen den Stämmen. Einer der kursierenden Sprüche: Jeder, von dem du nicht weißt, ob er dein Freund ist, ist dein Feind. So lassen sich nicht verschiedene Stämme zusammenfügen zu einer größeren Truppe, jeder Angehörige eines Stammes misstraut Angehörigen anderer Stämme, vielfach bestehen Feindschaften seit Generationen, waltet Blutrache im Namen der Ehre. Ohne Aussicht auf Riesenbeute wäre der Zusammenschluss von Stämmen der Arabia deserta nicht gelungen – so wie auch Lawrence der Zusammenschluss von Stämmen an der Rotmeerküste ohne massive Bestechungen und üppige Geschenke nicht gelungen wäre. Die Stämme der Arabischen Halbinsel trotz ihrer Urfeindschaften in einem gemeinsamen, notwendigerweise siegreichen Aufstand gegen die Osmanen zu führen und damit zur Bildung einer arabischen Nation, es war und blieb ein Tagtraum. Erfahrung lehrt: Kaum ist die gemeinsame Beute gemacht, zerbricht ein Bündnis, fallen Beduinen wieder übereinander her.

Orens muss das gewusst haben, und doch glaubte er, reguläre Truppen verachten zu können: Nicht flexibel genug … viel zu umständlich … lernen kaum mal dazu … dumme Türken und dogmatische Deutsche … Er setzte auf Guerillataktiken: Durch Überfälle Verwirrung stiften, Angst erzeugen, als Bedrohung ständig präsent bleiben – und dies in der unermesslichen, der überwiegend unbekannten Wüste.

Plötzlich auftauchen, zuschlagen, Beute machen, verschwinden …! Nur ja keine Feldschlachten, keine systematische Verteidigung eigener oder eroberter Gebiete.

Orens tat so, als hätte er seine Beduinen erst auf diese Taktiken eingeschworen, doch wurde dies schon seit Generationen so praktiziert, hier konnte Orens nur ansetzen und weiterführen. Konnte sich höchstens zugute schreiben, dass er Stämme zu gemeinsamen Aktionen zusammenführte, zeitweilig, die zuvor gegeneinander, nicht miteinander agiert hatten. Und: dass er auf Faisal setzte, nicht auf den Gouverneur, den König des Hedschas, auf Husain bin Ali.

Dies muss als Botschaft des Films die Öffentlichkeit erreichen: Mit Kamelreiterkorps ist militärisch nicht viel auszurichten. Wie sich im Fall Lawrence erweist, reichte es nur zu Sabotageakten, Störmanövern. Entscheidende Siege wurden allein von regulären Truppen errungen. So auch der Sieg britischer Truppenverbände unter General Allenby an der Palästinafront, unter massivem Einsatz von Feldartillerie und gepanzerten Fahrzeugen.

Die absolute Überlegenheit der modernen, regulären, motorisierten Truppe gegenüber dem hordenhaften Aufzug von Kamelreitern darf nicht nur konstatiert, sie muss sichtbar werden. Hier baue ich auf Unterstützung durch eine Einheit unserer Panzertruppe in Nordafrika.

Entwurf: ein Beduinentrupp beobachtet von einem Hügel oder Bergzug herab eine Kolonne von Radpanzern (Panzerspähwagen mit Kampfwagenkanonen). Die strikte Aufreihung, die unaufhaltsame Fortbewegung wird aus der Ferne gefilmt, sodann, Bild und Gegenbild, in Nahaufnahmen von Rädern im Wüstensand – Kettenfahrzeuge waren damals in Arabien noch nicht zum Einsatz gelangt. Die totale Überlegenheit der Panzerwaffe wird durch Reaktionen des Beduinentrüppchens bestätigt: Einer will das Gewehr auf die Kolonne richten, wird angeherrscht, halblaut, obwohl dies auf die Entfernung und beim sonoren Klang der Motore nicht vernommen werden könnte.

Auch wenn im »Wüstenfilm« die Panzerwaffe nur vorgeführt wird, nicht jedoch (aus künstlerischen Gründen) in das Spielgeschehen eingreift, so muss in der Schlusskonfrontation vor Meda'in Salih doch evident werden: Die unabdingbare Notwendigkeit regulärer, auf Gehorsam eingeschworener Truppen, die nicht nur Kampfbereitschaft zeigen, auch Todesbereitschaft.

Mit seiner Erfolgsmeldung reitet Scheich Musa, begleitet von seinem Trupp, weiter Richtung Hedschasbahn, und hier, wie hinreichend dokumentiert, zur Station Al Ula (bei Musil und anderen auch in der Schreibweise Al-Öla). Ich werde noch auf topographische Gegebenheiten dieser Region eingehen, hier nur, vorwegnehmend: Al Ula, die nicht sehr grüne Oase, wird von zwei Tafelbergen umklammert; offen bleiben lediglich die von einem Felsklotz akzentuierte Öffnung südwärts und die sanftere Öffnung nordwärts – genutzt für die Trassenführung der Hedschasbahn. Die Bergflanken braunschwarz, als wäre das Gestein einstmals übermäßig erhitzt worden. Geduckt, am Ortsrand, die Baracke des Bahnhofs.

Und hier der Telegraphist, der eine besondere Rolle spielt. Das Bahnpersonal bestand, neben dominierenden Türken, aus Mitgliedern verschiedener Nationen: Griechen und Ungarn, Tscherkessen und Araber. Hier jedoch: ein Türke mit armenischer Verwandtschaft – was in seinen Papieren wohl nicht weiter vermerkt ist, sich in seiner Haltung jedoch dokumentieren wird, denn: Umur hat noch nicht vergessen, dass auch Mitglieder seiner Familie zwölf Jahre zuvor von Türken in die Syrische Wüste hinausgetrieben wurden, was einem Massenmord gleichkam. Umur wird die ihm zugespielte Möglichkeit nutzen, Rache zu üben – dem Namen nach Türke, im Herzen Armenier. Musil, so wird sich zeigen, registriert berechnend, dass sich hier eine Leckstelle anbietet – ein Hinweis von arabischer Seite könnte ihn hellhörig gemacht haben.

Nach einem formellen Appell an die Waffenbrüderschaft zwischen Österreich-Ungarn und Osmanenreich beginnt Musil in fliegendurchsummter Barackenbude silbengenau das Telegramm zu diktieren, das in einen Papierstreifen gestanzt wird. Verschlüsselung ist nicht nötig, betont er, Chiffrieren kostet Zeit, auch weiß man nie, ob die Herren in Damaskus dann auch in der Lage sind – und er bricht vielsagend ab.

Das (erste) Telegramm meldet zwar keinen triumphalen Erfolg der diplomatischen Mission, aber doch eine deutliche Verbesserung der Ausgangslage im Kampf gegen England und seine gekauften Beduinenstämme, als deren Anführer sich Oberst Lawrence darzustellen beliebt – ob mit Berechtigung oder nicht, das wird sich zeigen.

Nach kurzem Zögern diktiert Musil einen Zusatz: Zur direkten Berichterstattung werde er freilich erst mit einigen Tagen Verzögerung in Damaskus eintreffen, er werde in Meda'in Saleh einen Zwischenaufenthalt einlegen, um sich nach den strapaziösen Verhandlungen und nach etwa tausend Kilometern Wüstenritt ein wenig zu erholen. Dabei werde er die in Monolithe und Felswände gehauenen Gräber untersuchen, vermessen, zeichnen.

Anmerkung: Filmaufnahmen der oft monumentalen Anlagen werden nicht möglich sein, eine ungefähre Vorstellung aber könnten Zeichnungen vermitteln, die Musil bei einem ersten, wenn auch nur kurzen Aufenthalt angefertigt hatte und diesmal präzisieren und komplettieren will: mehr als haushohe Felsblöcke im Wüstenareal, hundert oder zweihundert Meter hohe Felswände, und hier wurden (ein Jahrhundert vor und ein Jahrhundert nach der neuen Zeitrechnung) Grabstätten hineingemeißelt. Lawrence kannte diese Mausoleen mit ihren oft prunkvollen Fassaden ebenfalls, also wird er hier einen angemessen spektakulären Hintergrund für seine Sprengaktion sehen.

Ich gehe im Entwurf davon aus, dass besagter Telegraphist armenischer Herkunft den Inhalt des ersten wie des folgenden Telegramms in wortgetreuer Niederschrift weitergeben wird an einen Araber, der mit dem Kamelreiterkorps des Oberst Lawrence in Verbindung steht.

Selbstverständlich wird auch dies in eine – freilich nur knappe – Szene umgesetzt, hier mögen Andeutungen genügen.

Musil wartet ab, bis das Telegramm gemorst ist; während der perforierte Papierstreifen durch das Gerät läuft, registriert Musil, wie sich die Lippen des Telegraphisten bewegen, als repetiere er lautlos den Text.

Und Musil macht sich Notizen zum zweiten Telegramm, gerichtet an die Garnison in Medina.

Erneute Anmerkung: Von Medina aus wurden damals im Streckenabschnitt bis Dar al Hamra nach Sprengungen die Reparaturarbeiten durchgeführt, auch der Bau von Notbrücken. Erwähnt werden sollte auch, dass die türkischen Ingenieure und ihre Helfer oft erstaunlich rasch arbeiteten, zuweilen mit waghalsigen Improvisationen: Als Kurvenschienen nicht mehr auf Lager waren, wurden Kurven, zumindest mit weitem Radius, aus geraden Schienen zusammengestückt. Das wird im Film nicht vorgeführt, ich erwähne es nur, um zu zeigen, dass der Schmalspurgleiskörper die Züge zwang, meist nur langsam zu fahren. Was beiderseits Aktionen erleichterte …

Auch hier: Angestrebt werden sollte mit dem Film größtmögliche Annäherung an damalige Realität. Ohne vorzugreifen darf ich zum Stichwort Medina-Garnison noch erwähnen: Die dort stationierte türkische Truppe litt unter Hitze und Langeweile, so war Abwechslung erwünscht – nichts wie weg von hier, endlich was unternehmen! In diesem Sinne wird sich der türkische Offizier äußern, Hamid Fakhri Bey, Kommandeur des Trupps, zusammengestellt aus gleichsam handverlesenen Soldaten des 3. Bataillons des 151. Regiments und dem 1. Bataillon des 152. Regiments der 48. Division.

Und Musil diktiert anhand seiner Notizen das zweite Telegramm, gerichtet an den Befehlshaber der Garnison in Medina. Der Inhalt, hier auf möglichen Widerruf formuliert: Schickt am kommenden (folgt das Datum) eine Kompanie (verschlüsselte Bezeichnung) nach Meda'in Saleh; ich werde eine Station vorher zusteigen. Folgt ein Scheingrund für die Verlegung der feldmarschmäßig ausgerüsteten Truppe: Schutz neu eingerichteter Lagerbauten zur Sicherung des Nachschubs.

Ich muss wieder einmal neu ansetzen, lieber Fritz Hippler, einige Beweggründe nachliefernd und Perspektiven setzend für den »Wüstenfilm«.

Ausgerechnet, nein, bezeichnenderweise fand ich in Horchers Restaurant militärische Beratung auf höchstem Niveau. Ich wurde erwartet von meiner schönen Gefährtin.

Was beinah noch mehr Aufsehen erregte: ich fuhr mit dem neu erworbenen Motorrad vor. Ich erwähne dies, weil sich damit ein wichtiger Gesprächskontakt ergab.

An einem der Tische saß wieder unser Reichsmarschall, diesmal in Zivil: Knickerbocker und Lederwams. Mit von der Partie, doch in voller Uniform: der fast unvermeidliche Bruno Loerzer, Ur-Kamerad seit gemeinsamer Staffel-Zeit im Weltkrieg. Als Ehrengast: Generalleutnant Crüwell, unter Rommel einer der Kommandeure des Afrikakorps, nun für zwei Monate auf Heimaturlaub.

Das Gespräch am Nebentisch lief allerdings an ihm vorbei, zumindest in dieser Phase. Göring schwärmte von einer Neuerwerbung: ein Niederländer der Goldenen Ära, ein Fabritius; von dem seien nur sehr wenige Gemälde überliefert, was sich eklatant auf die Preisgestaltung auswirke. Und Generalleutnant Loerzer schwärmte von einer neuen, einer »phantastischen« Fokke-Wulf. So hatte der Afrikakämpfer ein Stichwort frei – kaum hatte ich Gerda auf die Stirn geküsst und Platz genommen, wandte er sich mir zu: Was fahren Sie denn da für ein Krad?

Ich: Eine Moto Guzzi. Im Zeichen der deutsch-italienischen Allianz und Waffenbrüderschaft.

Er: Waffenbrüderschaft, na ja, wie mans nimmt ... Und er schwieg, vielsagend.

Nun war es an mir, das Stichwort Cyrenaika einzubringen, und schon kam ein hochinteressantes Gespräch in Gang. Crüwell meldete sich nach wenigen Sätzen vom Reichsmarschall ab, setzte sich, »Sie gestatten«, zu uns an den Tisch. Nebenan wurde weiter über Fabritius und Fokke-Wulf gesprochen. An unserem Tisch aber wurde der nordafrikanische Kriegsschauplatz zum Thema. Hier dominierte bald das Stichwort Nachschub. Uns wurde bald bewusst, welchen

Rang, welche Bedeutung der Nachschub für eine reguläre Truppe hat.

Ich muss nicht die verschiedenen Phasen des Gesprächs wiedergeben, komme gleich zur Nutzanwendung für das Filmprojekt: Erkenntnisse, die ich für den arabischen Kriegsschauplatz gewann, die weitere Gestaltung des Filmplots beeinflussend.

Erst einmal: Die Sicherung des Nachschubs war eins der Hauptprobleme der türkischen Truppen auf der Arabischen Halbinsel – die sehr großen Entfernungen, die ständig gefährdeten Transportwege. Da hatten es Wüstenkrieger aufseiten der Engländer entschieden leichter, sie waren fast autark. Jeder Beduine eines Kamel-Kampfreitertrupps führte mindestens einen Fellschlauch Wasser mit (an jedem der genau lokalisierten Brunnen nachgefüllt) sowie eine Sechswochenration an Mehl; damit wurde ungesäuertes Fladenbrot in Asche gebacken.

Schon diese weitreichende Unabhängigkeit von Nachschub ist charakteristisch für eine Kampfführung, der die Zukunft nicht gehören darf und nicht gehören wird – Crüwell betonte mit Nachdruck, dass die Eroberungen von Jerusalem und Damaskus, Ende 1917, nicht vagierenden Kamelreitertrupps zu verdanken waren, sondern Truppeneinheiten der Egyptian Expeditionary Force unter Allenby. Eine Lehre der Geschichte, betonte Crüwell. Somit eine auch für mich richtungsweisende Aussage.

Ich darf das Stichwort Nachschub zum Anlass nehmen für weitere Ausführungen zur Form der Kriegsführung: Lawrence und seine sogenannte Leibwache, jener oft mehrere hundert Mann starke Begleittrupp, so wurde in diesem Gespräch deutlich, sie haben keine Eroberungsfeldzüge durchgeführt. Ihre Taktik lautete, in etwa: Schlag zu und hau ab! Was auch heißen konnte: Schlüpf unter in der Zivilbevölkerung. Man ist sowieso nicht uniformiert als Kamelreiter, braucht nur die Waffe zu verstecken, schon lässt man sich nicht mehr unterscheiden von einem Straßenhändler oder Kupferschmied oder Wasserträger. Ja, angreifen aus dem Irgendwo, sich zurückziehen ins Nirgendwo, geschützt von der Bevölkerung – ein Feind, der sich dem offnen Kampf, der Feldschlacht nicht stellt. Lawrence hat sich hier eine Taktik zu eigen gemacht, die allen Regeln tradierter Kriegsführung Hohn spricht. Seine Devise könnte etwa so gelautet haben: Bestechen, bluffen, kämpfen, flüchten. Was bleibt: die Taktik der Sabotageaktionen, von Lawrence vor allem gegen die Hedschasbahn gerichtet. Es waren die zuweilen spektakulären Sprengungen, mit denen er sich Ruhm erwarb, den er später auf sehr geschickte Weise in seinem Kriegsepos festschrieb. Der Film muss und wird hier ein deutliches Gegenzeichen setzen.

Im Fredericus-Film (*Der große König*) unseres zu Recht gefeierten Harlan zeigt sich, welche Suggestivkraft Bilder einer geordnet vorrückenden Truppe gewinnen können – für die Produktion wurden Rekruten mit Uniformen der friederizianischen Armee ausgestattet und in langgezogenen, tiefgestaffelten Dreierketten in Marsch gesetzt. Hier zeigt sich Kohäsion – jene Kraft, die laut Goethe, »im Innersten zusammenhält«.

Dagegen wirkt ein Kamelreitertrupp der Beduinen von vornherein wie eine flüchtige Erscheinung. Eine Faustregel besagt denn auch: Bei Türken 90 Prozent gute, bei Arabern 90 Prozent schlechte Soldaten. Das Gefecht, das im Film den krönenden Abschluss bilden soll, es hat keine militärhistorische Bedeutung, ist aber exemplarisch. Hier muss demonstriert werden, und zwar nachdrücklich, dass selbst im arabischen Raum eine reguläre Truppe einer Beduinenhorde nicht nur gewachsen, sondern weit überlegen ist. Wäre das nicht der Fall, würden dort reguläre Truppen jedes Ansehen verlieren, man könnte nur noch die Instruktoren abziehen und das chaotische Geschehen obskuren Figuren vom Schlag eines »Orens« überlassen. Die Schlagkraft einer gezielt geführten, straff disziplinierten Truppe muss augenfällig, damit sinnfällig werden.

Die Realisierung dieses Films, dessen bin ich mir voll bewusst, ist an mehrere Voraussetzungen gebunden.

Die erste, geistig entscheidende: Dass nicht nur Sie, lieber Fritz Hippler, sondern auch der Herr Reichsminister von dem Thema in dieser Gestalt und zu diesem Zeitpunkt zu überzeugen sein wird. Dies vor dem Hintergrund des Satzes, mit dem Sie kürzlich Ihre Rede in der Reichsfilmkammer so wirkungsvoll beendeten: Der Krieg als die umfassendste und intensivste Lebensäußerung einer Nation.

Zweite Voraussetzung: Dass unser Afrikakorps unter Führung von Rommel den Vormarsch Richtung Ägypten zügig fortsetzt. Im Rahmen seiner Gesamtstrategie hat sich für uns ein weites Angebot an Schauplätzen, an Drehorten eröffnet. Ich denke in erster Linie an die Gebirgsregion Al-Schabal al-Akhbar zwischen dem Küstenort Darnah und Barga bzw. Tukrah. Hier und im küstennahen Karstgebirge bieten sich gewiss Landschaftsformationen an, die dem Schauplatz im Hedschas entsprechen – womit eine realitätsnahe Umsetzung der entscheidenden Konfrontation vorgegeben, fast gewährleistet wäre.

Hinzu käme als förderlicher Faktor: Bei der Aufstellung der »türkischen« Kompanie ließe sich mit Sicherheit zurückgreifen auf Soldaten der zersprengten italienischen Afrika-Armee, die wie ein Tross bei unserem Korps mitziehn dürfen und nun etwas Vernünftiges zu tun kriegen, nachdem sie erneut bewiesen haben, dass Waffenehre ein Fremdwort für sie ist – hätte der Führer dem Duce zuliebe nicht sofort das Afrikakorps einfliegen und verschiffen lassen, wären die Italiener allesamt massakriert worden.

Auch das wurde beim Gespräch im Horcher klar. Wenn die Italiener schon nicht richtig kämpfen wollen – Paradieren und Posieren haben sie gelernt! Es dürfte also kein Problem sein, eine Hundertschaft Italiener zusammenzustellen und mit den hellbraunen Uniformen und typischen Wickelgamaschen der osmanischen Armee auszustatten. Sich in geschlossener Formation in offenem Gelände zu bewegen, sodann in Schützenketten ein Tal abzuriegeln, das werden die wohl ohne spezielle Einweisung, ohne langen Drill hinkriegen.

Unter uns, lieber Reichsfilmintendant: Ich würde verdammt gern die Dreharbeiten verfolgen. Ich weiß, für einen Filmdichter ist dies im Etat generell nicht vorgesehen, unsereins wird allzu gern nachgesagt, wir hielten mit textfixierten Einsprüchen immer wieder den Betrieb auf, aber ich müsste nicht unbedingt als Produktionsdramaturg eingestellt werden, eher als Berater.

Ich schreibe dies mit einem Hintergedanken: Ich könnte die Drehzeit in Libyen nutzen für Recherchen zu einem kleinen Buch, das längst überfällig ist im mittlerweile zweiten Kriegsjahr: Eine Schrift nicht über die kämpfende Truppe, die ohnehin ständig gefeiert wird, in Presse, Funk, Wochenschau, sondern: über die zahlreichen Soldaten, die unter größten Anstrengungen, unter oft hohen Opfern den Nachschub sichern, was in Nordafrika mit spezifischen Problemen verbunden ist. Dieses Vorhaben als Anregung, sozusagen als Auftrag von Generalleutnant Crüwell.

Ich kann hier schon festhalten: Ich würde mich bei diesem Zusatzprojekt auf eine Nachschubabteilung konzentrieren, vielleicht sogar auf den Fahrer einer der Hanomag-Zugmaschinen, die oft zwei Anhänger, meist schwer beladen, von der Hafenstadt zum Frontabschnitt ziehen. Das hieße: erst einmal über die Küstenstraße, die von Mussolini initiierte Via Balbo, sodann, auf kaum markierten Pisten, durch spärlich bewachsene Ödlandschaft. Es würde mich sehr wundern, wenn Dr. Goebbels für solch ein Vorhaben nicht zu begeistern wäre.

Al Ula, die Bahnstation im weitläufigen, weithin ariden Talkessel der Oase, die sich nach Süden wie nach Norden hin öffnet – ich habe es bereits skizziert. Von Al Ula aus sind es, nordwärts, nur etwa zehn Kilometer bis zum kleinen Betriebsbahnhof bei Kilometer 973. Zwischen diesem Betriebsbahnhof und der Station Meda'in Saleh: eine Strecke von höchstens mal fünfzehn Kilometern. Zwar keine Brücke hier, aber ein »Durchlass« – einzelner Brückenbogen über schmalem Wadi. Nur hier kann Lawrence versuchen, seinen großen Gegenspieler auszuschalten, samt Begleittrupp.

Das Wadi führt aus dem braunschwarzen Felsmassiv hinab zur Bahntrasse. Nur auf diesem Weg kann sich Lawrence unbemerkt der vorgesehenen Stellung am Durchlass nähern. Hier wird er, auf zwei nah beieinanderliegenden Hügeln, die Maschinengewehre postieren, die den jäh gestoppten Zug im Dauerfeuer bestreichen sollen.

Ich habe es schon deutlich vor Augen: Wie eine qualmschleudernde Lokomotive vor einem Zug mit Güterwagen durch ein Wüstenareal in Libyen dahinstampft. Der Zug hält am Nachbau des Betriebsbahnhofs. Charakteristisch, damit höchst geeignet für die Aktion: der Gleiskörper führt nah an zwei Hügeln vorbei.

Weiter: Vom Hedschasgebirge herab führt ein anderes Wadi näherungsweise in Richtung Betriebsbahnhof; dieses Erosionstal verläuft in etwa parallel zum gelegentlich wasserführenden Erosionstal, aus dem heraus Lawrence mit seinen Kamelreitern den Streckenposten am Durchlass überfallen und überwältigt hat, um sogleich die Garland-Mine zu installieren, die Zündkabel zu verlegen, hinauf zu einem der beiden Hügel, auf denen die MGs in Stellung gebracht sind. So soll die türkische Einheit ausgelöscht und Musil liquidiert werden.

Doch die meisten der türkischen Soldaten verlassen den Zug bereits am Betriebsbahnhof – außer Sichtweite des Sabotagetrupps. Diese Kriegslist ergänzt durch eine weitere List, wie an der langen, extrem anfälligen Bahnstrecke mehrfach angewendet: Streckenposten werden scheinbar verstärkt durch lebensgroße Figuren, ausstaffiert mit türkischen Uniformen und Helmen. Solche Figuren wurden unterwegs eingesammelt, wurden auf Dächern von Güterwagen sichtbar hinter Sandsäcken postiert, sichtbar an geöffneten Verladetüren der Güterwagen aufgestellt. So wird Vollzähligkeit des Truppentransports vorgetäuscht, zumindest für die entscheidenden ersten Sekunden des Zusammenstoßes, des Gefechts.

Um Orens und die Seinen in Spannung zu halten, wird die Lokomotive reichlich Pfiffe abgeben, Pfiffe, die dem wartenden, ja lauernden Sprengkommando signalisieren könnten, irgendetwas verzögere die Weiterfahrt, es werde aber sicher bald weitergehn.

Und so sehe ich den Vormarsch der Eingreiftruppe unter Musil: Anführend drei Reiter – auf Pferden, die in einem der Güterwagen mitgeführt wurden. Mit Reitern auf Pferden können sich unsere Kinobesucher eher identifizieren als mit Reitern auf Kamelen – da macht man leicht eine etwas unglückliche Figur. (Von Churchill wird berichtet, er sei kurz vor einem Fototermin mit Gertrude Bell in Sichtweite der Pyramiden vom Kamel gerutscht, oder sollte man eher sagen: geplumpst? Auf dem Foto, dem endlich gelungenen, kann er sich leidlich halten, neben der hoheitsvollen Lady Bell und dem knirpsigen Orens.)

Die drei Reiter auf gleicher Höhe. In der Mitte, selbstverständlich, Alois Musil. Nun aber in einer Offiziersuniform des austriakischen Heeres, wenn auch mit der Kufiya, der arabischen Kopfbedeckung, die sich bei jenen klimatischen Verhältnissen überaus bewährt hat. Rechts neben Musil: Leutnant Reinartz, ebenfalls in Uniform, wenn auch mit Tropenhelm; das Gewehr griffbereit auf den Oberschenkeln. Zur Linken Musils: der bereits genannte Hamid Fakhri Bey, auch er in voller Uniform.

Hinter dem Führungstrio die Truppe. Den Geländeverhältnissen entsprechend marschiert sie in Zweierreihen – Gleichschritt, wenn auch nicht parademäßig. Von einer Hügelkuppe herab gefilmt, muss die Schlagkraft der disziplinierten Truppe überzeugend wirken; sie muss sich schon vom Erscheinungsbild her als überlegen erweisen.

Wiederholt zeigt sich nun, dass Musil die Gegend gut kennt. Genaue Hinweise wie: Gleich führt, das Tal um dreißig Grad nach Südwesten …

Und so marschiert der Trupp durch das Erosionstal hinauf zum Höhenrücken, schwenkt nordwärts ab, wechselt hinüber zum Ansatzpunkt des zweiten, fast parallel laufenden Wadi, das zum Durchlass hinabführt. Hier wird das Tal am oberen Abschluss durch eine Schützenkette gesperrt. Der Haupttrupp rückt weiter vor, talabwärts.

Und Musil erteilt per Funk die Anweisung, dass der Zug weiterfahren soll Richtung Durchlass. Dies, wie verabredet, im Schritttempo. Auf den Dächern, hinter Sandsäcken, in den offnen Seitentüren: es überwiegen die uniformierten Täuschkörper. Selbstverständlich wird der Zug nicht bis zum verminten Durchlass fahren, wird immer langsamer, mit MGs werden die beiden besetzten Hügel unter Beschuss genommen. Dies als fortgesetztes Ablenkungsmanöver, denn nun, wo die Aufmerksamkeit des Briten und seiner »Leibwache« vollends auf den Zug gerichtet ist, der sich der Garland-Mine zu nähern scheint, erfolgt der Angriff im Rücken des Sprengkommandos: Wie ein Panzerkommandant bei offnem Luk reckt Musil den Arm mit geballter Faust, stößt sie dreimal in die Luft, und schon die Aktion der schlagkräftigen regulären Truppe: sie eröffnet massives Feuer auf die Beduinen in deren Ausgangsstellung.

In dem Moment stößt die Lokomotive zurück, schiebt den Güterzug aus dem Sicht- und Schussbereich des ohnehin verwirrten Sprengkommandos. Und es wird inszeniert, was in den Grundzügen überliefert ist, mehrfach: Unter Druck geraten, bewegen sich die Beduinen wild schreiend durcheinander, schießen mehr in die Luft als auf den Gegner. Und sie ergreifen die Flucht das Bergtal hinauf, westwärts – Orens wird gleichsam mitgerissen. Seitliches Ausbrechen ist zwischen den Felswänden nicht möglich, die Falle ist zu. Die Beduinen reiten und rennen hinein in das gezielte Feuer der das Tal oben abschließenden Schützenkette, die wie auf dem Exerzierplatz Salve um Salve abfeuert. Beduinen, die von Kamelen herabstürzen, Beduinen, die um ihr Leben rennen, sie alle werden abgeknallt. Nur bei einem, bei Lawrence, wird – nach ebenso klarer wie strenger Anweisung – auf das Reittier, nicht auf den Reiter gezielt. So wird er von Soldaten der abriegelnden Schützenkette vom Sattel des zusammenbrechenden Kamels gerissen.

Die Handlung ist nun mal im Jahr 1917 angesetzt, und die meisten der (hoffentlich überwältigend zahlreichen) Kinobesucher werden wissen, dass Lawrence 1935 mit dem Motorrad tödlich verunglückt ist. Ihm muss im Film also ein Ausschlupf in eine (wenn auch militärisch weithin glanzlose) Zukunft gewährt werden.

Zugleich muss ihm ein Denkzettel verpasst werden: mehrere Soldaten packen kurze Peitschen, bisher unauffällig an Koppeln hängend, Peitschen, die der Nilpferdpeitsche gleichen, wie sie der Führer in den ersten Jahren nach der Machtergreifung zuweilen mit sich geführt hat. Lawrence hat allen Grund, sich unter den hageldichten Peitschenhieben noch kleiner zu machen, er duckt sich, hebt die Arme über den Kopf, streift dabei versehentlich die Kufiya ab, ist nun zweifelsfrei als der Erzfeind zu erkennen, nun mit allen Zeichen der Verstörung, der Verängstigung, der Panik.

Hier sollte ich anmerken, dass Lawrence in der Tat einmal von Türken ausgepeitscht wurde, ein Akt der Folterung, den er selbst beschrieben, damit bezeugt hat. So sehe ich mich legitimiert zur Schluss-Sequenz des Films: Lawrence wird in das Hedschas-Gebirge hinausgepeitscht, verliert als panisch Flüchtender im Hitzeflirren die Konturen, löst sich gleichsam auf.

Und wie zum Schlussappell reihen sich die bisher im Gelände verteilten Soldaten auf in Doppelreihe, die fast noch rauchenden Gewehre bei Fuß, ein Bild der Ordnung. Alois Musil, Leutnant Reinartz, Hamid Fakhri Bey schreiten die Front ab. Wie zu Ehren Musils bleiben die flankierenden Offiziere jeweils einen Schritt hinter ihm zurück, erkennen damit seine Führungsrolle an. Mit diesem Bild sollte, mit diesem Bild wird der Film enden.

Ich habe Göring schwer geschädigt

Der vom Königlich Belgischen Landgericht konzedierte Umfang meines Rechenschaftsberichtes erlaubt es mir, einleitend den Weg zur inkriminierten Tätigkeit während der Jahre der Naziherrschaft, somit während der Besatzung, zu skizzieren.

Im Jahre 1908 wurde ich, Norbert Verdonck, in Eupen geboren, als Sohn des Hydrologen Friedrich Gillessen und der Louise Catherine, geb. Jansen. Zwei Jahre nach meiner Geburt ließen sich die Eltern scheiden, meine Mutter heiratete erneut einen Ingenieur, Friedrich Verdonck, eine athletische Erscheinung. Nach einer gewalttätigen Auseinandersetzung, die mit erheblichen Verletzungen des Gegners endete, musste Verdonck seine Stelle aufgeben, eine neue Existenz aufbauen.

In frühen Jahren hatte ich die Namen beider Väter kombiniert: Verdonck-Gillessen, beließ es zuletzt aber bei Verdonck. Der Hydrologe hatte mich in keinster Weise zur Kunst geführt, meine Mutter, als Tochter eines Baumeisters, ebenso wenig, hingegen hatte mich Verdonck zu einigen Museumsbesuchen mitgenommen, während er in Lüttich und Brüssel zu tun hatte, in der Automobilbranche.

Mit neunzehn nahm ich teil an einem offenen Wettbewerb der »Afdeling Algemene Wetenschappan van de Technische Hogeschool« in Delft, jener Institution der Nachwuchsförderung. Ich hatte ein Blumenstillleben im Stil des 17. Jahrhunderts vorgelegt, dies auf einer (postkartenkleinen) Kupfertafel, in einer Kunsthandlung erworben – das Ölbild (als

Sujet ein Kircheninneres) war fast vollständig abgeblättert, verbliebene Farbreste ließen sich leicht abtragen. Die gereinigte Kupfertafel rieb ich, einer alten Tradition folgend, mit einer Knoblauchzehe ein, förderlich für den Farbauftrag. Und es entfalteten sich Blüten eines kleinen Straußes im chinesisch blau-weiß gemusterten Napf.

Der kleine Erfolg motivierte meine Suche nach alten Bildträgern. Besondere Vorliebe entwickelte ich für Mahagoni-Bildtafeln; ebenso willkommen waren textile Bildträger, selbstverständlich aus der Zeit vor der industriellen Fertigung. Je stärker der Verfall der Gemälde, desto leichter wurde es, die Reste zu entfernen, um sodann die sichtbar und fühlbar alte Leinwand neu zu bemalen. Dies mit Sujets im Geiste jener vergangenen Ära, die mir besonders nahblieb. Da vermittelte der schöpferische Akt ein Gefühl (in)direkter Verbundenheit: auf eine Leinwand malen, auf die drei Jahrhunderte zuvor bereits gemalt worden war. Das wirkte stimulierend ein auf meine Stillleben – bei denen ich allerdings ein eigenes, eigenständiges, ja eigenwilliges Muster entwickelte.

Einwirkend auf die Konzeption war meine Abneigung gegen die im 17. Jahrhundert zeitweilig beliebten Küchen- oder Marktbilder mit dem Grundmuster der Anhäufung: diverse Gemüsesorten ausgebreitet, Obstsorten aufgehäuft, Fische gereiht, Fleischbatzen gestapelt; trotz solcher unappetitlichen Massierung musste jedes Detail sorgsam ausgeführt werden – enormer Arbeits- und Zeitaufwand! Da zog ich Stillleben vor, bei denen Speisen und Getränke auf Damast-Tischdecken oder auf Marmor-Tischplatten arrangiert waren, die Objekte prägnant hervorhebend.

Als Kontrastfläche bei mir hingegen: schwarzer Raumgrund, vor dem die Objekte an Fäden und Schnüren aufgehängt scheinen. Dies nicht einfach nur aufgereiht (das wäre langweilige Addierung), vielmehr hängte ich Objekte in den Vordergrund, den Mittelgrund, den Hintergrund, einander partiell überdeckend oder deutlich voneinander abgerückt. So gab ich dem Schwarzraum Tiefe, zusätzlich betont durch Lichtakzente – ich brauchte Spielraum.

So habe ich eingefädelt und aufgehängt, was bei den Bankettbildern eines Claesz oder Cuyp gefeiert wurde, bewundert wird: Römerpokal … Austern … Schinken … Silberkanne … Hummer – alles in die Schwebe gebracht. Und Obst: der Faden verknotet mit Apfel- oder Birnenstiel … in einer Fadenschlaufe Pomeranze oder Pfirsich … angeknüpft ein Traubenbündel, ein Stachelbeerästchen, eine Johannisbeerrispe (dazu eine anfliegende Libelle). In gleichem Verfahren: Eine Schlinge um ein Fadenglas … bei einem Berkemeyer die Schlaufe zwischen Griff und Kelch … aufgehängt ein Bartmannkrug, eine Jan-Steen-Kanne, ein Silberpokal, Nautiluspokal … Die Objekte wurden durch ihre Isolierung im leeren, schwarzen Raum akzentuiert. Dies auch durch analytische Malweise! Eine geschälte Zitrone, die Schale spiralig … Pfirsich mit sichtbar, fast fühlbar samtiger Haut … Pomeranze mit eher narbiger Oberfläche … verführerisch geöffneter Granatapfel … All dies im Stil der Feinmalerei der Goldenen Ära und zugleich in meiner neuartigen Bildkonzeption.

Vom Verkauf meiner F & S-Stillleben (Faden & Schnur) konnte ich allerdings nicht leben; finanziellen Ausgleich fand ich, nach Abschluss der Ausbildung, als Restaurator. (Was mir später half, die heute inkriminierten Gemälde mit professioneller Sorgfalt auszuführen.) Mit dem Restaurieren alter Gemälde, dem Verfassen begleitender Restaurationsberichte sicherte ich meinen Lebensunterhalt.

Als Restaurator reichte meine Reputation über Ostbelgien hinaus. Mein Gesellenstück hatte ich in Lüttich geleistet mit der Freilegung einer Wandmalerei, die Ferdinand Hodler 1894 auf der Reise nach Paris bei einem längeren Zwischenaufenthalt gestaltet hatte in der Villa eines (hochstaplerischen) Fabrikanten, der kurz nach der Jahrhundertwende Bankrott machte. So wurde die Villa im Weltkrieg als Lazarett genutzt, sodann in den zwanziger Jahren in ein Hotel umgewandelt; anlässlich dieser erneuten Umwidmung wurde die Wandmalerei erst weiß überstrichen, dann mit einer Tapete überzogen. Nicht nur das: Es wurden auf der Bildfläche zwei Leitungen verlegt, wurde eine Steckdose angebracht – so ging erneut Malsubstanz verloren.

Es war nicht ganz leicht, das Zimmer mit der Wandmalerei ausfindig zu machen, Hinweise von Zeitzeugen blieben vage, auf der historischen Fotografie war Raumcharakteristik nicht ablesbar. So blieb mir nichts anderes übrig, als Suchfensterchen (von etwa vier mal vier Zentimetern) anzulegen, Freilegeproben zu schaffen. Auf diese Weise wurde ich bald fündig, konnte damit beginnen, die Tapete abzulösen – zum größten Teil mechanisch, mit dem Skalpell. Anhand der historischen Fotografie wählte ich die Freilegestellen so aus, dass jeweils ein markantes Bildmotiv Dominanz erhielt; diese Bildausschnitte führte ich Vertretern der Munizipalverwaltung vor – schließlich musste die Finanzierung der weiteren Freilegung gesichert werden. Das Schwarzweißfoto und die Freilegeflächen zeigten den Entscheidungsträgern verlockend, was sie unter Tapete und Anstrich erwartete: eine der Seelandschaften, wie sie Hodler zumeist vor der Jahrhundertwende gemalt hatte, demnach vor der Ära seiner symbolistischen Stilisierungen.

Was in Schwarzweiß nur Andeutung war, das blühte während der wochenlangen Feinarbeit wieder auf. Der Erhaltungszustand der Wandmalerei war generell erstaunlich gut. Das Format war eindrucksvoll: 129 mal 312 Zentimeter. Zuletzt besserte ich die Wandschäden aus, strich die Schlitze der Elektroleitung mit Spachtelmasse aus, schloss die Löcher, die mit dem Anbringen der Steckdose entstanden waren, retuschierte die Fehlstellen mit einer Kombination von Strich- und Flächenausmalung.

Nach 56 (letztlich erschöpfenden) Arbeitstagen fanden die Arbeiten ihren Abschluss; das Wandgemälde wurde in einem kleinen Festakt der Öffentlichkeit vorgestellt. Es war, ich kann es nicht anders formulieren, ein wegweisendes Erfolgserlebnis.

Bald darauf erhielt ich einen weiteren Auftrag: das Restaurieren von Deckenfresken der Laurentius-Kapelle in St. Vith. Diese Kunstwerke waren von Restauratoren früherer Generationen weitflächig übermalt worden, und das in Öl! Diese Schicht musste abgelöst werden, bevor die Fresken restauriert werden konnten – auch dies in der heute üblichen Tratteggio-Technik. Die glücklicherweise gewisse Spielräume öffnet – vor allem, wenn stellenweise nur noch Bilddetails sichtbar blieben. Aus denen sich dann aber jeweils Schlüsse ziehen ließen zur weiteren Ausgestaltung.

Beim Vorstellungsgespräch in einer Sitzung des Pfarrgemeinderats brauchte ich nur die Freilegung von Liège zu dokumentieren, schon konnte der Arbeitsvertrag unterzeichnet werden.

Alsbald wurde in der Kirche ein Gerüst hochgezogen. Auf dem verbrachte ich, wenn auch mit Unterbrechungen, etwa zehn Monate. Während der wärmeren Jahreszeit wurde ich bei der Arbeit unterstützt von der niederländischen Studienkollegin MR (sie wurde später meine Frau).

Von stabilisierenden Kalkinjektionen und Ähnlichem soll nicht weiter die Rede sein, es geht primär um das gemeinsame Ergänzen von Fragmenten. Dabei haben wir ganze Arbeit geleistet! Von Bileams Esel oder Eselin beispielsweise war nur der Schwanz übrig geblieben, und so haben wir, vom Stummel ausgehend, den Esel komplett wieder erstellt, zwischen Huf und Ohr. Alles in der üblichen Stricheltechnik, damit Experten sofort unterscheiden können, was aus dem zwölften, was aus dem zwanzigsten Jahrhundert stammt.

Damit zum Heiligen, der gegen mich, der gegen uns ins Feld geführt wurde. Vom Fresko waren in diesem Fall lediglich ein Schuh und ein Segment des Heiligenscheins übrig geblieben. Weil der heilige Alban (der mit dem Kopf unterm Arm) einen der hinteren Ränge einnimmt in der Vollversammlung der Heiligen, war er im Deckenfresko in einem Winkel platziert worden, an den man schlecht herankam, und so haben wir – das darf in dem Zusammenhang wohl mal erwähnt werden – droben auf der Bretterfläche kauernd, zuweilen liegend gearbeitet. Haben uns gestreckt, gekrümmt, uns krumm gebogen, ungelogen krumm gebogen, um besagtem Heiligen erneut einen Körper zu verleihen und einen charakteristischen Kopf im Arm. Fast hätte ich mir eine Sehnenscheidenentzündung zugezogen – Tausende kleiner Striche der Tratteggio-Technik!

Abgesehen vom rein Manuellen – wir haben alles getan, um Alban Profil und Kontur zu verleihen, und so hat MR einige meiner Gesichtszüge auf jenen Kopf im Arm übertragen –, ein Heiliger lässt sich schließlich nicht komplett aus den Fingern saugen. Als Gegengabe übertrug ich MRs Gesichtszüge auf einen fast vollständig verblassten Engel. Wechselseitig belebende Arbeit …

Dann aber traten sie auf, die Herren Sachverständigen!

Monierten kleinkariert die Ergänzungen. Rügten vor allem, dass der Heilige meine Gesichtszüge trage, dass ich wiederum Gesichtszüge der jungen Mitarbeiterin auf den Engel übertragen hatte. Früher konnte ein Maler ohne weiteres einer Madonna Gesichtszüge der Ehefrau oder Geliebten verleihen, so was wurde hingenommen – hingegen heute? Vorurteile machen sich breit, sichern sich auch noch juristisch ab. So brach das Unheil über uns herein: Die beiden Herren verfassten jenes schändliche Gutachten, aufgrund dessen der Pfarrgemeinderat unsere Arbeit unter einer Kalkschicht verschwinden ließ. Zehntausende von komponierten Strichen – wie ausgelöscht!

Dabei standen altehrwürdige Traditionen hinter uns! Im kleingedruckten Anhang einer Schrift über Maler und Markt des 17. Jahrhunderts entdeckte ich eine Rechnung, die ein gewisser Marquard erstellt hatte für Restaurationsarbeiten in der Kirche zum Heiligen Geist in Nürnberg. Dabei wurden zwanzig Punkte spezifiziert. Ich habe hier in der Haftzelle leider nicht die nötigen Unterlagen zur Hand, muss mich auf mein Gedächtnis verlassen: Einem Schächer am Kreuz eine neue Nase gemalt … Dem Engel Gabriel frische Federn auf die Flügel gepinselt … Dem Petrus einen Zahn eingesetzt, dem Hahn die Federn gereinigt … Das höllische Feuer vergrößert, dem Teufel teuflischeres Aussehn verliehn … Das firnisverschmutzte Rote Meer gesäubert … Den Pferden vor dem Wagen des Elias neue Hufeisen gemalt und den Weg zum Himmel genauer bezeichnet … Dem blinden Tobias frischen Schwalbendreck aufs Auge gemalt …

Hätte ich dieses Dokument schon damals, 1932, gekannt, ich hätte es kopiert und den Herren vorgelegt, oder, um deutlicher zu werden: Ich hätte es ihnen unter die Nase gehalten. Dafür ist es nun längst zu spät. Zudem wurde auch dieser Sakralbau im Verlauf des Krieges in Mitleidenschaft gezogen, das Deckengewölbe hielt der Bombardierung nicht stand, man wird es rekonstruieren müssen. Zur Zeit hat die Laurentius-Kapelle in St. Vith ein Notdach – statt des mit Fresken ausgemalten Kreuzgewölbes eine schlichte Bretterfläche. Ich habe die mir zugesandte Fotografie der Zwischenlösung mit einer Mixtur von Genugtuung und Bedauern betrachtet.

Eine Zäsur! Zugleich ein Anstoß, mich entschiedener dem eigenen Werk zu widmen; ich arbeitete das Grundkonzept meiner Stillleben präziser aus; an den F & S-Bildern soll man sofort erkennen: Das kann nur ein Verdonck sein!

Als Detail-Vorlagen erwarb ich historische Requisiten, die ich in meine Inventio einbezog: Ein Römerglas mit seiner bauchigen Form … einen (gravierten) Berkemeyer-Pokal … ein Fadenglas (schon vom Wort her passend zur Grundkonzeption) … Zinnkrug und Silberschale … Messer mit Achatgriff … altchinesische Porzellandose … sogar, für teures Geld, ein Nautiluspokal!

Wie meine historischen Kollegen arrangierte ich – immer wieder umdisponierend – die Objekte, inszenierte die Bildvorlage. Technisch lief das so ab: In einem selbstgezimmerten, schwarz ausgeschlagenen Gehäuse probierte ich die Hängung der Objekte aus, bis das Arrangement perfekt schien und ich die aufgezogene, fabrikgrundierte Leinwand auf die Staffelei stellte.

Dann musste ich, bei Bankettbildern, zügig arbeiten, vor allem, wenn Maritimes im Modellkasten aufgehängt war: ein Hummer, zwei Fische, drei Austern … Bei Käse und Schinken konnte ich mir mit der Ausführung mehr Zeit lassen … Dies erst recht bei Brötchen, im 17. Jahrhundert als Sujets von Stillleben obligatorisch. Brötchen auf Originalgemälden in Museen wie auf Reproduktionen in der »Geschiedenis van het Hollandse stilleven en de zeventiende eeuw« des großen M. H. de Marneffe musternd, machte ich mir Gedanken über Kontinuitäten: Brötchen damals wie heute in gleicher Form und Größe, vielleicht sogar von ähnlicher Konsistenz. Alles, fast alles veränderte sich im Verlauf der drei, vier Jahrhunderte, das Brötchen aber bewahrte in etwa sein Aussehn.

Zwar malte ich auch Porträts, zudem figurenreiche Ensembles biblischer Sujets, doch Stillleben in der Manier flämischer und niederländischer Meister der Goldenen Ära waren und blieben für mich von zentraler Bedeutung. Hier muss ich mit Blick auf die Anklage allerdings gleich betonen: Selbstverständlich signierte ich die Gemälde, und zwar mit meinem vollen Namen! Um jedes Missverständnis, jede Form der Fehldeutung von vornherein auszuschließen, datierte ich zusätzlich die Holztafeln auf der Rückseite, die Keilrahmen an der oberen Querleiste.

Eine Frage, die mir vor dem Krieg zuweilen gestellt wurde: Warum Stillleben in altniederländischem Stil, warum überhaupt Stillleben? Ich nahm das Genre wörtlich: Still-Leben. Also Versuche, Stille zu bannen, bildnerisch. In jener Zeit schallte es immer lauter über die Grenze herüber, primär durch den Rundfunk: Der schreiende Hitler, der schreiende Göring, der schreiende Goebbels, die schreienden Gauleiter und so weiter. Es soll nicht meiner Entlastung dienen, wenn ich festhalte: Das aggressive Gebrüll der Machthaber im Nachbarland fand hier in Belgien, speziell bei uns im deutschsprachigen Bereich, vielfach beängstigende Resonanz – eine wachsende Zahl von Landsleuten stimmte ein in das Geschrei, das in Kriegsgeschrei überging. Den Zweiten Weltkrieg konnte indes keiner von uns aufhalten, ich wollte der mörderischen Entwicklung aber zumindest Zeichen entgegensetzen: stumme Objekte, mit gebührender Sorgfalt ausgeführt.

Hier äußert sich nicht nur der homo politicus, hier muss ich als Künstler betonen: Nur durch äußerste Präzision der Ausführung können sich tradierte Bildelemente vor dem schwarzen Bildhintergrund behaupten, nur wenn ich den Objekten eine fast schon greifbare Körperlichkeit verleihe, können sie nicht von den Fäden, den Schnüren gerissen und ins Nichts hinausgewirbelt werden.

Die erste Ausstellung von F & S-Stillleben in meiner Heimatstadt Eupen. Eine kleine Galerie; vorwiegend Verwandte, Freunde, Bekannte bei der Vernissage; es wurden sogar vier Bilder gekauft, allerdings nur von Personen meines Kreises oder Umfelds.

Ich wollte den Abnehmerkreis verständlicherweise größer sehen, arbeitete hin auf weitere Ausstellungen, nicht nur im deutschsprachigen Teil Belgiens, auch in Liège, in Antwerpen – es blieb auch dort bei relativ kleinen Galerien. Obwohl ich bei den Vernissagen anwesend war, die Resonanz blieb gering. Auch in der Presse. Dennoch, es gelang mir, die Grenze zu überwinden: eine Ausstellung in Kornelimünster, danach in Bonn und Duisburg. Doch auch in Deutschland: vorerst nur Achtungserfolge. Zumindest blieb es dabei in den Jahren 1931 und 32. Die Perfektion meiner Malweise wurde in der Presse hervorgehoben, ja gerühmt, dennoch blieb unterschwelliger Vorbehalt.

Es war Mareike, meine erste Frau, die sich umhörte, und langsam kristallisierte sich heraus: Meine Anwesenheit bei Vernissagen war eher hinderlich als förderlich für den Absatz der Bilder. Ich sah mich mit einem klischeehaften Erwartungsbild konfrontiert: Der Subtilität der Bilder muss sichtbare Sensibilität des Künstlers entsprechen. Um dies ein wenig zu karikieren: Der Maler solcher Stillleben sollte aussehen, als wäre auch er mit einem Marder-Spitzpinsel gemalt. Nun gleiche ich in der Statur allerdings eher dem ukrainischen Maler Wladimir Burljuk, wie ihn sein Freund Larionow um 1910 gemalt hatte, großformatig: Ein Hüne in weißem, weitoffnem Hemd; in der Linken eine Hantel; muskulöse Oberschenkel. Ich habe eine (schwarzweiße) Abbildung an die Atelierwand gepinnt, mit der unausgesprochenen Aufforderung an Besucher: Schaut es euch an, auch so kann ein Künstler aussehn!

Doch das Vorurteil hielt sich hartnäckig. Pointierend: Vor dem erfolgreichen Verkauf meiner Stillleben stand meine kompakte Erscheinung. Man traute dem muskulösen jungen Mann derart subtile Tafelmalereien ganz einfach nicht zu, hielt sich mit Käufen zurück.

Charakteristisch dürfte hier folgende Episode sein. An einem heißen Sommertag half ich in einer Galerie bei der Hängung einiger meiner Stillleben, zog dabei, mit amüsiertem Einverständnis des Galeristen, das Hemd aus. Ein vorzeitig hinzukommender, neugieriger Stammkunde wollte einfach nicht glauben, dass eine derart muskulöse Erscheinung der Maler solch subtiler Bilder sein konnte. Der Eindruck, wiederum pointierend: Wer ein so breites Kreuz hat, kann nicht mit so feinem Pinsel arbeiten. Und es sprach sich herum: Dieser »Kraftlackel« kann und darf nicht der Maler altmeisterlicher Stillleben sein. Und als bösartige Version: Ich sähe aus wie der Leibwächter eines russischen Diamantenhändlers. Der immer gleiche Vernissagen-Reflex, ausgesprochen oder unausgesprochen: »Wie, von Ihnen?! Das hätte ich Ihnen nicht zugetraut!« Und es setzte sich in der Branche fest: »Ach, das ist von diesem russischen Leibwächter …« Die Schlussfolgerung: Bilder, die so einer malt, können letztlich nichts wert sein, künstlerisch und finanziell ... Hätte ich mich etwa, im Namen der Malerei, kleinschrumpfen sollen?

Das Bilddepot in Atelier und Wohnung wuchs an, das Selbstbewusstsein nahm ab, mein Körper indes gewann noch mehr an Präsenz. Da half kein Hadern: Was geht euch meine körperliche Erscheinung an, schaut euch die Bilder an! Doch man will hinter den Bildern, neben den Bildern eine passende Person sehen, und hier erschien ich ganz einfach fehlbesetzt.

Wie damit umgehen? Verbitterung wuchs. Die ist wie schleichendes Gift, so hätte man früher gesagt. Ich vergiftete mich selbst, verhielt mich selbst nahestehenden Personen gegenüber oft giftig, giftete Kollegen an. Selbstintoxikation – auf Dauer keine Lösung. Das Grundgefühl begann umzuschlagen in Rache-Regungen. Einen der arroganten Herren, die an meinen Bildern vorbeischauten, zugleich von mir absehend, einen von denen tatsächlich mal behandeln im Stil eines russischen Leibwächters: Massiv an die Wand drängen ... Muskelkraft spüren lassen ... Ein Übergriff hätte sich in der Branche freilich rasch herumgesprochen; meine Aussichten hätten gegen null tendiert.

Glauben Sie, meine Herren vom Königlich Belgischen Gerichtshof, so etwas geht spurlos an einem vorüber? Mit jedem Bild mache ich ein Angebot zur Kommunikation; als Gegengabe möchte ich wenigstens ein gutes Wort hören. Ich will nicht so weit gehen, zu sagen, zu schreiben: Ich will geliebt werden, aber eine positive Reaktion ist Manna, von dem wir leben, von dem wir zehren. Nur nicht lebendigen Leibes totgeschwiegen werden! Nur nicht von Stille, einer letztlich tödlichen Stille umgeben sein, wenn man seine Zeugen intensiver Arbeit vorstellt. Bloß nicht dieses Achselzucken, Weggucken – so was ist nicht auszuhalten, auf Dauer. Kein Echo, keine Anerkennung, keine Würdigung, und sich dennoch ins

Atelier begeben, um ein weiteres Stillleben zu malen – zuweilen hätte ich abschneiden, abfetzen mögen, was an Fäden und Schnüren aufgehängt war im schwarz ausgekleideten Modellgehäuse: all diese Traubenbündel, gewendelten Zitronenschalen, roten Hummerrücken, silbrig geschuppten Fische – hinweg, hinab in den Orkus! Und es bleiben nur Fäden, Schnüre, leicht pendelnd im leeren Raum …

Mit der Machtergreifung der Nationalsozialisten im Nachbarland veränderte sich, in langsamem Übergang, auch meine Position: Das Bild des Künstlers begann sich zu wandeln. In einem der Text- und Bildbände jenes Zeitraums zeichnete sich als Erstes ein neues Bild des Literaten ab; man präsentierte sich vorzugsweise mit Fotos aus der Zeit des Ersten Weltkriegs: Dichter in Uniform. Gefragt war nicht mehr der neurasthenische, womöglich neurotische »Zivilisationsliterat«, hofiert wurden Erscheinungen von starker physischer Präsenz. Dieser Wandel griff über auf unsere Zunft, man begann, mich mit anderen Augen zu sehen: schöpferisch tätiger Ostbelgier von korrespondierend kräftiger Statur … Ich musste mich nicht mehr versteckt halten, um meinen Stillleben nicht zu schaden, vielmehr: Man begann, hier einen naturgegebenen Zusammenhang zu sehen.

Oktober 1934 lernte ich Albert Göring kennen. Anlass und Ort der Begegnung: eine Ausstellung neuer Arbeiten in der Galerie Henri Fabre, Brüssel.

Göring hielt sich einige Tage in unserer Hauptstadt auf, als Exportleiter der Skoda-Werke. Ich habe nie herausgefunden, was er damals vermittelte; meine Frage, später in entspannter Situation gestellt, wurde mit einem Lächeln beantwortet und der Auflistung einiger Erzeugnisse des Konzerns: Turbinen und Generatoren … Straßenwalzen, Straßenbahnen … Omnibusse ... Bau von Brücken oder Zuckerfabriken ... Anlage von Schleusen ... Lieferung von Panzern des Typs Skoda TT, von Artillerie bis hinauf zum Kaliber 42 ... gigantische Schmiedestücke für Schiffe ... Lokomotiven, Flugzeuge – er ließ mir die freie Wahl. Da die erste Begegnung im Jahr nach dem Machtantritt der Nazis stattfand, vermute ich, dass Kanonen oder Panzer im Gespräch waren – schließlich mussten (auch) wir mit dem Schlimmsten rechnen; schon kurz nach dem Wechsel in Berlin kam der Slogan auf: Hitler heißt Krieg.

Nach offenbar zähen Verhandlungen suchte Göring Erholung im Kontrast, und so war er bei Fabre erschienen, begleitet von einer deutlich jüngeren Gefährtin. Göring nahm mich sogleich für sich ein: groß, schlank; elegant gekleidet; das Haar glatt zurückgekämmt; weltmännisch stilisierter Schnurrbart. Unablässig rauchend, Zigaretten in eleganter Spitze, musterte, ja inspizierte Göring meine Stillleben; seine Begleiterin derweil im Gespräch mit Fabre. Ich blieb dem hohen Besucher dezent und diskret auf den Fersen, bereit, auf Stichwort Auskunft zu geben.

Auch ohne Kommentar, ohne Empfehlung: Göring entschloss sich zum Kauf zweier Stillleben: eins mit schwebendem Salatkopf, schwebender Lauchstange, schwebender Artischocke, schwebender Tomatenrispe – dieses Nachtschattengewächs erwies sich als besonders geeignet für Lichtspiegelungseffekte. Das andere Gemälde: ein schwebendes Obstsortiment, wobei sich im Traubenbündel das helle, nun konkave Atelier-Seitenfenster mehrfach spiegelte. Wie üblich geöffnet: der Granatapfel mit reichem Angebot von Kernen, die gewendelte Schalenform der Zitrone, die überreife Birne, von einer Fliege bekrabbelt, einer Wespe angeflogen.

Auch Göring rühmte die Präzision im Detail: Assoziationen an große Stilllebenmaler der Goldenen Ära der Niederlande, und hier die fast stereotyp genannten Namen Claesz und Cuyp. Göring indes: Meine Bilder seien entschieden anders angelegt – die Sujets von Stillleben gleichsam zitierend aufzuhängen, so etwas hätte er noch nicht gesehen. Der von Fabre angesetzte Preis wurde anstandslos akzeptiert; Überreichung des Schecks; die transportfest verpackten Bilder bitte am nächsten Morgen im Grand Hotel abgeben …

Begegnung und Erwerb mussten gefeiert werden – Göring lud mich mit seiner (damaligen) Geliebten zu einem Diner ein. Im Hotel las ich seinen Rang auch am unterwürfigen Verhalten des Personals ab, vor allem der Kellner, die ihn gleichsam umschwirrten. Die frugalen Stillleben hatten Alberts Appetit mächtig stimuliert, es wurde geschlemmt. Details muss ich nicht aufzählen, das würde in der gegenwärtigen Notlage eher unpassend wirken – ganz besonders in Anbetracht meiner kargen Gefängniskost. Nur so viel: es war ein Mahl, nicht bloß eine Mahlzeit. Und es blieb nicht beim spießbürgerlichen »Gläschen Wein«.

Albert Göring als charmanter Gastgeber, gesprächig, witzig, pointenreich. Seine Begleiterin, wie gleich bei der ersten Begegnung vermutet, fungierte auch als seine Sekretärin, mit weitreichenden Befugnissen; selbstbewusst beteiligte sie sich am Gespräch, während meine damalige Freundin sich betont zurückhielt. Für ihren Geschmack kehrte Göring etwas zu sehr den »Bonvivant« heraus.

Fast unvermeidlich, dass an jenem Abend das Gespräch auf Hermann Göring kam. Es zeichnete sich bald ab, dass die Brüder sich im familiären Rahmen gut verstanden, politisch jedoch unvereinbare Positionen einnahmen. Bei unserer Begegnungspremiere waren Stichworte dazu noch nicht gefallen, da verband sich der Name des mächtigen Bruders in

Berlin eher mit dem Stichwort Gemäldesammlung. Gleitender Übergang von meiner Ausstellung in der Galerie zur Sammlung von Gemälden im Wohn- und Jagdsitz Carinhall. Eigentlich, so Albert, sollte man Hermann eins meiner Bilder anbieten, obwohl er zeitgenössischer Malerei gegenüber höchst reserviert sei. Jedoch ein Stillleben, vor allem ein frugales, mit schwebenden Langusten, schwebendem Hummer und weiterem Meeresgetier, dies könnte den Appetit des Gourmet und Gourmand stimulieren, zugleich die Besitzgier des Sammlers.

Damit war das Stichwort gegeben für einen dritten Kauf, angekündigt beim Dessert: Er treffe sich bald wieder mit Hermann, weniger aus familiärem Anlass als dienstlich, dabei könnte er das Bild als Geschenk überreichen, stimmungsfördernd. Der Bruder wird ein »Banketje« sicherlich gern in Empfang nehmen, wird es womöglich im Arbeitszimmer aufhängen, in dem bisher nur ein großformatiges Porträt seiner ersten Frau hängt, der Schwedin, der schönen Carin, der großen Liebe des großen Bruders …

Es wurde ausgemacht, dass ich das Stillleben gleich am nächsten Morgen ins Hotel bringe, dort sollte mich der persönliche Referent auszahlen: in Schweizer Franken, nicht in Reichsmark. Und Göring kündigte an, er werde sich melden, sobald er auf einer seiner »Vertreterreisen« erneut nach Brüssel komme; vielleicht auch fahre er, im flotten Steyr, von Köln mal rasch über die Grenze nach Eupen, Atelierluft schnuppern.

Und tatsächlich, er kam. Wieder musterte er, Zigarettenspitze zwischen Lippen und Fingern, eingehend meine Bilder. Wie nebenbei sein Bericht über die erfolgreiche Übergabe des Schalentier-Stilllebens, in Berlin, im Luftfahrtministerium: erst stummes Verweilen des Ministerpräsidenten vor dem Gemälde, dann seine Stellungnahme: Eine Form der neuen Malerei, die er noch akzeptieren könne; Details so präzis ausgeführt wie bei Alten Niederländern …

Wahrscheinlich, nach einer Andeutung aus Görings Sekretariat, hat das Bild mittlerweile in einem der Gästezimmer des Seitenflügels Platz gefunden – womöglich im Raum, in dem Mussolini bald darauf übernachten sollte. Da ich diesem Bericht (den ich nun doch nicht mehr »Rechenschaftsbericht« nennen will, da ich mir letztlich keines strafwürdigen Vergehens bewusst bin) keine dokumentierenden Bilder mitgeben kann, darf ich gelegentlich Andeutungen über Sujets einarbeiten.

Das Gemälde, in das sich Albert Göring beim zweiten Besuch gleichsam verguckte: ein Banketje. Ich darf erneut festhalten, dass ich die Prunkstillleben des 17. Jahrhunderts verabscheue, mit ihrer demonstrativen Überfülle. Ganz abgesehen davon – solche Bilder mit all den Kannen und Gläsern, Pokalen und Kelchen, mit Vor-, Haupt- und Nachspeisen, sie hätten mir, auch in meiner spezifischen Kompositionsweise, zu viel Arbeit gemacht, ich habe schließlich keine Werkstatt wie jene Herren Maler, die einem guten Lehrling sagen konnten: Mal du jetzt mal ein paar Trauben, ich geh solang ins Bordell. Ich konzentrierte mich, wie mein Vorbild Claesz, auf die Raffinessen der wenigen Objekte, in den leeren, in den schwarzen Raum gehängt: ein Glaspokal, die Fadenschlaufe zwischen Nuppenstiel und Kelch … eine Zitrone, der Faden geschlungen um die gewendelte Schale … ein Apfel, der Faden mit dem Stiel verknotet … eine Tazza, waagrecht aufgehängt, die Unterseite von Sockel und Schale zum Betrachter, der Stiel in Frauenform …

Albert, rauchend, in erst einmal stummer Betrachtung. Dann die betont beiläufige Anmerkung: Eigentlich könnten die bewährten Objekte jener Stillleben auch mal auf einer Fläche arrangiert werden, etwa auf einer Marmor-Tischplatte.

Ich gab eine unverbindlich bejahende Antwort: Selbstverständlich, ein Tischstück wäre möglich, auch mit Leinen-Tischtuch oder Damastdecke.

Und das etwa mit einem Schinken … Oder einem Fisch … Oder mit Wildbret … Eben mit allem, was dazugehört – diesmal allerdings nicht an Fäden und Schnüren, sondern horizontal gruppiert.

Ich begann zu verstehen; zumindest setzte ein gewisses Ahnen ein. Ein Fressbild für den Gierschlund? Scheinheilig naiv fragte ich: Sie meinen, es käme auf einen Versuch an?

Das meine ich in der Tat. Ich würde Ihre Bemühungen angemessen honorieren.

Ich verstand dies als Auftrag. Und begann, wenige Tage nach seiner Abreise, auf einer Tischfläche ein Stilleben zu arrangieren, zu malen: aufgeschnittener Granatapfel, zeitübergreifendes Brötchen, aufgeklappte Austern, halb gefülltes Fadenglas. Dazu die bewährte Silberkanne, in der sich, in oberer Krümmung, konkav ein Fenster spiegelt, sowie, von unten her, der Reflex, beinah golden, der halbgeschälten Zitrone.

So stellte ich das Gemälde Albert Göring vor bei einem erneuten Treffen, nun wieder im Grand Hotel zu Brüssel. Er zeigte sich begeistert. Ließ die Anmerkung folgen: Man kann sich kaum vorstellen, dass so ein Bild von einem heutigen Maler signiert ist …

In der Tat hatte ich das Stillleben noch nicht signiert, schließlich fehlten meine Fäden und Schnüre.

Göring wieder, nachhakend: Was hätte in der Goldenen Ära eigentlich als Bildträger gedient? Ich: Segeltuch, in damaliger Methode grundiert. Oder, weithin üblich: eine Holztafel. Und er: Fände sich heute noch entsprechend abgelagertes Holz? Ich: Bei uns im waldreichen Ostbelgien ganz gewiss. Und er: Das gleiche Bild, auf eine Holztafel gemalt, die entsprechendes Alter aufweist oder suggeriert – es käme mal auf einen Versuch an, nicht wahr?

Um mich zu solch einem Versuch zu stimulieren, blätterte Göring eine üppige Vorauszahlung auf den Tisch. Und wir wechselten das Thema.

Gleich am nächsten Tag begab ich mich an die Arbeit. Mit einigen der gesammelten Objekte stellte ich auf einer Holzplatte eine Komposition zusammen, mich dem überlieferten Schema annähernd, bis hin zum halbgefüllten Fadenglas und der notorisch umgekippten Tazza. Dazu zwei Hartkäsesorten, angeschnitten: gelb der junge, graubraun der alte Käse. Eine angebrochene Truthahnpastete, allerdings nach einer Bildvorlage. Drei Walnüsse, zwei Oliven …

Immer neu rückte ich zurecht, fotografierte das Ensemble, entschied mich für eine Diagonalkomposition, vom flachen Teller links hinauf zum hohen Fadenglas rechts. Erneut prüfte ich den Bildeindruck, begann schließlich mit der malerischen Umsetzung.

Sehr wählerisch war ich in der Auswahl einer hinreichend getrockneten Holzplatte, trug die dreifache Grundierung auf: Bleiweiß, Umbra, Schwarz. Kopierte mit gesteigerter Konzentration und Intensität mein Arrangement – jedes Detail gewann an innerem Glanz auf dem vorbildlich gebügelten Tischtuch mit Parallelfalten.

Ich beschleunigte das Abtrocknen der Farben im Backofen. Verpackte mein Werk, brach auf zu einem Treffen in Antwerpen, legte es dem vielreisenden Exportchef vor. Erneut Begeisterung. Erneut einer seiner lakonischen Impulse: Und wie wird das signiert?

Ich gab vor, die Frage nicht zu verstehen. Fragte mich selber: Passt meine Signatur, wie bekannt auf Bildern mit hängenden Exponaten, zu diesem Banketje im Stile eines Pieter Claesz? Kurzum, ich übte am folgenden Tag das Monogramm des alten Meisters ein, das langstielige P mit dem kleineren C am Aufstrich, monogrammierte so eine Messerklinge, verlieh dem Bild die Schlussappretur, wie man in der Textilbranche sagen würde. Nun waren nicht nur Fäden & Schnüre gekappt, auch ein roter Faden zu meiner bisherigen Schaffensperiode.

Ich traf Göring sodann in Deutschland (Termin in der Duisburger Kupferhütte), legte ihm das Werk vor. Göring, enthusiastisch: Angenommen, dieses Stillleben wäre mit Claesz signiert (ja, er sagte *mit* und nicht *von* Claesz signiert) – wie hoch wäre derzeit der Marktwert?

Nun, ich schätze: dreißigtausend Reichsmark.

Oh. Dafür hätten diverse Väter zirka fünf Jahre arbeiten müssen ... Ich will mal einen Versuch starten, bin demnächst sowieso wieder in Carinhall.

Falls ich mir die Bemerkung erlauben darf: Ihr Herr Bruder ist bekannt dafür, dass er schlecht, manchmal gar nicht zahlt.

Hermann wird sich mir gegenüber nicht bloßstellen. Wir bleiben also beim Marktwert.

Der hängt allerdings auch ab von der Geschichte, die ein altes Bild begleitet. Jeder Sammler fragt nach der Provenienz. Am besten wäre natürlich ein Gutachten einer allseits anerkannten Autorität.

Sie könnten die Nachweise mitliefern?

Ein Echtheits-Zertifikat, ein nicht gefälschtes, wäre so leicht nicht beizubringen, mit einem Provenienz-Nachweis aber könnte ich dienen. Ich habe das unterwegs durchgespielt, rein theoretisch. Bilder solchen Ranges, sofern sie überhaupt wieder auf dem Kunstmarkt auftauchen, stammen heute vielfach aus jüdischem Besitz. In diesem Fall wäre denkbar, dass ein jüdischer Sammler das Gemälde vorsorglich in die Aussparung einer Zimmerwand einfügen und wieder überdecken ließ; nach der Einweisung des Besitzers in ein Konzentrationslager, nach der anschließenden »Arisierung« wurde die Wohnung für den neuen Besitzer renoviert, dabei wurden Versteck und Bild entdeckt; das Stillleben gelangte, kommissarisch, in die Hände eines Antwerpener Kunsthändlers; der brachte eine überzeugende Provenienz bei: Das Gemälde war registriert im Zusammenhang mit einer Zahlung durch den (damals noch jungen) Amsterdamer Seidenhändler Balthasar Deutz (1626 – 1661), auf dem Familiensitz in Beemster residierend; der Hausherr als einer der renommierten Kunstsammler jener Zeit; er besaß auch Arbeiten von Jan Lievens, Govert Flinck und Rembrandt; der hohe Zahlungsbetrag von 78 Gulden lässt darauf schließen, dass ein weiteres Gemälde im Preis eingeschlossen war. Weitere Angaben zur Provenienz: Nachlass Adriaan Evertsz, Delft; Versteigerung Amsterdam; Sammlung MacLaren, Northampton – ein absichernder Umweg über England.

Einzelheiten zur Übermittlung, zum Transfer kann ich mir hier ersparen: Albert Göring behielt lediglich ein Zehntel der 30 000 Reichsmark ein, quasi als Vermittlungsprovision; der Betrag wurde laut Chef-Anweisung in Valuta umgewandelt, in CHF – der Kunsthändler in Antwerpen bestehe darauf. Das Honorar wurde, in beiderseitigem Einverständnis, in bar übermittelt – eine Überweisung hätte zu leicht nachvollzogen, hätte im wahren Wortsinn: verfolgt werden können.

[Anm. d. Hrsg.: Die Gesamtsumme entspräche, in Kaufkraft umgerechnet, heute etwa 300 000 Euro.]

Nun saß ich plötzlich auf einem Vermögen, das nach außen hin nicht sichtbar werden durfte – vor allem mit Blick auf seine weitere Verwendung. Mein (damaliger) Schwiegervater stand einer der Resistance-Gruppen nah; mit dem transferierten Betrag konnten Schusswaffen, konnte Munition und Sprengstoff angeschafft werden.

Ich darf hier einflechten, dass ich stolz darauf war, dass unsere Truppen noch hartnäckig Widerstand leisteten, als man in den Niederlanden die Waffen längst gestreckt hatte, dass sogar in der deutschen Presse unseren Soldaten Respekt gezollt wurde. Nach der Besetzung konnte ich mir bei jeder Sprengung etwa eines Versorgungszuges, eines Nachschubtransportes sagen, dass die Gelder, die ich dem Widerstand hatte zukommen lassen, möglicherweise auch diese Aktionen gefördert hatten – mit harter Valuta wurde, über Norwegen und Schweden, die Anschaffung vor allem von Dynamit erleichtert.

Es liegt in der Natur der Sache, dass für derartige Transfers keine Quittungen ausgestellt wurden – insofern baue ich auf die Glaubwürdigkeit meines Berichts. Eventuell angeforderte Aussagen meiner damaligen Ehefrau würden die hier vorgelegte Darstellung bestätigen. Besagter Schwiegervater allerdings könnte nicht mehr Zeugnis ablegen, er wurde von der Gestapo verschleppt, wurde ermordet. An wen er seinerseits die Gelder vermittelt hatte, bleibt im Dunkel – wie das nun mal dem Wesen, der Struktur geheimer Organisationen entspricht; kein Mitglied soll mehr wissen als nötig zur Ausführung des jeweils befohlenen Auftrags, der jeweils beschlossenen Aktion.

Vielleicht hing es wiederum mit meinem (dem veränderten Zeitgefühl entsprechend, nun doch positiv gesehenen) Erscheinungsbild zusammen, dass sich das Gerücht verbreitete, ja fast selbständig machte, ich sei mit meiner Malerei erfolgreich. Selbst Kunsthändler und Kunstkritiker unseres Landes, die sich in der Branche auskennen sollten, sie waren und blieben der Meinung, ich hätte fortlaufend Erfolg. Es entstand nicht so etwas wie eine Aura, dies wäre zu hoch gegriffen, aber doch die hartnäckige Vorstellung: Jemand von meiner Erscheinung, mit meinem Auftreten *kann* gar nicht erfolglos bleiben! Und wenn ich noch so nachdrücklich beteuerte, dem sei nicht so – man hielt es für eine Form der Bescheidenheit, die auch wieder nicht zu mir passte ... Schau ihn dir doch an, den Norbert Verdonck – sieht der etwa geknickt oder gebeugt aus?

Dieser, ich möchte sagen, Nimbus half mir allerdings in der prekären Zeit, meinen (finanziell) gehobenen Lebensstandard sichtbar und plausibel zu machen; zu jener Zeit musste ich mich nicht auf einen Lotteriegewinn hinausreden, das behielt ich mir für einen späteren Geldschub vor. Als ich mir das Motorboot kaufte – das passt zu ihm. Als ich mir das Motorrad kaufte – passt auch zu ihm. Wenn ich mir wieder eine »teure« Freundin leistete – so was passt doch zu ihm. Dass sich »teure« Freundinnen ablösten – passt durchaus zu ihm. (Ich darf hier, in Klammer, anmerken, dass es auch Konstanten, Kontinuitäten gab in meinem Privatleben: Ich lebte, trotz jeweiliger Partnerschaft, zusammen mit meiner unablässig kartenlegenden Großmutter, die mir so manches Lästige abnahm, mir schon mal ein Alibi verschaffte. Und sie war förderlich für mein soziales Ansehen: der Anschein von Familiensinn, den ich meinen Eltern gegenüber nicht entwickeln konnte. Auch dass ich mir die Großmutter im Hause »leisten konnte« – passt zu ihm!)

Als (vorerst) gleichsam unversiegliche Quelle des neuen Reichtums: meine »gut verkäuflichen« Stillleben, die sich, in

Wahrheit, im Haus zu Eupen zwar nicht stapelten, aber auf großzügig angelegtem Regal reihten, Keilrahmen an Bildfläche an Keilrahmen an Bildfläche an Keilrahmen, jeweils mit einem Stück Pappe getrennt. An der Seitenleiste des Keilrahmens der Titel – für den Fall, dass ich doch mal ein bestimmtes Bild suchen sollte.

Mit der neuen Tätigkeit voll ausgelastet, gab ich das Malen von F & S-Stillleben allmählich auf. Dazu trug auch bei: In einer Kunsthandlung zu Antwerpen wurde ich mit weiteren Stillleben von »mir« konfrontiert – exakt in meinem Stil gemalt, Objekte an Fäden und Schnüren, subtile Beleuchtungseffekte in leeren Räumen. Jedoch dies Gewohnte mit schockierender Überraschung: zwischen einem aufgeschnittenen Granatapfel, einer Zitrone mit Schalenspirale, einem Traubenbündel mit Lichtreflexen: eine Handgranate! Das konnte und sollte keine Karikatur sein – wozu sonst die äußerste Akribie der Ausführung?

Der zweite Schock: das Gemälde war signiert mit Norbert Verdonck. Dies in meinem Duktus, originalgetreu. Das Plagiat als Fälschung! Mein Erstaunen als Zeichen von Interesse deutend, zeigte mir der Kunsthändler, der mich glücklicherweise nicht erkannte, einen weiteren »Verdonck« aus jüngster Zeit. Wieder die gewohnte Präzision im F & S-Schema, wieder ein Zeitzeichen: ein Gasmaskenbehälter. Mit dem Entschluss, unter gleichsam kanonisierte Objekte eines Stilllebens alten Stils ein Objekt der Gegenwart zu mischen, scheinbar gleichrangig, wurde das Bild jäh an unsere Zeit herangerückt – ohne Vergangenheit zu leugnen, zu kaschieren.

Als ich mich in einem nahgelegenen Café vom Schock erholte bei Kaffee und Cognac, war ich nah dran, die beiden Fälschungen besser zu finden als meine letzten Originale. Und es setzte ein Tagtraum ein: Da die beiden Gemälde ohnehin mit meinem Namen signiert waren, hätte ich deren Konzeption aufgreifen und weiterführen können. Aber das schlug ich mir gleich wieder aus dem Kopf.

Das Stillleben frei nach Pieter Claesz weckte die Gier des Reichsmarschalls: Noch so ein Bild …! Womöglich wieder von Claesz …! Ich hätte ohne weiteres eine Erfolgsserie starten können, hier bietet sich reichlich Spielraum an: Zahlreiche Gemälde unter dem Namen Claesz überliefert, etliche Zuschreibungsprobleme – so konnten, theoretisch, beinah problemlos weitere Claesz-Gemälde zwischengeschoben werden. Genauso hätte ich einen Cuyp oder de Heem folgen lassen können. Und hätte dabei infam geschickt auf kulinarische Vorlieben des dicken Käufers anspielen, damit wiederum auf höhere Preise spekulieren können. Eher Fisch als Schinken, eher Schinken als Fisch? Truthahnpastete oder Brombeerpastete? Doch ich war in dieser Richtung fürs Erste nicht weiter disponiert. Und so machte Albert dem obsessiv sammelnden Bruder die Meldung, zur Zeit sei kein weiteres Stillleben vergleichbaren Ranges auf dem belgischen oder niederländischen Markt.

Es schloss sich ohnehin eine Zwangspause an in der Vermittlung und Übermittlung: Albert wurde (wieder einmal) verhaftet. Den genauen Grund weiß ich in diesem Fall nicht, aber ich kenne seine oppositionelle Grundhaltung.

Ich darf in dem Zusammenhang wiedergeben, was mir eine seiner Begleiterinnen erzählt hat. Es muss in Wien gewesen sein, etwa 1934; Albert Göring als Zeuge einer Aktion zur systematischen Erniedrigung von Juden. Eine Gruppe Männer und Frauen musste kniend ein Trottoir schrubben. Göring sah das, legte die Jacke ab, kniete sich mit dazu. Das brachte die umstehenden Burschen der Hitlerjugend und den uniformierten Amtsträger erst in Rage, versetzte sie aber sogleich in Verlegenheit, als sich die Identität des Mannes klärte. Die Aktion wurde abgeblasen, die Juden konnten nach Hause zurückkehren. So jedenfalls wurde mir das vermittelt.

Diesmal nun eine, wie sich später zeigte, eher versehentliche Verhaftung Alberts: er führte keine Papiere mit sich, seinen Aussagen wurde kein Glaube geschenkt, ja, er wurde als Spion eingestuft, musste vom mächtigen Bruder aus der Haftanstalt herauszitiert werden. Albert wollte sich dafür revanchieren, beauftragte mich mit der Herstellung eines passenden Geschenkes, nachträglich im Preis für den Claesz inbegriffen: ein Bildchen zur Hebung der Stimmung für weitere Akquisitionen.

Als Bildträger eine (wieder kleinformatige) Kupfertafel, deren ramponierte Bildseite das Restaurieren nicht mehr lohnte. Ausnahmsweise malte ich hier kein Stillleben: ich ließ einen Hirschkäfer die Bildfläche beherrschen, die Flügeldecken kastanienbraun, geweihähnlich die Kiefer – Bild und Sinnbild gepanzerter Kraft!

Wiederholt beteuerte Albert, was ich durch Wiederholung betonen muss: Seine Beziehungen zu Hermann als Bruder seien gut, zum Staatsmann Göring hingegen gespannt. »Ich habe einen Bruder in Deutschland, der sich mit diesem Bastard Hitler eingelassen hat und mit dem es ein böses Ende nehmen wird, wenn er so weitermacht.«

Ähnlich gespalten wiederum die Haltung von Hermann dem jüngeren Bruder gegenüber: familiäre Bindung, das ja, aber sonst? Hermann hielt Albrecht vor, er habe keine Ahnung von Politik, ja, es fiel schon mal die Äußerung: »Du bist ein politischer Idiot.« Unabhängig davon sahen sie sich im

Schnitt alle drei bis sechs Monate. Schlagabtausch und Schulterklopfen wechselten sich ab.

Das Hohe Gericht wird sich fragen, warum ich Albert Göring in diesem Bericht so viel Raum gewähre. Da möchte ich hervorheben, was sich letztlich schon ablesen lässt: Ohne die Begegnung mit ihm, ohne die daraus erwachsende Kooperation, ja schließlich Freundschaft hätte mein Leben, hätte mein Schaffen eine andere Richtung genommen, und ich säße nicht in Untersuchungshaft. Die Geschichte erspart uns auch nicht die dümmsten Pointen: Wie ich einer Pressenotiz entnehme, sitzt Albert zur Zeit im selben Nürnberger Gefängnis wie Hermann Göring, wenn auch sicherlich in einem anderen Trakt. Zwei Brüder, wie sie unterschiedlicher, wie sie gegensätzlicher kaum sein könnten. Albert als Feind der Nazis von vornherein; der »ganze Naziärger« als Grund, weshalb er die österreichische Staatsbürgerschaft annahm, weshalb er nach dem »Anschluss« Richtung Italien auswich, zur Filmgesellschaft, sodann in die Tschechoslowakei überwechselte.

Ich habe den Eindruck, dass Albert vor allem wegen des Familiennamens von den Alliierten in Haft genommen wurde – obwohl er, wie sich gewiss nachweisen lässt, dreißig bis vierzig Juden das Leben gerettet hat, indem er ihnen den Weg in die Emigration erleichterte oder eröffnete. Dies zuweilen mit halben Fälschungen: Auf Briefbogen der Hermann-Göring-Werke unterschrieb er Petitionen, ja Anweisungen schlicht mit »Göring«; auf diese Weise gelang es ihm sogar, Mitarbeiter aus Konzentrationslagern herauszuholen.

So was schürte wiederum den Konflikt zwischen den Brüdern, verschärfte zumindest den Umgangston; letztlich aber obsiegte der Familiensinn. Hermann ließ den jüngeren Bruder gewähren, wenn auch mit grimmigen Kommentaren. Es wurden ja auch immer wieder einvernehmliche Absprachen notwendig zwischen dem nominellen Chef der Hermann-Göring-Werke und dem Vorstandsmitglied und Exportleiter des Skoda-Konzerns: Rüstungsproduktion.

Albert machte seinem Bruder klar, bei einem der Besuche in Carinhall, dass er allein schon wegen der zahlreichen Geschäftsreisen, vor allem nach Rumänien, Bulgarien, Jugoslawien, weder die Zeit habe noch generell in der Lage sei, weiterhin nach alten Gemälden zu fahnden, er habe dafür einen »Scout« ausfindig gemacht. Der durfte nicht bloß Name bleiben, echt oder fingiert, also zeigte Albert dem Reichsmarschall ein postkartengroßes Foto: Ich, frisch vom Friseur, in der Ausgeh-Uniform meiner vormaligen Militärdienstzeit. Göring soll ausgerufen haben: Sieht aus, als wäre das mein Mann! Und: Den würde ich umstandslos in die Leibwache aufnehmen. Ein dubioses Kompliment; als mir das vermittelt wurde, stellten sich sofort Assoziationen ein, die mich früher geärgert hätten: Leibwächter eines russischen Diamantenhändlers ... Wer konnte sich schon etwas vorstellen unter einem Wladimir Burljuk, dem muskelstrotzenden Maler mit der Hantel?

Natürlich verband sich das echte Foto mit einem falschen Namen: Adriaan Codde. Ein synthetischer Name: erfunden der Vorname, übernommen der Familienname eines Malers der Goldenen Ära. Und das, für mich privat, mit geheimer Bedeutung: Pieter Codde signierte mit dem gleichen Monogramm wie Pieter Claesz: PC. Versteckte Anbindung ... Affinitäten auch zu Coddes Malweise: die leere, die schwarze Mitte. Ein Pferd steht links, ein geschlachtetes Schwein hängt rechts, in der Mitte dunkel verschatteter Raum – sichtbar gemachte Leere.

Selbstverständlich, so muss ich gleich ergänzen, hatte Albert nicht meinen wahren Beruf angegeben, hatte mich vielmehr zu einem freien Mitarbeiter vom Museum Boijmans Van Beuningen in Rotterdam ernannt, als Berater vor allem bei Bildrestaurierungen; in dieser Funktion sei ich viel unterwegs, und das sollte suggerieren: mit zahlreichen förderlichen Kontakten in der Kunstszene.

Es darf nicht nur bei der Erwähnung meiner Reisetätigkeit als »Scout« bleiben, ich möchte (was bei einer Niederschrift für das Hohe Gericht ungewöhnlich erscheinen mag) den Versuch unternehmen, Ausführungen des Albert Göring wortgetreu zu rekonstruieren. Dies fällt mir trotz des zeitlichen Abstandes leicht, seine Worte haben sich eingeprägt.

»Du musst wissen, wem du in die Hände arbeitest, ich muss das offenlegen mit brüderlicher Rücksichtslosigkeit. Du wirst einen Machthaber beliefern, der mittlerweile mehr als tausend Gemälde besitzt. Die hängen nicht alle in der riesigen Galerie von Carinhall, die hängen auch im Gästetrakt, im Wirtschaftstrakt, im Treppenhaus, auf dem Speicher. Hinzu kommen an die zweihundert Skulpturen, eine ähnliche Anzahl antiker Möbel, mehr als hundert Tapisserien, fünf Dutzend Perserteppiche. Genug Exponate also für das seit langem geplante Hermann-Göring-Museum, das 1953 eröffnet werden soll, zu seinem sechzigsten Geburtstag. Diese Sammlung, eher Ansammlung, wächst ständig weiter. Bestimmt ein Dutzend Mal ist mein Herr Bruder mit seinem Sonderzug nach Paris gefahren, zum Ballhaus Jeu de Paume, wo konfiszierte Kunstwerke eingelagert werden. Hier holt er in großem Maßstab ab, was er haben möchte, lässt es in den angekuppelten Güterwagen des Sonderzugs verladen, nimmt die Rechnungen mit, die er kaum je bezahlen wird.

Vor diesem Hintergrund wirst du agieren. Mach dich auf

viel Konkurrenz gefasst. Bei euch in Belgien, auch drüben in den Niederlanden werden ausgediente Kriminalbeamte, werden dienstbereite Detektive angesetzt auf private Kunstschätze, und sie erhalten im Erfolgsfall Provision. Diese Herren *müssen* fündig werden, sonst könnte es passieren, dass sie abtransportiert werden in ein KZ. Also, Scout ist kein Ehrentitel, es ist eine Verpflichtung: Du musst ranschaffen! Göring setzt voraus, dass sich ein Mannsbild deiner Statur entsprechend durchsetzt. Also: raffen und malen, raffen und malen auf Teufel komm raus!

Wir müssen da mit zwei Programmen arbeiten. Einmal mit Valuta-Posten: Werke großer Namensträger. Hier lieferst du hin und wieder eine Arbeit, begleitet von hochkarätigem Gutachten, flankiert von erstklassigen Provenienzen. Dann, in kürzerem Takt und größerer Zahl: RM-Stücke, Werke flämischer und niederländischer Maler der zweiten bis vierten Liga, möglichst aus dem 17. Jahrhundert. Für solche Bilder – mal Stillleben, mal nackte Damen der antiken Mythologie, mal Altarbilder – werden im Schnitt 500 bis 800 Reichsmark gezahlt, immerhin das Monatseinkommen eines besseren Bankangestellten. Diese Bilder werden von Göring meist weiterverkauft, und zwar für den durchweg dreifachen Preis. Abnehmer sind Parteibonzen bis hinauf zu Gauleitern. Die sollen sich geschmeichelt fühlen, dass ihnen ein Werk aus der berühmten Kunstsammlung Göring angeboten wird, vom Reichsmarschall persönlich oder über den Chefberater bei Neuerwerbungen, Walter Andreas Hofer. Die Herrschaften zahlen widerspruchslos, umstandslos, was gefordert wird.

Dies ist das Spielfeld, auf dem du dich bewegen wirst, dies sind die Spielregeln, die zu befolgen sind, anderenfalls ist das Spiel für dich zu Ende.«

Um Missverständnissen vorzubeugen, möchte ich klarstellen: Als »Scout« war ich gezwungen, neben meinen Nachschöpfungen auch Originale zu vermitteln, Gemälde mit lupenreiner Provenienz.

Hier wurde mir geholfen von Kunsthändlern, auch in den Niederlanden, die am Boom nach der Besetzung mitverdienten. Mit der massiven Nachfrage durch diverse Suchorganisationen wie Görings Haupttreuhandstelle West (HTW), wie dem Einsatzstab Reichsleiter Rosenberg (ERR), wie dem Sonderkommando Künsberg des Außenministers Ribbentrop, mit all deren Aktivitäten stiegen die Preise, oft um 300, ja 400 Prozent. Dies auf dem Kunstmarkt bei uns in Brüssel wie drüben in Amsterdam, ebenso in Paris – Preissteigerungen in derartigen Dimensionen zuweilen schon in einem einzigen Jahr! Ich zögere nicht, einzugestehen, dass ich es nicht verwerflich fand, auch heute nicht verwerflich finde, etwas von diesen Geldern abzuschöpfen, um damit die eigene, originäre Malerei zu subventionieren. Was allerdings nur einer der entscheidenden Aspekte ist – Weiteres später.

Auch andere folgten dem Ruf des Geldes. So mancher Kunsthändler wurde schwach – selbst wenn er grundsätzlich gegen die Besatzungsmacht eingestellt war. Einer von ihnen war Pieter Bruyn; ihm war es gelungen, einen respektablen Fundus erstklassiger Gemälde aus Privatbesitz nicht nur in Kommission zu nehmen, sondern käuflich zu erwerben, um sie, der allgemeinen Entwicklung entsprechend, mit erheblichem Aufschlag zu veräußern. Er war an »gedeihlicher Zusammenarbeit« auch mit mir interessiert, bot mir, zur Vermittlung, vor allem Gemälde an, die in Görings Kunstsammlung passen könnten.

Wenn Göring nicht rasch genug auf ein Angebot reagierte, machte ich es dringlich, wies hin auf »gegebene Verschleppungsgefahr«, sprich: den möglichen Zugriff eines anderen Interessenten. Den »Führervorbehalt« brauchte ich Göring gegenüber nicht auszuspielen, da hätte er gleich kapituliert. Wirkung zeigte aber, wenn ich andeutete, Propagandaminister Goebbels habe lebhaftes Interesse bekundet – wo Hitler und Göring als Kunstsammler hervortraten, wollte er nicht hinterherhinken.

Mit dem Malen und Vermitteln von Stillleben der zweiten oder dritten Qualitätskategorie bereitete ich mich innerlich vor auf ein neues »Valuta-Werk«.

Es war vorrangig Albert, der mir zu den äußerst raren Arbeitsmaterialien verhalf – er fand rasch und leicht seine Ansprechpartner, Vermittler, Helfer. Zwar trat er auf als Geschäftsmann in englischem Stil, konnte aber auch den Kumpel herauskehren. Was in östlichen und südöstlichen Ländern (seines Geschäftsbereichs) oft von Vorteil ist.

So beschaffte er mir Bildträger: Alte, bemalte Holztafeln (auf der Rückseite eventuell parkettiert) ließen sich in jenen Ländern leichter auftreiben als in unseren Breiten. Ebenso jahrhundertealte Leinwände in Spannrahmen oder auf Keilrahmen – in verarmten Kirchen wurde ein altes, unansehnlich gewordenes, stark schadhaftes Gemälde gern vom Haken genommen für ein überraschendes Zahlungsangebot. Ich löste dann die Leinwand aus dem Spannrahmen (den ich selbstverständlich aufbewahrte), arretierte sie auf einer Holzplatte, konnte so, meist problemlos, die Farbschicht mechanisch abtragen, mit einer Hausmixtur ablösen. Eine Mühe, die sich auszahlt: Jeder vom Fach prüft erst mal den Bildträger.

Hier ein paar Stichworte und Anmerkungen zu weiteren Arbeitsgängen, gleichsam als Grundierung meiner Ausführungen. Schlämmkreide mit Leinkörnern und Milch im Wasserbad erwärmen ... Pigmente präparieren ... Altmeisterpalette anlegen ... Bleiweiß, Schneeweiß, Silberweiß ... gelber Ocker, roter Ocker ... Siena natur, Siena gebrannt ... Umbra natur, Umbra gebrannt ... Zinnober, Grüne Erde ... Echtes Ultramarin ...? Rotmarderpinsel ... Monochrome Untermalung ... Beschleunigtes Trocknen ... Kopalharz-Öl-Firnis ...? Mastixharz-Öl-Firnis ...? Doch bevor Firnis aufgetragen werden kann, vergehen Monate intensiver Arbeit.

Zusätzlich die Gestaltung der Bildrückseite, egal ob Mahagoniholztafel oder Leinwand: Provenienz musste hier zwar nicht ablesbar, wenigstens aber flankierend markiert werden. Auf der Oberleiste eines Keilrahmens zwei Reste von roten Siegeln ... Leinwandstempel, doch unleserlich ... Spur von blauem Fettstift auf der Seitenleiste des Keilrahmens ... Rest eines Klebezettels einer Inventarisierung ... Gummierspuren eines ehemaligen, nicht mehr vorhandenen Aufklebers ... Solche Inventarisierungs-Aufkleber (mit nur noch spurenhafter Beschriftung) löste ich ab von alten Gemälden.

Alles in allem: Jeweils Arbeit von Monaten! Die neu aufgetragene Grundierung (in zwei, drei Schichten), die neu aufgetragenen Farben mussten allerdings mit Beschleunigung getrocknet werden, da konnte nicht, bei pastosem Farbauftrag, Jahre gewartet werden. So spannte ich die bemalte Leinwand um eine beheizbare Walze – damit entstand beim Trocknungsprozess auch das erwünschte Craquelé. Solch ein Gerät konnte während der Mangeljahre allerdings nicht über den Fachhandel für Künstlerbedarf bezogen werden, und so hatte es Albert herstellen lassen von einem bastelfreudigen Ingenieur bei Skoda, brachte es mir in seinem geliebten Steyr-Pkw.

Und vor allem: er beschaffte mir Farben! Verlockend, hier als Erstes das Lapislazuli-Mineralpigment zu erwähnen, von Afghanistan über Persien und Bulgarien herangeschafft; bei uns war es längst nicht mehr erhältlich oder erpresserisch überteuert und dabei nicht immer von notwendiger Reinheit. Ich durfte durch eigene Käufe keinen falschen Verdacht erwecken, keine verdächtigen Spuren legen, und so kümmerte sich Albert auf seinen Geschäftsreisen nebenbei, aus »Abenteuerlust«, auch um die Beschaffung von Farben – die zum Teil für Ikonenmalerei hergestellt wurden. Der Aufwand war beträchtlich, aber notwendig, ließ sich doch nicht ausschließen, dass man eine meiner Arbeiten von einem Chemielabor untersuchen ließe.

Da hätte allein schon Bleiweiß auffallen können! Hier war in der Goldenen Ära, laut Auskunft meines Chemikerfreundes aus Malmédy, ein geringer Anteil von Silber und Kupfer enthalten. Heute wird bei der Verhüttung dieser Anteil vom Blei abgespalten, und so enthält Bleiweiß, in unseren Breiten produziert und verkauft, verräterischerweise keinen Antimon- und Silberanteil. Das ist beim Restaurieren alter Gemälde nicht so wichtig, es soll ohnehin erkennbar bleiben bei genauerer Prüfung dessen, was ergänzt wurde. Für meine Intentionen hingegen war das nicht geeignet, und so brachte mir Albert von einer seiner Reisen Bleiweißpigment mit, hergestellt in Bulgarien.

Wichtig war ebenso die mentale und manuelle Vorbereitung, das Einüben durch Ölskizzen, die ich gleich darauf verbrannte, um Spuren zu löschen. Ich konnte, etwa bei einem Stillleben, nicht einfach Details kopieren und variieren, ich musste mir immer wieder Objekte beschaffen, Requisiten, die in meine Kompositionen passten.

Sommer 39 reiste ich mit meiner damaligen Gefährtin nach Griechenland, per Schiff ab Venedig. Eingeplant war ein Besuch bei Albert Göring, der sich wieder mal in Athen aufhielt. Neben Rumänien, Bulgarien, Jugoslawien gehörte Griechenland zu seinem, wie er ironisch sagte: »Einzugsgebiet«.

Auf unserem Programm stand indes: Verfressen und Versaufen von Provisionen. Die erhielt er vor allem für den Verkauf von Friedensgütern: Motoren, Krananlagen, Lokomotiven ... Er verriet uns, alkoholisch gelöst, sein »Betriebsgeheimnis«: Er war fest entschlossen, mit Blick auf den offenbar unvermeidlichen, nah bevorstehenden Krieg, die Produktion für die Wehrmacht zurückzufahren, und zwar um mindestens zehn Prozent. Jetzt schon erklärte er bei Anfragen aus Berlin, Skoda habe zur Zeit keine Kapazitäten frei, auch nicht für die erwünschten Teillieferungen von Panzern. Auch müsse die Entwicklung einer neuen Flak, im Volltext: eines Flugabwehrgeschützes, aufgrund gravierender technischer Probleme eingestellt werden.

Gewichtige Aussagen, die betont leichtgewichtig daherkamen. Denn eigentlich sangen wir lieber gemeinsam: »Ich bin ein Fischsalat/In einem Silikat.« ... Ich trug auch schon mal ein Chanson vor in unserer zweiten Landessprache.

Dann aber auch ein Gespräch unter vier Augen: Nicht mehr vorrangig über die Vorzüge molliger Frauen, eher zur Taktik des Devisen-Entzugs, zur Verschärfung des Devisenmangels im Großdeutschen Reich – dies als zusätzliche Maßnahme zur Reduzierung der Produktion von kriegswichtigen Produkten (zumindest bei Skoda).

Hier ein Beispiel. Das zur Herstellung von Stahl notwendige Wolfram: sehr rar, für das Deutsche Reich nur gegen Devisen erhältlich, und die wurden immer knapper – was selbst das Devisenfahndungsamt, das Devisenschutzkommando nicht verhindern konnte. Die Restbestände an Valuta wollten wir fallweise abschöpfen, um so den Import von

Wolfram, auch von Kugellagern, Waffen, Lastwagen zu drosseln; der bevorstehende Krieg, vom ersten Schuss an für Deutschland verloren, sollte damit ein früheres Ende finden. Unsere geheime Mission! Ja, letztlich: unsere patriotische Mission!

Ich darf dieses Stichwort nicht länger aufschieben, muss näher auf meine, auf unsere Taktik eingehen, die schwindenden Valuta-Ressourcen des Reptilienfonds von Hermann Göring, damit der Reichsbank, damit des Deutschen Reiches weiter zu reduzieren: hier sind die wahren Motive der Fälschungsaktion!

Von entscheidender Bedeutung war hierbei die Vermittlung durch Albert Göring. Für ihn als Vorstandsmitglied des Skoda-Konzerns wurden Kontakte mit dem Bruder in Berlin organisatorisch und geschäftlich notwendig. Hermann war schließlich Beauftragter für den Vierjahresplan der Rüstungsindustrie, hatte damit in der Wirtschaft weitreichende Weisungsbefugnis; über ihn war Albert sehr gut informiert. Er sah, wie Inkompetenz und Eitelkeit, Karrieregeilheit und Zuständigkeitsgerangel die Grundlagen der Wirtschaft untergruben. Wie ja überhaupt – Hitler voran! – weithin Vabanque gespielt wurde.

Ich muss dies zur Erklärung meiner Handlungsweise noch deutlicher machen. Eine der Sollbruchstellen des NS-Systems war das Defizit an ausländischen Valuta.

Ich gebe wieder, was mir Albert berichtete: Hatten 1932 die deutschen Devisenreserven noch, umgerechnet, im Bereich einer Milliarde Reichsmark gelegen, so waren davon Mitte 1934 bloß noch 78 Millionen übrig, und dieser Restbestand schrumpfte. Januar 39 meldete die Reichsbank, freilich nur intern: Die Gold- und Devisenreserven sind erschöpft.

Und damit noch einmal, weil für mich von entscheidender Bedeutung: Nur über Devisen konnten für die Rüstungsindustrie unabdingbar notwendige Rohstoffe, konnten für die Wehrmacht dringend benötigte Produkte bezogen werden: Wolfram aus Spanien, Stahl und Kugellager aus Schweden, Waffen und LKWs aus der Schweiz. Gezahlt werden musste in Dollar oder Schweizer Franken. Indem wir die Preise meiner Valuta-Gemälde möglichst hoch ansetzten, trugen wir bei zur weiteren Reduzierung dieser Reserven, ergo zur negativen Zahlungsbilanz, ergo zum Nettodevisendefizit, sprich: zum Devisenmangel.

Es ging hier, wohlgemerkt, nicht um Görings private Valuta, sein Büro musste die Devisenabrechnung jeweils über die Reichsbank durchführen. Was ich mit meinen sogenannten Fälschungen bewirkte (wobei es sich eher um hochkarätige, letztlich gleichrangige Ergänzungen des jeweiligen Gesamtwerks handelte!): Valuta, letztlich für die Rüstung bestimmt, sie wurden umgewidmet in Zahlungen für Kunstwerke. Und, um das gleich zu ergänzen: für humanitäre Hilfeleistungen. Darunter verstanden wir die Förderung, die Erleichterung von Emigration. Davon später.

Je länger wir uns kannten, Albert und ich, desto deutlicher ausgesprochen wurde die gemeinsame Taktik der Devisenabschöpfung. Albert brachte es, bei einem opulenten Essen in einem Uferlokal in der Nähe von Kap Sounion, auf den Punkt: Je teurer die Valuta-Bilder, desto kürzer der Krieg. Und, gleich relativierend: Wenn wir den Krieg damit zwar nicht um Minuten verkürzen, so doch immerhin um Sekunden – und wie viele Bomben, wie viele Granaten können da schon auf den weltweiten Kriegsschauplätzen explodieren …!

Zentrale Figur meiner Strategie: Eine Koryphäe, die ein überzeugendes Echtheitszertifikat ausstellt und für die Provenienz bürgt. Da hieß es geschickt vorgehen.

Selbstverständlich war M. H. de Marneffe die allererste Wahl, als Verfasser der schon erwähnten fünfbändigen Geschichte des niederländischen Stilllebens. Die Bände reich an Abbildungen, wenn auch überwiegend, den technischen und finanziellen Möglichkeiten entsprechend, in Schwarzweiß, für mich dennoch eine fast unerschöpfliche Quelle der Vermittlung von Details, die ich mir, wortwörtlich: farbig ausmalen konnte nach genau studierten Vorbildern in unseren belgischen wie in führenden niederländischen Museen.

Professor M. H. de Marneffe war schon rein äußerlich eine autoritätsheischende Erscheinung: hochgewachsen, mit dem markanten Schädel eines ranghohen Offiziers, das weiße Haar kurz gehalten; in der Außen-Brusttasche des meist dunklen Jacketts das korrekt gefaltete Seidentüchlein; ein Seidentuch auch zwischen Hals und Hemdkragen, wenn er ausnahmsweise mal leger auftrat; ansonsten ein heller Seidenshawl, scheinbar lässig über dem Jackenrevers. Eine, wie es hieß, untadelige Erscheinung, von hohem Rang und bestem Ruf unter Kunstgeschichtlern, sofern sie nicht direkt oder indirekt mit ihm konkurrierten. Ihn begleitete der Ruf, er sei fast unnahbar. In der Branche wurde allerdings getuschelt, er fühle sich in letzter Zeit nicht mehr genügend anerkannt, weil nicht mehr so oft wie früher zu Stellungnahmen aufgefordert, zu Kunstdiskursen eingeladen. Zudem ging das Gerücht um, er sehe nicht mehr so gut: grauer Star, er müsse deshalb immer öfter eine Lupe zu Hilfe nehmen. Ich lasse den Punkt offen. Bleibt nur zu berichten, dass er sich keineswegs als unnahbar erwies; ich will zwar nicht behaupten, er wäre aufgelebt, als ich ihn zum ersten Mal um sein Urteil bat, doch schien er sich freier, leichter zu bewegen nach meiner Intrada; er war, trotz seines Alters, wieder der Alte, so widersinnig das klingen mag.

Ich legte ihm als Erstes »meinen« Claesz zur Begutachtung vor. Ich führte das Bild mit in einer flachen, speziell gezimmerten Kiste. Sorgfältig, fast rituell packte ich aus, Spannung steigernd. Erst einmal kommentarlos betrachtete er das Gemälde aus wechselnden Distanzen. Ich darf einflechten, dass ich in das Bild Alterungsspuren eingearbeitet hatte: nicht nur, indem ich Alters-Craquelé originalgetreu nachschuf, ich hatte auch zwei kleine Macken hinzugefügt wie weithin üblich bei langer Überlieferungsgeschichte – etwas Farbabrieb hier, eine kleine Verletzung der Leinwand dort. Marneffe ging mit der Lupe ins Detail, gab schließlich kund: »Eine in der Tat sehr sorgfältig ausgeführte Arbeit, aber ich möchte im Moment –«

Von der Fortführung des Satzes hing ab, ob meine langen, intensiven Bemühungen vergeblich waren. Es musste etwas geschehen, damit der vollendete Satz nicht zu meiner Niederlage führte, mir, schlicht gesagt, das Geschäft verdarb. Ich deutete an, so beiläufig wie irgend möglich in dieser heiklen Situation, was mir über die Nachtseite der honorigen Erscheinung bekannt geworden war – über einen Mann, der mit ihm in engstem Kontakt gestanden hatte und den ich auf einer langen Wanderung näher kennenlernte. Ich kürze diskret ab: Marneffe lebte in einer Scheinehe; glanzvolle Fassade einer zweckbestimmten Beziehung; Mann und Frau jeweils mit dominierender Neigung zum eigenen Geschlecht. Hinter dem noblen, honorigen Erscheinungsbild sah ich den Mann, der nachts zu Streifzügen in düstere Viertel Amsterdams aufbrach, sexuelle Ausschweifung suchend. Da es in der homosexuellen Szene wiederholt zu Ausbrüchen von

Gewalt kommt, auch zu Raubüberfällen, führte er nie Bargeld mit sich, immer nur einen Scheck. Weiter: Einmal im Jahr reiste er nach Marokko, zu »seinem« Knabenbordell.

Eine Schwachstelle! Hier war der noble Herr zu packen, hier, in der kurzen Phase seines Schwankens, setzte ich an. Es genügten Andeutungen mit dem Stichwort: marokkanisches Knabenbordell, und die Unterhandlung nahm eine Wende zum Positiven. Das erwünschte Zertifikat wurde erstellt; die Aufwertung deutete sich an in einem lakonischen: »Durchaus eines Pieter Claesz würdig.« Was mir schmeichelte, ich war in meinem Künstlerehrgeiz angesprochen.

Zu klären war noch die Kaschierung der Finanzierung. Direkte Bezahlung des Gutachtens? Wäre eher peinlich gewesen, auch unter dem Vorzeichen des Nachdrucks, zu dem ich gezwungen war. So tarnte ich mein finanzielles Angebot als nachträglichen Druckkostenzuschuss für seine »Geschiedenis van het Hollandse stilleven«, die er, wie ich von einem Galeristen erfuhr, mitfinanziert hatte, sonst wäre das fünfbändige Werk im Schuber unerschwinglich geworden. Mein Tarn-Angebot ging über seinen Zuschuss allerdings weit hinaus – es entsprach in etwa einer Provision von fünf Prozent des zu erwartenden Erlöses von »meinem« Claesz.

Er nahm meinen Vorschlag, wie man so sagen darf: mit Kusshand an. Offenbar war etwas dran am Gerücht, gleichfalls vermittelt vom Mitwanderer: M.H. de Marneffe sei Opfer eines Erpressungsversuchs der speziellen Art. Nun konnte er dem finanziellen Druck nachgeben, konnte mit dem in Aussicht gestellten Geld seine angeschmutzte Fassade reinigen.

Unsere Geschäftsbeziehung spielte sich ein. Auch für Göring war M.H. de Marneffe eine anerkannte Autorität, erst recht für seine Kunstexperten Hofer und Kayser, die ebenfalls bereitwillig für den Gutachter bürgten. Wobei ebenfalls Gründe außerhalb des rein Künstlerischen mitspielten – ein Punkt, den ich später zur Sprache bringen muss.

Ich komme zum zweiten meiner großen Valuta-Gemälde, die ich Marneffe zur Beurteilung und Begutachtung vorlegte. Ich malte das bisher unbekannte, bis dato nicht existierende, in der Überlieferung jedoch bezeugte Vanitas-Gemälde des Carel Fabritius (»een schilderij van een vanitas, van fabricius«). Ich konnte dazu eine Leinwand etwa aus seiner Zeit benutzen – an den Rändern die Löcher der Spannschnüre, mit der üblichen Knicklinie der Anpassung an den Holzrahmen. Die Ablösung der stark beschädigten Malschicht war zeitraubend, gelang aber ohne größere Probleme. Auftragen der Grundierung. Der Trocknungsprozess. Und ich begann zu malen. Die fast völlig abgelaufene Sanduhr … die abgebrannte, noch leicht rauchende Kerze … der umgekippte Silberpokal … der Pastetenrest, von einer Fliege bekrabbelt … dominant der Totenschädel … der abgelöste Unterkiefer, abgelegt auf einem zerfledderten Folianten …

Die üblichen Requisiten der Vergänglichkeits-Ikonographie also. Auf den meisten Vanitas-Gemälden des 17. Jahrhunderts sind sie recht schematisch arrangiert. Von solcher Reproduktions-Routine wollte ich mich absetzen, nur wusste ich lange Zeit nicht, wie, bis blitzartig der Einfall kam: Ich übermalte das rechte Viertel mit einem Vorhang, aufgehängt an einer Stange parallel zur Oberkante des Bildes. Täuschend ähnlich wiedergegebener Satin, mit adäquaten Schimmereffekten. Wobei ich an zwei Stellen Vergänglichkeit auch in der Malweise sichtbar machte: Ich nutzte meine Erkenntnis, dass bei Fabritius die Farbe ein Minimum an Bindemittel enthielt, wodurch sich eine leicht körnige Struktur ergab; die trockene, pastose Farbe deckt häufig nicht vollständig ab, und so scheint an manchen Stellen die darunterliegende Farbschicht durch. Ein Angebot für Kenner, für Experten …

Selbst diese Finesse genügte mir noch nicht, mir fehlte noch, umgangssprachlich, das i-Tüpfelchen. Und hier das Resultat einer, ja, Inspiration: Eine sorgsam gemalte Beschädigung (»Dreieck«) im kostbaren Gewebe. Absolutes Novum bei Vanitas-Gemälden! So was hatte vor mir noch keiner gewagt. Genialer Einfall, der eines Carel würdig (gewesen) wäre.

Leuchtende, zugleich einleuchtende Details! Aber auch sie, selbstverständlich, ein wenig gedämpft: das übliche Eindunkeln alter Gemälde verifizierend, malte ich mit einer kleinen Beimischung von Umbra natur. Wickelte zuletzt die Leinwand um Alberts Walze, erhitzte sie: authentische Craquelurbildung.

Auch hier war die Erarbeitung, die Erstellung der Provenienz-Nachweise wichtig: Vorarbeit zum Gutachten. Ich darf auf einige entscheidende Punkte hinweisen. Aussagekräftig sind vor allem Schätzungslisten und Nachlassverzeichnisse. Im Nachlass des Weinhändlers Pieter Cornelish Moll, 1658 in Delft verstorben, fand ich, und zwar im Gemeentearchief Delft, folgenden Hinweis: »In de beneden camer een schilderij van een stil leven, van fabricius.« Dieser Hinweis auch, zuvor, im Notarieel Archief G. Rota, hier genauer spezifiziert als »een vanitas«. Ich ließ das Gemälde sodann in meiner Bildbegleitgeschichte zwei Jahrhunderte in England verweilen, wo Nachforschungen durch eine deutsche Behörde kaum möglich sein konnten in Anbetracht der angespannten politischen Lage bereits vor der Kriegserklärung: Sammlung Earl of Dudley; Versteigerung; das Gemälde erworben vom Kunsthandel Colnaghi, damit aufs Festland zurückgekehrt …

Nicht nur unter dem Eindruck der fast erdrückenden Provenienz-Nachweise, auch aus ehrlicher Überzeugung, erstellte Marneffe ein geradezu hymnisches Gutachten. Und mir gelang ein Coup, der sich ohne Übertreibung als grandios bezeichnen lässt.

Zuvor, noch einmal: Da war nicht nur die Verlockung, sondern fast schon die Verpflichtung, in Carels Sinne das zu früh abgebrochene, weithin zerstörte Lebenswerk zu komplettieren. Während Fabritius den Küster Simon Decker porträtierte, am Vormittag des 10. Oktober 1654, explodierte in der Nähe des Wohnhauses ein Pulvermagazin, »t'Secreet van Hollandt«. Weitflächige Verwüstung der Stadt, ein halbes tausend Tote. Der Maler wurde verschüttet, wurde aus den Trümmern geborgen, wurde, »geplettert en gesneuvelt«, ins Spital geschafft, starb kurz darauf, mit 32. Sicherlich wurden bei der Explosion (die eine riesige, bald wassergefüllte Mulde hinterließ) auch zahlreiche Bilder des Malers zerstört – eins tauchte später wieder auf, mit Brandspuren. Auch dieses Schicksal forderte mich dazu heraus, mit meiner Rekonstruktion des Vanitas-Gemäldes den Rang eines Originals zu erreichen, dies auch nach dem Urteil von Experten. All denen, die achselzuckend an meinen F & S-Gemälden vorbeigeschaut hatten, den Blick fixiert auf Sternschnuppen des Kunstbetriebs, ihnen allen wollte ich zeigen, dass ich als Maler einen Rang erreiche, der angemessene Präsentation nicht nur in der Kunstsammlung Göring legitimierte, sondern in einem der großen Museen von Rotterdam oder Amsterdam. Und zwar nicht in einem Nebenraum, sondern exponiert.

Dieses hohe Ziel erreichte ich mit meinem Fabritius! Wobei ich freilich ein wenig nachhalf. Ich übermittelte der Kanzlei im Waldhof Carinhall die (nicht völlig fingierte) Absichtserklärung des Museums Boijmans Van Beuningen, das neu entdeckte Werk auszustellen. Im Vorfeld mit entscheidend: ein Beitrag von M. H. de Marneffe im »Jaarboek van het Koninklijk Museum voor Schone Kunsten«, Antwerpen; quasi als Echo ein gleichfalls rühmender Beitrag in der reichsdeutschen Zeitschrift »Die Kunst«. Zusätzliche Gütesiegel!

Nach angemessener Verweildauer in der großen Galerie von Carinhall kehrte das Gemälde für dreieinhalb Monate nach Rotterdam »zurück«; für die organisatorische Abwicklung sorgte Dr. Kayser. Und rechtzeitig erschien, in Übersetzung, ein Artikel von Walter Andreas Hofer in »Boijmans Bijdragen«: indirekte Werbung für die »Neuentdeckung«. So wurde eine Aura höchster Bedeutung geschaffen. Alle Erwartungen der (zahlreichen) Besucher und Bewunderer schienen erfüllt: Ja, die fast völlig abgelaufene Sanduhr … ja, die abgebrannte Kerze … ja, der umgekippte Silberpokal … ja, der Speiserest, von einer Fliege bekrabbelt … ja, der Totenschädel … ja, der abgelöste, neben der Hirnschale deponierte Unterkiefer … ja, und der von rechts her andeutungsweise zugezogene (damals realiter weithin übliche, bildschützende) Vorhang aus erlesenstem Textil … ja, und das besondere Faszinosum: der scheinbare Einriss im Gewebe, das täuschend ähnlich gemalte Loch, ein zusätzlicher Trompe-l'Œil-Effekt …

Ich darf gestehn, dass ich während der Ausstellungsdauer am liebsten jeden Tag im Museum erschienen wäre. Damit hätte ich allerdings unliebsames Aufsehen erregen können mit unberechenbaren Neben- oder Nachwirkungen. So habe ich eine Zeitlang ernsthaft erwogen, mir die Genehmigung der Verwaltung zur Verfertigung einer Kopie einzuholen, sodann meine Reisestaffelei aufzustellen und, meine Perfektion überspielend, eine sichtlich mittelmäßige Kopie anzufertigen, den Blick nicht so sehr auf das gefeierte Gemälde gerichtet, das ich schließlich in jedem Quadratzentimeter kannte, sondern auf die Rücken und Hinterköpfe der zahlreichen Museumsbesucher, die in fast andächtiger Haltung oft erstaunlich lang vor dem Werk verharrten, reglos, wie gebannt – ich kann es nicht anders zum Ausdruck bringen. Nun war es erreicht: ein Gemälde von meiner Hand in einem der führenden Museen Europas ausgestellt, ja herausgestellt.

Ich artikuliere diese Regungen, um den Verdacht aus der Welt zu räumen, ich hätte nur aus »niedrigen«, sprich: finanziellen Motiven gehandelt. Nein, ich habe mich als Künstler eingebracht; dabei gestehe ich den Faktor Eitelkeit durchaus ein, ohne den in der Malerei nicht immer die höchste Stufe der Intensität erreicht werden kann.

Die Rückkehr des in der Presse auch mit Abbildungen gefeierten, damit zugleich popularisierten Werks nach Carinhall, sie war, ich kann es nicht anders formulieren, triumphal. Göring ließ mir (als »Scout«) drei Kisten Veuve Clicquot zustellen, die er bei einer seiner Kunsttouren in Frankreich wohl zusätzlich konfisziert hatte. Ein Geschenk, das ich freilich öffentlich nicht annehmen durfte, ohne mit begründeten Fragen konfrontiert zu werden. So sorgte ich auch hier, unter tarnenden Etiketten deutschen Weinhandels, für Depotbildungen. Auch rahmte ich nicht die handschriftliche Danksagung Görings für die vorzügliche Arbeit, verbunden mit der dringlichen Aufforderung, die Augen offen zu halten für ein womöglich weiteres Werk des großen Carel Fabritius, der ihm gleichsam ans Herz gewachsen sei. Auch der Führer hätte sich bei einem der (raren) Besuche in Carinhall uneingeschränkt positiv zur Neuerwerbung geäußert.

Mit Blick auf meine damalige Gesamtstrategie muss ich hier auf den finanziellen Aspekt hinweisen: Die Verwaltung Carinhall überwies für den »wiederentdeckten« Fabritius 140 000 Schweizer Franken.

[Anm. d. Hrsg.: Der damalige Wechselkurs lag, nach der Abwertung des Schweizer Frankens, bei 80 Reichspfennigen pro CHF. In heutige Kaufkraft umgerechnet hätte der Kaufpreis demnach bei etwa 1,3 Millionen Euro gelegen.]

Für mich ein doppelter Triumph: Ich habe Göring wieder einmal schwer geschädigt. Und zugleich: Eine erneute Schwächung der mittlerweile minimierten deutschen Deckungsreserven. Das wiederum bedeutete: Weitere Einbuße für die Rüstungsindustrie, die dringend auf Wolfram, Kugellager und so weiter angewiesen war.

Bei ersten Verhören im Rahmen der Voruntersuchung wurde mir vorgehalten: Um Komplikationen zu vermeiden, Verstrickungen zu entgehen, hätte ich versuchen können, beispielsweise nach England auszuwandern, rechtzeitig.

Doch was hätte dort aus mir werden können? Als Deutschbelgier wäre ich womöglich mit Reichsdeutschen gleichgestellt und interniert worden. Es sei denn, ich hätte meine angeborenen Fähigkeiten in bescheidenem Maße umsetzen können, als sogenannter Kriegskünstler, als »war artist«. Und was wäre da von mir erwartet worden? Ich hätte Plakate, posters produzieren, hätte beitragen müssen zur Verfälschung von Wirklichkeit.

Ein Beispiel: Während des Afrikakrieges hätte ich wahrscheinlich das markante Profil des Nationalhelden T. E. Lawrence pinseln müssen, den großen Blondschopf-Schädel des kleinwüchsigen Mannes, und dieses Kopfbild wie eine Vision schwebend über realistisch dargestellter Wüstenlandschaft, begleitet von einer Aufschrift wie: Beat the fox! (Frei übertragen: Schlagt den Rommel!) Kurzum, ich hätte Propaganda treiben müssen. Kaum die Form der Selbstentfaltung, die man sich als Künstler wünscht!

Hingegen: »undercover« konnte ich mich in meiner Heimat fast völlig frei entfalten. Habe erlesene Objekte vergegenwärtigt in einer Bildsprache, die ihnen einzig und allein angemessen ist, habe damit bewahrend gewirkt. Wie viele Römergläser, Fadengläser wurden im Bombenkrieg zerscherbt, wie viele Silberteller, Silbertazzas sind im Feuer geschmolzen, wie viele Marmortischplatten sind unter herabstürzenden Trümmern zerborsten, wie viele Gemälde sind in Flammen aufgegangen …! Unter diesen Aspekten sollte man meine ausgleichende Tätigkeit doch positiv einschätzen.

Zweimal reiste ich, als Bildkurier, zu Albert Göring nach Pilsen, dem Hauptsitz der Skoda-Werke. Beide Reisen verbunden mit längerem Aufenthalt.

Eine Herbstvisite, und wir suchten, an zwei Sonntagen, gemeinsam Pilze. Eine Wintervisite, und die Reise wurde ausgeweitet nach Rumänien, wo einer der von Albert geretteten Mitarbeiter residierte. Dort wurde ausführlich gekocht, ausgiebig pokuliert, Gast und Gastgeber sangen abwechselnd Wiener Chansons eher anrüchigen Inhalts. Anschließend ein fachkundiges Gespräch über Thema eins, erneut das Lob molliger Weiber.

Und ein Loblied auf das Steyr-Cabriolet, die »Luxuskutsche«, die Hermann Göring seinem »kleinen Bruder« geschenkt hatte und mit der Albert besonders gern fuhr, etwa zu Terminen bei Sascha-Tobis. Erzählungen dann über Herren und entsprechende Damen der Filmbranche.

Bei den anschließenden Tagen in den Karpaten konnte er

ins Schwärmen geraten: Schnee bei Vollmond, das musste gefeiert werden. Folgte das für Albert bei einem Ski-Urlaub obligatorische Abenteuer mit einem Skihaserl, auch hier in leicht molliger Version. Solche Begleitung passte zum Erscheinungsbild des spärlich behaarten Herrn mit dem interessanten Schnurrbart, der einem Accent circonflexe glich.

Wenn ich der »Kollaboration« mit dem Feinde bezichtigt werde, so kann ich generell nur betonen: Mein Verhalten hat kein einziges Menschenleben gefordert. Was durchaus anders hätte kommen können. Aufgrund meiner Statur wurde ich zweimal aufgefordert, und zwar mit Nachdruck, in die flämische SS einzutreten, die an der Seite von niederländischen SS-Truppen gegen den altbösen Feind im Osten kämpfen sollte. Dieser Forderung, dieser Zumutung konnte ich mich entziehen durch ein paar Typoskriptzeilen meines Schirm- und Schutzherrn Göring. Auf einem Briefbogen des Direktoriums der Skoda-Werke täuschte er vor, Generalfeldmarschall Göring befinde sich wieder in Pilsen und nehme die Gelegenheit wahr, meine Tätigkeit z. b. V. für das Großdeutsche Reich mit eigenhändiger Unterschrift zu dokumentieren: Göring.

Damit war ich freigekauft. Wer weiß, in welche Untaten ich hineingezogen worden wäre, etwa bei der sogenannten Partisanenbekämpfung. Hingegen: mit meinem Dachshaarpinsel habe ich keinen Menschen in Gefahr gebracht. Vielmehr trugen meine Bilder zuweilen indirekt dazu bei, Menschenleben zu retten.

Es dürfte genügen, in einem (exemplarischen) Fall nachzuweisen, wie sich die Übergabe von mir geschaffener Gemälde verband mit einer Rettungsaktion.

Eins meiner Gemälde wurde, anlässlich einer Dienstreise

Hermann Görings, in Pilsen überreicht. Dies aber nicht wie in höchsten NS-Rängen bereits üblich: von Männern in schwarzen Uniformen und mit weißen Handschuhen, vielmehr präsentierte es ein Mitglied des Direktoriums, Benbassat, den Albert bereits bei den Junkers-Werken kennengelernt und zu Skoda geholt hatte. Eine Erscheinung, die auf den Reichsmarschall Eindruck machte: ein Hüne von Mitarbeiter! Als Benbassat – wie nach wiederholten Androhungen zu erwarten, zu befürchten – verhaftet wurde, wandte sich Albert sofort an den Bruder, erinnerte an den »Bildträger«, half nach mit einem Foto, verwies auf Benbassats Beliebtheit, ja Popularität unter Mitarbeitern und Arbeitern des Konzerns, erklärte, er müsse sofort rausgeholt werden, andernfalls wäre ein Aufstand im Unternehmen zu befürchten. Benbassat wurde freigelassen. Albert musste sich allerdings anhören, er solle sich aus derartigen Angelegenheiten künftig heraushalten, ein Reichsmarschall lasse sich nicht unter Druck setzen.

Es ist die Behauptung aufgestellt und in die Anklageschrift aufgenommen worden, ich sei von Göring nach Carinhall eingeladen worden, um dort einen »Sachstandsbericht« über meine Scout-Tätigkeit zu erstatten, sei dabei von Göring allein schon wegen meiner »nordischen« Erscheinung mit einem Vertrauensvorschuss beehrt und mit »ausgesuchter Höflichkeit« behandelt worden.

Hier muss ich mit Entschiedenheit widersprechen! Es handelt sich da um eine Fiktion, ausgeheckt von einem meiner (leider ebenfalls ostbelgischen) Feinde, einem sogenannten Kollegen, der es mir persönlich übelnahm, dass ich nie als armer Schlucker auftrat (»stilgerecht« für einen Maler!). Besonderen Anstoß erregte bei ihm meine Segelyacht in Mahagoniholz-Ausführung und erst recht das Neander-Motorrad mit seinem Rahmen aus Leichtmetall, mit seiner Abwälzfederung, seiner Pendelgabel, kurz, seiner Eleganz – alle Kabel, alle Züge durch die Rahmenrohre geführt. Und so weiter – ich muss das hier nicht näher ausführen.

Dass ich mit dem Reichsmarschall in persönliche Verbindung gebracht wurde, hat einen vor diesem Hintergrund recht vordergründigen Anlass. Bei einem »kollegialen« Atelierbesuch erspähte mein besonderer »Freund« ein kleinformatiges Porträtgemälde Görings, nach einer Postkarte angefertigt; ich wollte es Albert übergeben, als »Mitbringsel« aus Belgien, um Göring bei Laune, sprich: bei Kauflaune zu halten. Dass dieses kleine Porträt dem Reichsmarschall schmeichelte, lässt sich nicht sagen; ich konnte ihn allerdings auch nicht von seiner hässlichsten Seite zeigen, dies hätte das Ende meines, unseres privaten Raubfeldzugs bei diesem Räuberhauptmann bedeuten können. Meinem Kollegen war indes nicht auszureden, dass Göring mir Porträt gesessen hätte. Unglücklicherweise konnte ich nicht rechtzeitig die Postkarte vorlegen, ich hatte sie aus den Augen verloren – im kreativen Chaos eines Ateliers nicht weiter verwunderlich! So kam es zum Gerücht, ich sei als Bildkurier (in eigener Sache) bei Göring in Carinhall gewesen. Völlig aus der Luft gegriffen! Ich wiederhole: Völlig aus der Luft gegriffen!

Ich komme nunmehr zur Frage der Finanzierung meiner Werke, vor allem der Valuta-Gemälde.

Mit den Schweizer Franken, die ich in bar übernahm, auch mit den RM-Zahlungen habe ich mich nicht simpel »bereichert«, wie es in der Anklageschrift heißt, vielmehr habe ich jeweils etwas von dem Geld in unser Land zurückgeholt, das uns von der Besatzungsmacht kontinuierlich geraubt wurde, unter erniedrigenden Konditionen, deren allerschlimmste sicher diese war: Dass wir die Besatzungsmacht auch noch bezahlen mussten, in ungeheuerlichen Monatsraten von etwa 100 Millionen: Stationierungskosten, Zahlungen für Quartierdienst, Kriegskostenbeitrag zum »antibolschewistischen Kampf«. Dies alles überstieg unser gesamtes Steuereinkommen, ständig musste unsere Regierung Kredit aufnehmen, zu immer ungünstigeren Konditionen. Zusätzlich wurden auch noch unsere Goldreserven eingezogen, tonnenweise, wurden abtransportiert. Zu allem Überfluss kamen die sogenannten Sachleistungen hinzu: mehr als tausend Lokomotiven, über 20 000 Eisenbahnwaggons! Dazu alles, was man im Großdeutschen Reich noch brauchen konnte an Blei und Stahl, an Kohle und Zement. Ich war mir dessen bewusst, vor allem nach Informationen durch Albert, der sie wiederum aus erster Hand hatte, dass auch wir Belgier hemmungslos und skrupellos ausgeplündert wurden, bis hin zur Ausschöpfung letzter, allerletzter Reserven. So war es auch ein kleiner, privater Rachefeldzug, dass ich Gelder in unser geschundenes, an den Rand des Bankrotts getriebenes Land zurückholte. Dies war jedenfalls meine Intention. Auch unter diesem Aspekt sehe ich keinen berechtigten Ansatz für den Anklagepunkt »Kollaboration mit dem Feinde«.

Abschließend sei vermerkt: Ich habe auch dafür gesorgt, dass mein Claesz, mein Fabritius in der Sammlung Göring von der Bildfläche verschwanden – um das paradox auszudrücken. Mit dem Zerfall des Dritten Reichs, dem sukzessiven Abzug der Besatzungsmacht habe ich im Interregnum die Chance genutzt, dem Reichsmarschall den Hieb zu versetzen, den ich in Wunschträumen oft schon vorweggenommen hatte.

In der Ausführung ging ich auf einem Umweg vor, um direkter ans Ziel zu kommen. Ich schob einen spanischen Kunstfreund und Patrioten vor, Juan Sánchez-Cotán, der zwar nicht eine faschistische Waffenbrüderschaft mit Nazis feiern (die hatte der Generalissimus verweigert), immerhin aber von francistisch-nationalsozialistischer Verbundenheit ausgehen konnte.

Nach diesem vertrauensbildenden Präludium die Mitteilung an die Adresse Carinhall: Wie aus sicherer Quelle verlaute, seien zumindest (!) die beiden (genau aufgeführten) Gemälde gefälscht. Die sogenannten Echtheitszertifikate seien unter Anwendung von Gewaltmitteln erpresst worden. Nun wisse man auch in Spanien, wie sehr dem Herrn Reichsmarschall daran liege, seinen Namen vor der Geschichte reinzuhalten, in diesem Sinne solle ihm mit der vertraulichen Mitteilung zumindest die Schande eines düpierten Kunstsammlers erspart bleiben.

Ich legte diesem Schreiben (das ich in Ermangelung einer spanischen Briefmarke ohnehin »weiterleitete«) zwei Fotos bei, die mich, in Rückansicht, bei der Arbeit am Claesz wie am Fabritius zeigten.

Die Folge: meine Arbeiten wurden von Hermann Göring vernichtet, dies mit dem gesamten Gebäudekomplex Carinhall. Als die Rote Armee die Oder bereits überschritten hatte, ließ Göring seinen Besitz auf 24 Lastwagen verladen, die Richtung »Alpenfestung« losgeschickt wurden. Von Männern der Flakbatterie wurden Fliegerbomben in Carinhall platziert und kurzgeschlossen. Göring ließ es sich nicht nehmen, kurz vor der endgültigen Abfahrt die Sprengung persönlich auszulösen. Oder rauschte er einfach ab, überließ die Vernichtung von Carinhall dem Sprengkommando? Wie auch immer: eine Explosion, die auch meine Valuta-Gemälde zerstörte. Womöglich entsprach die Sprengkraft der gekoppelten Bomben der jenes Pulverturms von Delft – eine fast schon leitmotivische Verbindung.

Mit diesen Anmerkungen möchte ich meinen wahrheitsgetreuen Bericht abschließen, der – so erhoffe, ja erwarte ich – meiner Verteidigung dienen wird. In diesem Sinne bitte ich das Hohe Königliche Gericht um ein gerechtes Urteil.

Hochachtungsvoll: Norbert Verdonck.

Deportation auf dem Fahrrad

Inzwischen sind sechs Jahre vergangen, lieber Wolfgang Liebeneiner, seit wir im KddK über das Projekt »Wüstenfilm« gesprochen hatten, cognac-enthusiasmiert, zugleich nüchtern kalkulierend. Sechs Jahre sich überstürzender Ereignisse, die uns beinah hineingerissen hätten in ihren Mahlstrom, doch wir konnten den Kopf oben, die Glieder beisammen halten. Und ich denke mir, wünsche mir, wir könnten den Faden wieder aufgreifen, auch wenn der nun anders eingefärbt, anders gezwirnt ist mit dem Blau, dem Rot, dem Weiß der britischen Nationalfahne … Wobei ich gleich betonen möchte: Wir würden durchaus zu verhindern wissen, dass über diesem (freilich revidierten) Filmprojekt der Union Jack weht. Lawrence, der Musil in die Luft jagen wollte, er ist mit seinem Supermotorrad verunglückt und kurz darauf verstorben; Musil hingegen lebt, stilvoll alternd, in der vormaligen Ostmark, die heute wieder Österreich heißt; er könnte sich erneut zu Wort melden, wären ihm Gebete und Rosen nicht wichtiger als politische Stellungnahmen. Hauptsache jedoch: er überlebte.

In diesem extrem kalten Winter (muss ausgerechnet dann stattfinden, wenn man kaum etwas für den Magen und den Ofen hat) schicke ich meine Gedanken zuweilen über das Mittelmeer und erwärme mich an topographischen Bezeichnungen aus Syrien, das Musil vor dem Ersten Weltkrieg erforscht hatte: Araq el-Emir … Mudjeleiea … Deir Turmanin … Al-Shugur … Baqirha … Qasr el-Hair as-Sharqi …

Ja, ich gebe zu: Ich bin noch nicht so recht losgekommen vom Filmprojekt, das ich Ihnen damals vorgetragen hatte. Im zentralen Anliegen sehe ich mich weiterhin, ja nun erst recht bestätigt: Dass reguläre Truppen jedweder Guerilla-Formation von Natur aus überlegen waren, überlegen sind, überlegen sein werden. Die Engländer haben (auch) in Arabien gesiegt, aber nicht, weil T. E. Lawrence die eine oder andere Brücke sprengte, die eine oder andere Lokomotive umkippen und ihr Leben ausdampfen ließ, vielmehr hat General Allenby den entscheidenden Sieg errungen mit seiner Infantrie und Kavallerie, unterstützt von Radpanzern und Artillerie. Lawrence hingegen hat nur an Flanken regulärer Truppenverbände agiert, hat den Türken in der Tat bloß Nadelstiche zugefügt, die osmanisch-deutschen Truppen konnten allein besiegt werden durch eine nachweislich fünf- bis sechsfache Überlegenheit des Gegners an Mensch und Material.

In einem anderen Punkt hingegen würde ich heute beim »Wüstenfilm« neu akzentuieren: T. E. Lawrence als Repräsentant des Prinzips der Schnelligkeit, wie sie uns mittlerweile fragwürdig erscheinen dürfte. Die Schnelligkeit des Überfalls auf Polen, die Schnelligkeit des Überfalls auf Frankreich, die Schnelligkeit des Überfalls auf die Sowjetunion, die Schnelligkeit des Vormarschs an die Atlantikküste wie nach Minsk in Weißrussland. Und nun: der von Briten hinlänglich gefeierte Lawrence, für den Geschwindigkeit eine Droge gewesen sein muss, in einem Rolls-Royce Armored Car dahinrasend, in Arabien, sodann, zurück in England, auf seiner Brough Superior, dem stärksten und schnellsten Motorrad seiner Zeit: »fliegt wie eine Granate!« Sein Spezialtacho war ausgewiesen auf (umgerechnet) knapp 200 km/h – da würde man heutzutage auf den schadhaften Straßen rasch ins Jenseits katapultiert!

Bild und Gegenbild: Lawrence, der möglichst oft den Geschwindigkeitsrausch suchte, um seine Unzulänglichkeiten, seinen gelegentlichen Kleinmut zu vergessen, und Alois Musil, der sich in unsrer retardierten Welt leicht zurechtfinden wird: Dürre Gäule vor alten Karren trotten dahin durch Trümmerwüsten ... Ausgemergelte Figuren mit Schubkarren, Leiterwägelchen, alles hoch und schwer bepackt, auch mit Kindern, mit Greisen ... Fahrräder, vielfach geschoben, Fahrräder, die wirklich zu Lasteseln geworden sind ... Ein Fahrrad wird denn auch eine wahrhaft tragende Rolle spielen in der Filmgeschichte, die ich Ihnen unterbreiten werde nach diesem – nun, sagen wir: Vorspann.

Ja, ich habe ihn prägnant vor Augen: einen Musil, der selbst in der Wüste Pflanzen sammelt, sie in Kamel-Satteltaschen verstaut, einen Musil, der Zeichnungen anfertigt von Ruinen sehr alter Wüstenschlösser, einen Musil, der Listen mit arabischen topographischen Bezeichnungen weiterführt auch im Verlauf einer militärischen Mission.

Dieser Musil befand sich in weitgehender Übereinstimmung mit der arabischen Umwelt: Man soll nicht in rascher Gangart reiten, so etwas geschieht nur in feindlicher Absicht ... wer schnell reitet, will überraschen, überflügeln, überrumpeln ... Räuberbanden galoppieren los bei Überfallattacken, Truppen entwickeln Angriffsschwung durch Geschwindigkeit ...

Hier müsste angesetzt werden bei einem eventuell, einem gelegentlich doch mal gestarteten Versuch, den »Wüstenfilm« zu realisieren. Nur eine Fata Morgana?

In einer zeitgemäß revidierten Fassung des Spielfilms könnte, müsste auch akzentuiert werden, was vor sechs Jahren tabuisiert war: die kirchliche Bindung des Alois Musil. (Goebbels hatte ihn in einem Wutanfall nicht ganz unzutreffend als Prälatbeduinen oder Beduinenprälaten bezeichnet.) Und so sehe ich Scheich Musa in der Wüste zwischen Bagdad und Hedschas eine Messe lesen für einen der zwei oder drei Christen in der türkischen, der muslimischen Truppeneinheit auf dem Weg Richtung Hedschasbahn.

Das dürften grandiose Bilder werden: Der kleine Trupp in der Wüste Nefud (beziehungsweise in einer Wüste, die in etwa jener Wüste gleicht), und Musil feiert die Messe für einen Soldaten, der beim strapaziösen Kamelritt Richtung Westen, zur Oase und Bahnstation Al Ula, erkrankt war, eine tödliche Infektion, und Musil führt die Beeerdigung durch nach katholischer Liturgie, dies in einer unendlich erscheinenden Wüstenlandschaft, in Licht- und Hitzeflirren, und zum Schluss verharrt Musil reglos.

Solche erfundenen Bilder führen näher an die sogenannte Wirklichkeit heran als gewisse Realitätsimitate, die nur mit dem Kopierstift geschrieben sein dürften.

Der Wutanfall des Doktor Goebbels: unter diesem Stichwort bin ich Ihnen einen Nachtrag schuldig.

Ich habe zwar nicht mehr in den Knochen, aber noch immer in den Ohren, wie Goebbels wieder einmal demonstrierte (und dokumentierte), was eine Harke ist, wie ein Exempel statuiert, wie Fraktur geredet, wie man fertiggemacht wird. Sie haben das in der gemilderten Form einer nachdrücklichen und nachhaltigen Belehrung offenbar selbst erlebt, als Goebbels Ihnen »das moderne Filmschaffen erläuterte«. Ich muss hier Atmosphärisches also nicht näher vermitteln. Charakteristisch war, in meinem Fall, der Grundtenor.

Ich habe den Vorgang, eher: Vorfall Ihnen gegenüber bisher nicht erwähnt, muss das aber loswerden, ehe ich zum eigentlichen Anlass meines voraussichtlich umfangreichen Schreibens komme: Dem Angebot einer *wahren Geschichte* mit einem hohen Grad an »human interest«, wie es neuerdings heißen würde.

Hier der Rapport. September 41 wurde ich in die Wilhelmstraße zitiert. Und ich konnte mich nur wundern, dass Goebbels bereits morgens punkt zehn derart unter Dampf stehen konnte. In seinem Furor hatte er vergessen (und das in Anwesenheit einiger Herren!), die Hornbrille abzunehmen, die ebenso tabu war wie Hitlers Lesebrille.

Quasi zur Salzsäule erstarrt, stand ich inmitten des weiträumigen Arbeitsraums, und fingerschnipsend umkreiste er mich: »Halten Sie uns eigentlich für dumm, halten Sie uns für so bodenlos dumm, Erckmann, dass Sie uns mit diesem klerikalen Schmierfink kommen können? Wir haben unsere Leute auch in der Ostmark, und was höre ich da, was kriege ich zu lesen? Ihr Scheich Musa hat Theologie studiert, hat die Priesterweihe, liest immer noch die Messe, heimlich, wie er glaubt, heimlich. Und den wollten Sie uns auf den Hals hetzen, im Schicksalskampf gegen England? Einen Beduinenprälaten, einen Prälatbeduinen? Was meinen Sie wohl, wäre losgetreten worden, wenn das erst nach der Filmpremiere bekannt geworden wäre? Da hätten sehr spezielle Freundchen kundgegeben, der Prop.min. hätte das zugelassen, hätte das durchgehn lassen, und dann, was dann? Glauben Sie wirklich, eine kleine Leuchte wie Sie kann mich hinters Licht führen? Mir mit einem Prälaten zu kommen, mit einem als Beduinen verkleideten Prälaten, das ist doch die Höhe, absolut die Höhe. Ich lass mir nicht von jedem hergelaufenen Schreiberling in die Suppe spucken! Und dann auch noch –

also jedem Historiker stünden sämtliche noch vorhandenen Haare zu Berge in Anbetracht dessen, dass Sie die beiden Herren gegeneinander ins Feld führen zu einer Zeit, wo die sich gar nicht mehr gemeinsam auf der Arabischen Halbinsel aufhielten! Glauben Sie wirklich, ich ließe mir so einen Bären aufbinden? Ich kann Sie auf der Stelle verhaften lassen, auf der Stelle, könnte Sie standrechtlich erschießen lassen. Wer gegen uns ist, der bringt sich um seine Existenz! Aber bei Ihnen lohnt nicht mal die Aufstellung eines Pelotons! So ein kleines Würstchen wie Sie, so was richtet sich selbst zugrunde. Schauen Sie sich nur mal diese traurige Figur an, meine Herren, so jemand – ich kann Sie umblasen, hören Sie? Ich kann Sie zerquetschen wie eine Wanze an der Wand! Schreibverbot, ab sofort striktes Schreibverbot! Und nun scheren Sie sich hinaus! Mir aus den Augen!«

Das Verbot erfolgte postwendend auch schriftlich: »Sie verlieren mit *sofortiger Wirkung* das Recht zur weiteren Berufsausübung auf jedem zur Zuständigkeit der Reichsfilmkammer gehörenden Gebiete.«

Wenigstens wurde ich nicht, wie so mancher andere, strafweise an die Front versetzt, womöglich in einer Bewährungseinheit, ich konnte mich durch eine Lücke absetzen, indem ich für das Außenministerium kriegswichtige englische Texte übersetzte. Mit dem Übersetzen versuche ich mich auch weiterhin über Wasser zu halten: Techniktexte – leider nicht über Motorräder, sondern über farmtractors. »Cold starting is easiest on gasoline …« Einer der Texte, die uns beim Wiederaufbau behilflich sein sollen – but: cold starting, very cold starting … So langsam hängt mir die Übersetzerei zum Halse heraus, ich würde mich gern wieder meinem eigentlichen Metier zuwenden.

Was Ihnen ja bereits zu gelingen scheint. Wie die Buschtrommeln melden, gehören Sie zum Ensemble der ersten Stunde, das Ida Ehre für ihre Hamburger Kammerspiele zusammengestellt hat, zwei Monate nach der Kapitulation – gratuliere! Weiterhin melden die Buschtrommeln, dass Sie die Verfilmung eines Stücks vorbereiten, in dem Sie mitspielten, dem Heimkehrerdrama von Borchert. Klingt alles höchst verheißungsvoll! Vielleicht hat mein Gutachten für die Spruchkammer Ihren Neuansatz ein wenig leichter gemacht. Wozu in meinem Fall Ihr freundliches Plädoyer sicherlich beitragen wird.

[Anmerkung des Herausgebers: Die wechselseitig ausgestellten »Persilscheine« sind erhalten geblieben. Im Fall Liebeneiner liegt sogar die gesamte Entlastungsmappe vor, vorwiegend mit Stellungnahmen zu einigen der Filme, die Liebeneiner im Konsens mit dem Lichtspielgesetz und dem Propagandaminister während der NS-Zeit realisierte. Auch Hanns Karl Erckmann, der nach der sogenannten Stunde null seinen Namen modifizierte, auch Carlo Erckmann leistete hier seinen Beitrag.

»Sehr geehrter Herr Liebeneiner, um ein sogenanntes Gutachten angegangen, halte ich es für meine Pflicht, zu Ihrer Entlastung Folgendes festzustellen.«

Es folgen Ausführungen über den Film *Ich klage an*, den Liebeneiner 1941 mit Paul Hartmann, Heidemarie Hatheyer, Mathias Wiemann in den Hauptrollen inszeniert hatte.

Eine temperamentvolle, lebensfrohe, attraktive Frau erkrankt an Multipler Sklerose, die zu dramatisch raschem Verfall führt; ihr Gatte, renommierter Mediziner, sucht vergebens nach Möglichkeiten der Heilung, zumindest der Linderung, doch die Leiden der moribunden Frau werden unerträglich. Auf ihre ausdrücklichen, nachdrücklichen Bitten hin verabreicht Professor Heyt seiner geliebten Hanna schließlich den Todestrunk.

Hier sah Erckmann jedoch widerlegt, was dem Regisseur kurz nach dem Krieg vorgeworfen wurde: Als sei dies ein Plädoyer für die »Aktion Gnadentod«, für die »Aktion T 4«, für die damals propagierte »Vernichtung unwerten Lebens«. In Liebeneiners Regie erscheine Hanna als geradezu strahlendes Gegenbild zu diversen Formen »unwerten Lebens«, wie sie seinerzeit im Kino wie in der Presse der Öffentlichkeit vorgeführt wurden. Davon sei in Liebeneiners Film nichts zu sehen, es gehe allein um das Thema: Tötung auf Verlangen. Dies bei voller Zustimmung, ja auf dringlichste Bitten der todkranken Frau. So sei der Film ein »Dokument der Humanität in einer erschreckend inhumanen Zeit«.

Ich würde gegen meine Sorgfaltspflicht als Herausgeber verstoßen, würde ich dies ohne Einspruch so wiedergeben, hier muss ergänzt werden.

Goebbels am 13. Februar 1941: »Mit Liebeneiner einen neuen Filmstoff über Euthanasie besprochen. Ein sehr schwieriges und heikles, aber auch sehr dringendes Thema. Ich gebe Liebeneiner einige Richtlinien.«

Bereits vier Monate später notierte Goebbels: »Neuer Liebeneiner-Film ›Ich klage an‹. Für die Euthanasie. Ein richtiger Diskussionsfilm. Großartig gemacht und ganz nationalsozialistisch.«

Knapp zwei Jahre später wird Goebbels in einer Feierstunde zum 25. Geburtstag der Ufa den Regisseuren Veit Harlan und Wolfgang Liebeneiner den Professorentitel verleihen. Aus einem vorbereitenden Schriftsatz: »Liebeneiner hat sich um die politische Propaganda während des Krieges als Künstler verdient gemacht.«

Nun der polnische Filmhistoriker Jerzy Toeplitz in Band 4

seiner *Geschichte des Films.* Nach knapper Inhaltsangabe konstatiert er: Dem vormaligen Ehemann »wird der Prozess gemacht. In einer sensationellen Aussage ändert er seine Meinung und spricht sich für die Euthanasie aus; er führt als Beispiel ein unbeholfenes, schwachsinniges Kind an, das er einmal vor dem Tod bewahrt hat und das jetzt eine Last und ein Fluch für die Eltern ist. Im Schlusswort beschwert sich der Medizinprofessor über das geltende Rechtssystem, das den Gnadentod nicht erlaubt.

Liebeneiner behauptete nach 1945, er hätte angenommen, sein Film werde eine öffentliche Diskussion über diese Frage auslösen und den ›Gerüchten‹ über die schändlichen Verbrechen in den Spitälern für Geisteskranke ein Ende setzen. Das Perfide dieser Meinung beruhte darin, dass der Film ganz offen die Nützlichkeit postulierte, alle zum Leben unfähigen Menschen aus der Welt verschwinden zu lassen«.

Nun wieder Liebeneiner. In einem ausgleichenden Akt der Solidarisierung fertigte er 1946 ein Entlastungsschreiben aus, adressiert an Erckmann im 5. Civilian Intern. Camp IV in Staumühle bei Paderborn, »via District Censorship Station Bonn«.

Aus der eidesstattlichen Erklärung: »In den leider nur wenigen Gesprächen, die ich im KddK (Kameradschaftsclub der deutschen Künstler) mit Hanns K. Erckmann führen konnte, hatte er sich niemals auf einen zelotischen Parteistandpunkt gestellt, hatte vielmehr – dies in klarem Gegensatz zum damaligen Propagandaminister – einen menschlichen und künstlerisch-freien Gesichtspunkt betont.

Dies lässt sich mit aller wünschenswerten Klarheit von seinen Drehbüchern ablesen, deren Grundhaltung speziell im *Katte*-Film zu erheblichen Kontroversen mit Dr. Goebbels führte. Während Erckmann versuchte, dem vielgeschmähten

›Soldatenkönig‹ menschliche Züge zu verleihen, dies etwa in der Sorge um die Zukunft des Sohnes Friedrich, einer Zukunft, die er durch eine intime Freundschaft mit Premierleutnant Hans Hermann von Katte gefährdet sah, drang Goebbels darauf, Friedrich Wilhelm als Herrscher darzustellen, dem in gegebener (Not)Lage jedes Recht zusteht, auf Humanduselei verzichtend in voller Härte durchzugreifen. (...)

Was schließlich freigegeben und im Ufa-Filmpalast am Zoo zur Uraufführung gelangte, was in der Prädikatisierung der Filmprüfstelle als ›staatspolitisch wertvoll, kulturell wertvoll, volkstümlich wertvoll‹ ausgezeichnet wurde, hatte letztlich kaum mehr etwas mit dem Exposé, Treatment und Drehbuch von Erckmann gemein, war vielmehr auf geradezu heimtückische Weise propagandistisch überformt worden. Wozu Gustav Ucicky (der zuvor mit dem Streifen *Heimkehr* den wohl fatalsten Beitrag zur Sparte Propagandafilm geleistet hatte) entschieden beigetragen hat. Erckmann ist freilich in der glücklichen Lage, bei der anstehenden Verhandlung vor der Spruchkammer die Urfassung seines Drehbuchs zur Einsichtnahme vorlegen zu können.

Möge die zu jener unglückseligen Zeit klare Haltung des Herrn Erckmann heute gebührend berücksichtigt, ja gewürdigt werden.«

Liebeneiner wie Erckmann wurden von den Spruchkammern als »minderbelastet« eingestuft. Somit stand der Realisierung neuer Filmvorhaben grundsätzlich nichts im Wege.]

Nun das eigentliche Anliegen dieses Schriftsatzes. Ich würde Ihnen das kleine Konvolut gern auf den Tisch legen, doch bei den weiterhin erschwerten Reisebedingungen wäre es fast verwegen, von Moers nach Hamburg zu fahren.

Dass mich das Geschick von Berlin nach Moers-Meerbeck verschlagen hat, in die Wohnung, eher: Notwohnung meiner Frau, das hat sich überraschenderweise als positiv erwiesen, denn: ich hätte sonst nie von der Geschichte gehört, die den Nukleus der folgenden, durch das Exposé bisher nur anskizzierten Filmerzählung bildet. Hier hat Zufall vermittelt. (Wobei ich die Rolle des Zufalls eigenwillig interpretiere: Es kommt etwas auf uns zu, für das wir disponiert sind, wir müssen es nur aufgreifen, uns zu eigen machen.)

Was mir zu Ohren kam, war letztlich nicht mehr als eine eher beiläufige Anmerkung; auch bei genauerer Befragung war aus dem Gesprächspartner nicht mehr herauszulocken als dies: Wie zu jenem Zeitpunkt, als Aachen von amerikanischen Truppen fast schon vollständig umschlossen war, eine mehr als sechzig Jahre alte Jüdin von einem Gestapobeamten im Alter von vierundsechzig auf dem Fahrrad von ihrem Wohnort (Anrath) zum Bahnhof Krefeld »verschubt« wurde – erste Phase eines (späteren) Transports in ein Konzentrationslager. Und dies, während in grenznahen Gebieten längst schon Massenflucht eingesetzt hatte Richtung Rhein, während das Dröhnen der US-Artillerie immer kompakter wurde und in Krefeld klirrten die Scheiben – soweit noch vorhanden.

Vieles spricht für eine filmische Umsetzung dieser Geschichte. Historisches Geschehen und menschliche Nähe! Situationsbedingte Konfrontation von Täter und Opfer! Singuläre Konstellation: Ein Gestapobeamter (mit dem fiktiven Namen Werner Hübner) kurz vor der Pensionierung und eine Jüdin (mit dem fiktiven Namen Marga Epstein) auf einem altgedienten Herrenrad, und entlang ihrer Route Zeichen des unaufhaltsamen Rückzugs der Wehrmacht – dies könnte zur Chiffre werden!

Hingegen scheinen mir Versuche, die Massenhaftigkeit von Deportationen in Filmbilder zu bannen, letztlich zum Scheitern verurteilt. Man kann sich den immensen Aufwand ersparen, das alles würde ohnehin nicht an damalige Realität heranreichen. Hingegen die Konzentration auf zwei Personen: enorme Verdichtung!

Außerdem entspricht es menschlicher Seh- und Betrachtungsweise: Man nahm (und nimmt) stets Einzelschicksale wahr. Mit der Geschichte der Deportation auf dem Fahrrad bietet sich die legitime Möglichkeit, letztlich Unfassbares fassbar zu gestalten. Ich betrachte dies als Gebot der Stunde: Filme zu produzieren, die das Publikum zum Denken bringen.

Als Sie mir nach der Lektüre des Exposés bei einem unserer (leider noch recht störanfälligen) Telefonate mitteilten, Sie dächten beim neuen Projekt an einen britischen Koautor, da war ich, offen gestanden, erst ein wenig pikiert: Brauche ich, als ausgewiesener Experte, wirklich einen Helfer? Aber mir dämmerte rasch die Antwort: Taktisch brillant, dass Sie auf englische Kooperation hinarbeiten, schließlich werden wir einige Schauspieler und Komparsen in feldgrauen Uniformen ins Gelände schicken müssen – was zwei, drei Jahre nach der Kapitulation unliebsames Aufsehen erregen könnte. Allein unter diesem Aspekt könnte das Military Government die Drehgenehmigung versagen, könnte sich, zumindest, das Genehmigungsverfahren reichlich lang hinziehn, womit sich wiederum die Produktionsbedingungen fortlaufend verschlechtern würden. Derzeit stehen uns authentische Ruinen und Trümmerhalden noch in ausreichendem Maße zur Verfügung, auch müssten Mitwirkende nicht erst vom Kostümbildner ausgestattet werden, in diesem Jahr des Unheils werden allenthalben Klamotten, ja Uniformteile der

Kriegsjahre getragen. Auch sehen die Leute durchweg noch so verhärmt aus wie Herbst 44. Doch man ist auch linksrheinisch energisch dabei, Ruinen abzureißen, Trümmerhalden abzutragen – wirkt zwar aussichtslos, Assoziationen an Sisyphos stellen sich ein, doch die Bevölkerung beißt die Zähne zusammen, räumt mit teutonischer Gründlichkeit ab. Aber noch wären für Ausgestaltung und Austattung die Rahmenbedingungen günstig.

Was zudem förderlich sein könnte für die Produktionslizenz des Military Government: Dieses Projekt wäre ein notwendiger Ausgleich zu Gegebenheiten der britischen Besatzungszone. Die Film-Produktionsstätten, soweit nicht zerstört, liegen überwiegend im russischen Sektor von Berlin bzw. im sowjetischen Machtbereich vor den Toren Berlins, speziell in Neubabelsberg. Die Amerikaner haben gleichfalls gute Karten mit den weithin unzerstörten Bavaria-Filmstudios in Geiselgasteig. Dagegen drohen wir in der britischen Besatzungszone ins Hintertreffen zu geraten. Was den zuständigen »authorities« zu Bewusstsein gekommen sein dürfte. Umso leichter müsste es ihnen fallen, einen Film zu genehmigen, der überwiegend auf Außenaufnahmen basiert und für Innenaufnahmen (mit Blick auf die Verhandlungen vor der Spruchkammer) letztlich mit einem Schul- oder Verwaltungsraum auskommt.

In der gegenwärtigen Konstellation kann uns ein britischer Koautor generell also doch von Nutzen sein. Ich habe mich umgehört, habe das Thema in einem längeren Telefonat mit Hippler ventiliert und dabei erfahren: John Mortimer hat während des Krieges Drehbücher für britische Propagandafilme verfasst, oder, vorsichtiger formuliert: soll Drehbücher für Propagandafilme verfasst haben. Es handelte sich offensichtlich um jene Fünfminutenfilme, obligatorisch im Vorprogramm britischer Kinos. Ein bezeichnender Titel: *A Call for Arms*. Laut Hippler haben honorige Autoren wie J.B. Priestley ihre Beiträge zu dieser Sparte geleistet. Auch wenn die Kurzfilme im Verlauf der Kriegsjahre zehn, ja fünfzehn Minuten lang wurden – die Beiträger blieben an knappe Formate gebunden und gewöhnt.

Mein Gefühl sagt mir, dass sich Mortimer unter diesen Vorzeichen wohl kaum allzu breit machen würde bei der Mitarbeit am Drehbuch. So werde ich mich mit Anwalt und Autor Mortimer sicherlich bald zusammenraufen, unsere Interessen wahrend gegenüber den derzeit doch wohl etwas naiven Forderungen nach »Umerziehung«.

[Anm. d. Hrsg.: Im privat verwalteten Nachlass Erckmann, Faszikel D, findet sich ein Brief an den Filmkomponisten Wolfgang Zeller, Berlin. Einleitendes Stichwort: Mortimer. Ich rücke den Brieftext hier nicht ein, beschränke mich auf eher stichwortartige Wiedergabe: Skizze einer Mentalität.

Mortimer als Koautor »wurde mir aufs Auge gedrückt«. Alfred Braun wäre ihm lieber gewesen. Oder Thea von Harbou – was der Ausgestaltung der Frauenrolle vielleicht zugute käme. Aber nun halt dieser John Mortimer.

Die Zwangspaarung machte E. bewusst: Drehbuchautoren sind »letztlich nur Wasserträger«. Oder: Steigbügelhalter, Königsmacher für den jeweiligen Regisseur. Dabei stünden die ohne Textvorlagen hilflos in der Gegend herum, bräuchten gar nicht erst Negativfilme in die Kameras einlegen zu lassen. Und doch Arroganz, Herablassung: ein Filmautor muss spuren, muss jederzeit einspringen. Typisches Beispiel: Ucicky rief mal kurz vor Mitternacht an, Dreharbeiten zum *Katte*-Film, eine Szene gekippt, brauchen dringend einen Dialog von drei, vier Zeilen, Kontext 87. Bild. Der Kronprinz: Dideldum, dideldum, dideldum ... Der Königsvater: Peng, peng, peng ... So in der Art, lass dir was Passendes einfallen und bring mir das rüber ins Hotel, morgen gegen elf. Servus. E. hätte am liebsten gefragt: Gustl, bin ich dein Kuli?

In dieser Zeit oder Phase des Neubeginns, der sogenannten Stunde null, würde E. sich gern einen anderen Einstieg wünschen – kein Zufall, dass der Brief an Freund Zeller gerichtet ist: Absolutes Traumziel wäre es, endlich mal das Drehbuch zu einem Film zu schreiben, bei dem er auch Regie führt und die Hauptrolle spielt. Um die Katze aus dem Sack zu lassen: ein Beethoven-Film.

Ein (ihm sonst nicht weiter bekannter) J. P. Lyser hat eine Zeichnung von Beethoven hinterlassen, abgedruckt in einer Biographie: Der Großmeister auf einer Straße, schräg von hinten gesehen, Schädel bockig vorgeschoben, Pranken auf breitem Kreuz verschränkt; so stapft er dahin, mit wallendem Mantel, mächtigem Hut. E. hat sich in diese Zeichnung gleichsam hineinprojiziert. Mutter Natur habe dazu auch gewisse Vorgaben geleistet: Erckmanns »eher gedrungene Statur, mehr Querkopf als nordischer Langschädel«. Beethoven zudem als Mann der Stunde: Das Genie aus Bonn hat Außerordentliches geleistet, das könnte den arg gebeutelten Landsleuten wieder etwas Mut machen.

Dies auch mit Beethovens oft ruppiger Grundhaltung. In zwingender Deutlichkeit hat E. eine Szene vor Augen, die deutlich distanzierten Umgang mit einer Herrscherfigur signalisiert: Auf einer Allee vor Karlsbad kommt der preußische König mit Gefolge dem Komponisten entgegen, und Beethoven – Schädel vorgeschoben – geht, mit knappem Hutziehen, dicht am König vorbei und mitten durch die Entourage hindurch – fast ließe sich sagen: er pflügt sich hindurch. Eine Kernszene!

Dazu passende Musik – »die könntest Du denn für mich aussuchen«. Wobei Erckmann mit Streichquartetten und Ähnlichem lieber verschont bleiben möchte, man müsste auf Sinfonik setzen, dabei aber, heutzutage, eher mit Aufnahmen von Bruno Walter, auch wenn er das Heroische der Musik vielleicht nicht ganz so eindrucksmächtig zum Erklingen brachte wie »unser« Furtwängler, der sich freilich »ein wenig bekleckert hat«, was man allerdings nicht an die ganz große Glocke hängen sollte, auch der Maestro steckte damals in einer Zwangslage oder eher Zwangsjacke – was man ihm beim Dirigieren aber keineswegs anmerkte, »soweit mir diesbezüglich ein Urteil zusteht«.

Der private Charakter der Mitteilungen wird zum Schluss des Briefes erneut betont. Mit einer Grußformel der Verbundenheit: Carlo Erckmann.]

Nach der Kür die Pflicht: Marga Epstein muss einen biographischen Hintergrund erhalten. Ich habe bereits einiges zusammengetragen. Hilfe fand ich beim Stadtarchivar, der Unterlagen »auf die hohe Kante« gelegt hatte. Betrachten Sie die folgende Sequenz lediglich als Angebot von Hintergrund-Informationen, noch ohne Vorschläge zur filmischen Umsetzung.

Mutter und Tochter waren Mitglieder des Düsseldorfer Paddelvereins – sonntags fanden oft gemeinsame »Wanderungen« statt auf dem Rhein. Und Urlaub wurde wiederholt in Vorpommern verbracht – auf dem Wasser, im Paddelboot *Burschi.*

(Anfang zwanziger Jahre: Marga mit ihrer Mutter auf der Mecklenburger Seenplatte. Von einem See durch ein flussähnliches, aber fast stehendes Gewässer in einen anderen See, von diesem See durch ein flussähnliches, aber fast stehendes

Gewässer in einen dritten See, der Wasserspiegel weitete sich, verengte sich, sie paddelten weiter, Tochter vorn, Mutter hinten, der gemeinsame Paddeltakt, nicht in Fleisch und Blut, aber in Hinterkopf und Armmuskulatur übergegangen, so konnte sich das beinah endlos fortsetzen von See zu See, begleitende Schilfzone nah, Schilfzone fern, das Wasser glatt, das Wasser geriffelt, und Paddelschlag um Paddelschlag fuhren sie weiter.

Sie konnten sich Hotelzimmer, auch Pensionsstuben kaum leisten, also war hinten auf dem Klepperboot der Zeltpacken aufgehuckt. Und sie entdeckten eine besonders schöne Wiese hinter dem Schilfgürtel, dort wollten sie das Zelt aufschlagen, dazu mussten sie den Bauern fragen, der stellte eine Bedingung: Die Damen können zelten, solang sie wollen, dafür aber müssen sie eine breite Schneise ins Schilf schneiden – alles längst wieder zugewachsen, zugewuchert. Er stellte das Werkzeug: zwei Gartenscheren und eine Leiter, ins Wasser zu legen, damit sie im Ufermodder nicht zu tief einsanken.

Mutter und Tochter schritten zur Tat. Marga zog sich aus, das Haus des Bauern nicht in Sichtweite, dennoch, Mutter wollte den Badeanzug auspacken, aber das fanden sie plötzlich albern. »Nur ich und du und Nachbars Kuh.« … Die Frauen stapften ins Wasser, sanken sofort knöcheltief ein, nach ein paar weiteren Schritten steckte Marga bereits knietief im weichen, dunkelbraunen Modder. So war es an der Zeit, die Leiter auszulegen und Halt zu suchen auf den Holmen, den Sprossen.

Mutter schnitt nach links, Marga nach rechts. »Pass bitte auf, die Schere möcht ich nicht im Hintern haben.« Die beiden Frauen bald hüfttief im Wasser. Sie schnitten und schnitten, bald entwickelte sich ein Arbeitstakt, gleichmäßig wie der Paddeltakt. Marga, als die Jüngere, vorn, bis zum Nabel im Wasser.

Das gegenüberliegende Seeufer im Sommerdunst, Hitzedunst. Plantschend, prustend arbeiteten die Frauen sich vor, bald standen sie bis zu den Brüsten im Wasser, Glitzertropfen im Achselhaar. Plantschen, schneiden, Schilfbündel zur Seite schieben. Die Passage durch den Schilfbelt war schließlich eröffnet. Mutter übernahm Margas Gartenschere, brachte sie »an Land«. Und Marga schwamm hinaus im duftenden, seidig glatten, leicht torfbraunen Wasser.)

Bei einem Sportfest lernte Marga ihren ersten Mann kennen, Sally. Er war Zionist, was Vater Epstein gar nicht recht war. Wiederum sprach für den Freier: er war Mitglied der Bezirksleitung des Makkabi-Kreises. So nahm Marga in der Mädchenstaffel des Bar Kochba an den Westdeutschen Makkabi-Leichtathletik-Meisterschaften teil, die, mit Duldung von oben, in der städtischen Sportanlage stattfanden. Mit Sally zog sie schließlich nach Aschaffenburg, er wurde dort Sportlehrer.

Wiederholt und eindringlich bat er Marga, ihm ins britische Mandatsgebiet Palästina zu folgen. In ihrer Weigerung wurde sie von den Eltern unterstützt, die mit dem »Eiferer« nichts zu tun haben wollten. Seine Bemühungen, Marga für den Zionismus zu gewinnen, schlugen fehl. So glaubte er alleine seiner »Mission« folgen zu müssen, und brach auf. Marga kehrte zu den Eltern zurück.

Das war hocherwünscht. Denn als Folge der Weltwirtschaftskrise musste Margas Vater (»Epstein-Textilien«) drei der fünf Verkäuferinnen entlassen, war damit verstärkt auf die Hilfe der einzigen Tochter angewiesen, ebenso auf seine Frau – auch sie war geschickt im Umgang mit Nadel und Faden.

Und Marga lernte ihren zweiten Mann kennen. Das könnte sich so ergeben haben: Epstein senior vermittelte preisgünstig Kostüme an die Tanztruppe eines Karnevalsvereins, und »Rudi« half gelegentlich aus beim Anpassen, Ändern. Er war Kostümschneider im Düsseldorfer Schauspielhaus. Keine Auseinandersetzungen mehr im Hause Epstein wegen jüdischer Denkweisen und Verhaltensmuster: Marga als Feiertagsjüdin, Rudi als Feiertagskatholik.

(Die Hochzeitsreise der Marga Epstein nach Norwegen in Rudolfs Opel »Wanderer«. Auf dem Rücksitz das zusammengelegte Zelt: Hotels konnten sie sich nur in Ausnahmefällen leisten. Mitgeführt auch das zerlegte Klepperboot: Leihgabe der Mutter.

Fahrt durch Norddeutschland und das ebenso flache Dänemark. Zwischenaufenthalt in Lökken.

Anmerkung: Da wir Deutschen in mehreren europäischen Ländern zur Zeit äußerst unbeliebt sind, dürften Filmaufnahmen in Dänemark kaum möglich sein; der Strand bei Lökken könnte ein Pendant finden bei St. Peter-Ording. Auch die Einreise nach Norwegen dürfte derzeit äußerst schwierig sein, könnte sogar verweigert werden. Als Ausweichmöglichkeit: einer unserer langgezogenen Stauseen, meist von Wirtschaftswegen, Forstwegen begleitet – hier könnte Uferlandschaft von Fjorden simuliert, suggeriert werden.

Zum weiteren Ablauf der Norwegentour: Um an Fjorde zu kommen, die auf der Karte recht nah beieinander zu liegen scheinen, musste gefahren, gefahren, gefahren werden. Kurvenreiche Strecken oder, wie Baring gesagt haben dürfte: »kurbelreiche Strecken«. Straßen mit feinem Schotter; Sandpisten, oft rubbelig wie ein Waschbrett. Die Pisten recht schmal – nur haarscharf kamen zwei Automobile aneinander vorbei. So blieb man schon mal auf gleicher Höhe stehn: Autowanderer, die aus dem Norden kamen, bekundeten Begeisterung über die Berg- und Wasserlandschaft, ja »Märchenwelt«!

Gatter, wiederholt Gatter auf der Straße; es ist Margas Aufgabe, sie zu öffnen, zu schließen. Schwingt sich hinaus, öffnet das Viehgatter, lässt Rudolf durchfahren, schließt das Gatter, schwingt sich auf den Sitz, und bald schon das nächste Holzgatter, sie wieder raus, Gatter auf, Gatter zu, rein in den Wagen.

Die Reisegeschwindigkeit zusätzlich gedrosselt durch Ausweichmanöver. Einmal ist Rudolf gezwungen, die Grasnarbe zu überqueren, die ihre Piste begleitet, schon sitzen sie fest, zwar nicht im sprichwörtlichen Straßengraben, doch in sanfter, feuchter Senke. Ein Norweger hält an, macht sie mit der »eisernen Regel« norwegischen Straßenverkehrs bekannt: Nie über die Grasnarbe hinausfahren, dort wird es weich, dort sinkt man ein. Nach der freundlichen Belehrung: Anlegen des Abschleppseils; mit einem Ruck kommen sie wieder flott.

Marga wieder und weiterhin als »Tor-Frau«: rausgesprungen, Holzgatter beiseite geschwenkt, Holzgatter zugeschoben, festgemacht mit der Drahtschlaufe, rein ins Auto. Die Norweger haben kein Vatterland, so kalauerte Rudolf, sie haben ein Gatterland. Zum Gatterland das »Platterland«.

Fahrt weiter auf verdächtig spitzem Splitt und in einer Kurve das verdächtige Floppfloppflopp eines Reifens. Rudolf ernennt sich zum Diplom-Radwechsler.

Als während der Fahrt einem weiteren Reifen die Luft entweicht, muss der Schlauch fern von jeglicher Werkstatt geflickt werden, an einem Gewässer, das aus dem Schlauch austretende Luftblasen sichtbar macht. Marga raut die Schadstelle auf, klebt den Gummiflicken drauf. Anschließend die gemeinsamen Anstrengungen, den Reifen wieder auf die Felge zu ziehen.

Eine kleine Natur-Plattform über dem Wasser. Der Wagen wird abgestellt, sie machen Feuer; Holz liegt reichlich herum. Eigentlich müsste Rudolf nun stilgerecht einen mehrpfündigen Fisch angeln, aber das hat er in Düsseldorf nicht gelernt, keine Anglerlizenz, so kommen Kartoffeln in die heiße Asche. Und ein Stück Schinken zurechtgelegt, ein Batzen Käse. Brot geschnitten und eine Gurke. Kauen mit Blick aufs Wasser, das umrahmt ist von Hügeln. Nach dem Picknick entschließen sie sich, an Ort und Stelle zu übernachten, das Zelt wird aufgebaut. Da verkriechen sie sich erst mal, beulen die Zeltwände aus.

Marga, aus dem Zelt hervorkriechend, sucht Abkühlung. Das Fjordwasser ist allerdings reichlich kühl, Rudolf bleibt lieber vor dem Zelt sitzen; sie aber wirft sich ins Wasser, fühlt den Körper nachmodelliert: wie eingefügt in eine, sanfte, glatte Passform. Jede Bewegung betont Rücken und Bauchfläche. Und weiter schwimmt sie hinaus im blaugrünen, grünblauen Wasser.)

Rudolf Baring (»arisch«, geb. 8.3.1904 in Wesel) erlitt in jungen Jahren als Sozius auf dem Motorrad seines älteren Bruders einen schweren Unfall. Der Trümmer-Beinbruch wurde nicht richtig behandelt, auf Drängen der Familie wurde Baring in ein anderes Krankenhaus verlegt, der Oberschenkel musste kontrolliert gebrochen und neu vergipst werden; dennoch blieb das Bein verkürzt. Hinzu kamen, durch ausgleichende Haltungsfehler, weitere Spätfolgen. So blieb er vom Militärdienst befreit.

Nach der Machtübernahme wurde seine Position im Schauspielhaus schwierig. Er musste sich abfällige Bemerkungen anhören wegen »judenfreundlicher Gesinnung«, wurde schon mal als »Judenknecht« bezeichnet. Als ein »Alter Kämpfer« in der Theaterverwaltung aufstieg und einen Kostümschneider mit Parteibuch einschleuste, waren Barings Tage im Schauspielhaus gezählt.

Marga und Rudolf wollten nicht länger in Düsseldorf bleiben, zogen Richtung Südwesten aufs Land, nach Anrath. Dort hatte ein Onkel von Marga eine Schreinerei geführt, hatte zuletzt, als alter Mann, Kisten für Auswanderer produziert. Nach dem Tod des Onkels stellte Rudolf in der Werkstatt eine Bügelmaschine auf, die Barings eröffneten eine Schneiderei. Rudolfs Spezialität wurde, regional bedingt, das Zuschneiden von Seidenkrawatten, dies als Zulieferer für ein Geschäft in Krefeld. Marga als Damenschneiderin. Kunden kamen aus Willich oder Tönisvorst, sogar aus Moers. Erst Emigrationen, dann Deportationen, und so schrumpfte die Kundschaft.

Zweimal wurde ein Zettel an die Haustür der Barings geklebt: »Hier schneidert eine Judenschickse.« Auch aus der Kundschaft musste sich Baring einiges anhören: Warum er weiterhin mit der Jüdin verheiratet sei, das wär doch schlecht für die Auftragslage. Wenn es was zu schneidern, zu ändern oder bloß zu flicken gab, wollten stramme Parteigenossen sicher sein, dass die Jüdin nicht mit Hand anlegte.

Mit Beginn des Bombenkriegs änderte sich Rudolfs Tätigkeit. Auf Abruf musste er sich in einer Düsseldorfer Turnhalle einfinden und mit einem kleinen Trupp von Schneidern die seidenen Hüllen von Sperrballons flicken, die vor allem über Rheinbrücken aufstiegen: sie wurden wiederholt durchlöchert von scharfrandigen Flaksplittern, die bei Abwehrfeuer in weiter Streuung vom Himmel fielen. So saß Baring auf Hüllen von Fesselballons und nähte Risse.

Vom Ballonflicken wurde er befreit durch den Anruf eines der Regisseure, für dessen Inszenierungen er früher Kostüme geschneidert hatte. Der Spielleiter war mittlerweile in den Filmstudios Babelsberg tätig; er fragte Baring, ob er Kostüme schneidern wolle für einen Film mit Marika Rökk – nicht für sie selber, das nun doch nicht, aber immerhin für die Tanzgruppe, auch für Komparsen, »Kleindarsteller«.

Bevor Baring den Auftrag übernehmen konnte, hatte er zwei Bedingungen zu erfüllen. Die erste: in den Großraum Berlin zu ziehen, möglichst in die Nähe von Neubabelsberg. Die zweite: sich von der Jüdin scheiden zu lassen. Keiner aus dem Set wolle ein Kostüm tragen, hieß es, an dem eine Jüdin mitgenäht hätte, das würde wie ein »Nesselhemd« am Leibe brennen …!

Baring reichte die Scheidung ein. Was seinen raschen Entschluss förderte: er hatte seit längerem ein Verhältnis mit der deutlich jüngeren Berta Muthesius, die ihm bald schon nach Berlin folgte.

Mit der Scheidung verlor Magda den Status der »Mischehe«; sie galt fortan nicht mehr als »Mischehepartnerin«; damit entfiel jeglicher Schutz.

Und nun: Notizen zu Werner Hübner, der zweiten Hauptfigur des projektierten Films. Auch hier wieder: Hintergrund-Informationen, noch keine Ansätze zur Ausgestaltung von Szenen.

Zum Fronteinsatz war Hübner mit seinen damals bereits fünfunddreißig Jahren zu alt, wurde aber, im Polizeidienst, 1915 abkommandiert zur Transportbegleitung von Nachschubzügen Richtung Westfront: Munition und Proviant. Meist fuhr er im Mannschaftswagen mit; auf gefährdeten Streckenabschnitten jedoch musste er in ein Bremserhäuschen steigen. Die gedeckten Güterwagen überragend, waren sie nur für Rangierfahrten gedacht, nicht jedoch für Begleitung auf langen Strecken. Im Winter zog es eiskalt durch alle Ritzen, manchmal drückte sich Schnee herein – das schlug auf die Knie.

Selbstverständlich wurde turnusgemäß abgelöst, er konnte sich am Bollerofen im Mannschaftswagen aufwärmen, es wurde Skat gespielt »bis zur Bewusstlosigkeit«. Dann jedoch musste er, bei einem Zwischenhalt, wieder hinauf ins Bremserhäuschen. Oder musste auf Patrouille gehn bei Zwischenstopps auf freier Strecke, in kleinen Bahnhöfen. Wiederholt herumrangiert, sollte der Zug möglichst dicht an die Hauptkampflinie herangeführt werden. Permanent Artilleriegedröhn: Sperrfeuer, Trommelfeuer.

Schließlich »und zum Glück« erwischte es ihn: frontüblicher Typhus, am Zielbahnhof eingefangen – in den entladenen Waggons wurden Verwundete, Schwerkranke zurücktransportiert. Lange Zeit lag Hübner im Feldlazarett: Komplikationen.

Erleichterung, als er, auch wegen rheumatischer Beschwerden, an die Heimatfront versetzt wurde. Sein Dienstort war damals noch Trier, doch ließ er sich, aus privaten Gründen, recht bald schon nach Krefeld versetzen. Auch in der dortigen Polizeidienststelle herrschte kriegsbedingter Personalmangel; so ging er meist allein auf Streife, auf Patrouille – mit dem Fahrrad, womit auch sonst, Autos waren selten, und die noch fahrtüchtig waren, sie wurden hinter der Front eingesetzt.

Im Heimatdienst sah er sich bald mit unerwarteten Problemen konfrontiert: Immer größer die Zahl von Frauen, die Straftaten begingen – meist Eigentumsdelikte. Eigentlich kein Wunder: Die wehrfähigen Männer an der Front oder in der Etappe, die Frau jeweils als »Haushaltsvorstand«; mit dem Steckrübenwinter wuchsen die Probleme.

Steckrübenmus und Steckrüben-Bettelmann-Suppe nicht nur in seiner Familie, Hübner hat das oft genug zu riechen gekriegt bei Rundgängen – halb Krefeld roch nach gekochten Steckrüben. Die reichten im Nährwert an Kartoffeln nicht heran; statt guter Suppen auf dem Herd begann zuweilen die Volksseele zu kochen. Das realisierten sie in der Dienststelle immer häufiger – Anzeigen, Hilferufe. Frauen stahlen vor allem Brot, denn Kartoffeln wurden rar – der pro Hals und Kopf zustehende Doppelzentner konnte nicht immer geliefert werden. Ein Teil der Kartoffelreserven kam ins K-Brot. Er wusste damals nie: heißt das nun Kartoffelbrot oder Kriegsbrot? Man sagte einfach nur: K-Brot. Damit kriegte man die Familien schon gar nicht satt, ein Fall von Plünderei in Krefeld: Die Schaufensterscheibe einer Bäckerei eingeschmissen mit einem Pflasterstein, Frauen stürmten den Laden, rissen alles an sich. Es gab Verletzte, aber bis man von der Dienststelle zum Ort des Geschehens kam, war der Spuk vorüber: Laden geleert, Bäcker empört.

Es wurden nicht nur Brote geklaut, auch Schuhe. Die meisten Einwohner blieben allerdings auf Holzschuhe angewiesen; Hübner hatte zuweilen das Gefühl, Krefeld wäre von Holland erobert worden – ringsum Holzschuhgeklapper.

Holz, Brennholz: wurde »natürlich auch gestohlen«. Vor allem im »Forstwald« Richtung Tackheide. Sobald am Krefelder Stadtrand eine Frau auftauchte mit dem Rupfensack auf dem Rücken und oben ragten »Premmel« heraus, erfolgte Hübners Zugriff: »Auskippen den Sack!« Waren die Äste abgesägt und nicht abgefault, abgebrochen, so war der Tatbestand klar, die Delinquentin wurde der Polizeiwache zugeführt, ein Protokoll wurde aufgesetzt. Die meisten fügten sich in ihr Geschick; es gab allerdings auch Frauen, die stellten sich auf die Hinterbeine, wurden rebellisch, meist mit Hinweisen auf hungernde und frierende Kinder. »Aber das heißt noch längst nicht, dass man mir nichts, dir nichts Gesetze übertritt.« Was sich als Leitsatz des Werner Hübner festschreiben ließe.

Notizen, Materialien zur Ernährungslage der Marga Epstein. Sie hat die Reichsbrotkarte erhalten, die Reichsfettkarte, Reichsmarmeladenkarte, jeder Abschnitt mit aufgedrucktem »J«, aber das wenige, das ihr nach der Scheidung noch zustand, wurde ihr nicht immer zugeschoben, in den frühen Morgenstunden, in denen Juden das Einkaufen noch erlaubt war. Sie konnte zwar davon ausgehen, in Anbetracht der angespannten Transportlage, dass wirklich nicht mehr alle Lieferungen ihr Dorf erreichten, sie hatte aber auch Grund zur Annahme, man verweigere ihr vieles ganz einfach. Was sie zuletzt noch erhielt, war nicht immer genießbar. Würmchen, Maden, zuweilen auch kleine Käfer in Hülsenfrüchten … Am liebsten hätte sie so was weggeschüttet, hat solche »Beilagen« aber doch rausgepult, hat die Erbsen reichlich lang gekocht, waren schließlich fast Matsch.

Sie hatte oft Kohldampf; verlor an Kräften; tagsüber »Schlafkrankheit«, nachts kaum Schlaf; am folgenden Tag mühsame Konzentration, blättern statt lesen. Dazu bot sich freilich kaum Gelegenheit, sie musste versuchen, ihr Auskommen zu finden. So hat sie aus Baumwollfäden Strickgarn hergestellt: auf selbstgebautem Nagelbrett wurde der Faden sechsfach gewickelt. Der Artikel war sehr begehrt, dafür wurde ihr dies und das zugeschoben, heimlich.

Eine Zeit lang hielt sie in der Dachwohnung zwei Hühner, obwohl das verboten war, fütterte sie mit letzten Resten, aber das reichte nicht, und die vorherrschende Dunkelheit bekam den Hühnern nicht so recht, jedenfalls: sie haben nicht gelegt.

Zuweilen hat Marga im »Forstwald« Bucheckern gesammelt, erst recht Pilze. Sie brach, bei (erneutem) Fliegeralarm, in früher Morgenstunde auf, war dann als Einzige unterwegs und als Erste vor Ort, hatte noch Aussicht auf Butterpilz und Hallimasch, womöglich auf Steinpilz.

Bucheckern hat sie ausgepresst. Das brachte nicht viel, aber sie hatte wenigstens eine Spur Öl auf den Kartoffeln. Und ein paar Tropfen Bucheckernöl zum Pilz in der Pfanne.

Hier ein Angebot, das sich szenisch leicht umsetzen ließe: Marga allein in weiter, flacher Landschaft, in der Luft das Dröhnen einer der Bomberflotten der Royal Air Force.

Vorab: Nach der Scheidung durfte Marga nicht mehr in den Luftschutzraum. Das wurde von der Hausgemeinschaft zwar nicht direkt verboten, sie kennt den alten Mann, den Luftschutzwart, seit Jahren; er hat sie um Verständnis gebeten: Keinen Ärger machen, keine Probleme bereiten, es kommen zuweilen Passanten in den Keller, die vom Fliegeralarm überrascht werden, und da sei es ungewiss, wie PGs auf den Anblick einer Frau mit Judenstern reagieren. »Ersparen Sie uns so was doch bitte!«

So macht sie sich bei Fliegeralarm auf den Weg. Hat das ganze Dorf für sich, verlässt es aber, auf ihrer Straße. Sie braucht Bewegung, hat früher schließlich viel Sport getrieben, das geht längst nicht mehr, bleiben also nur Spaziergänge.

Motorengebrumm, Motorengedröhn hoch in den Lüften, aber das macht ihr nicht Angst, warum sollten Bomben ausgerechnet auf Anrath und Umgebung fallen? Eine Luftmine, gewiss, war in Anrath eingeschlagen, die wird aber wohl bei einem Angriff übrig geblieben sein, und auf dem Rückflug wurde sie irgendwo ausgeklinkt, schlug zufällig im Dorf ein. Warum also Angst bei Nachtgängen? Sie findet sich auch im Dunkeln zurecht, kennt die Gegend fast »auswendig«. Zudem ist da immer etwas Nachtlicht, oft auch Mondlicht – dann fliegt der »Tommy« besonders gern ein, alles ist trotz Verdunklung beleuchtet. So nimmt sie nur selten ihre Taschenlampe mit – kleine Dynamolampe mit Wippbügel. Den betätigt sie aber nur selten. Sie ist sicher: wenn sie den Dynamo etwas länger surren ließe, wäre sofort, wie aus dem Boden gestampft, ein Amtsträger zur Stelle, der sie anschreit, womöglich anzeigt: Lichtsignale an Terrorbomber …! Allerdings kann sie sich nicht vorstellen, dass man aus ein paar Kilometern Höhe so eine Funzel überhaupt bemerken könnte. Demnächst wird von Hundertprozentigen womöglich behauptet, Feindflieger könnten im Dröhnen der Bomberflotten das leise Surren einer Dynamolampe einige tausend Meter unter ihnen hören, würden prompt mit Bombenwürfen reagieren.

Ende des Vorspiels, Beginn der Durchführung. Auch hier bleibe ich (vorerst) beim Modus der Filmerzählung – so hatten wir das telefonisch ja auch vereinbart. Für mich ist, nach der langen Drehbuch-Abstinenz, diese Vorgehensweise am sichersten. Es muss sich erst mal wieder das Gefühl einstellen: Der »plot« ist stimmig.

Am besten wären nun Nachtaufnahmen, aber das würde, in längerer Sequenz, etwas mühsam, und so schlage ich vor: Reimann, Schutzpolizei, fährt am 17. September 1944 in früher Morgenstunde zum Ort des Geschehens. In dieser Jahreszeit wird es erst gegen halb sieben heller, Sonnenaufgang gegen sieben. Die »Dienstfahrt« per Rad könnte gegen sechs beginnen – im letzten September der Verdunklung. Zwar surrt der Dynamo am Vorderrad, doch gibt die Lampe nur wenig Licht – ist mit Isolierband zugeklebt bis auf einen zigarettenschmalen Schlitz. So wird die Straße nur schwach beleuchtet, und das bei all den Schlaglöchern, denen Reimann ausweichen muss – Reifen und Schläuche sollen geschont werden. Im Dorf, in das er hineinradelt: kein Lichtspalt unter einer Tür, kein Lichtloch in einem Vorhang. Ohnehin ein Sonntagmorgen, da steht man auch im sechsten Kriegsjahr später auf.

Die Hausfassaden heben sich kaum ab vom Morgenhimmel, nur zu ahnen der Kirchturm. Ein Hund schlägt an, doch nur kurz, als würde er die Stille im Dorf respektieren. Nur das Surren des Dynamos, das Klappern des Abdeckblechs über der Fahrradkette. Weit entfernt nun: dumpfes Wummern, sonores Dröhnen. Suggestion: Bomber auf dem Rückflug aus dem Reichsinnern: stand wieder eine Kleinstadt auf dem Programm, weil alle Großstädte mittlerweile zerbombt waren? Das Dröhnen lässt nach, während Reimann weiterfährt. Dröhnen setzt wieder ein: die nächste Staffel. Dann, sich erneut betonend: sirrendes Leiern des Dynamos, gelegentliches Schniefen. Und Morgenhusten, doch ohne Auswurf. Aber mal kräftig nach links gespuckt.

Weiterhin Schlaglöcher, denen er lässig ausweicht. Streckenweise Kopfstein, da fährt der Radler lieber auf dem sandigen Seitenstreifen zwischen Pflasterung und Alleebäumen. Er hält an: verlassenes Fahrzeug am Straßenrand – Panzerspähwagen, Beutefahrzeug. Wegen Spritmangel stehngelassen? Er lehnt das Rad an die Stahlflanke. Leise, stockend das Pladdern. Muss sich Zeit lassen, lässt sich Zeit. Kleiner Seufzer in der Stille: kein Herandröhnen weiterer Bomberstaffeln. Dafür aber, vom nächsten Dorf her, Hahnenkrähen. Scheinbar friedliches Zeichen. Langsame Aufhellung.

Reimann steigt wieder aufs Rad. Asphalt mit Schlaglöchern; Rüttelstrecken auf Kopfstein; Sandstreifen, leicht knirschend unter den Reifen. Stille, immer noch, im Westen. Flach, flach das Land. Zuweilen Bäume am Straßenrand. Keine Glockenschläge, viertelstundenweise: zahlreiche Glocken eingesammelt, eingeschmolzen, Läuten der Restglocken unerwünscht. Auch Hunde sind rar geworden. Keine akustische Markierung der Ortschaft vor ihm: Anrath.

Dicht gereiht kleine Häuser. Dann eine weithin aufgerissene Fläche, Trümmer. Bald schon vor ihm: hochragende, breit gelagerte Baumasse. Abgehoben vor dem Morgenhimmel der erstaunlich hohe Turm. Wie entflogen der Wetterhahn.

Die Querstraße, Landstraße ostwärts: Geräusch von Rädern auf Kopfstein, Hufschlag, Schritte: Flüchtlinge.

Notizen: Ein Pkw mit belgischem Kennzeichen – Wehrmachtsoffiziere mit weiblicher Begleitung … Zu Fuß: alte Frauen, alte Männer – kamen wohl nicht so schnell weg aus ihren Häusern, von ihren Höfen, vielleicht noch in der Hoffnung auf die »Wunderwaffe«, die blieb jedoch Gerücht. Sind die Nacht durchgefahren, geritten, gegangen, die Dunkelheit als Schutz vor Tieffliegern, »Jabos« … Aktentaschen, Beutel, Rucksäcke, Koffer … Ein Pferdefuhrwerk, Soldaten auf Heu, der Rekrut vorn kann sich vor Müdigkeit kaum auf dem Bock halten … Eine Feldküche, hohl scheppernd … Wieder Bauern: Schubkarre, Handkarren, Leiterwagen …

Reimann quert die Straße, schiebt das Rad. Keine Flüchtlinge in der Seitenstraße – leiser das Rollen, der Hufschlag, das Schurchen. Richtungsweiser: Neersen. Das Rad weiterschieben. Anhalten. Drei Klingelschildchen. Er setzt den

Taschenlampen-Dynamo mit dem Wippgriff in Gang, leuchtet die Schildchen an. Auf dem oberen: Epstein.

Das Klingelgeräusch ist nur schwach zu hören im Haus, löst keine Bewegung aus. Auch beim zweiten Signal keine Reaktion. Nun läutet er Sturm. Es öffnet sich, mit weiterer Verzögerung, ein Fenster im Dachgeschoss. »Das dauert aber, bis Sie aus den Federn kommen! Reimann, Schutzpolizei!«

Schritte, eine Treppe herab: Knarrholz. Die Haustür wird erst spaltweit geöffnet. »Nun machen Sie schon!« Die Frau, Mantel umgehängt, entschuldigt sich: Hatte sich was in die Ohren gesteckt, wegen der Feindflieger, ist spät erst eingeschlafen ... Er steigt hinter ihr die nun doppelt knarrende Treppe hoch.

Eine Wohnküche; die Frau schließt das Fenster, kommt zum Tisch. So früh hat sie mit Besuch nicht gerechnet. Und sie entschuldigt sich wieder: hat es mit der Schilddrüse, auch deshalb Schlafstörungen ... Ist noch nicht so ganz wach ... Würde gern Kaffee aufbrühen, auch für ihn, richtigen Bohnenkaffee, hat aber nur Muckefuck.

»Lassen Sie's mal gut sein.«

Sie lädt ihn ein, sich einen Moment zu setzen. Er aber will nicht, nur ja keine Ansätze zur Vertraulichkeit – obwohl man sich gelegentlich gesehen, wahrgenommen hat, sie zu Fuß, er auf dem Rad.

Kurze Stille. Eventuell langsamer Kameraschwenk: Der Tisch ... der Herd, lädiertes Emaille ... die Anrichte ... steinernes Spülbecken ... Bilder an geblümten Tapeten: ein Stahlstich von Düsseldorf – der dicke Turm vom verschwundenen Schloss ... Eine Tuschezeichnung: Fischerboot in kleiner Hafenbucht, auf Ebbeschlick; wie hingehuscht Fassaden von Bürgerhäusern ... Gerahmte Fotos. Ein Mann, Pfeife im

Mundwinkel, auf der Kühlerhaube eines Wagens sitzend, Füße auf verchromter Stoßstange … Zwei Frauen in einem Paddelboot, eine jüngere, eine ältere … Junge Frau in Turnhose, Turnhemd, und sie zeigt der Kamera eine kleine Siegestrophäe.

Es folgt Reimanns Eröffnung: Amtliche Mitteilung an Marga, geschiedene Baring, geborene Epstein. Er entnimmt der Aktentasche ein Formblatt, verliest den Text, nun erst recht stehend. Und sie: nun erst recht sitzend, Unterarme auf den Oberschenkeln.

Betreff: »Wohnsitzverlegung nach dem Generalgouvernement. Es wird Ihnen hiermit eröffnet, dass Sie innerhalb von zwei Stunden Ihre Wohnung zu verlassen haben. Zum Zwecke der Abschiebung werden Sie vorläufig festgenommen und in ein Sammellager gebracht. Sie werden angewiesen, die Schlüssel an sämtlichen Behältnissen, Schränken und so weiter stecken zu lassen, ebenso die Schlüssel an den Zimmertüren innerhalb der Wohnung. Sie haben mitzunehmen: an Zahlungsmitteln 60 Reichsmark. Einen Koffer im Gesamtgewicht von höchstens 50 Kilogramm. Sie selbst haben sich ein Schild um den Hals zu hängen, auf dem in deutlich lesbarer Schrift Name, Geburtstag und Kenn-Nummer angegeben sind.«

Reimann liefert mündlich eine Begründung nach für die Abschiebung: Durch die vor Jahren erfolgte Scheidung ist der Schutz durch Mischehe aufgehoben. »Und nun ein Blick auf die Uhren: 6 Uhr 25. Um sieben werden Sie von einem Herrn der Gestapo abgeholt.«

Aufschluchzen, Tränen. Angst vor der Gestapo, Angst vor dem Lager. Und es könnte zur Sprache kommen: Mehr als zwei Jahre zuvor sind ihre Eltern abgeholt worden, in Düsseldorf, seither hat sie nichts mehr von ihnen gehört. Keine Zeile! Seit Juli 42 – nichts, nichts, rein gar nichts!

Als Antwort: Es gehöre nicht zu den dienstlichen Obliegenheiten der Schutzpolizei, sich über solche Abläufe zu informieren; es lasse sich nur vermuten, dass Werner Israel Epstein im Rahmen eines Arbeitstransports verschubt worden ist; demnach dürfe er in Theresienstadt kaum die Gelegenheit finden, »Postkärtchen zu schreiben«.

Es war aber kein Arbeitstransport, es handelte sich um einen Altentransport! Ihr Vater war damals zweiundneunzig – Greis mit Krücke! Mutter war siebenundachtzig. Sie beide wurden deportiert mit dem Altentransport vor 27 Monaten. Arbeitstransporte hingegen waren schon vorher erfolgt! Also, warum haben die alten Leutchen nicht geschrieben? Nichts, nichts, keine Zeile! Von den anderen im Altentransport hat man auch nichts mehr gehört. Auch nach Aussage eines Mitglieds des Krefelder Judenrats: Keine Nachricht aus Theresienstadt, keine einzige! Schluchzen, heftig, sie kann nicht weitersprechen.

Der Schupo: Wird nichts so heiß gegessen ... Dauert alles nicht mehr lang ... Kann wirklich nicht mehr allzu lang dauern ... »Eigentlich müssten wir wieder die Front hören.«

Überleitend spricht Reimann von der künftigen Nutzung der beiden Zimmer: Auch im Raum Krefeld sind Wohnungen äußerst knapp nach den Bombenangriffen. »Da ziehn hier mit Sicherheit Ausgebombte ein.« Er lässt offen, wie mit hinterlassenem Besitz verfahren wird. Die Polizei kann diesbezüglich, bei kriegsbedingt knapper Besetzung der Dienststellen, für nichts einstehen.

Als Signal, als Zeichen für angemessen kritische Darstellung: Reimann gibt sich selbst ein Stichwort. Rudolf Baring, ihr geschiedener Mann, hatte als Schneider gearbeitet, was im Raum Krefeld meist hieß: als Zuschneider von Seidenkrawatten. Demnach dürfte er die eine oder andere Seidenkrawatte aufbewahrt haben, »für bessere Tage«. Diese Krawatten wird Frau Marga wohl kaum mitnehmen, bei einem Arbeitseinsatz dürfte sich keine Verwendung finden für Seidenprodukte früherer Jahre, deshalb ein Vorschlag zur Güte: Reimann übernimmt eventuell zurückgelegte Seidenkrawatten – zwecks vorsorglicher Sicherstellung, damit sie nicht in »falsche Hände« geraten. Er erklärt sich bereit zu einer »Abschlagszahlung in angemessener Höhe«.

Sie erklärt, sie hätte keine Krawatten im Zimmer, wirklich nicht. Der Polizist gibt sich mit der Erklärung »halbwegs zufrieden«. Schließlich liegt kein Haussuchungsbefehl vor. Abschließende Bemerkung: »Seien Sie sich darüber im Klaren, dass Sie sich in Haft befinden. Die ist formell erst beendet, sobald Sie sich im Transportzug befinden. Vorher bin ich verpflichtet, bei einem eventuellen Fluchtversuch von der Dienstwaffe Gebrauch zu machen. Also: keine Scherereien! Sehn Sie zu, dass Sie rechtzeitig fertig werden.«

Der Polizist bezieht Posten vor dem Haus, patrouilliert. Zwischen den Fassaden: seine Schritte mit kleinem Echo. Leichter Westwind – kein Grummeln, kein Dröhnen von Artillerie.

Um den Zeitrahmen der Geschichte wenigstens anzudeuten: Lagebesprechung in Aachen, grundiert von irritierend nahem Artilleriefeuer – Aachen als Frontstadt. Ein Tisch mit ausgebreiteter Regionalkarte. Offiziere in leicht ramponierten Uniformen.

Stichworte zur Stimmungslage: Personenzüge überfüllt mit Militär, Güterzüge mit Lastwagen, gepanzerten Fahrzeugen, Artillerie – alles Richtung Rhein, Reichsinneres … Soldaten der Luftwaffe auf dem Rückmarsch, Männer der Organisation Todt, Gruppen der Infanterie, der Panzerabwehr, der Panzertruppe; Offiziere in Fahrzeugen (»Kübelwagen«) der Wehrmacht … Kradfahrer; Soldaten auf Fahrrädern; Infanterie, übermüdet, die Ausrüstung schleppend … Ochsengespanne vor Leiterwagen – die Pferde längst requiriert … ein Traktor, Glühkopf-Lanz, Rauchballen mit Getöse in die Luft werfend … ein Lastwagen mit Holzvergaserkessel, auch ein Pkw mit aufgehucktem Kessel, sicherlich Parteifahrzeug … ärmere Flüchtlinge mit Schubkarren, Leiterwägelchen, »Bollerwagen« … alte Frauen, Kopftücher tief in die Stirn gezogen … greinende Kinder … eine Schleife, Gepäckstücke draufgeschnallt … ein Kriegsinvalide im Rollstuhl, von einer alten Frau geschoben, womöglich seine Mutter.

Lage im Überblick. Mitte September 1944 liegt die linksrheinische Stadt Krefeld bereits hörbar in der Nähe der HKL. Zuweilen, bei Westwind, ist das Kanonendonnern sogar im Ruinenfeld Köln zu vernehmen.

Bereits fünf Tage vor dem 17. September war das »erste Werk des Westwalls« gefallen, in der Nähe von Aachen. Die Beton-Höckerlinie (»Drachenzähne«) des Westwalls erwies sich als wirkungslos: eine amerikanische Vorhut konnte einen Erddamm nutzen, den Altbauern entgegen strengsten Vorschriften über Betonhöckern aufgeschüttet hatten, um ohne lange Umwege an ihre Felder westlich der Verteidigungslinie heranzukommen. Für Sherman-Panzer musste der Erddamm bloß noch verstärkt werden. Der als unüberwindlich gefeierte Westwall war damit schon mal überwunden. Auch wurden Panzergräben von schwerem Räumgerät abschnittweise zugeschoben, wurden Straßensperren aus T-Trägern und Bahnschwellen gesprengt und abgeräumt.

Östlich von Aachen: Vorstoß eines amerikanischen Panzertrupps bis Stolberg ... Nördlich von Aachen: Valckenburg erobert ... Die Grenzstadt wie von einem Hufeisen umschlossen, nur noch eine Öffnung nach Osten ... Feindlicher Vorstoß auch bei Roermond an der Maas: lediglich 40 Kilometer von Krefeld entfernt ... Im Großraum Aachen befand sich in breiter Front die Erste Amerikanische Armee auf dem Vormarsch, mit etwa 1200 Panzern. Ein Oberst: »Zwanzigfache Panzer-Überlegenheit der Amerikaner, fünfzigfache in der Luft.«

Weitere Formulierungen, aufgegriffen und notiert: »Ausgebrannte Kräfte ... operatives Loch an der deutschen Grenze ... trotz aller Gegenanstrengungen der Sack nunmehr so verengt ... an der Heeresgruppen-Naht entstand bei Bitburg eine Krise ... das aus Ohrenkranken zusammengesetzte Sicherungs-Bataillon 1229 ... steigende Betriebsstoffknappheit ... lag die Initiative weiterhin beim Feinde ... Restverbände, die als solche nicht mehr zu verwenden waren ... ältere oder doch weniger kampfkräftige und durchweg unzureichend ausgebildete Mannschaften ...«

Am 17. September Vorstoß britischer Truppen Richtung Rhein unter Umgehung des nördlichen Westwalls. Luftlandeoperation bei Arnheim.

Die desolate Situation darf nicht nur erörtert werden, also Entwurf einer Szene. Außendreh: Gegenbewegung zur Massenflucht. Ein Trüppchen westwärts, auf Fahrrädern. Vorneweg ein Mann mit ruckhafter Bewegungsweise: ein Bein ist steif; Kriegsinvalide im Rang eines Oberfeldwebels.

Ihm folgt ein halbes Dutzend Hitlerjungen; der Erste von ihnen führt zwei Panzerfäuste mit sich; als Halterung ein Lattengestell an der Lenkstange – der Gefechtskopf der Waffe jeweils nach oben, das Abschussrohr nach unten gerichtet. Die Jungen dahinter führen nur jeweils eine einzige Panzerfaust mit, in Halterungen an der Rohrstange zwischen Sattel und Lenker arretiert.

Vor einem Haus: »Das Ganze halt! Absitzen!« Die Hitlerjungen lassen sich fast von den Rädern fallen, hauen sich hin am Straßenrand. »Sind fix und fertig …« Nur der Hitlerjunge mit der doppelten Ausstattung von Panzerfäusten bleibt neben dem Fahrrad stehn: HJ-Schießauszeichnung, HJ-Meisterschütze … Sind seit Stunden unterwegs, via Moers. Für ihn selbst, fügt der Feldwebel hinzu, ist die Strecke doppelt so weit – alles auf ein Bein verlagert. Eine Mine in Weiß-Ruthenien; er ist nicht direkt drübergelaufen, in dem Fall wäre mehr als nur der eine Hax weg, aber der Kamerad vor ihm, den hat es schier zerrissen. Und jetzt – man muss sich zu helfen wissen, er hat einen Metallbügel am Pedal befestigt, schiebt die Stiefelspitze rein, kriegt so das Pedal wieder hoch, kommt passabel voran. Ob er sich rasch mal waschen darf?

Die Schüssel wird ihm vorgesetzt in der Küche; Reinigung von Gesicht und Oberkörper. Mitteilungen wie zum Dank: Sie müssen noch ein Stück weiter: Einsatz bei Aachen; knorke die Jungen; noch keine Kampferfahrung, dafür aber starke Motivation: wollen US-Panzer knacken! Durchaus notwendiger Einsatz, Panzergräben nützen nichts, wie sich im Grenzbereich zeigte. Trotzdem, dahinten, ein paar Kilometer weiter, es wird geschippt – alles Kappes! So ein Gräbelchen wird weiträumig umfahren oder von Großgerät für eine Passage mit Erdreich zugeschoben. Also Panzerjagd! »Nix andres bleibt uns nicht übrig« … Er will nur hoffen, dass der Ami nicht den Trick vom Iwan übernommen hat: Panzer vollhängen mit Matratzen, Bettgestellen und so, damit die Projektile schon *vor* der Panzerwand explodieren.

Muss kurios aussehn: Vermummelte Panzer, Kramläden auf Ketten ... Aber ein paar von den zehntausend oder so, die sollten sie noch siegreich zur Strecke bringen.

Und wenn jeder seinen Sprengkopf verschossen hat? Macht ihr weiter als Radfahrspähtrupp?

Da radeln wir zurück und übernehmen eine Kollektion Wunderwaffen: Brandfaust, Flammenfaust, Gasfaust, Luftfaust, Schrapnellfaust ... Dass es dem Gegner graust ... Und er nach Hause saust ...

Abtrocknen, dabei ein Tässchen Getreidekaffee. Er tritt vors Haus. »So, ihr Pickelkröten, aufsitzen!« Er schiebt die Stiefelspitze in den Metallbügel, tritt an, der Meisterschütze schwingt sich auf den Sattel, die andren Jungen sitzen eher steifbeinig auf, fahren schlingernd los.

Werner Hübner, Gestapo-Beamter, Referat IV, Dienstsitz und Wohnung in Krefeld, radelt in früher Morgenstunde des 17. September 1944 nach Anrath.

Hübner widerspricht dem Klischee vom hageren Mittvierziger mit Hut und Ledermantel: das Erscheinungsbild dieses Beamten galt weithin als vertrauenerweckend. Was denn auch Vorgaben des Reichssicherheitshauptamtes entsprach: Die Akzeptanz von Anweisungen, von Durchführungsbestimmungen sollte erleichtert werden. So hat es mir das Modell des Werner Hübner persönlich berichtet.

Um die Glaubwürdigkeit der fast unglaublich erscheinenden Geschichte zu erhöhen, nenne ich Ihnen (dies vertraulich!) den Klarnamen des weiter in Krefeld lebenden, nun pensionierten Beamten: Richard Schulenburg. Er hat mittlerweile wieder Anschluss an die Evangelische Kirchengemeinde gefunden und trägt allmonatlich den hektographierten Gemeindebrief aus.

Diese punktuelle Aufhebung des Pseudonyms gleichsam als Zertifikat für die »story«, wie unsere Besatzer sagen würden.

Marga öffnet den Koffer, den sie bei Fliegeralarm in den Keller mitgenommen hatte – solange sie noch durch den Status Mischehe geschützt war.

Der Luftschutzkoffer reicht für längere Abwesenheit allerdings nicht aus, sie packt um in einen größeren Koffer, Vulkanfiber. Verharrt. Setzt das Packen fort, mechanisch. Nimmt Bilder mit. Ein Foto des Vaters vor dem Geschäft: Epstein-Textilien. Mutter im Klepperboot Burschi.

Blick aus dem Fenster: der Polizist patrouilliert unten. Werden Hausbewohner, werden Nachbarn das registrieren? Die »Nobberschaff, os Nobberschaff«?

Hübner radelt durchs Dorf, vorbei am Rathaus mit dem Turmstutzen, vorbei an der massigen, hochragenden St.-Johannes-Kirche, schwenkt ein in die Neersener Straße.

Kleines Dienstgespräch mit Friedhelm Reimann, Schutzpolizei. Zwei Fahrräder, nun aneinandergelehnt.

Hübner: Hätte er insistiert, so hätten die Düsseldorfer Kollegen vielleicht einen Dienstwagen mit Holzvergaser zur Verfügung gestellt. Hat aber keine Lust, den aufgehuckten »Badezimmerofen« unterwegs nachzuheizen. Dann doch lieber, in alter sportlicher Gesinnung, Anfahrt und Abtransport per Drahtesel. Mal wieder hoher Blutdruck, kann durch die Radtour hoffentlich etwas abgebaut werden. Bleibt nur zu hoffen, dass der Drahtesel wegen Überlastung unterwegs nicht bockt. Keine Lust, den Rückweg nach Krefeld zu Fuß anzutreten, da würden sich gleich wieder die Knie melden. Merkwürdig: beim Radfahren machen die Gelenke weniger Probleme ... Übrigens: heut morgen schon die Front gehört?

Gemeinsames Lauschen, westwärts. Nein, noch ist alles still. Vergleichsblick auf die Uhren: kurz vor sieben. Wird also noch zwei, drei Stündchen dauern, eh der Ami die Kampfhandlungen eröffnet – bis dahin gedenkt Hübner wieder in Krefeld zu sein. Der Ami fängt sonntags sowieso später an, oder? Erst mal Feldgottesdienst und reichliches Frühstück? Die Wehrmacht hingegen muss sich zurückhalten: Munition sparen, Sprit sparen, Proviant vom Munde absparen. Verdammt knapp auch die Rauchwaren. Dennoch eine Zigarette, von Reimann gedreht: wird hin und her gereicht.

Besondere Vorkommnisse?

Auch Reimann registrierte deutliches Nachlassen des Flüchtlingsstroms; offenbar greifen die Verbote.

Und marodierende Ostarbeiter? Sollen sich etliche dem Evakuierungsschub ins Reichsinnere entzogen haben.

Indirekter Entzug, wenn man so will, auch durch Todesfälle. Vergangene Woche, auf Streife, hat Reimann bei Gut Heimroth zur Kenntnis genommen: Ein Schlagkarren, von altem Gaul gezogen, von einem Polen begleitet, auf der Ladefläche die Leiche des vom Ortsbauernführer weisungsgemäß hingerichteten Zwangsarbeiters; der Leichnam wurde in einer Senke verkippt, der Polack schaufelte Chlorkalk drauf, dann eine dünne Lage Erde.

In dieser Situation wohl kaum erörtert, doch stimmungssenkend präsent, zumindest für Reimann: Auch Polizeibeamte älterer Jahrgänge werden darauf vorbereitet, Krefeld im Erdkampf zu verteidigen. Ein Bataillon Polizei, so heißt es, befinde sich bereits auf dem Anmarsch, hinzu kämen 150 Hitlerjungen im Alter zwischen sechzehn und vierzehn. Ansonsten sei keine Ersatzzuführung zu erwarten – kein Bewährungsverband, keine Baukompanie, keine Zollgrenzschutz-Einheit, kein Kampfmarsch-Bataillon aus Genesenden, kein Sicherungsverband von Magenkranken ... Den Verteidigern stehe auch kein Großgerät zur Verfügung. Parole: »Handfeuerwaffen und Panzerfaust müssen und können fehlende schwere Waffen ersetzen.«

An Handfeuerwaffen wurden bislang angeliefert: belgische, dänische, tschechische Beute-Gewehre, dazu französische und italienische Beute-Munition. Zehn Schuss für jedes belgische Gewehr, vier Schuss für ein dänisches. Sollte das Gerücht zutreffen, dass von der Schutzpolizei die strafmündigen Bewohner von Häusern liquidiert werden sollen, an denen sich weiße Laken zeigen, so wären mit einer derartigen Aktion die Munitionsreserven bereits verbraucht.

Abwechselnd ziehn sie an der Selbstgedrehten: Machorka, Marke Eigenbau. Reimann hat von einem Kollegen erfahren: Bei Moers ist ein Kübelwagen der SS gestohlen worden, mitten im Ort! Wie der neue belgische Befreiungssender behauptet, hat auf dem Rücksitz zwischen allerlei Fluchtgepäck ein Karton Zigaretten gelegen, nebst drei Flaschen echtem Cognac.

Feindpropaganda ...! Prüfender Blick nach oben: Ziemlicher Dunst, da dürften sie von Feindfliegern verschont bleiben.

Hübner ist aber noch nicht ganz »startbereit«. Bisschen auf und ab gehn ... Werden garantiert beobachtet ... Demonstrieren, dass wir die Stellung halten ... Präsenz zeigen und Gelassenheit ... Wird sich im Ort herumsprechen ... Und sollte jetzt schon Ari zu hören sein, dann erst recht Ruhe bewahren, demonstrativ.

Reimann fragt nach einigermaßen verlässlichen Nachrichten zur Lage. Seine Frau macht sich Sorgen. Die Elendszüge, »auch bei uns durchs Dorf«, haben sie ziemlich bedrückt. Sie möchte die gebrechliche Mutter nicht auf einem Karren Richtung Osten schieben.

Hättet ihr nicht ein bisschen früher planen können?

Na, vielleicht. Das Problem war nur: wohin dann? Hätten, theoretisch, die alte Dame nach Osnabrück bringen können, dort lebt Elfriedes Schwester, aber sie hat sich geweigert, die bettlägrige Mutter zu versorgen – Ausflüchte, nichts als Ausflüchte! Jetzt hängen wir fest. Was sagt die deinige zu all dem?

Engagiert sich weiterhin in der NS-Volkswohlfahrt. Geht und fährt rum, sammelt Textilien. Werden zwar immer holzhaltiger, dennoch. Sehr viele retten bei Bombenangriffen nur, was sie grade auf dem Leibe tragen. Brauchen dringend Hilfe, also sammelt sie weiter. Wird aber immer schwieriger. In der Stadt wird ihr alles aus den Händen gerissen. Es fehlt an allen Ecken und Enden.

Ja, und die allgemeine, na sagen wir: Geschäftsgrundlage?

Hübner zieht aus der Innentasche seiner Windjacke ein Papier, entfaltet es: Flugblatt, beschlagnahmt, wird zu den Akten genommen. Ein Kartenausschnitt: dicke schwarze Pfeile führen südlich und nördlich an Aachen vorbei Richtung Rhein, über Stolberg hinaus.

Sind die wirklich schon so weit?!

Könnte was dran sein: Dienststelle Stolberg schweigt, scheint bereits geräumt zu sein. Hoffentlich konnten die alle Unterlagen mitnehmen.

Und was hat der Ami sonst so zu vermelden?

Naja, das Übliche. »Das Ende des Krieges ist nah … Deutschland ist besiegt … Kriegsverlängerung ist Kriegsverbrechen …« Ach ja, und die Generäle Bradley & Patton wollen Weihnachten in Berlin feiern … Gezeichnet Generalmajor J. Lawton Collins, »der blitzschnelle Joe«. Angeber …! Großmaul …!

Hübner faltet das Blatt zusammen, steckt es ein.

Reimann: Wenn der Ami erst mal in Aachen steht, kann es schwuppdiwupp gehn. Wenigstens bis zum Rhein.

Wie auch immer – die Stimmung im Lande scheint zu kippen. Anwürfe, Vorwürfe – muss im Einzelnen nicht wiedergegeben werden. Höchstens: subversive Anspielungen über einen US-Filmtitel: *Hangmen also die!* Scheinbarer Werbezettel als Flugblatt! Soll in Aachen auffälliges Echo gefunden haben.

Reimann ist auch eine Äußerung aus dem Raume Moers zu Ohren gekommen: Bei der gegenwärtigen Frontlage müssten »Goldfasane« aufpassen, dass sie nicht ein paar in die Fresse kriegen.

Hübner, noch leiser: Manches säh mit Blick auf die eigene Zukunft eventuell besser aus, wäre letzthin der Antrag auf Rückversetzung in den allgemeinen Polizeidienst nicht abschlägig beschieden worden.

Aha, Rückfahrkarte …?

Eigentlich schade, Herr Liebeneiner, dass wir jetzt nicht beisammensitzen können wie seinerzeit im KddK, und wir besprechen das Projekt in aller Ruhe, wenn auch unter veränderten Vorzeichen.

Ich stehe vor einem Problem, konzeptionsmäßig. Marga Epstein und Werner Hübner bereiten sich in der Filmerzählung vor auf die gemeinsame Fahrt per Dienstrad nach Krefeld. Von diesem Punkt an fällt es mir schwer, die Epstein zum Reden zu bringen. Den Hübner höre ich, die Stimme des Vorbilds Schulenburg im Ohr, wie aber reagiert die Jüdin? Tränenersticktes Stammeln …? Murmeln, dem Verstummen nah …? Ich finde hier, trotz diverser Schreibansätze, (noch) nicht den rechten Ton.

Erst recht bei der extrem beengten Radfahrt: ich kann mir noch nicht so recht vorstellen, was in einer derartigen Konstellation zur Sprache kommt. Ich habe mir ernsthaft überlegt, ob ich nicht eine stumme Rolle anlegen soll: der Frau hat es die Sprache verschlagen … Was sich ja so einigermaßen nachvollziehen ließe, erst recht aus dem noch geringen zeitlichen Abstand zum Geschehen. Während die Epstein im Kontakt mit dem Schupo noch den einen oder anderen Satz hervorzubringen imstande war, reißt an dieser Stelle der Filmerzählung gleichsam der Faden, ich höre nur den Hübner. So bitte ich um Nachsicht, wenn ich, wenigstens im »draft«, Leerstellen lasse für Dialoganteile der Epstein. Für mich ist, wie schon angemerkt, erst mal entscheidend, dass der »plot« sich stimmig entwickelt.

»Hübner, Staatspolizei, Außendienststelle Krefeld. Weisen Sie sich aus! … Ein Koffer, ausgerechnet ein Koffer! Sollen wir vielleicht mit einem Koffer nach Krefeld fahren, auf dem Fahrrad?! Und auch noch saumäßig schwer, das Biest! … Siebenundvierzig oder fünfzig Kilo, wo ist da letztlich der Unterschied?! Du bist hier auf dem Lande, du weißt, was ein Zentner ist! Ein Zentner! … Die Hälfte, höchstens die Hälfte kommt mit. Und zwar im Rucksack, verstanden? Den kriegt man zur Not auf dem Gepäckträger verzurrt … Schluss mit dem Geflenne, packen Sie um! Höchstens zwanzig Kilo, über den Daumen gepeilt … Und in der Handtasche – was ist da drin? … Sie sind angewiesen worden, sich das Schild vor die Brust zu hängen! Lassen Sie mal sehn: alles ordentlich geschrieben? … Da fehlt ja, verdammt nochmal, da fehlt doch der Zusatzname! Wieso haben Sie nicht *Sara* geschrieben?! Nie was von Kennzeichnungspflicht gehört? Marga *Sara* Epstein – so muss das hier stehn! … Und den Mantelkragen klappen Sie da rüber, nicht jeder muss den Judenstern sehn. Ich will nicht, dass Sie unterwegs angepöbelt werden, so was hält nur auf. Sie laufen unter Patientin. Ich bring Sie, offiziell, zum Krefelder Krankenhaus. Es liegt in Ihrem ureigensten Interesse, diese Sprachregelung zu befolgen. Im Übrigen: Klappe halten, zumindest Dritten gegenüber …

Und nun ein Sprung: ich entwerfe Stellungnahmen und Erklärungen von Hübner und Reimann vor der Spruchkammer Krefeld. Das Thema Entnazifizierung ist in vieler, sehr vieler Munde, da würde es an ein Wunder grenzen, wenn entsprechende Filmsequenzen nicht zusätzliches Publikumsinteresse wecken könnten.

Eigentlich müssten die Rechtfertigungsversuche von Hübner und Reimann ans Ende des Films gerückt werden, aber das könnte in der Aufreihung letztlich unproportioniert wirken. So hebe ich die innere Chronologie auf und positioniere die Selbstdarstellungen jeweils auf Stichwort der Story. Wobei ich zur Zeit noch nicht recht weiß, wie sich die Textblöcke des Entwurfs auflösen, umsetzen lassen. Was mich aber nicht weiter belastet, ich sage mir, zugegebenermaßen schnöde: Soll sich doch der Koautor damit befassen! Ich liefre Stoff, Story, Treatment, da soll Mortimer als »attorney« einen fachkundigen Beitrag leisten, indem er Textblöcke auflöst in Phasen des Verhörs durch den Vorsitzenden der Spruchkammer, in Szenen der laufenden Verhandlung, der internen Beratung, der Urteilsfindung, Urteilsverkündung.

Die entsprechende Räumlichkeit muss ich hier nicht näher

beschreiben, wir alle haben sie vor Augen: ein größerer Klassen- oder Besprechungsraum mit deutlichen Kriegsspuren und spärlicher Möblierung.

Mit seiner (sicherheitshalber schriftlich vorbereiteten) Erklärung vor der Spruchkammer soll Schutzpolizist Reimann den Anfang machen.

Bezugnehmend auf die am 2. Sept. 1946 erfolgte Zustellung des Belastungsbescheides gebe ich hiermit eine erste Stellungnahme ab, vorbehaltlich der Konsultation eines Rechtsanwalts. In Anbetracht der gravierenden Vorwürfe und Unterstellungen erfolgen meine Ausführungen in schriftlicher Form – dies, um es gleich eingangs offen zu legen, mit kollegialer Beratung. In der anberaumten Hauptverhandlung des Spruchkammerverfahrens werde ich mir begleitende Erläuterungen und weitere Erklärungen vorbehalten.

Vor allem aufgrund von Auslassungen des geschiedenen Ehepartners Rudolf Baring wird mir (Friedhelm Reimann, geb. 3. 7. 1882 in Mühlheim) vorgeworfen, gemeinsam mit Werner Hübner, dem Leiter des Referates »Judentum und Kirchenfragen« der Gestapo-Außendienststelle Krefeld, einen »Akt der Willkür in letzter Minute« begangen zu haben, insofern als wir »gemeinsam« die Deportation von Marga Epstein als letzter Jüdin des Amtsbezirks duchgeführt hätten. Offenbar aufgrund einer Denunziation (mutmaßlich aus der Neersener Straße) wird der Eindruck erweckt, die Aktion wäre »einvernehmlich durchgeführt« worden. Dies aber ist in keinster Weise der Fall. Als Schutzpolizist hatte ich in der betreffenden Angelegenheit lediglich eine Botenrolle zu übernehmen.

Dennoch erlaube ich mir mit Blick auf die rechtliche Würdigung meiner Grundhaltung und des aus ihr resultierenden

Verhaltens einige Anmerkungen zu den Unterstellungen des selbsternannten Anklägers.

Auf Druck von NS-Behörden und im Sog einer neuen Beziehung hatte sich Rudolf B., zweiter Ehemann von Marga, geb. Epstein, scheiden lassen und eine neue Arbeitsstelle im Großraum Berlin angetreten. Als arisch im Sinne der Rassegesetzgebung hatte er zuvor (wenn auch eher indirekt) den Schutz seiner Frau übernommen, entsprechend der rechtsgültigen Regelung, nach der ein Haushalt mit arischem Haushaltsvorstand und jüdischer Ehefrau insgesamt als arisch galt; dieses Privileg entfiel naturgemäß mit der Scheidung. Streng genommen hat Baring somit seine Frau dem Zugriff der Gestapo ausgeliefert. Dass ausgerechnet *er* sich berechtigt glaubt, sich an der Erstellung des Belastungsbescheides federführend zu beteiligen, lässt nur den *einen* Schluss zu: Sein Vernehmungsersuchen an die hiesige Spruchkammer soll dazu dienen, den eigenen Anteil am Tod der Marga Epstein zu relativieren, womöglich zu kaschieren.

Zum Ablauf. Wie im damaligen Gau Köln-Aachen üblich, wurde die Deportation zum Arbeitseinsatz (in Theresienstadt) etwa eine runde (eher eine halbe) Stunde vor Durchführung angekündigt. Diese Aufgabe wurde mir übertragen – ein routinemäßiger Vorgang! Dass ich vor dem Haus, in dem die betreffende Person zum damaligen Zeitpunkt wohnhaft war, die Ankunft des Judenreferenten aus Krefeld abwartete, entsprach der Vorschrift; formeller Abschluss der Aktion war jeweils die Übergabe des Wohnungsschlüssels an den örtlichen Vertreter der Schutzpolizei, in dem Fall also an meine Person. Dass sich mit dem vorgegebenen Ablauf der Austausch einiger Sätze verband, dürfte ebenfalls selbstverständlich gewesen sein. Das aus der Nachbarschaft beobachtete Beisammenstehen und Besprechen hatte also nichts, aber auch rein gar nichts mit »Konspiration« zu tun. Vielmehr wurde, in Anbetracht der bereits hörbar näher rückenden Front, a) die private, b) die militärische Lage zum Thema.

Zu Punkt eins: Ich erinnerte Hübner daran, dass unter seiner Direktive bereits die Eltern der Epstein nach Theresienstadt deportiert worden waren – der Vater war zu jenem Zeitpunkt um die neunzig und überdies schwer gehbehindert. Einerseits war von einem »Alterstransport« die Rede, andererseits von einem Transport in ein »Arbeitslager«. Letzterer Erklärung konnte die Epstein in Anbetracht des hohen Alters und der Hinfälligkeit ihrer Eltern keinen rechten Glauben schenken. Schließlich waren in der Zuständigkeit wie unter der organisatorischen Leitung von KOS Hübner in mittlerweile vier Deportationswellen fast alle Juden aus Krefeld nach Theresienstadt verschubt worden, ohne dass jemals eine Rückmeldung vom Zielort erfolgt war. So hatte sie das auch mir gegenüber beklagt: Kein Brief, nicht mal ein Postkärtchen mit Vordruck. Kein Wunder, dass sie sich allergrößte Sorgen machte, ja es panisch mit der Angst zu tun kriegte. Sie erwähnte in dem Zusammenhang, dass sich mehrere Juden der Region vor dem »Alterstransport« umgebracht hätten. Nach ihrer Darstellung war das Gefühl weit verbreitet, Theresienstadt sei lediglich Durchgangsstation auf dem Transport weiter Richtung Osten und damit letztlich zur Vernichtung.

Zum zweiten Punkt. Ich äußerte Hübner gegenüber meine Verwunderung, ja meine Befremdung angesichts der Tatsache, dass diese Einzeldeportation noch vor dem fast unmittelbar bevorstehenden Einmarsch amerikanischer Truppen durchgeführt werden sollte. Abgesehen davon zeichnete sich zu jenem Zeitpunkt bereits ab, dass die Epstein den Bestimmungsort Theresienstadt aller Voraussicht nach gar nicht mehr erreichen würde, da Truppen der Roten Armee bereits Sommer 1944 die Grenze zum Protektorat Böhmen und Mähren überschritten hatten.

Dies wurde mit einem Verweis geahndet unter dem damals notorischen Stichwort: Schwächung der Wehrkraft. Überflüssig, daran zu erinnern, dass unter diesem Vorwand vor allem in den letzten Kriegswochen zahlreiche Hinrichtungen (ohne Verhandlung!) erfolgten.

Von einem einvernehmlichen, womöglich konspirativen Gespräch in der Neersener Straße kann also auf keinen Fall die Rede sein. So viel vorab zur rechtlichen Würdigung.

Ungeachtet der Hinzuziehung eines Anwalts gebe ich (Werner Hübner, geb. 23. März 1879 in Trier) hiermit eine Erklärung ab zum Meldebogen sowie zum Belastungsbescheid, zugestellt am 4. September 1946.

Zu meinem nicht geringen Erstaunen beruht besagter Schriftsatz vornehmlich auf Auslassungen des Rudolf Baring, ergänzt durch eine der zur Zeit nahezu epidemischen Denunziationen, in diesem Fall aus der vormaligen Nachbarschaft der Epstein. Beide Anwürfe subsumiert unter der höchst fragwürdigen Unterstellung einer »konspirativen« Deportation, durchgeführt vom damaligen Schutzpolizisten Friedhelm Reimann sowie von mir als vereidigtem Amtsträger.

Zur Sache. Dass bei der von mir weisungsgemäß (!) durchgeführten Verhaftung der Epstein ein zeitlicher Vorlauf von rund zwei Stunden gewährt wurde, entsprach dem damals üblichen Prozedere in keinster Weise. Als zweckmäßig für die Durchführung erwiesen sich vielmehr Überraschungsaktionen mit der Aufforderung, binnen kürzester Frist abmarschbereit zu sein. Wenn ich an jenem Samstag, dem

16. September 1944, der lokalen Schutzpolizei die telefonische Anweisung erteilte, am folgenden Tag zwei Stunden vor meiner Ankunft die Deportation anzukündigen, so hatte das einen ganz bestimmten, in der militärisch prekären Situation jener Tage durchaus plausiblen Grund: Der einzigen noch in Anrath verbliebenen Jüdin sollte die Gelegenheit verschafft werden, rechtzeitig die Flucht zu ergreifen.

Auch wenn es der Epstein als Jüdin nicht gestattet war, bei Fliegeralarm den LS-Raum im Hause aufzusuchen, so hatte auch sie in Erwartung drohender Bombenschäden das Allernötigste in einem Koffer verpackt. Die Epstein hätte demnach ihr Fluchtgepäck ergreifen, das Haus durch den Garteneingang verlassen und sich durch die angrenzenden Gärten (bei vielfach längst schon verheizten Zwischenzäunen) Richtung holländische Grenze absetzen können.

Alternativ hätte sie sich einem der Flüchtlingstrecks ostwärts anschließen können, somit einer der Gruppen, die nicht weiter kontrolliert wurden, was in Anbetracht der zugespitzten Lage schon rein personell nicht durchführbar gewesen wäre.

Reimann hat ihr die Chance zur Flucht verwehrt durch eindeutig zu spätes Erscheinen sowie durch die eindringliche Belehrung, er werde von der Dienstwaffe Gebrauch machen, sollte sie sich ohne strikte Anweisung auch nur in den Hausflur begeben. Demonstrativ, somit für die unmittelbare Nachbarschaft unübersehbar, ist Reimann sodann vor dem Hause patrouilliert.

Kurzum, Reimann hat jeden potentiellen Fluchtversuch verhindert, obwohl ihm klar gewesen sein dürfte, wozu der von mir angesetzte, auffällig lange Vorlauf letztlich intendiert war. Er hat in diesem Punkte schlichtweg versagt.

Um die Unterstellung einer gewissen Einvernehmlichkeit zwischen mir, Friedhelm Reimann, als Vertreter der Schutzpolizei und Gestapo-Hübner bei der Deportation der Epstein zu untermauern, wird von Herrn Baring hingewiesen auf Handlungsoptionen meinerseits im zeitlichen Vorlauf, der nicht den längst üblichen, überfallartigen »Nacht- und Nebelaktionen« entsprochen hätte.

Der Vorlauf von etwa einer halben Stunde hatte technische Gründe. Die Abholung der Epstein mit einem Kraftfahrzeug der Krefelder Dienststelle der Geheimen Staatspolizei war nicht mehr möglich; der Fahrzeugbestand unserer Behörde war durch Kriegseinwirkungen generell erheblich reduziert, das der Gestapo-Außendienststelle in der Uerdinger Straße noch zur Verfügung stehende Generatorfahrzeug war nach dem Einschlag eines Jabo-Geschosses nicht mehr einsatzfähig. Auch ein Krad (Motorrad) stand der lokalen Gestapo bereits seit längerem nicht mehr zur Verfügung. Zu Fuß ließ sich die Abwicklung nicht bewerkstelligen (Anrath liegt etwa ein Dutzend Kilometer vom Bahnhof Krefeld entfernt), insofern blieb Hübner lediglich die eine Option: Abtransport per Fahrrad. Ein Umstand, der bei Erstellung des Zeitrahmens mit bedacht werden musste. Ich darf in dem Zusammenhang erwähnen, dass Hübner zum Zeitpunkt der Aktion bereits 65 Jahre zählte. Auch wenn er gelegentlich in einer Senioren-Fußballmannschaft mitspielte (vorzugsweise im Tor), so litt auch er »seit jeher« unter spezifischen Altersbeschwerden vor allem im Bereich der Kniegelenke. Dies ist mir, als vertrauliche Mitteilung, bei einer der gemeinsamen sportlichen Betätigungen von Staats- und Schutzpolizei zu Ohren gekommen.

Ich konnte und musste davon ausgehen, dass Hübner die Abholung der Epstein per Fahrrad schlichtweg zu viel sein würde. Da sich die Aufgabe nicht auf einen der ungefähr gleichaltrigen Mitarbeiter der Dienststelle delegieren ließ, hätte Hübner leicht ein Alibi dafür finden können, die Fahrt von Krefeld nach Anrath zu unterlassen. Eine Entscheidung, die von seiner Frau gewiss unterstützt worden wäre; sie stellte seine zuweilen übertriebene Dienstbereitschaft ohnehin in Frage, wie aus einer privaten Andeutung hervorging.

Ich konnte, ja musste also davon ausgehen: Nach Ablauf der vorgegebenen Frist würde Hübner ganz einfach nicht erscheinen. Damit wäre meine Mission beendet gewesen, ich hätte die Epstein ihrem Schicksal überlassen können. Ich war in jenen Tagen, trotz Pensionsreife, mit erheblich wichtigeren Aufgaben betraut und befasst, vor allem mit dem Schutz der Bevölkerung vor marodierenden Plünderern Ost, die in jenen turbulenten Tagen eigenmächtig ihre Arbeitsstätten verließen und sich durch Raubzüge bereicherten. Wobei ich gleich betonen muss, dass ich angesichts drohender Weiterungen lediglich durch Warnschüsse die Wahrung der bedrohten öffentlichen Ordnung zu gewährleisten hatte.

Theoretisch hätte ich, Werner Hübner, durchaus einen Grund bzw. Vorwand finden können, um die heikle Dienstfahrt zu unterlassen. Mir stand kein Pkw der Gestapo-Außendienststelle zur Verfügung, auch kein Motorrad, mit dem ich gern vorlieb genommen hätte, ich konnte einzig und allein auf mein privates Fahrrad zurückgreifen. Aufgrund meines fortgeschrittenen Alters und angeschlagenen Gesundheitszustandes hätte ich auch ohne ärztliches Attest begründen können, weshalb ich an jenem frühen Sonntagmorgen die Fahrt nach Anrath unterlassen hätte. Dies auch mit dem Argument, dass ich – bei entsprechender Witterungslage sowie der mittlerweile uneingeschränkten Luftherrschaft der Alliierten – in die Gefahr geraten wäre, von einem Tiefflieger unter Beschuss genommen zu werden.

Ausflüchte solcher Art waren leider nicht möglich, denn ich stand unter Druck. »Fünf Minuten vor zwölf« war aus der Anrather Nachbarschaft der Jüdin eine Anzeige eingelaufen in unserer Dienststelle: Obwohl Marga Sara Epstein nicht mehr den Schutz der Mischehe genieße, falle sie, aus einem sicherlich technischen Versehen, noch immer nicht unter die besondere Lebensmittelrationierung für Juden. Hinzu komme, dass sie während der sich häufig wiederholenden Fliegeralarme »provozierend frech« zu den Feldern hinausspaziere, wobei der berechtigte Verdacht bestehe, sie würde nachts mit einer Taschenlampe Zeichen an im Anflug befindliche Terrorbomber geben, was höchstwahrscheinlich den Abwurf der Luftmine in das Zentrum des Dorfs erkläre.

Die Anzeige lief nicht auf dem regulären Dienstweg bei mir ein, sondern landete auf dem Schreibtisch des Dienststellenleiters, SS-Hauptsturmführer Junghans. Ich betone den Dienstgrad, weil sich für mich eine Zwangslage ergab. Vor der Machtergreifung Beamter (Kriminalobersekretär) der Schutzpolizei, gehörte ich als einziger Mitarbeiter der Außendienststelle Krefeld nicht der SS an. Neben dem »Chef« waren auch die Kollegen Hoegen und Strasser Angehörige der Schutzstaffel. Mein gleichsam ziviler Status sowie meine Zugehörigkeit zur evangelischen Kirchengemeinde war den Herren der SS ohnehin ein Dorn im Auge, und so wurde letztlich nur auf eine dienstliche Verfehlung gewartet, ja gelauert, die mich – trotz ansonsten vorbildlicher Pflichterfüllung – in die Bredouille hätte bringen können. Meine wie auch immer begründete Weigerung, die Jüdin Epstein aus Anrath abzuholen, hätte erhebliche persönliche Konsequenzen zur Folge haben können, ja hier hätten, im Rahmen der vielfach praktizierten Sippenhaft, meine Frau sowie meine (erwachsenen) Kinder mit einbezogen werden können.

Kurzum, ich steckte in einer Falle. Ich hatte keinerlei Spielraum, auch keinen Spielraum des Ermessens. Es war generell so: Der Reichsführer SS als oberster Dienstherr der Geheimen Staatspolizei erteilte die richtungsweisenden Befehle; in unserem Fall nahm der Leiter der Außendienststelle Krefeld, SS-Hauptsturmführer Junghans, die Befehle entgegen; sie mussten gewissenhaft und prompt ausgeführt werden; Rückmeldung war erforderlich.

So blieb mir nichts anderes übrig, als mich zur Neersener Straße zu begeben. Wobei ich gleich anmerken muss, dass ich der Jüdin Epstein gegenüber nichts von meiner Verstimmheit anmerken ließ, sie vielmehr betont korrekt behandelt habe, obwohl es durchaus Stichworte zu An- und Vorwürfen gegeben hätte, etwa anlässlich der Mitführung von Gepäck.

Ich darf, unbeschadet mündlicher Ausführungen bei der Hauptverhandlung, den Ablauf vorab schon mal skizzieren.

Ich betrat die Wohnung der Marga Epstein. Als Erstes bat ich sie in höflicher Form, sich auszuweisen. Nach Feststellung der Personalien erhob sich die Frage, in welcher Form und bis zu welchem Gewicht der zusätzliche Transport von Gepäck genehmigt werden könnte. Sie hatte sich an die Vorgaben gehalten: ein Gesamtgewicht von weniger als fünfzig Kilo. Auf einem Bauernhof der Ortschaft hatte Reimann das Wiegen des Koffers übernommen – gemäß damaliger Rechtslage war die Epstein weder berechtigt noch befugt, die Gemeindeviehwaage oder eine Waage der Nachbarschaft zu benutzen. Bei ihrem Gepäckstück handelte es sich ursprünglich um einen Vulkanfiberkoffer, der allein schon wegen seines sperrigen Formats für den Transport auf dem bekanntermaßen kleinen Gepäckträger eines Fahrrads völlig ungeeignet war. Ich sah mich gezwungen, darauf zu bestehen, dass die Epstein umpackte, und zwar in einen Rucksack, dies, situationsbedingt, allerdings nur mit der Hälfte des Kofferinhalts.

In durchaus sachlicher Ausführung machte ich die Epstein auf die Besonderheit der Situation aufmerksam. Ich sei bekannt dafür, dass ich mich streng an Vorschriften hielte, und die erlaubten in solch einem Fall das Mitführen eines Koffers; wir hätten aber etliche Kilometer vor uns; der Straßenzustand auch der Nebenstrecke sei infolge fortgesetzter Kriegseinwirkungen miserabel; in Anbetracht der zahlreichen Schlaglöcher würden wir mit einem schweren Koffer leicht ins Schlingern geraten, trotz des (Gegen)Gewichts der zusätzlich mitgeführten Person auf der Stange zwischen Sattel und Lenker. Völlig ausgeschlossen war somit von vornherein das Mitführen der Nähmaschine, die von der Epstein, eine falsch verstandene Anweisung Reimanns befolgend, bereitgestellt worden war. Jene Anweisung hatte sinngemäß gelautet: Sie werde in ein Arbeitslager (Theresienstadt) verschubt, also müsse sie das Gerät ihrer beruflichen Tätigkeit mitführen – bei der Epstein handelte es sich um eine Nähmaschine der Marke Singer. Ich erwähne dies, um anzudeuten, dass die Erwartungen der Epstein bei bestem Willen nicht zu erfüllen waren und infolgedessen verständliche Äußerungen meines Unmuts bis auf die Straße zu vernehmen waren – was in der Nachbarschaft freilich zu falschen Beurteilungen und kurzschlüssigen Bewertungen führte.

Ein zweiter Ansatzpunkt zu nachvollziehbarem Unmut war die Beschriftung des Schilds, das Reimann der Epstein vorgelegt und das sie sich umzuhängen hatte, und zwar ablesbar. Sie glaubte, alles korrekt ausgefüllt zu haben: Marga Epstein, gesch. Baring, geb. 4.8.1882 in Moers. Mit angemessenem Nachdruck musste ich hinweisen auf die Kennzeichnungspflicht. Sie ergänzte daraufhin die Eintragung: Marga *Sara* Epstein.

Ich musste sie allerdings bitten, das Schild bis auf Weiteres an der Körperflanke zu tragen, das heißt, letztlich unter dem Oberarm. Auch erteilte ich ihr den Rat, den relativ breiten Gurt der gleichfalls mitgeführten Handtasche so zu legen, dass – wie es schon mal scherzhaft hieß – der »Sheriffstern« abgedeckt wurde. Auf diese Weise wollte ich verhindern, dass sie unterwegs angepöbelt oder offen angefeindet wurde. Um den Ablauf vielmehr reibungslos zu gestalten, sollte sie sich als Patientin ausgeben, akut bedingt auf dem Transport zum Krefelder Krankenhaus. Was ich meinerseits sichtbar machte durch eine über den rechten Windjackenärmel geschobene Rotkreuzbinde, die mir Reimann auftragsgemäß besorgt und in der Neersener Straße ausgehändigt hatte.

Unter Mithilfe Reimanns verzurrte ich den Rucksack auf dem Gepäckträger des Fahrrads – die Jüdin sah sich wegen ihrer zittrigen Hände dazu nicht in der Lage. Meine Anweisung befolgend, schwang sie sich mit einiger Umständlichkeit vor mir auf die Stange. Die etwas füllig erscheinende Person (Wasser in den Beinen) mit den Armen umfassend, um das überladene Fahrrad sicher lenken zu können, setzte ich an zur Fahrt. Wie sich bald erweisen sollte: ein überaus mühseliges Unterfangen.

Ich habe die Strecke rekognosziert. Bin davon ausgegangen, dass Hübner, ortskundig, die kürzeste Route gewählt hat, abseits der Landstraße.

Ich kann hier mit präzisen Angaben aufwarten: Durch die Neersener Straße zum Kirchplatz, dort nach rechts, zur Schottelstraße, auf der bleibt man die nächsten zwei Kilometer Richtung Holterhöfe, dann Stockweg links, Forstwaldstraße rechts, abbiegen auf die Alte Gladbacher Straße, sodann auf die Martinstraße, schließlich auf die Hansastraße, bald zeigt sich rechts der Bahnhof.

Diese Angaben als Beweis oder zumindest als Beleg dafür, dass ich eruiert habe. Doch ist uns, wäre uns mit solchen Angaben gedient? Ich sähe wenig Sinn darin, bei den Dreharbeiten exakt dieser Route zu folgen. Wir würden ja nicht für Heimatforscher oder für den kommissarischen Bürgermeister filmen, und alles wird gleich nachgeprüft: Wie bitte, auf der Schottelstraße soll es zweihundert Meter weitergehn, bevor man nach rechts abbiegt? Wollen wir doch gleich mal verifizieren, das Messrad her!

Ich habe der Gegend abgeguckt, was für das Drehbuch, für den Film letztendlich brauchbar wäre: Ein Gehöft abseits der Nebenstrecke ... ein Waldstück wird durchquert ... ein Dorf wird durchfahren ...

Hof, Wald, Dorf können wir auch in anderen linksrheinischen Gebieten ins Bild holen, wir könnten quasi eine Parallelroute zur tatsächlich befahrenen Route entwickeln.

Während ich mir diese Route vor Augen führe, muss ich eingestehen: Eine zwar einigermaßen reizlose Gegend, dennoch fast etwas zu schön für dieses Filmsujet. Und so stelle ich mir vor, male ich mir aus, die zehn, zwölf Kilometer der doppelt belasteten Radfahrt würden in unserem von Norden bis Süden zerstörten Köln in Szene gesetzt – oder in Berlin, dort wäre die Strecke der Zerstörung noch länger.

Da könnte sich für Sie so etwas wie Kontinuität entwickeln: Das letzte Projekt, an dem Sie noch wenige Wochen vor Kriegsende gearbeitet hatten, sollte doch wohl der erste Spielfilm werden, der in authentischem Berliner Ruinen-Ambiente gedreht wird. Bei einem Telefonat mit Hippler erfuhr ich allerdings, dass Sie durch die ständigen Bombenangriffe zum Ausweichen nach Babelsberg gezwungen wurden, wo denn Ruinenkulissen aufgebaut wurden, trotz extremer Materialknappheit. Nun aber, noch aber könnten Sie in reichem Ausmaß über Ruinen verfügen. Zehn, zwölf Kilometer Radfahrt durch eine zerstörte Großstadt, sei es Köln oder Berlin, und die Geschichte erhielte einen wahrhaft passenden Hintergrund! Trümmer rechts, Trümmer links, aus Ruinen wie herausgewürgt … T-Träger, wie zu expressionistischen Verzweiflungsgebärden verbogen … hier und da ein Kranz, ein Kreuz im Schutt … eine neue Anschrift von Ausgebombten mit Kreide an einen Mauersockel geschrieben … ein Hakenkreuz-Papierwimpel in eine Trümmerhalde gesteckt … als Transparent aufgespannt einer der seinerzeit diktierten Durchhaltesprüche wie: »Unsere Mauern brechen, unsere Herzen nicht.« … Man könnte sogar noch weitergehen und die Radfahrt ansetzen auf einen Morgen nach einem Nachtangriff, also: Leichen auf einem freigeräumten Stück Bürgersteig … mitten auf einer Straße ein totes Pferd, dem alte Männer mit schartigen Messern zu Leibe rücken …

Sollte die Fahrt durch das zerstörte Berlin führen – auch viele Brücken waren September 44 bereits zerstört –, so müssten Hübner und Epstein eventuell einen der Kanäle auf einem Notsteg überqueren oder auf einem Versorgungsrohr von großem Durchmesser, doch ohne Geländer: Hübner das Rad geschultert, Epstein mit dem Rucksack hinter ihm her …

Freilich, die Story müsste dann anders eingefädelt werden: Marga, nach der Scheidung nicht mehr im (relativen) Schutz der Mischehe, hätte bis zum Zeitpunkt dieser Deportation in einem Versteck leben müssen, das aufgedeckt wurde durch eine der weithin üblichen Denunziationen, und nun wird sie – sofern die Geschichte auf Köln übertragen wird – etwa vom Norden her zur Sammelstelle in einer der demolierten Messehallen gefahren. Dabei könnte sich ergeben, dass Hübner und Epstein in einem Hoch- oder Tiefbunker Zuflucht suchen müssen: ein Tagesangriff nach den mittlerweile etwa zweihundert Bombenangriffen auf Köln – weithin nur noch ein Zersprengen von Ruinen, ein Durchpflügen von Trümmerhalden.

Höchste Zeit, dass ich mir Einhalt gebiete! Es beginnt sich selbständig zu machen, was eher zufällig sein Stichwort erhielt. Mit der Fahrt durch eine Ruinenstadt würde die Zuspitzung der Konstellation zwar besonders deutlich, die Filmstory könnte indes erfunden wirken. Halten wir uns hingegen an die Vorgaben, so lässt sich, bei einigen Freiheiten, im Vorspann anzeigen: »Nach einer wahren Geschichte.« Wobei ich allerdings nicht ganz sicher bin, ob unser (derzeit noch potentielles) Kinopublikum auf solch einen Hinweis positiv reagieren würde. Andererseits möchte ich mir nicht vorwerfen lassen, ich hätte mich nicht an die Wahrheit gehalten – schon gar nicht in dieser prekären Phase nach der Ära der Sprachregelungen, der Lügen.

Mit Blick auf die rechtliche Würdigung des Verhaltens von Hübner sehe ich mich genötigt, einen scheinbar beiläufigen Umstand zu erwähnen: Die – wenn auch äußerlich erzwungene – körperliche Nähe zwischen dem Judenreferenten und der ihm ausgelieferten Frau während der Deportation auf dem Fahrrad.

Wie Erfahrungen aus jungen Jahren hinreichend beweisen, ist der Transport einer weiblichen Person auf der Längsstange des Fahrrades stets mit einer (damals hocherwünschten!) Berührung der Körper verbunden.

Zwecks Erhellung der Gesamtsituation sollte ich das kurz vor Augen führen. Die weibliche Person saß, in Bewegungsrichtung meist nach links eingeschwenkt, die Beine parallel gehalten, auf dem sogenannten Oberrohr des Herrenrades, hielt sich an der Lenkstange fest. Der Fahrer des doppelt belasteten Drahtesels war gezwungen, mit der rechten Hand unter ihrem rechten Arm durchzugreifen, um die Lenkstange zu packen. Mit der Brust berührte er gewöhnlich die ihm zugedrehte linke Schulter der weiblichen Person. Mit dem rechten Knie stieß er, bei jeder Drehbewegung des Pedals, unausweichlich an das Gesäß, während er mit dem linken Knie von oben herab zwangsläufig am linken Oberschenkel der weiblichen Person herabstreifte. Über die linke Schulter hinweg und am Kopf vorbei hatte er freie Sicht.

Nur indem man sich diese Situation vor Augen führt, kann die absurde Konstellation voll zum Ausdruck gelangen. Dass Hübner nicht schon nach wenigen Kilometern das Unternehmen abbrach und die Epstein nach Hause schickte, lässt rückschließen auf eine geradezu extreme Form des Fanatismus, der Mitte September 1944, kurz vor Eroberung der nahen Grenzstadt Aachen, jeder, aber auch wirklich jeglicher Grundlage entbehrte. Ich sehe nicht den geringsten Anlass, als »Schupo« mit derartiger Verhaltensweise in einen irgendwie gearteten näheren Zusammenhang gebracht zu werden.

Generell, und das muss ich gleichfalls betonen, wollte ich mit der Gestapo, speziell in der Außendienststelle Krefeld, möglichst wenig zu tun haben. In meiner Position erfuhr man etwas zu viel über geläufige Praktiken in der Uerdinger Straße, Praktiken, die sich vor allem mit dem Namen Hoegen verbinden, einem der beiden Kollegen von Hübner.

Laut einem mir persönlich erstatteten Bericht versuchte Gestapomann Hoegen, im Keller der Dienststelle Uerdinger

Str. 62, von einer Frau ein Geständnis zu erzwingen. Da sie sich weigerte, band sie Hoegen, unterstützt vom Kollegen Strasser, mit Ledergurten auf einem Turnhallenbock fest, hob ihr Rock und Unterrock hoch und schlug mit einem Holzknüppel auf sie ein. Sie wurde geschlagen bis sie das Bewusstsein verlor; daraufhin wurde sie mit Wasser übergossen. Da sie, weiterhin geschlagen, vor Schmerz brüllte, verband ihr Strasser den Mund mit einem Handtuch. Tituliert wurde sie nur als Sau oder Schickse, dies vorrangig durch Hoegen. Dass ein Mensch eine wehrlose Frau derart misshandeln kann, schien ihr unerklärlich, ja, sie hatte den Eindruck, dass Hoegen & Strasser sadistisches Gefallen an der Misshandlung fanden.

Beinah überflüssig zu erwähnen, dass es sich hier um zwei geschätzte Kollegen des Hübner handelte, dass solche Folterungen im Dienstsitz von Hübner unweigerlich wahrgenommen – und stillschweigend geduldet wurden.

Es entwickelte sich während der mühseligen Fortbewegung auf meinem eindeutig überlasteten Fahrrad doch so etwas wie ein Gespräch.

Auslösend war mein Eingeständnis, mir falle die Erfüllung der gegenwärtigen Aufgabe nicht eben leicht, auch physisch. Ich erwähnte, dass ich unter rheumatischen Schüben leide, mir zwischenzeitlich jedoch ausgleichende Bewegung verschaffe, wie das ja nun auch generell empfohlen wird. Der obligatorische »Dienstsport« am Mittwochnachmittag reiche mir allerdings nicht aus: eine Partie Völkerball, etwas Gymnastik, ein paar Laufrunden … Ich berichtete, dass ich zu einer Fußballmannschaft gehöre, aufgestellt von den Außendienststellen der Region, und wiederholt antretend gegen städtische, somit personell reicher besetzte Stapostellen.

Früher hatten wir sogar mal gegen die Mannschaft vom lokalen SA-Sturm gespielt – einmal und nie wieder! Die Burschen grätschten knallhart dazwischen. Und Nachtreten war bei denen gang und gäbe. Das hatte der Schiedsrichter jedoch geflissentlich übersehen – er wollte offenbar keine Abreibung riskieren.

Dieser Hinweis auf die ruppige, ja rüpelhafte Spielweise der SA-Mannschaft löste Erinnerungen der Epstein an Übergriffe der lokalen SA aus. Ich musste davon ausgehen, dass sie von Erfahrungen im Verlauf der sogenannten Kristallnacht sprach. Doch nein, es ging um einen Vorfall wenige Tage später, am 17. November 1938. Um sicherzugehen, hakte ich nach, ob sie sich nicht im Datum irre; die Kristallnacht hatte eine Woche zuvor stattgefunden, und zwar in der Nacht vom neunten auf den zehnten November.

Sie war völlig sicher, dass es am 17. November geschehen sei, frühmorgens.

Um zu dokumentieren, in welcher Form ich mich nun aufgerufen fühlte, Marga Epstein zumindest nachträglich Gerechtigkeit widerfahren zu lassen, ein kurzer Rapport.

Zum Ablauf, offenbar wahrheitsgemäß von der Epstein wiedergegeben und von mir einen Tag später in schriftlicher Form festgehalten: Während es in der Aktionsnacht zu keinem Zwischenfall gekommen war, tauchten an besagtem 17. November frühmorgens drei nicht aus Anrath, sondern aus Willich oder Tönisvorst stammende, stark angetrunkene SA-Männer in der Neersener Straße auf und verschafften sich gewaltsam Zutritt in die Wohnung der Barings. Als der Ehemann lautstark betonte, er sei Arier, wurde ihm Rassenschande vorgeworfen und er wurde in den Keller geschickt. Die Ehefrau musste sich an die Wand stellen und wurde mit geschlossener Hand geohrfeigt. Einer der Männer behauptete, sie besäße holländische Devisen – es gäbe diesbezüglich einen »sicheren Hinweis«, sie solle die Gulden rausrücken, sonst würde es ihr schlecht ergehn. Sie hatte aber keine Gulden in der Wohnung, keinen einzigen. Daraufhin wurden Schubladen rausgerissen, wurde ein Schrank umgekippt, »ausgerechnet der mit Glas und Porzellan«. Als sie um Schonung bat, trat ihr einer der SA-Leute in den Bauch.

Meine Frage, ob sie sich an den Namen des Täters erinnere, musste sie verneinen, konnte mir jedoch die Formationsnummer nennen, die sie am Kragenspiegel abgelesen hatte. Besagter SA-Mann bedrohte sie sodann mit der Pistole. Sie musste sich mit dem Gesicht zur Wand drehen für den »fälligen Genickschuss«. Ein paar Sekunden später brüllte er: »Du alte jüdische Drecksau, du bist das Pulver nicht wert!« Und er schlug sie mit dem Pistolengriff auf den Hinterkopf, Platzwunden hinterlassend. Dies alles, zuverlässig bestätigt, eine Woche *nach* der Kristallnacht.

Ich sah mich gezwungen, festzuhalten, dass nach dem 11. November derartige Aktionen nicht mehr zugelassen waren. Und stellte die Frage, warum sie nicht Anzeige erstattet hätte; dies sei ihr gutes Recht gewesen.

Laut Fortsetzung des während der Radfahrt erfolgten Berichts ist sie mit Rudolf, ihrem Mann, gleich am Morgen danach zum (mittlerweile längst eingezogenen) Wachtmeister im Dorf gegangen; sie baten ihn, mitzukommen, die Schäden aufzunehmen. Daraufhin erklärte er lediglich, er sei unabkömmlich. Als sie ergänzten, die SA-Männer hätten die Haushaltskasse geplündert – Reichsmark, nicht Gulden –, da schien er fast erleichtert: klar benennbarer Tatbestand. Und er verwies das Ehepaar an die Kripo in Krefeld. In der sicheren Erwartung eines dortigen Misserfolgs haben sie sich die Fahrt allerdings »erspart«.

Dafür, so konnte ich nur betonen, sei man jetzt bei mir an der richtigen Adresse. Ich fügte ergänzend hinzu, dass ich zwar für das (mittlerweile aufgelöste) »Referat Juden, Emigranten, Kirchen« arbeitete, dass ich von Hause aus jedoch Kriminalobersekretär sei. Und konnte damit sachkundig erklären: Durch einen Erlass von Reichsinnenminister Göring wurden nach dem 11. November 1938 Übergriffe solcher Art verboten; was danach geschah, seien rein private Aktionen gewesen – was offenbar auch jenen Tatbestand in Anrath, Neersener Straße, betreffe. Die illegale Aktion hänge wahrscheinlich mit Überfällen auf jüdische Wohnungen in Krefeld zusammen, ebenfalls erfolgt am 17. November, gleichfalls in den frühen Morgenstunden. Ich sicherte der Epstein zu, gleich am nächsten Montagmorgen den Anrather Übergriff zu Protokoll zu nehmen. Der Vorfall liege zwar mittlerweile sechs Jahre zurück, müsse auf jeden Fall aber zu den Akten genommen werden. Unabhängig von Einzelheiten, die ich gegenwärtig nicht überprüfen könne, handle es sich bei besagtem Vorfall eindeutig um gesetzwidriges Verhalten.

Weil es ihr offenbar schwerfiel, mir in dieser Sache Glauben zu schenken, sprach ich in betonender Form von Eigenmächtigkeiten, von ungesetzlichem Vorgehen, von nicht zu billigenden Ausschreitungen, die geeignet seien, das Ansehen der Partei oder der SA zu schädigen.

Durch die Bestimmtheit meiner Äußerungen konnte ich zu einer gewissen Beruhigung beitragen. Es war denn auch kein leeres Versprechen; mein Schriftsatz muss sich, falls die Aktenbestände der Dienststelle nicht der voreiligen Vernichtung anheimgefallen sind, bereits bei oberflächlicher Suche aufspüren lassen.

Ich bitte, dies bei der rechtlichen Würdigung zu berücksichtigen. Auch wenn es nominell Aufgabe eines Anwalts ist, schriftlich Entlastendes vorzulegen, so möchte ich mir die Darstellung dieses Tatbestands nicht erst für die Hauptverhandlung vorbehalten.

Unvermeidlich, dass bei der erzwungenen Nähe das Gespräch auch privater wurde, dass zumindest Hübners Fragen darauf abzielten. Aber auch hier und weiterhin: Ich lasse offen, spare aus, was die Epstein während der Fahrt gesagt haben könnte, freiwillig oder unter Druck.

Also nur wieder Hübner: »Da habt ihr in eurem Anrath auf dem Tisch gesessen und geschneidert? ... Und warum nicht Kenia? Eins der wenigen Länder, die euch noch reingelassen hätten, quotenmäßig. Warum seid ihr da nicht am Ball geblieben? ... Die laufen dort allesamt im Adams- und Evakostüm herum, also bleibt für euch Schneiderlein nichts mehr zu tun übrig, wie?«

Aber auch solche etwas bemühten Scherze lösen der Epstein nicht die Zunge. Erst bei der Annäherung an den »Forstwald« meldet sie sich zu Wort mit der Bitte, austreten zu dürfen.

Hübner befürchtet, dass die Epstein sich durch Flucht der Evakuierung entziehen könnte, falls er sie, taktvollerweise, ein Stück in den Wald eindringen ließe. Sie solle noch etwas warten, es werde sich gleich eine andere Möglichkeit ergeben.

Und es bietet sich der verlassene Panzerspähwagen an, an dem Reimann kurz pausiert hatte. Hübner, den die Fahrt doch anstrengt, Schmerzen in den Kniegelenken, er kündet eine kurze Rast an: Pinkelpause!

Und dann: In der momentanen Stille beiderseitiger Erschöpfung – einsetzendes Trommelfeuer an der nahen Grenze.

Hast du gehört? Hörst du?! Artillerie! Windrichtung, Moment – ja, Windrichtung Südwest. Könnte Aachen sein. Oder Roermond, falls der Wind eher von Westen … Roermond – das wär ja ein verdammtes Stück näher! Wieso eröffnen die so früh schon das Feuer? Und das am Sonntag! Und derart massiv! Da braut sich was zusammen …

Bevor ich in einem späteren Abschnitt meines Schriftsatzes auf Hübners amtliche Tätigkeit eingehe, will ich versuchen, die Form seines Versagens konkret zu schildern, wobei mir aufgrund meiner Tätigkeit als Schutzpolizist die genaue Kenntnis meines Amtsbezirkes zustatten kommt. Das Stichwort Pinkelpause hatte Hübner damals in seinen kurzgefassten mündlichen Vollzugsbericht selbst eingebracht.

Etwa auf halber Strecke zwischen Anrath und Krefeld führt die Landstraße durch ein Waldgebiet mit der nüchternen Bezeichnung »Forstwald«. Marga meldete rechtzeitig an, sie müsse dringend austreten. Hübner machte geltend, dass sie auch am Rand des Forstes beobachtet werden könnte, etwa von einem ergrauten Jäger auf Pirsch oder Hochsitz; falls besagter Jäger zu sehen kriege, dass eine Frau mit Judenstern den Wald betrete, obwohl das streng untersagt sei, so könnte dies – mit Blick auf ihn, Hübner, als Begleiter – zu einem unerfreulichen Nachspiel führen. Und dann das Stichwort, aber mit negativem Vorzeichen: Die Epstein solle sich nur ja nicht einbilden, sie könnte sich der Evakuierung durch Flucht entziehen, er müsse in solch einem Fall von der Schusswaffe Gebrauch machen.

Damit waren die fatalen Spielregeln klar. Dabei hätte Hübner sowohl in jener speziellen Situation wie in jener Phase des allgemeinen Zusammenbruchs eigenmächtig handeln können, dies auch noch gefahrlos. Ja, in Anbetracht der Molesten, die sich »bei der Strampelei« verstärkt bemerkbar machten, hätte er sich Marscherleichterung verschaffen können, indem er ihr vorschlug, sich in die Büsche zu schlagen!

So hätte er den Rucksack vom Gepäckträger lösen, ihr die Richtung zeigen können: Durch den »Forstwald« westwärts bis zum Ende, von dort aus durch die Kehner Heide, sodann, unter Umgehung von Viersen, weiter zur Grenze. Und sollte sie einer Streife der Feldpolizei in den Weg laufen: Einfach sagen, ihr Sohn oder einer ihrer Söhne sei, laut Meldung eines Kameraden, zwischen Roermond und Venloe verwundet worden, sie wolle ihm helfen, im Feldlazarett ... Während so einer Unterhandlung unbedingt darauf achten, dass der Rucksackgurt über dem Judenstern zu liegen komme, zur Sicherheit noch eine Hand unter den Riemen schieben; so würde sie nicht weiter Aufsehen erregen, sie sehe letztlich ja auch nicht irgendwie jüdisch aus. Und nun machen Sie sich auf die Socken.

So etwa hätte er sich, situationsbedingt, äußern können. Probleme hätten sich damit wohl kaum für ihn ergeben. Er hätte bloß zu melden brauchen, der Fall hätte sich unterwegs erledigt: Auf der Flucht erschossen. Keiner hätte darüber weiter nachgedacht oder wäre der Sache womöglich nachgegangen, man war nur noch aufs eigene Überleben bedacht.

Schon mit Rücksicht auf das fortgeschrittene Alter der Epstein sah ich mich gezwungen, eine Pause einzulegen vor dem letzten Wegdrittel zum Bahnhof Krefeld. Als geeigneter Haltepunkt bot sich an: ein verlassenes Beutefahrzeug am Straßenrand, ein sogenannter Pan-Pan. Genauer: ein Panhard 170, Automitrailleuse, gepanzertes Fahrzeug auf Rädern, die Kanone mit dem Kaliber 25 mm in Fahrtrichtung Westen. Dieses Beutefahrzeug (auf dem Rückweg von einer

Reparatur?) sollte sich offenbar in die Abwehrschlacht einschalten, musste von der Besatzung jedoch verlassen werden. Entweder Motorschaden oder der Sprit war alle – Letzteres dürfte am ehesten der Grund für die Aufgabe des Fahrzeugs gewesen sein. Wie auch immer, es schien mir geeignet als Schutz bei einer eventuellen Attacke aus der Luft. In diesem Sinne erteilte ich der Epstein die Anweisung: Bei Feindanflug umgehend unter das Fahrzeug kriechen!

Sodann bot ich der Epstein an, sich hinter dem Fahrzeug zu erleichtern. Ich hielt mich solange auf der anderen Seite des Radpanzers auf. Und vernahm Artilleriegrummeln. Ich fragte die Epstein, ob sie das ebenfalls wahrnehme. Sie bejahte dies. Da der Wind in etwa aus Südwesten kam, konnte das signalisieren: Artillerie-Einsatz bei Aachen. Kam der Wind eher aus Westen, wäre es bei Roermond gewesen, und das lag ein beträchtliches Stück näher. Jedenfalls schwere Artillerie. Und dies am Sonntag und zu ungewöhnlich früher Stunde. In Anbetracht der nur noch minimalen Munitionsbestände der Wehrmacht konnte es sich allein um amerikanische Artillerie handeln. Sollte der Ring um Aachen geschlossen werden? Wurde ein Vorstoß Richtung Roermond vorbereitet?

Es wäre fatal gewesen, in dieser Situation Unruhe, womöglich den Eindruck von Verstörung aufkommen zu lassen. So gab ich die Parole aus: Jetzt wird erst mal eine Partie Mikado gespielt! Ich darf in dem Zusammenhang erwähnen, dass von meiner Neigung zum Mikadospiel ein Spitzname abgeleitet wurde: Mikado-Hübner. Schon diese Bezeichnung dürfte deutlich machen, dass mich eher Gelassenheit als Gewalttätigkeit auszeichnet.

Was sich auch im Dienst dokumentierte: Ich setzte das Spiel als Mittel ein. Nahm ein Verhör nicht den gewünschten

Verlauf, zog ich das Etui aus der Jackentasche, ließ die Stäbe auf dem Schreibtisch durcheinanderpurzeln, hob gelassen ein Stäbchen nach dem anderen ab. Die Ruhe, die ich damit ausstrahlte, zeitigte meist die erwünschte Wirkung.

Was denn auch bei Epstein der Fall war. Selbst bei dieser Dienstfahrt führte ich einen Packen Stäbchen mit, zog sie hervor aus der Innentasche der Windjacke. Ja, eine Partie gleich an Ort und Stelle!

Dazu brauchte ich eine geeignete Unterlage. Ich spürte am Straßenrand einen leeren Benzinkanister auf. Den legte ich waagrecht, ließ auf der Blechfläche das Mikadobündel auseinanderfallen, war mit der Zufallsverteilung zufrieden: weit aufgefächert, dennoch dicht genug beisammen. Epstein durfte anfangen.

Die Begutachter dieses Tatbestandsberichtes werden sich fragen, warum ich dieses Spiel erwähne, ja warum ich in jener prekären Situation überhaupt mit dem Spiel begann. Das Artilleriedröhnen am westlichen Horizont markierte nicht nur die Dramatik der Geschehens, es weckte auch so etwas wie eine – freilich verwegene – Hoffnung: Vorbereitet vom Trommelfeuer stößt vom Westen her eine amerikanische Panzerbrigade unter Generalmajor J. L. Collins Richtung Rhein vor und überrollt uns. (Collins, Kommandeur des VII. US-Korps, wurde wohl nicht ohne Grund »der blitzschnelle Joe« genannt.)

Kurzum, es war der unausgesprochene Wunsch, von einer Panzereinheit überholt zu werden. In diesem Fall wäre ich aus der rundum misslichen Lage befreit worden. Und Marga Epstein hätte in das zwischenzeitlich befreite Anrath zurückkehren können. Was mich betrifft, so wäre ich geschützt gewesen durch mein fortgeschrittenes Alter sowie durch die Armbinde mit dem Roten Kreuz. Kurzum: mir wäre bei lang genug fortgesetztem Mikadospiel das Heft des Geschehens aus der Hand genommen worden. Ein, wie ich zugebe, tief verborgener, jedoch in Anbetracht der Gesamtlage angemessener Wunsch.

[Anm. d. Hrsg.: Ein unübersehbar zeitgebundener Text! Einerseits muss ich die Mischung von Brief und Treatment unverfälscht wiedergeben, zugleich aber sehe ich mich gezwungen, ausgleichende Ergänzungen einzubringen an Stellen, an denen der Vorgang der Deportation zu sehr ins scheinbar Private eingeengt, damit isoliert wird. Hier gleich ein Gegenbeispiel, Stichwort: Rhodos.

Nachdem Italien, kurz nach der Invasion amerikanischer Truppen auf Sizilien, den »Stahlpakt« mit dem schrumpfenden Großdeutschland aufgekündigt hatte, wurde September 1943 auch die (bis dahin italienisch verwaltete) Insel Rhodos von deutschen Truppen besetzt.

In der ersten Julihälfte 1944 traf SS-Offizier Anton Burger auf der Insel ein; er war ein Vierteljahr zuvor Kommandant des Konzentrationslagers Theresienstadt gewesen, war Mitarbeiter von Adolf Eichmann; gemeinsam mit einem Kollegen organisierte er die Deportation aller Juden der Insel.

Ihm unterstellt: Generalleutnant Ulrich Kleemann. Er ließ am 20. Juli die jüdischen Männer und einen Tag später die jüdischen Frauen und Kinder auf dem Flugplatzareal des ehemaligen italienischen Luftwaffenkommandos zernieren – den Frauen war angedroht worden, alle Juden würden erschossen, falls auch nur eine einzige Person dem Befehl nicht nachkomme. Folgte die Anweisung, sämtliche Wertsachen mitzunehmen.

Drei Tage lang waren die Juden auf dem Militärstützpunkt eingesperrt, dann wurden sie eingeschifft. Mehrere der zur

Ausführung abkommandierten Soldaten waren nur mit Nachdruck vom Sinn des Einsatzes zu überzeugen; Diskussionen über die »Judenaktion« wurden »im Interesse der eingeleiteten Maßnahmen« untersagt.

Auf drei kleinen Schiffen, bereits beladen mit Heeres-Leergut und Schrott, wurden 1674 Juden zusammengepfercht; die Schiffe legten am 24. Juli 1944 ab. Die Deportierten durften sich nur mit gesenkten Köpfen an Deck bewegen; wer den Kopf hebt, so die Drohung, wird erschossen. In den ersten drei Tagen gab es nichts zu essen, nichts zu trinken. Ein großer Teil der Juden wurde schließlich im Kohlenbunker des Hauptschiffs eingesperrt. Erst nach einer Zwischenlandung auf der Insel Leros gab es Wasser und Verpflegung. Die Überfahrt dauerte insgesamt zehn Tage.

Im Hafenviertel Piräus wurden die Juden (mehrere von ihnen waren unterwegs gestorben, weitere starben an den Folgen von Misshandlungen) in einer Kaserne eingesperrt. Sämtliche Wertsachen wurden ihnen abgenommen – es fanden auch Körpervisitationen statt. An einem Bahnhof wurden die jüdischen Griechen in gedeckte Güterwagen gepfercht – jeweils etwa siebzig. Mehr als zwei Wochen lang dauerte die Reise nach Auschwitz. Zahlreiche Tote in den Waggons. Die meisten Überlebenden wurden sofort in die Gaskammern getrieben.

Auf der Insel war die »Judenaktion« noch nicht abgeschlossen: einer war entkommen und in die Berge geflohen. Etwa dreißig Soldaten wurden dazu abkommandiert, den Flüchtling festzunehmen. Feldmarschmäßig ausgerüstet, waren sie mehrere Tage lang ausschließlich damit beschäftigt, den entflohenen Juden aufzuspüren. Was schließlich auch gelang. Dabei geschah nicht, was in Konzentrationslagern tausendfach vorkam und was im Kampf gegen Partisanen üblich geworden war: dass er »auf der Flucht« erschossen wurde. Vielmehr wurde er zum Hafen eskortiert und auf einem kleinen Schiff separat zum Hafen von Piräus gebracht. Weil der Güterzug mit den Deportierten längst unterwegs war, mussten zwei Infanteristen den Juden in einem fahrplanmäßigen Zug nach München begleiten, in einem Dienstabteil. Die beiden Soldaten gingen bald recht gelassen mit dem Gefangenen um, gaben einen Teil ihrer Marschverpflegung ab, spielten Skat mit ihm. Deportation unter dem Zeichen wachsender Vertrautheit. In München wurde der Jude »ordnungsgemäß« dem SD übergeben und dem nächsten Sammeltransport nach Auschwitz zugeteilt.

Eine Woche später zogen sich die deutschen Truppen aus Griechenland zurück. Weil mittlerweile kein Schiffsraum mehr zur Verfügung stand, konnte die Truppe auf Rhodos nicht mehr evakuiert werden. So lautete die Parole: Kampf bis zur letzten Patrone. Doch man kapitulierte rasch nach der Besetzung der Insel durch einen englischen Truppenverband.]

Die folgende Sequenz, werter Herr Liebeneiner, geht nun doch über die Form der Filmerzählung hinaus, wirkt fast wie ein Drehbuchentwurf – warum auch nicht, das gewohnte Verfahren schlägt halt durch.

Die ersten Häuser einer Siedlung, ob sie nun Tackheide oder sonst wie heißt: primär bleibt der Fokus auf die beiden Personen gerichtet, nur nebenbei auf das Ambiente.

Hübner: Leg wieder den Sheriffstern frei. Und dein Begleitschild hier, das hängst du schön wieder nach vorn. Und jetzt bewegst du dich erst mal ein Stückchen zu Fuß.

Häuser in Straßennähe, aus denen sie beobachtet werden können am mittlerweile nicht mehr so frühen Sonntagmorgen.

Eine Gruppe Ukrainerinnen; weiße und bunte Kopftücher, zwei der jungen Frauen mit Hüten – unterwegs zur Frühmette? Eine von ihnen stimmt ein Lied an, bricht ab, Gelächter im Grüppchen. Hübner schaut ihnen nach: Fühlen sich wieder wohl in ihrer Haut?

Marga muss jenseits der Siedlung wieder auf das »Oberrohr«, muss sich an der Lenkstange festhalten. Mit kleinem Ächzen tritt Hübner breitbeinig in die Pedale.

Und wieder runter vom Rad: Feindeinsicht! Sie nähern sich Personen, die im Gelände rechts und links der Straße beschäftigt sind mit Schaufeln und Spitzhacken. Messlatten gesteckt in weiter Reihe. Über die Weide kommt ein Soldat heran in der schwarzen Uniform eines Panzerfahrers; Barett aufgesetzt; das rechte Hosenbein ist hochgeschlagen, mit Sicherheitsnadeln unter dem Koppel festgesteckt; er bewegt sich mit den Krücken ebenso schnell wie geschickt – Handkrücken, keine Achselkrücken.

Hübner, abstoppend: Der schnellste Krückenläufer linksrheinisch?

Ja, er muss die alten Herrschaften auf Trab halten. Muss die Augen überall haben, sonst wird Murks gemacht. Nach seinem Schanzplan wird hier der Panzergraben angelegt. Als vormaliger Panzer-Richtschütze kennt er sich aus, weiß, wo der Kippwinkel liegt, auch von Sherman-Panzern.

Aber die paar Hansln hier, reichen die aus? Oder stoßen noch Freiwillige dazu?

Na, so ganz freiwillig rückt hier keiner an. Dann sind es auch längst nicht mehr die Jüngsten. Die Ollen meinen, sie würden alles besser wissen, werden manchmal regelrecht bockig.

Da muss ja einer *sehr* bockig sein … Hübner weist hin auf einen Mann, der in beinah strammer Haltung vor einem

Baum steht, Gesicht zur Borke. Wenn das nicht hier im Freien wär, würd ich sagen: Da ist einer in die Ecke gestellt.

Was durchaus zutrifft …

Und was hat er auf dem Kerbholz? Hübner zeigt, wie nebenbei, die ovale Metall-Plakette. Hier wäre er allerdings außerdienstlich unterwegs, Krankentransport. Trotzdem, ihn würde interessieren, warum der so herumsteht, statt zu schippen. Arbeit verweigert? Sabotage?

Er hat sich in einem Sinne, in einem Ton geäußert, der mir schwer gestunken hat. Ein Trupp Halbwüchsiger kam vorbei, Panzerknacker von 14 oder 15, machten kurz halt: einer musste nachpumpen, mürber Reifen. Bei der Gelegenheit hat unser wackerer Volksgenosse einen der Jungen angefrotzelt: »Wat, met su ener Ääpelsquetsch willste dä Jeneral Pätten mit singe zehntausend Panzer obhalde?« Der Bub wurde sichtlich verlegen. Nur – was soll eine »Ääpelsquetsch« sein?

Klingt komisch, klingt kölsch. Epstein, was sagen Sie dazu?

Das muss eine »Erdäpfelquetsche« sein, also ein Kartoffelstampfer.

Naja, sieht tatsächlich ein bisschen so aus: langer Stiel, dickes Ende. Aber jetzt verfügen Sie sich mal ein paar Schrittchen da rüber, Epstein. In Sichtnähe verharren, aber außer Hörweite … So, die Luft ist rein … Na, und was den Delinquenten betrifft: Entsprechend zur Brust genommen?

Ich habe ihm gesagt, er kann wegen Wehrkraftzersetzung vor ein Feldgericht gestellt werden. Das würde ruckzuck sein Todesurteil verhängen.

Und, hat er Reue gezeigt?

Er ist in seiner Tonart geblieben. »Die vierzehn Taach, die isch da noch ze leve han, die kreen ich ooch noch eröm« …

Chefkomiker … Zum Schanzen dürfte es grade noch reichen. Aber jetzt mal, unter uns: Kriegen Sie das mit den alten Knöppen überhaupt noch hin?

Wie es heißt, wird eine Kolonne von »Kartoffelkäfern« in Marsch gesetzt, aus einem KZ hier in der Gegend oder aus einem Arbeitslager. Aber da mach ich jede Wette, nicht jedes dieser Skelette verfügt über eine Schippe. Na, müssen die eben mit bloßen Händen arbeiten. Aber jetzt haben Sie genug gefragt, nun bin ich mal dran: Was ist mit der Dicken da? Läuft schon die ganze Zeit im Kreis.

Ach, verschafft sich nur was Bewegung. Durchblutungsstörungen – hat geraume Zeit auf der Stange gesessen.

Bisschen schwergewichtig, wie?

Wasser, bloß Wasser, speziell in den Beinen.

Wozu treiben Sie die koschere Oma da noch durch die Pampa?

Deportation.

Jetzt noch? Drei Minuten vor Toresschluss? Lass die Olle doch laufen.

Ich habe einen Auftrag zu erfüllen.

Ham wa doch alle. Hier wird jede Hand gebraucht. Lass sie hier – kann mitschippen. Und gönn dir was. Könnte bald eng werden für euch, speziell am Hals. Also vorher tief durchatmen.

Sie werden defätistisch.

Ach, wissen Sie, wenn erst mal ein Bein ab ist, wird der Kopf ganz frei. Also, die Olle bleibt hier?

Die Frau kommt mit.

Na denn, auf zum Endsieg!

Er schrägt die Krücken weit vor, schnellt ab, schrägt die Krücken noch weiter vor, schnellt noch kräftiger ab und aus dem Anlauf heraus: kompletter Überschlag! Punktgenau setzt er mit dem linken Fuß wieder auf. Einer der Alten winkt mit einer Messlatte, zwei schlagen die Schaufelstiele gegeneinander: Beifallsgeklapper.

Der Kriegsinvalide, nach einer Kehrtwende. »Macht sich für ne Mark achtzig, wie?! Im Lazarett gelernt!« Sie haben regelrechte Wettkämpfchen veranstaltet – nicht mit Wissen der Lazarettleitung, versteht sich. Bei schlechtem Wetter haben sie im Flur trainiert. Da fiel schon mal einer Schwester die Bettpfanne aus der Hand! Er war übrigens Sieger, hausintern.

Und wieder, mit kurzem Anlauf: kompletter Überschlag, das eine Bein senkrecht in der Luft, schon setzt es wieder auf.

[Anm. d. Hrsg.: Ich muss erneut betonen, dass es sich bei der Deportation auf dem Fahrrad in den Grundzügen um eine *wahre Geschichte* handelt, bezeugt vom amerikanischen Historiker Erik A. Johnson, der eine Monographie über *Nationalsozialistischen Terror* in Krefeld und Köln verfasst und dabei auf Richard Schulenburg hingewiesen hat. Laut Geschäftsverteilungsplan war er »Sachbearbeiter für Judentum und Kirchenfragen« in der Krefelder Außendienststelle der Stapostelle Düsseldorf gewesen.

Da ich mich hier schon zwischenschalte, gleich eine erneute Erweiterung der Perspektive. Wenige Monate vor der Krefelder Aktion wurden 430 000 ungarische Juden nach Auschwitz verschleppt.

März 1944 hatten deutsche Truppen das vormals verbündete Ungarn besetzt. Aus dem Kriegstagebuch des OKW: »Als am 8. 3. die Italiener kapitulierten, musste befürchtet werden, dass dieses Beispiel auf Ungarn und Rumänien ansteckend wirken könnte.« Furcht vor einem Separatfrieden Ungarns mit den Alliierten. Zudem: »Wehrwirtschaftlich wichtige Besetzungsziele«. Weiter aus dem OKW-Bericht:

»Anschließend an die Besetzung leitete die Einsatzgruppe der Sicherheitspolizei und des SD Ungarn eine Festnahmeaktion ein.«

Eines der Einsatzkommandos unter dem Befehl von Adolf Eichmann. Bald schon erfolgten vier Transporte täglich mit jeweils 3 000 Personen in 45 Waggons. Insgesamt 147 Deportationszüge, vielfach mit ungarischen Lokomotiven und Waggons, meist auf Nebenstrecken – zur Entlastung des militärgebundenen Schienenverkehrs.

Eins der Opfer: Chana, siebenundsechzig. Wohnort: Székesfehérvár. Die Rentnerin, vormals Bibliothekarin, ist an ihre Wohnung gebunden: schwere Arthrose; Diabetes. Sie ist in langen Phasen bettlägerig.

Auch Chana muss die kleine Wohnung räumen, in der sie mit ihrem Sohn lebt. Das umzäunte Areal einer alten Ziegelei als zugewiesener Wohnbezirk; unzureichende sanitäre Einrichtungen, Überbelegung der Räume – Chana muss ein kleines Bürozimmer mit fünf anderen Personen teilen. Nahrungsmittel sind knapp. Keine medizinische Versorgung. Der Zustand von Chana verschlechtert sich, sie kommt vom Feldbett allein nicht mehr hoch.

Deportationsbefehl. Ungarische Gendarmen kontrollieren jeden Raum, Chana kann sich dem Abtransport nicht entziehen. Zwei Gendarmen heben sie auf eine Tragbahre, legen ihr den Fluchtkoffer auf die Beine, tragen sie zum Güterbahnhof, zur Lagerhalle, zur Verladerampe.

Die Zahl der Deportierten groß, die Zahl der bereitgestellten Güterwagen gering. Mehr als achtzig Personen werden jeweils gezwungen, in die Waggons zu klettern. Der Anteil an Kindern hoch; Säuglinge werden nachgereicht; alte Leute, die sich kaum noch bewegen können, werden hinaufgehoben, hineingeschoben; schließlich sind fast hundert Personen im Güterwagen zusammengepfercht. Chana kann nicht liegen, muss sich auf ihren hochkant gestellten Koffer setzen, kann sich aber wenigstens anlehnen. Der Güterwagen wird verschlossen, plombiert. Stundenlanges Warten. Hochsommer, Hitze, kaum Luft im Gehäuse.

Beginn der Fahrt bei einsetzender Dämmerung. Ein Eimer Wasser im Waggon, ein Eimer für Fäkalien. Kein Proviant. Fahrt mit einem Ziel, das den Ungarn nicht bekannt ist. Befürchtungen.

Nach dem zweiten Tag, stundenlang verbracht auf Abstellgleisen: die ersten Toten im Waggon. Anwohner bieten Wasser an für horrende Summen. Austausch durch die kleine, hochgelegene Belüftungsluke. Fortsetzung der Fahrt. Einige Deportierte verlieren den Verstand. Das Wasser verbraucht, der Eimer übervoll, der Gestank bald erstickend.

Zwischenhalt an einem Bahnhof vor der slowakischen Grenze: die Waggons werden geöffnet, die Deportierten müssen aussteigen, werden durchsucht nach Wertsachen; auch ungarische Hebammen sind im Einsatz: Verstecke in Frauen? Leichen werden auf Karren geworfen. Ein Paar im Tennisdress schaut zu.

Erneute Plombierung der Wagentüren. Fortsetzung der Fahrt. Selbststrangulationen. Die Zahl der reglosen, in sich zusammengesackten Körper nimmt zu. Chana verstummt.

Nach weiteren anderthalb Tagen erreicht der Deportationszug den Zielort Auschwitz.]

Damit die Deportation auf dem Fahrrad filmisch nicht allzu monoton verläuft: Wechsel der Bewegungsweise. Ich übernehme, was ich in der letzten Kriegsphase selbst gesehen habe, nach der Rückkehr von Berlin ins Rheinland.

Zwei Versprengte oder Überlebende eines Fahrradtrüppchens von HJ-Panzerjägern; einer, verwundet, in sich zusammengesunken, auf dem Sattel, an den Kameraden gelehnt mit der linken Schulter. Der andere Bub mit dem rechten Fuß auf dem linken Pedal, mit dem linken Fuß abschiebend.

Diese Bewegungsweise für Hübner und Epstein. Natürlich mit Begründung: Eigentlich müsste sie laufen, aber er hat ja gesehn, mit ihren dicken Beinen reicht das nur für ein gottsjämmerliches Geschlurfe, er will aber nicht zu viel Zeit verlieren. Regelmäßig der Tretschwung. Die linke Schulter der Epstein an Hübners rechter Schulter.

Sobald die ersten Häuser, sodann die Ruinen von Krefeld zu sehen sind, soll sie den Rest zu Fuß laufen. Und zwar mit Rucksack, verstanden?! Wär ja entschieden zu viel verlangt, wenn ich mit dem Gepäck neben dir herradel! Haben mit ein paar Kirchgängern zu rechnen – würden sich ziemlich wundern über den Anblick. Pass auf, dass dein Namensschild den Sheriffstern nicht verdeckt!

Martinstraße … Gladbacher Straße … Hansastraße … Die einst geschlossene Bauweise nun mit Lücken; Dächer abgedeckt, Fensteröffnungen leer, Schutt. In einer sonst leeren Straße eine ältere Frau, den Gehsteig kehrend. Ist offenbar im Keller untergeschlüpft, ihr Hauseingang ist freigeräumt. Sie fegt von Hausecke zu Hausecke und keinen Zentimeter weiter, schiebt mit der Besenkante Ziegelbrocken vom Trottoir auf die Straße, staubaufwirbelnd.

Sie schaut nicht weiter hin, als die Frau mit dem Schild, mit dem Rucksack an ihr vorbeistapft. Sobald Marga Epstein noch langsamer wird, betätigt Hübner die Radklingel. Weiter, weiter, keine Müdigkeit vortäuschen!

In der Straßenflucht rückt eine Marschformation heran: etwa ein Dutzend Frauen in gestreiften Häftlingskleidern; verschmutzte Schürzen, gestreifte Hauben, kleine Bündel.

Mal hier, mal dort geschultert: Schaufel, Spaten, Spitzhacke. Zwei ältere Männer in SA-Uniform begleiten den Trupp, Karabiner umgehängt.

Ich frage mich erneut, würde das gern mit Ihnen erörtern, ob die Schlussphase der Deportationsfahrt vom Stadtrand zum Bahnhof Krefeld nicht ausgedehnt werden könnte, ja ausgedehnt werden müsste durch Zusatzaufnahmen in der Kölner Innenstadt. Der Film würde nicht für Krefelder Ortskenner gedreht, also könnten Außenaufnahmen in Köln leichthin integriert werden. Auf diese Weise fände, in einer Art Schluss-Coda, zusätzliche Verdichtung statt.

Dies insbesondere, wenn Hübner und Epstein zuletzt von einem Bombenangriff überrascht würden. September 44 besaßen die Alliierten ohnehin die fast absolute Luftherrschaft, also wäre ein weiterer Angriff (auch) auf Krefeld nicht nur wahrscheinlich, sondern fast zu erwarten. Also: Hübner und Epstein folgen weißen Mauerpfeilen zum nächsten Luftschutzraum.

Nach der Entwarnung: Konfrontation mit den unmittelbaren Folgen eines Bombenangriffs? Damit nun doch: Ein totes, womöglich aufgefetztes Pferd mitten auf einer Straße, ein alter Mann stürzt sich auf den Kadaver, schneidet Fleisch heraus …? Eine Straßenbahn brennt …? Feuer in Ruinen rechts wie links, starke Qualmentwicklung …? Überlebende mit Gasmasken zum Schutz vor dem Staub …? Leichen …?

Bombenangriffe auf ein und dieselbe Stadt konnten ja nun in derart kurzen Zeitabständen erfolgen, dass auf einem Gehsteig noch Leichen eines vorherigen Angriffs lagen, aufgereiht, nicht abgeholt, und neben denen wurden weitere Leichen abgelegt. Laut Andeutung von Hippler müssen Sie das in Berlin selbst mal so gesehen haben, wobei dort die Leichen des vorhergehenden Angriffs auf ekelerregende Weise aufgedunsen, ja aufgebläht waren. So was müsste im Film nicht unbedingt simuliert werden, es würde schon genügen, zur Auffrischung von Erinnerung, wenn Hausrat aus einem der brennenden Häuser »gerettet« wird, wenn ein alter Mann an einem toten Pferd herumsäbelt, wenn eine schwerverletzte alte Frau aus einem Keller heraufgeschleppt und zum Transport in ein Krankenhaus oder Lazarett auf einer Bahre zurechtgelegt würde.

Die Dramatik des Geschehens könnte weiter betont werden durch die Explosion einer Zeitzünderbombe in einer der Ruinen, und Hübner muss erst mal innehalten. Für eine fachgerechte Simulation würden Sie gewiss den Pyrotechniker heranziehen, der bei Ihrem Filmprojekt 44/45 in Babelsberg die spektakuläre Zerstörung nachgebauter Ruinen des weiterhin bombardierten Berlin realisiert hat. Da ohnehin noch immer einsturzgefährdete Ruinen eingerissen oder gesprengt werden, könnte hier, ganz nebenbei, ein nützlicher Beitrag geleistet werden.

Jedenfalls: die Deportation auf dem Fahrrad würde erneut akzentuiert, und zwar nachhaltig. Zudem würde sich Hübner noch deutlicher als Person erweisen, die unter allen Umständen einen (selbstgesetzten!) Auftrag ausführen will – Pflichterfüllung bis zum Allerletzten.

Ja, ich freunde mich mehr und mehr mit dem Gedanken an, dass ein wesentlicher Teil der Route durch zerstörtes Stadtambiente führen sollte. Die letzte Phase der Deportation auf dem Fahrrad würde, auch unter künstlerischen Aspekten, durch Außendreh in der Trümmerwüste Köln nur gewinnen.

Das fatale Ende der von mir (allein schon wegen meiner Position als Schutzpolizist) in keinster Weise unterstützten Einzel-Deportation wurde durch eine empörende Peinlichkeit gekrönt. Wie mir Hübner beim formlosen Übergabe-Rapport selber mitteilte, hielt er vor dem Stadtrand von Krefeld an, um eine »Kontrolle durchzuführen«. Als Vorwand diente die Überprüfung, ob Epstein genügend Geldmittel mitführe, um das Billett für die (eskortierte) Fahrt von Krefeld nach Theresienstadt zu lösen, wofür etwa 40 RM in Rechnung gestellt würden, somit zwei Drittel des Gesamtbetrags, dessen Mitführung gestattet war. Epstein wurde gefragt, ob sie ein paar Geldscheine zusätzlich eingesteckt hätte oder Münzen aus dem Familienschatz, wobei Hübner daran erinnerte, dass die Mitnahme von zusätzlichem Bargeld sowie von Wertstücken verboten sei. Und: sie könne sicher sein, dass diensttuenden Kollegen in Krefeld diesbezüglich nichts entgehen werde, die hätten Argusaugen.

Sie musste zugeben, dass sie »etwas mehr« eingesteckt habe. Schließlich wisse man nie, was auf einen zukomme. Es handle sich aber nur um einige Gedenkmünzen in Silber, von ihrem Vater stammend. Außerdem: ein Ring mit Mondstein, drei Zehnmarkscheine.

Dies alles musste sie Hübner aushändigen. Seine Schutzbehauptung: Eventuell müssten während ihrer Abwesenheit Strom- und Wasserrechnungen beglichen werden, das würde denn auf vereinfachtem Dienstwege abgewickelt, über ein Generalunkostenkonto. Außerdem brauche man Rücklagen für Renovierungsarbeiten, für den Abtransport von Plunder – kurz, für Abschiebungs- und Verwaltungskosten.

Was sie ihm daraufhin aushändigte, wurde in einen vorbereiteten Briefumschlag gesteckt im Format DIN-A5. Dies verbunden mit Hübners Erklärung, er übernehme die Wertsachen kommissarisch, als Untertreuhänder; eine Quittung erübrige sich demnach.

Mit dem gemeinsamen Eintreffen am Krefelder Bahnhof sah ich meine Mission beendet. Verabredungsgemäß wartete bereits Schutzpolizist Reimann auf uns. Er hatte die Aufgabe, die Epstein zur Messehalle in Köln-Deutz zu begleiten bzw. zu eskortieren, wo sie auf die Zusammenstellung eines weiteren, will heißen: eines voraussichtlich allerletzten Sammeltransports zu warten hatte. Theresienstadt war zu jenem Zeitpunkt für Bahntransporte offenbar nicht mehr erreichbar; so könnte Epstein einer der Kolonnen zugeteilt worden sein, die zu einem Zwischenlager in Marsch gesetzt wurden.

Im wachsenden Chaos des Zusammenbruchs verliert sich damit für mich die Spur der Marga Epstein. Ich hatte den Befehl von SS-HSF Junghans ausgeführt, für mich war die Akte Epstein abgeschlossen.

Jedoch ist hier für mich kein Schlusspunkt gesetzt für Überlegungen, wie Reimann die ihm zugespielte Chance hätte nutzen können. Auf dem stark beschädigten, dennoch restlos überfüllten Hauptbahnhof Köln hätte er Epstein leicht »aus den Augen verlieren« können, dies auch beim Übergang oder bei der Fährenüberfahrt zum Messegelände Deutz. Überall herrschte zu jener Zeit total unübersichtliches Gedrängel, in dem es, auf ein Stichwort des Schutzpolizisten Reimann, für die Epstein ein Leichtes gewesen wäre, sich seinem Zugriff zu entziehen und Richtung Bergisches Land abzusetzen. Wie er mir berichtete, hat er seine Aufgabe jedoch pflichtgemäß erfüllt und sie im Zwischenlager Messehalle eingeliefert.

Dies offensichtlich mit der gleichen bedingungslosen Konsequenz, mit der er auch kurz zuvor seine Pflicht erfüllt hatte. Ein für die Phase des Zusammenbruchs typischer Fall: Die mittlerweile auch an der »Heimatfront« tätige Feldpolizei hatte in Pulheim den 15-jährigen Sohn eines desertierten Wehrmachtsangehörigen verhaftet und ergebnislos nach dem Versteck des Vaters befragt; der Häftling wurde Reimann überstellt mit der Anweisung, ihn zur ehemaligen Abtei Brauweiler zu bringen – dies im Beiwagen des Krads, das dem Polizeiposten wegen des weiträumigen Dienstbereichs zum damaligen Zeitpunkt noch zur Verfügung stand. Reimann musste wissen, welchem Ablauf er mit dem Transport Vorschub leistete: Den jungen Mann erwarteten bei dem (in einem Abteigebäude tätigen) »Kommando Kütter« bestialische Verhörmethoden. Dessen ungeachtet führte Reimann den Auftrag der Feldpolizei anstandslos durch. So sah er sich, trotz dramatischer Veränderungen der Gesamtlage, offenbar auch im Fall Epstein zu äußerster, in jener Lage allerdings höchst fragwürdiger Gewissenhaftigkeit verpflichtet.

Hiermit, werter Herr Liebeneiner, beende ich den Entwurf der Filmerzählung mit einem Auszug aus der Stellungnahme Reimanns vor der Spruchkammer:

Es war Hübner, der vor allem im Jahre 1943 die Deportation jüdischer Bürger aus Krefeld und Umgebung organisierte; in insgesamt sechs Transporten wurden an die tausend Juden »nach dem Osten ausgesiedelt«. Man ließ sich vor den Deportationen vom jüdischen Ältestenrat zuarbeiten: Die jüdische Selbstverwaltung musste die Namenslisten erstellen. Sie wurden in der Krefelder Dienststelle meist ergänzt. Fast alle Erweiterungen erfolgten durch Hübner.

Sodann der Vorgang Mitte September 1944: In einer *Eigeninitiative* des Judenreferenten der Außendienststelle Krefeld wurde zu jenem Zeitpunkt die Nachlese in Anrath durchgeführt.

Laut partei-internen Anweisungen war jedoch erst für den 13. Oktober 1944 vorgesehen, alle noch im Gau Aachen-Köln verbliebenen, nicht mehr im Schutz der Mischehe lebenden Juden »zum geschlossenen Arbeitseinsatz abzuführen«. Hübner handelte also, *ehe die Anordnung erging*. Wobei er sich zugutehalten dürfte, dass in Anbetracht der rückläufigen Bewegung des Westheeres keineswegs ausgeschlossen werden konnte, dass linksrheinische Gebiete im Oktober bereits von feindlichen Truppen besetzt sein würden. Unter diesem Aspekt entschloss sich Hübner, *im Vorgriff zu handeln*. Er kam der Maßnahme *um einen Monat zuvor*!

Er erstattete sogleich Meldung an das Gestapa, das Zentralamt der Geheimen Staatspolizei in Berlin. Dies wohl in der Hoffnung, ja Erwartung, für die zeitlich vorgezogene Deportation belobigt zu werden. Er hat also nicht als Befehlsempfänger (oder gar als »willenloses Werkzeug«) gehandelt, sondern eine wahrhaftig mörderische Initiative entwickelt.

Ich darf dies durch Wiederholung in aller notwendigen Klarheit herausarbeiten: Es geschah in voller Eigenverantwortlichkeit, dass Hübner die Deportation der Jüdin Epstein beschloss und ausführte. Hübner (und dies *keineswegs* auf Weisung von SS-HSF Junghans!) führte damit bereits im September durch, was erst für Oktober vorgesehen war. Werner Hübner hat Marga Epstein in den Tod geschickt, als Nachzüglerin zu den etwa tausend jüdischen Bürgern unserer Stadt, die unter Hübners Direktive »nach dem Osten ausgesiedelt« worden waren. Was nichts anderes als eine vortäuschende Formulierung war für systematische Ermordung.

Abschließend bekräftige ich, Friedhelm Reimann, meine Bereitschaft, besagte Vorgänge bei der Hauptverhandlung des anstehenden Spruchkammerverfahrens auch mündlich zu bezeugen.